D. M. Thomas

Das weiße Hotel

Roman

Aus dem Englischen von
Wolfgang Schlüter

Carl Hanser Verlag

Die Zeilen von William Butler Yeats auf Seite 5 sind mit freundlicher Erlaubnis von M. B. Yeats, Macmillan, London, und Macmillan Inc., New York, zitiert. Für die Verwendung von Material aus Anatoli Kuznetsovs *Babij Jar* in Teil V, besonders der Aussage Dina Pronichevas, bin ich Farrar, Straus & Giroux, New York, Jonathan Cape, London 1970, zu Dank verpflichtet.

Teil I von »Don Giovanni« wurde zuerst als selbständig in sich abgeschlossenes Gedicht in der Zeitschrift *New Worlds* (1979) veröffentlicht.

D.M.T.

Titel der Originalausgabe:
»The White Hotel«
London, Victor Gollancz Ltd 1981

ISBN 3-446-13499-9

Umschlag: Klaus Detjen (unter Verwendung einer Vorlage des Bavaria Verlages, Gauting)
Satz: Fotosatz Otto Gutfreund, Darmstadt
Druck und Bindung: Ebner Ulm
Printed in Germany

... das Herz mit Phantasien genährt,
Roh ward das Herz von solcher Kost;
Mehr Kraft in unsrer Feindschaft, als
In unsrer Liebe...

William Butler Yeats
Meditationen in Bürgerkriegszeit

Anmerkung des Autors

Schwerlich vermöchte einer in der Landschaft der Hysterie – dem ›Terrain‹ dieses Romans – zu reisen, ohne dabei auf die imposante Gestalt Sigmund Freuds zu stoßen. Freud wird hier zu einer der Dramatis Personae, nämlich als der Entdekker des großen und schönen modernen Mythos der Psychoanalyse. Mit Mythos meine ich einen poetischen, dramatischen Ausdruck einer verborgenen Wahrheit; und wenn ich darauf meinen Akzent lege, dann nicht in der Absicht, die wissenschaftliche Gültigkeit der Psychoanalyse in Frage zu stellen.

Die Rolle, die Freud in diesem Erzählwerk spielt, ist gänzlich fiktiv. Mein imaginierter Freud hält sich jedoch eng an die allgemein bekannten Tatsachen aus Freuds wirklichem Leben, und bisweilen habe ich *passim* aus seinen Werken und Briefen zitiert. Die Briefe im »Prolog« und alle Passagen im Zusammenhang mit der Psychoanalyse (einschließlich Teil III, der die literarische Form einer Freudschen Krankengeschichte annimmt) haben keine faktische Grundlage. Leser, die mit den originalen Krankengeschichten nicht vertraut sind – es sind, von allem sonstigen abgesehen, meisterliche Werke der Literatur –, seien verwiesen auf die Bände VI, VII und VIII der Freud-Studienausgabe des S. Fischer Verlags, Frankfurt am Main 1969.

D.M.T.

Prolog

Standish Hotel,
Worcester/Mass., USA
8. September 1909

Liebste Gisela,

Nimm meine herzinnig tapsige Umarmung aus der Neuen Welt! Was die Reise betrifft, die Gastfreundschaft, die Vorträge, die Ehrungen (natürlich in erster Linie für Freud; für Jung in etwas geringerem Maße), da war bislang noch nicht mal Zeit, sich die Nase zu schneuzen, und mir dreht sich alles im Kopf. Schon jetzt aber ist mehr als klar, daß Amerika förmlich darauf brennt, unsere Bewegung aufzunehmen. Brill und Hall sind exzellente Burschen, und von der Clark University hat uns jeder mit Freundlichkeit und Komplimenten überschüttet. Sogar mich hat Freud mit seinem meisterhaften Können überrascht, als er fünf Vorlesungen ohne irgendwelche Aufzeichnungen hielt (– entwarf sie so auf einem halbstündigen Spaziergang mit mir im voraus –). Ich brauche ja kaum hinzuzufügen, daß er einen tiefen Eindruck machte. Auch Jung hielt zwei schöne Vorträge, über seine eigene Arbeit, ohne Freuds Namen auch nur einmal zu erwähnen! Auch wenn wir uns alles in allem glänzend zusammengerauft haben, und das in ziemlich ermüdenden Umständen (ich darf sagen, inklusive Durchfall-Attacken in New York...!), *hat* es zwischen Freud und Jung einige Spannungen gegeben. Dazu gleich noch mehr.

Aber Du willst von unserer Fahrt hören. Schön war's! Obwohl wir eigentlich gar nichts sahen. Ein großer Mittsommernebel senkte sich fast im Nu herab. Das war wirklich eindrucksvoll. Besonders Jung war gefesselt von der Vorstellung, wie dieses »prähistorische Ungeheuer« sich da durch die taglichte Düsternis seiner Bestimmung entgegenwälzte, und er hatte die Empfindung, wir glitten zurück in unvordenkliche Zeiten. Freud meinte anzüglich, er sei als Christ wohl ergo ein Mystiker (ein Schicksal, dem die Juden seines Erachtens entronnen zu sein das Glück gehabt hatten!), bekannte aber, der Vorstellung einige Sympathie entgegen zu bringen, als er seinen Blick auf das leere Kabinenfenster heftete und dem zuhorchte, was er den »Paarungsruf der Nebelhörner« nannte. Um so eindrucksvoller und unglaublicher war New York, als es emportauchte aus dieser Düsternis. Bill holte uns ab und zeigte uns viel Schönes – nichts aber war so schön wie ›Das Lebende Bild‹, ein Kinematograph. Trotz meines elenden Magens fand ich's höchlichst unterhaltsam; hauptsächlich ging es darum, wie komische Schutzmänner noch komischere Schurken durch die Straßen hetzen. An Handlung nicht viel – aber die Leute *bewegen* sich tatsächlich auf eine sehr überzeugende und scheinbar lebendige Weise. Freud war nicht besonders beeindruckt, glaub' ich.

Ach ja, ich muß Dir noch von einem recht merkwürdigen Ereignis in Bremen berichten, am Abend vor unserer Abfahrt. Wir waren für unser geglücktes Rendezvous herzlich dankbar und natürlich aufgeregt über das uns bevorstehende Abenteuer. Freud war der Gastgeber in einem sehr luxuriösen Hotel, und wir überredeten Jung, seine übliche Enthaltsamkeit aufzugeben und mit uns Wein zu trinken. Wahrscheinlich weil er das Trinken nicht gewohnt war, wurde er ungewohnt redselig und hochgemut. Er gab dem Gespräch eine Wendung auf jene »Moorleichen«, die man wohl in Norddeutschland gefunden hat. Es heißt, es handele sich um die Körper prähistorischer Menschen, mumifiziert von der Wirkung der Humussäure im Moorwasser. Offensichtlich waren die Menschen in den Sümpfen ertrunken oder bestattet worden. Na, jedenfalls war's von mäßigem Interesse, vielmehr, wäre es gewesen, hätte sich Jung nicht weiter und weiter darüber verbreitet. Schließlich brach's mehrmals aus Freud heraus: »Was interessiert Sie denn so an diesen Leichen?« Jung fuhr fort, sich von seiner Faszination über die Geschichte wegschwemmen zu lassen, und Freud rutschte von seinem Stuhl in eine Ohnmacht.

Jung, der arme Kerl, konnte sich über diese Wendung der Dinge nicht fassen – ich gleichfalls nicht – und konnte nicht verstehen, was er falsch gemacht habe. Als Freud wieder zu sich kam, beschuldigte er ihn, er wolle ihn aus dem Weg räumen. Natürlich verbat sich das Jung mit den schärfsten Worten. Und er ist ja wirklich ein kindlicher, lebhafter Gesell – viel freundlicher, als es die goldgefaßten Brillengläser und dieser stoppelhaarige Schädel glauben machen.

Eine andere kurze Meinungsverschiedenheit begab sich auf dem Schiff. Wir vergnügten uns (im Nebel!) damit, jeweils des anderen Träume zu deuten. Jung war überaus fasziniert von einem Traum Freuds, in dem seine Schwägerin (Minna) zur Erntezeit wie eine Bäuerin Getreidegarben aufwerfen mußte, dieweil seine Frau müßig zusah. Jung – ein bisserl taktlos – ließ nicht ab, ihn nachdrücklich um nähere Auskünfte zu bedrängen. Er machte deutlich, er glaube, der Traum habe etwas mit Freuds warmer Empfindung für die jüngere Schwester seiner Frau zu tun. Ich war verblüfft, daß er über Freuds persönliche Verhältnisse so gut unterrichtet war. Freud war natürlich sehr aufgebracht und lehnte es ab, durch irgendwelche privaten Enthüllungen »seine Autorität aufs Spiel zu setzen«, wie er sich ausdrückte. Später sagte mir Jung, was ihn beträfe, so habe Freud in diesem Moment seine Autorität *verloren*. Wie auch immer – ich glaube, ich schaffte es, die Angelegenheit zu schlichten, und so sind wir wieder auf gutem Fuß miteinander. Aber eine Zeitlang fühlte ich mich wie ein Schiedsrichter in einem Ringkampf! Alles ganz schön schwierig. Dies bitte nur unter uns!

Mein eigener Traum (der einzige, an den ich mich erinnern konnte) kreiste um irgendeine triviale Kindheits-Enttäuschung. Selbstverständlich hatte Freud absolut keine Schwierigkeit mit der Vermutung, er habe etwas mit Dir zu tun, meine Liebe. Er sprach direkt den Punkt an: daß ich fürchte, Dein Entschluß, Dich von Deinem Gatten so lange nicht scheiden zu lassen, wie Deine Töchter noch nicht verheiratet sind, sei Deinerseits eine Selbsttäuschung, auch meine Befürchtung, Du wollest unsere lange Verbindung nicht durch ein derart tiefreichendes Band wie die Ehe in Fesseln schlagen. Nun, Du kennst meine Ängste und hast dein Bestes getan, sie zu zerstreuen; allein, siehst Du, ich konnte nicht umhin, während unserer Trennung (und womöglich ausgelöst von dem deprimierenden Seenebel) von ihnen zu *träumen*. Freud war ziemlich hilfsbereit, wie immer. Sag Elma, er sei gerührt von ihren guten Wünschen und tief bewegt, daß sie ihre Analyse mit ihm so hilfreich gefunden habe. *Dir* sendet er auch seine Grüße und meinte gutgelaunt, daß ich, wenn die Mutter an Charme und Intelligenz der Tochter gliche (– ich versichere ihn: Du glichest! –), ein beneidenswerter Mann sei... Ich weiß das ja! Küss' und umarme Elma ganz lieb von mir, und empfehle mich Deinem Gatten.

Nächste Woche wollen wir die Niagara-Fälle besuchen, was Freud als den Höhepunkt des ganzen Ausflugs ansieht; und in weniger als zwei Wochen stechen wir mit der ›Kaiser Wilhelm‹ in See. Also werd ich fast noch eher daheim in Budapest sein als Du meinen Brief bekommst; und ich kann Dir gar nicht sagen, wie ich mich sehne nach unserem Willkommen, nach unserer Umarmung. Bis dahin küss' ich Dich (Himmel! – viel wilder! viel schöner!) in meinen Träumen.

Immer Dein
SANDOR FERENCZI

Berggasse 19,
Wien
9. Februar 1920

Lieber Ferenczi,

Haben Sie Dank für Ihren Kondolenzbrief. Was gibt es nun noch zu sagen. Ich weiß es nicht. Jahrelang war ich auf den Verlust der Söhne gefaßt, nun kommt der der Tochter; da ich im tiefsten ungläubig bin, habe ich niemand zu beschuldigen und weiß, daß es keinen Ort gibt, wo man eine Klage anbringen kann. »Des Dienstes ewig gleichgestellte Uhr« und »des Daseins süße Gewohnheit« werden das übrige tun, um alles im gleichen weitergehen zu lassen. Blinde Notwendigkeit, stummer Gehorsam. Ganz tief unten wittere ich das Gefühl einer tiefen, nicht verwindbaren narzißtischen Kränkung. Meine Frau und Annerl sind in menschlicherem Sinn schwer erschüttert.

Machen Sie sich um mich keine Sorgen. Ich bin bis auf etwas mehr Müdigkeit derselbe. *La séance continue*. Viel Zeit – mehr, als ich übrig habe – mußte ich heute im Wiener Allgemeinen Krankenhaus aufbringen als Mitglied einer Untersuchungskommission, die dem Verdacht auf Mißhandlungen von Kriegsneurotikern nachgehen soll. Wie jemand der Ansicht sein kann, die Verabreichung elektrischen Stroms an angebliche Simulanten könne sie in Helden verwandeln, wundert mich mehr denn je. Kehren sie aufs Schlachtfeld zurück, wird angesichts der unmittelbaren Bedrohung zwangsläufig ihre Angst vor dem Strom freigesetzt: also unterzieht man sie noch stärkeren Elektroschocks, und so weiter, ohne Ende. Solange das Gegenteil nicht bewiesen ist, möchte ich von Wagner-Jauregg gern nur Gutes annehmen, aber für andere in seinem Personal will ich mich lieber nicht verbürgen. Es wurde ja nie geleugnet, daß es in deutschen Krankenhäusern Todesfälle während der Behandlung und in ihrer Folge Selbstmorde gegeben hat. Noch ist es aber zu früh zu sagen, ob die Wiener Kliniken der typisch deutschen Neigung folgten, ihre Ziele so ganz unbarmherzig zu verfolgen. Ende des Monats werde ich ein Memorandum vorlegen müssen.

Ich sah mich auch wieder auf meinen Essay »Jenseits des Lustprinzips« zurückkommen, dessen Abfassung auf sich hat warten lassen, mit verstärkter Überzeugung, daß ich auf dem richtigen Wege bin, einen Todestrieb zu bestimmen – auf seine Weise ebenso mächtig – wenn auch verborgener – wie die Libido. Eine meiner Patientinnen, eine an einer schweren Hysterie leidende junge Frau, hat gerade von einigen Aufzeichnungen ›entbunden‹, die meine Theorie zu bestätigen scheinen: ein Äußerstes an libidinöser Phantasie – gepaart mit einem Äußersten an Morbidität. Als blickte Venus in ihren Spiegel und sähe darin das Antlitz der Meduse. Mag sein, daß wir allzu ausschließlich die sexuellen Antriebe studiert haben und nun in der Haltung eines Seemanns sind, dessen Blick so auf den Leuchtturm konzentriert ist, daß er in der allesverschlingenden Dunkelheit auf die Klippen zutreibt.

Vielleicht kann ich dem Kongreß im September ein Papier zu dem einen oder anderen Aspekt dieses Themas vorlegen. Nach diesen schrecklichen und entmutigenden Jahren wird uns unser Freundschaftstreffen wieder beflügeln, da bin ich sicher. Ich habe gehört, Abraham plane eine Arbeit über den weiblichen Kastrationskomplex. Ihre Vorschläge zur Entwicklung einer Aktivtherapie in der Psychoanalyse scheinen mir als Diskussionsthema bewundernswert. Ich bleibe zwar überzeugt davon, daß »man mit seinen Patienten viel weiter käme, gäbe man ihnen genug von der Liebe, nach der sie sich als Kinder so gesehnt haben«, will aber Ihren Argumenten mit großem Interesse Beachtung schenken.

Meine Frau schließt sich meinem Dank an für Ihr liebenswürdiges Eingedenken.

Ihr
Freud

Berggasse 19,
Wien
4. März 1920

Lieber Sachs,

Ich glaube, Sie tun gut daran, nach Berlin zu gehen, auch wenn Ihre Kollegen Sie in der Schweiz sehr vermissen werden. In einigen Jahren wird Berlin das Zentrum unserer Bewegung sein, daran habe ich keinen Zweifel. Ihr Scharfsinn und heiterer Optimismus, Ihre Freundlichkeit und Bildung zeigen, daß Sie trotz Ihrer Besorgnis über einen Mangel an klinischer Erfahrung für die Ausbildung zukünftiger Analytiker der rechte Mann sind. In Sie setze ich mein größtes Vertrauen.

Ich bin so frei, Ihnen gleichsam als Abschiedspräsent – obwohl ich gewiß bin, die Trennung wird nicht von langer Dauer sein – ein auf seine Weise bemerkenswertes ›Journal‹ zu schicken, von dem eine meiner Patientinnen, eine junge Frau von höchst respektabler Persönlichkeit ›entbunden‹ hat, nachdem sie in Gastein eine Wasserkur machte. So dünn sie aus Wien abreiste, so aufgequollen kam sie zurück und lieferte gleich ihre Aufzeichnungen bei mir ab. Eine echte *Pseudocyesis*! Sie war auf Urlaub, in Begleitung ihrer Tante, und ich brauche ja kaum hinzuzufügen, daß sie zu keiner Zeit einem meiner Söhne begegnet ist, obwohl ich ihr gegenüber womöglich erwähnt haben kann, daß Martin in Kriegsgefangenschaft sei. Ich will Sie nicht mit den Details ihres Falles langweilen; doch falls irgend etwas den *Künstler* in Ihnen zu reizen vermöchte, wäre ich für Ihre Beobachtungen dankbar. Die junge Frau hatte eine vielversprechende musikalische Karriere aufgegeben und schrieb ihre ›Verse‹ zwischen die Notensysteme einer *Don Giovanni*-Partitur... Freilich ist dies eine Abschrift des ganzen Manuskripts, die sie für mich anzufertigen nur zu liebenswürdig war (der Rest stand ursprünglich in einem Kinderschulheft). Die Kopie ist – man könnte sagen: die Nachgeburt; Sie brauchen sie nicht zurückzusenden.

Wenn Sie von den drastischen Ausdrücken absehen, die die Krankheit aus diesem normalerweise schamhaften, ja prüden Mädchen ans Tageslicht gebracht hat, können Sie an etlichen Passagen Ihre Freude finden. Ich spreche ja als einer, der Ihr Rabelais'sches Temperament kennt. Keine Sorge, mein Freund – es kränkt mich nicht! Ich werde Ihren jüdischen Witz vermissen; s'ist ein schrecklich nüchterner Haufen hier in Wien. Kennen Sie ja.

Ich hoffe Sie im September in Den Haag zu sehen, wenn nicht eher. Abraham verheißt ein Papier über den weiblichen Kastrationskomplex – mit stumpfer Klinge zweifellos. Indes, er ist tüchtig und nicht unangenehm. Ferenczi wird sich an der Rechtfertigung für seine neuentdeckte Leidenschaft versuchen, seine Patienten zu küssen.

Unser Haus kommt uns noch immer leer vor ohne unser ›Sonntagskind‹, auch wenn wir seit ihrer Verehelichung ohnehin wenig von ihr gesehen haben. Doch genug davon.

Mit herzlichen Grüßen
Ihr
Freud

Aus der Berliner Poliklinik
14. März 1920

Lieber, sehr verehrter Herr Professor,

Verzeihen Sie die Ansichtskarte: im Licht des »weißen Hotels« von Ihrer jungen Patientin schien's mir nicht unpassend – nehmen Sie bitte meinen Dank für dieses Geschenk! Es ließ die Zugfahrt (wiederum höchst angemessen!) interessant und wie im Fluge verstreichen. Was ich davon halte, ist – fürchte ich – elementar: ihre Phantasie macht mich so betroffen, als wär's Eden vor dem Sündenfall – nicht, daß Liebe und Tod hier keinen Ort hätten, nein, sondern als gäbe es hier eine *Zeit*, in der sie (noch) keine Bedeutung hätten. Die neue Klinik ist glänzend; leider nicht wie das *weiße Hotel* in Milch und Honig fließend, aber beträchtlich dauerhafter, hoffe ich! Brief folgt, sobald ich mich etwas gesammelt habe.

Herzlich Ihr
SACHS

Berggasse 19,
Wien
18. Mai 1931

An das Sekretariat
Goethe Zentenarkomitee
Stadtrat Frankfurt a. M.

Lieber Herr Kuhn,

Es tut mir leid, daß meine Antwort auf Ihr freundliches Schreiben so lange auf sich warten ließ. Ich bin jedoch unterdessen nicht untätig gewesen, wann immer es mein Gesundheitszustand erlaubte, und die Arbeit ist nun abgeschlossen. Meine frühere Patientin hat keine Einwände, daß Sie ihre Schriften mitveröffentlichen, also liegen auch diese bei. Hoffentlich sind Sie nicht verstört von den obszönen Ausdrücken, die sich in ihrer schlichten Versdichtung hier und da finden, oder von dem etwas weniger offensiven, aber immer noch pornographischen Material in der Ausarbeitung ihrer Phantasie. Man sollte berücksichtigen, daß (a) ihre Autorin an einer schweren sexuellen Hysterie litt und (b) jene Texte ins Reich der Wissenschaft gehören, wo der universelle Grundsatz des *nihil humanum* gilt und akzeptiert ist, nicht zuletzt von jenem Dichter, der seinen Lesern riet, sich nicht von dem abzuwenden oder das zu fürchten, »was, von Menschen nicht gewußt, oder nicht bedacht, durch das Labyrinth der Brust wandelt in der Nacht«.

Ihr sehr ergebener
SIGMUND FREUD

I Don Giovanni

in wildem sturm sah ich im traume bäume stürzen
ich mittendrin als mir ein ufer wüst
entgegen kam und ich lief, steif vor grauen, da
war eine falltür aber ich konnt sie
nicht heben, bin ein verhältnis eingegangen
mit Ihrem sohn, in einem zug wars irgendwo
in einem schwarzen tunnel, seine hand
war zwischen meinen schenkeln unterm kleid
    mir schwand
der atem, er nahm mich mit zu einem weißen see-hotel
hoch oben irgendwo, smaragden war der see
ich konnt nicht an mich halten stand in flammen
vom ersten spreizen meiner schenkel, keine scham
hieß mich das kleid hinabziehn, seine hand
verdrängen, der finger zwei erst, drei dann, die gezwängt
in mich, obgleich der schaffner unser fenster putzte,
kurz innehielt, dann glotzt hinein, und weiter ging er
den langen zug hinab, mich füllten seine finger
hämmernd mit einem weiten schlund aus lust ja lust bis er
mich stützte halb die breiten stufen hoch
ins vestibül wo der concierge schlief
also die schlüssel griff, wir rannten hoch, ja hoch, mein kleid
schon über meinen hüften uns unverweilt entkleidend,
saft rann die schenkel mir hinab, blau war der himmel
doch als es nacht wurd blies ein weißer wind
vom schneebemützten berg hinab durch baumeswipfel,
da blieben wir, weiß nicht, zumindest eine woch,
verließen nie das bett, weit aufgespalten hat mich
Ihr sohn, professor, und nun heimgekommen, bin ich

eine gebrochne frau, vielleicht gebrochner noch, ob Sie
mir irgend helfen können, mich verstehn.

ich glaub es war die zweite nacht, der wind
ging stürmisch durch die lärchen, hart wie feuerstein,
das sommerhaus-pagodendach stürzt ein
auf peitschten wogen, einge leut ertranken,
wir hörten kellner rennen und so manchen gast
Ihr sohn jedoch hielt seine hand auf meiner brust
taucht seinen mund darauf, der nippel schwoll,
es gab geschrei und lärmen im hotel
uns dünkt, wir wärn zu schiff auf hoher see
auf einem weißen dampfer und er saugte saugte mich,
ich wollte schrein, so langgezogen warn die nippel
von seinen lippen, und Ihr sohn strich zärtlich von
dem einen nippel zu dem andern, beid geschwollen,
ich glaub manch fensterscheibe mußt zerschellen
dann rammt er wieder rein Sie können sich nicht vorstellen
wie klar die sterne sind, so groß wie ahornblätter
hoch im gebirg und weiter fielen fielen
sie in den see, wir hörten leute rufen,
uns dünkt, die fallnden stern wärn leoniden,
und einer seiner finger glitt zeitweils
mit seinem schwanz zugleich in mich, soviel war platz,
stieß vor ein kreuzweis zucken, in dem dunkel
ans ufer ländete die leichen man, wir hörten
von weinen einen laut, sein finger tat
mir weh, gesteckt ins arschloch ganz, mein fingernagel
begann zu streicheln wo sein schwanz so dick der war nicht
länger
mehr sein eigen war versteckt
in meiner möse weg, ein blitzschlag kam
ein weißes zickzack, das so schnell
dahingegangen, eh der donner grollte
ob dem hotel, dann war es schwarz aufs neu
mit nur noch wenig lichtern auf dem see,

ich glaub der billardraum stand unter wasser, unsre qual
er konnts sich selbst nicht zum ergießen bringen
es war so wunderschön, macht mich erröten
ums Ihnen nun zu sagen, ich, professor,
hatt keine scham damals, obschon ich schrie,
nach etwa einer stund kams ihm in mir,
wir hörten türen knallen, grade trugen sie
die leichen von dem see herein, der wind
ging noch sehr hoch, wir hielten uns
einander an den händen still im schlafe.

an einem abend brachten
sie eine katz in sicherheit, ihr schwarzer pelz war vor
der dunkelgrünen tanne dem aug fast schon entschwunden,
wir standen nackt am fenster als die hand
durchs nadelwerk sich tastete, sie kratzte,
war nach der flut zwei tage oben dort gewesen,
das war die nacht da ich ein rinnsal blutes fühlt
er zeigte mir photographien, ich sagte
was meinst du, ob sich rot die bäume färben?
ich meins nicht wörtlich, daß wir nie das bett
verließen, wir zogen, als sie die katz herabgeholt,
uns an, stiegen hinab zum essen, zwischen tischen
war raum zum tanzen, ich war schwankend,
ich trug das kleid in dem ich mich grad hielt, nichts weiter,
ich fühlte luft auf meinem fleisch, das kleid war kurz,
schwach sucht ich seine hand beiseit zu stoßen,
er sagt, ich kann nicht aufhörn dich zu fassen, kann es nicht,
bitte, du mußt mich lassen, bitte,
nachsichtig lächelten uns paare zu,
er leckte als wir saßen an seinen glibberfingern,
ich achtete, wie seine rote hand das fett wegschnitt,
wir rannten runter zu den lärchen, eine kühle
brise fühlt ich auf meiner haut wehn, herrlich wars,
wir hörten keinen laut von der hotelkapelle
nur dann und wann noch einen schwall zigeunerklänge,

in jener nacht platzt er entzwei mir fast die möse die
verengt ob meiner flut von blut, die sterne
warn riesig überm see, da war kein platz
für einen mond, indes die stern in unser zimmer stürzten,
und schienen bleich des pavillons gestürztem dach
pagoden-gleich, und dann und wann die weiße mütz
auf dem gebirge wurd entzündt von einem blitz.

2

den ganzen tag lang machten mädchen unser bett.
im morgengraun verließen wir das weiß hotel
und auf dem weiten see setzten auf einer jacht wir segel.
vom tages dämmern bis zur neige trieben wir
auf unsrer dreimastigen segelweißen bark.
die rechte Ihres sohns war unter unserm plaid gezwängt
in mich hinein tief bis ans handgelenk, in haut gehüllt.
blau war der himmel. keine spur von wolken.
das weiß hotel verschmolzen mit den bäumen. die bäume
verschmolzen mit dem horizont von einem grünen meer.
ich sagte, fick mich, bitte. bin ich zu derb?
ich schäm mich nicht. es war die mörderische sonne.
doch gabs im boote keinen platz sich hinzulegen,
denn überall warn menschen tranken wein
und nagten hühnerbrüste. sie starrten auf
uns invaliden, die wir unser lager nie verließen.
ich kam in eine art von fieber, so
benommen vom rastlosen rammeln Ihres sohns,
professor, wie ein kolben fuhrs hinein,
hinaus, und stund um stund. es war erst als
die sonne sank, daß ihre blicke sich beiseite wandten,
nicht auf das sonnenkarmesin nein auf den flammenbrand
aus unserem hotel, das nun aufs neu in sicht
inmitten schlanker kiefern. es schien, als stünd
der ganze himmel selbst in flammen –

ein flügel brannte, und die leute rannten
zum bug des boots und starrten hin in grauen unverwandt.
so ohne warnung zog Ihr sohn mich auf sich
und pfählte mich, es war so süß ich schrie
doch keiner hört mich ob der andren schreie,
als leib um leib fiel oder sprang
von oberen geschossen des weißen hotels.
ich stieß und ruckte bis sich seinem schwanz ergoß
die kühle sanfte flut. verkohlte leichen hingen von den
bäumen,
und wieder schwoll er an, ich stieß erneut, ich kanns
nicht sagen, ach, wie unsre lust sich überschäumte,
der flügel war zerfetzt, man konnt die betten sehn,
wir wissen nicht wie es begann, man sagt
es könnt die ungewohnte sonn gewesen sein,
wie sie durch unsre offenen gardinen fiel und unsere
noch warmen laken angezündt, sei's (rauchen war verboten)
daß sich die mädchen, müde, dösend, eine angesteckt,
oder das scharfe brennglas wars, das schmelzende gebirge.

ich konnt die nacht nicht schlafen, war so wund,
ich glaub in mir war etwas aufgerissen,
Ihr sohn war zu mir zärtlich, tief in mir
die ganze nacht, doch unbeweglich. erpicht warn fraun
auf die terrasse draußen wo die leichen liegen,
ich weiß nicht kennen Sie die scharlachpein
der fraun, ich aber fühlt die schauer sich verbreiten
stunde um stunde da der stille see ein dunkeles
gekräusel an die ufer trieb. im morgendämmer hatten wir
getrennt uns nicht, auch nicht geschlafen.
doch eingeschlafen schließlich
war ich als galionsfigur *maria magdalena*,
und sank ins tiefe meer. ich wurd gespießt
auf einen schwertfisch und ich trank den sturm,
die zeit hatt meine holzhaut tief gekerbt, der wind
von eisbergen, da wo nordlichter steigen.

das eis war weich zunächst, ein wal der stöhnte
ein wiegenlied für mein korsett, die fischbeinknochen,
ich konnt den wind nicht vom lament der wale scheiden,
den buckel weißer berge ohne end.
dann stufenweise war das eis es selbst,
das in mich schnitt, weil wir ein eisbrecher wohl waren,
und eine brust wurd abgeschnitten, ich fühlte mich verloren,
entband von einem embryo aus holz
des lippen klaffend nuckelten am schnee
als es hinweg gewirbelt in den sturm,
das innere nach außen kehrend riß der blizzard nun
mir die gebärmutter rein aus, ich sah sie fort ins weiße
sich spindeln, haben Sie
eine gebärmutter schon einmal fliegen sehn?

Sie können sich nicht vorstelln, welche befreiung
es aufzuwachen war und heiß die sonne schon zu finden,
wie sie das mobiliar mit heitrem licht
bestrich, und wie Ihr sohn ganz zärtlich meiner wachte.
ich war so glücklich beide brüste waren da
ich sprang auf den balkon. die luft
war balsam aus dem duft von blättern, kiefern,
ich lehnte am geländer, er kam hinten
und rammte in mich hoch so weit
kam er in mich, mein herz, halb-wintrig noch,
platzt auf in plötzlich blühn, ich könnt nicht sagen
welch loch es war, ich fühlt das weiß hotel
sogar die berge huben an zu schwanken, schwarze gabeln
sprangen ins aug wo alles weiß zuvor gewesen.

3

dieweil wir blieben, starben
die lieben mit denen wir uns angefreundt. die eine
war eine frau, eine corsetière,

so plump und drollig just wie ihr gewerbe,
aber die nächte tief gehörten uns allein. und sterne gossen
ohne unterlaß und mählich gleich riesenhaften rosen,
und einmal kam ein duftender orangenhain geflossen
hinab an unserm fenster als wir in demut lagen,
wortlos warn unsre herzen als wir sie fallen sahen
mit einem zischen in den schwarzen see erloschen,
eintausend lampions begraben unterm faltenwurf.
nicht daß Sie denken nimmer zeit
wär da zu sachtem lauschen auf der nacht
gewaltges schweigen, seit an seit, ohn ein berühren,
oder daß seine hand zumindest sanft
den hügel streift, der, sagt er, ihn an farn erinnert
in dem als knabe er getollt und sich versteckt. von Ihnen
erfuhr aus seinem flüstern ich da viel,
mit seiner mutter standen Sie zuseit des bettes.
sonnuntergänge – die rosa ziehnden wolkenblüten, wühlend
hernieder von verschneiten gipfeln, das weiß hotel sich
wandt,
ins düster spindelten sich meine brüste, seine zung
wühlt jeden sonnenuntergang in meiner möse schrund,
mein schlund trank seinen saft, der sich in milch verwandelt,
und es ward milch für seine lippen,
denn in der zweiten nacht brach meine brust mir auf,
die lieb am nachmittag hatt durstig uns gemacht,
er trank ein weinglas leer und streckt sich quer,
ich öffnete mein kleid, und meine lust
schoß einen guß heraus noch eh sein mund sich schloß
auf meinem nippel, und den netten alten
pfaff, der mit uns diniert, ließ ich den andern nehmen,
die gäste gafften in einer art verwunderung,
doch lächelnd um gleichwie ›nur zu!‹ zu sagen,
denn außer liebe wird im weiß hotel
nichts offeriert zu einem preis den wir uns leisten können,
der chef stand strahlend in der offnen tür.
für zwei mann gabs der milch zuviel, der chef

trat ein und hielt ein glas unter die brust,
trank aus und sprach 's wär gut,
wir lobten höflich ihn, das essen wurd gekocht
so zärtlich wie seit eh und je,
mehr gläser kamen, die gäst verlangten sahne
die combo auch, vom durst erhitzt, das fallnde licht
strich plötzlich butter auf die bäume jenseits
der großen gartentüren, butter auf den see,
der nette alte pfaff fuhr fort an mir zu nuckeln, sehnte sich
nach seiner mutter die im sterben lag in einem slum,
mein andre brust tat andre lippen, die Ihres sohnes, füttern,
ich fühlt wie seine finger unterm tisch
mir durch die schenkel fuhren, die weitgeöffnet und am
zittern.

wir rannten rasch die trepp hinauf. sein schwanz ragt auf
gen mich und meine möse fing zu fließen an
gar eh die höhe wir erreicht, der priester war
gegangen um den trauerzug zu leiten durch die bäume
zur kalten bergesflanke, wir hörten die gesänge
hinab ans ufer sinken, er nahm meine hand
ließ meine finger neben sich her schlüpfen,
und unsre andre freundin, die plumpe corsetière
ließ auch die ihren schlüpfen 'nein, unglaublich wars,
so viel in mir, doch war noch immer ich nicht voll,
man trug die leichen aus der flut und aus dem feuer
auf karrn, wir hörten durch die kiefern sie rumpeln und dahin
ins schweigen schwinden, ich zog die röck ihr aus
weil sie so eingeklemmt von ihrem gurt, 's tat weh,
und ließ es ihn in ihr zuende machen, es schien
als wärs kein unterschied, denn liebe strömte ohne saum
vom see zum firmament zum berg in unsern raum,
wir sahn den zug der trauernden im dämmer
des gipfelschattens an dem graben stehn,
ein lüftchen trug herein erinnrung an den duft
von apfelsinenhainen und von rosen, fallend durch

dies sekretorische=geheimnisvolle all, in ohnmacht fielen
mütter und krümmten sich in erdenschlamm, und
glockenschall
klang läutend aus der kirche hinterm weiß hotel,
ein gut stück höher, den abhang hoch auf halbem weg
zur sternenwarte, strömten worte
der hoffnung aus dem mund des pfaff, ein mann allein
stand bei den netzen an dem see, sein hut
ans herz gehalten, wir hörten einen donnerschlag,
der gipfel, nur einen augenblick von ihrem singen
angehalten,
hing in der luft halb, stürzt dann als lawine
begrub die toten und die trauerklagenden. das echo
verlor sich in der ferne, ich werde nie vergessen
das schweigen, das da fiel, ein katarakt
von dunkelheit, denn jene nacht ertrank im weißen see
das sonnlicht schnell, kein mond war da,
ich glaub er drang in ihren tiefsten schoß hinein
sie schrie ein jubelschrei, und ihre zähne bissen
mir meine brust so scharf daß ihr
aus milchperltropfen blüten schossen.

4

an einem abend, als der see ein rotes laken, zogen wir
uns an, und stiegen auf des berges gipfel
hinter dem weiß hotel, den rauhen pfad hinauf
im zickzack zwischen lärchen, kiefern, seine hand
half mir beim steigen aber ließ auch schwanken mich,
in mir, mich suchend. als die eiben wir erreicht,
die judenbäume an der kirch, hielten wir rast;
die wies abgrasend starrt ein esel angepflockt,
ne alte nonne mit nem korb befleckter tücher
kam, als hinein er glitt, und sprach, der kühle
quell hier wird alle sünde von euch nehmen,

nur zu! es war der quell aus dem der see sich speist
die sonne zog herauf daß sie als regen wieder fiele.
sie wusch die tücher. wir kletterten den abhang hoch
in die region der ewiglichen kälte
über den bäumen. die sonne sank, just zu der zeit
da wir die sternwarte betraten, blind.
ich weiß nicht, wissen Sie, wie sehr Ihr sohn
die stern bewundert, die sterne sind in seinem blut.
doch als wir durch das glas emporgeschaut, warn da
gar keine sterne mehr, die warn zur erd gegangen;
ich wußts noch nicht bis dahin, daß die stern in flocken
von schnee heruntergehn, die erd zu ficken und den see.
es war zu dunkel, um das weiß hotel noch zu erreichen
in jener nacht, so fickten wir aufs neu und schliefen.
ich fühlt die geisterhaften einbildungen in kaskaden fallen
von ihm, und hört die berge singen,
denn des gebirgs zusammenkunft singt lieder gleich den
walen.

das ganze nächtge firmament kam jene nacht herab, in
flocken,
in solchem hohen schweigen lagen wir, daß uns zu ohren
kam
das freudenseufzen, wenns dem universum
begann zu kommen, so viel jahr zuvor,
im dämmer, als stern wir knackten um den schnee zu trinken,
war alles, wie der see auch, weiß,
verschwunden war das weiß hotel, bis er das glas
in richtung see hinab gedreht, die worte sah
die ich mit meinem atem auf unsre fensterscheib
geschrieben.
er dreht das glas herum, da sahn wir edelweiß,
das sich auf eines fernen berges eise kräuselte,
er zeigt dahin wo fallschirmspringer fielen
inmitten zweier gipfel, wir sahn das sonnlicht blitzen im
inzwischen himmelshellen blau, einen korsettverschluß,

die freundin wars, da war der fliederblaue fleck
den ihr sein daumen in den schenkel hatt gequetscht, der
blick
erregte ihn ich glaub, mein leichtbeschwingter
kopf fühlt, wie ganz hindurch er stieß, die standseilbahn
hing an nem kabel, schwang im wind, mein herz
zuckt wahnsinnig nervös, ich schrie, die gäste
fieln durch den himmel, meine brust schlug seiner zunge
trommeln,
nie hab ich meine nippel so schnell schwellen sehn,
die frauen fielen langsamer, fast schwebend,
denn ihre petticoats und röcke bauschten sich,
die männer fielen durch sie durch, es brach mirs herz,
die frauen schienen nicht zu falln, zu schweben eh'r, ein tanz
in dem die männer hoch auf luftgen händen hoben
kopfüber weit die leichten ballerinen,
die männer fieln zuerst zu grund, und dann
stürzten die frauen in den tann und in den see,
still folgten helle skier hinterher.

wir hielten rast beim abstieg an dem quell.
seltsam aus solcher höh sahn wir die fische
im schimmernd hellen see, millionen
flossen golds und silbers, pfeilschnellschlüpferig
an sperma mich erinnernd, das seinen weg durch meinen
schoß gesucht.
manch fische stupsten gäste um nahrung mit der nase an.
bin ich zu geil? ich glaub bisweilen
ich sei von sex besessen, 's ist nicht als ob
gott füllt die wasser mit irr laichenden gestalten,
dem rebstock trauben und der palme datteln bürdet,
den bullen blähn sich läßt, daß er die frucht sich nehme,
oder die pflaume zittern bei des ochsen dampf,
die sonne decken läßt den bleichen mond. Ihr sohn
brach ein in meine sittsamkeit, ein hirsch in brunft.
das personal war wundervoll. hab nie erfahren eine

bedienung, die der ihren glich, das telephon
war nimmer still, auch nicht die glocke an der rezeption,
und flitterwochenpaare, die um ein bett hier baten,
mußt man zur umkehr schicken, da für ausziehende
ein dutzend neuer gäste einzog, und man fand
ein eckchen für ein pärchen, das weinen wir gehört,
da's grade fortgeschickt, wir hörten irgendwo
die nächste nacht sie schrein, da die geburt setzt ein,
mit warmem leinen liefen kellner, zimmermädchen.
rasch war der ausgebrannte flügel neu erbaut,
das personal half überall, eins morgens da ich mein gesicht
vergraben in den kissen hatt, und mein gesäß
entgegen seine stöße nahm, ins fließen kam,
hörten ein schaben wir, am fenster war
der lustge chef und sein gesicht war strahlend, heiß,
er strich das holz von neuem weiß, und winkte,
es schert mich nicht, wen von den beiden drin ich hatte,
die steaks, die er bereitete, warn auserlesen fein,
der saft natürlich ausgelassen, und 's war gut
zu spüren daß ein teil von mir noch jemand anders war,
niemand war eigensüchtig in dem weiß hotel
wo wasser aus dem see konnt schlürfen das geröll
von dem gebirg, aus dessen mitte wilde schwän aufstiegen,
grau sahn die gipfel gegen ihren flaum so weiß wie schnee,
und mittenzwischen glitten sie im sinken auf den see.

II Das Gasteiner Journal

Sie stolperte über eine Wurzel, raffte sich auf und rannte blindlings los. Ins Nirgendwo ging ihr Lauf, aber sie rannte weiter. Immer lauter wurde hinter ihr das Prasseln des Laubs, denn sie waren Männer und konnten schneller rennen. Auch wenn sie den Waldrand erreichte, würden dort weitere Soldaten lauern, um auf sie zu schießen, aber diese wenigen besonderen Augenblicke im Leben waren kostbar. Nur gab es nicht genug davon. Der einzige Ausweg wäre, sich in einen der Bäume zu verwandeln. Mit Freuden würde sie ihren Körper hingeben, ihr volles Leben, um ein Baum zu werden, zu bescheidenem Dasein erstarrt, die Heimstatt von Spinnen und Ameisen. So daß die Soldaten ihre Gewehre gegen den Stamm lehnen und in ihren Taschen nach Zigaretten tasten würden. Sie würden mit den Achseln zucken über ihre gelinde Enttäuschung und sagen »auf eine kam's nicht an«, und würden heimgehen; sie aber, als Baum, wäre von Freude erfüllt, und ihre Blätter würden zu Gott ihre Dankbarkeit singen, während die Sonne durch die Bäume um sie herum versänke.

Endlich brach sie zusammen, in die bittere Erde. Ihre Hand rührte an etwas Hartes und Kaltes; als sie die Blätter beiseite wischte, fand sie den Eisenring einer Falltür. Sie raffte sich auf die Knie und zerrte an dem Ring. Eine Weile war es still gewesen, als hätten die Soldaten sie aus den Augen verloren, jetzt aber hörte sie sie wieder durchs Unterholz preschen, dicht hinter ihr. Sie riß an dem Ring mit aller Kraft, aber er wollte nicht nachgeben. Ein Schatten fiel schräg über die gefallenen Blätter. Sie schloß die Augen und erwartete, alles in ihrem Kopf würde explodieren. Dann schaute sie auf, in das entsetzte Gesicht eines kleinen Jungen. Er war nackt wie sie, und aus Hunderten von Rissen und Kratzern rann Blut. »Erschrecken Sie nicht, meine Dame«, sagte er. »Auch ich lebe noch.« »Sei still!« sagte sie zu ihm. Der Eisenring wollte sich nicht von der Stelle bewegen lassen, und sie sagte zu dem Jungen, er sollte hinter ihr her kriechen durchs Unterholz. Vielleicht würden die Soldaten das Blut auf ihren Rücken mit der Karmesinfärbung des Laubs verwechseln. Doch als sie kroch, fühlte sie, wie in ihre rechte Schulter Kugeln eintauchten, ganz sacht.

Der Fahrkartenkontrolleur schüttelte sie, und mit einer Entschuldigung fingerte sie ungeschickt an der Schließe ihrer Handtasche herum. Sie fühlte sich zu dumm, weil der Verschluß nicht nachgeben wollte – wie der Eisenring. Dann öffnete sie ihn, fand ihre Fahrkarte und gab sie ihm. Er stanzte ein Loch hinein und gab sie zurück. Als er die Tür des Coupés geschlossen hatte, strich sie sich ihr schwarzweiß gestreiftes Kleid zurecht und versetzte sich in eine bequemere und schicklichere Haltung. Sie warf einen Blick auf den Soldaten gegenüber, der, während sie schlief, in ihrem Abteil Platz genommen hatte; sie fühlte, wie sie rot wurde, als sich ihre Blicke begegneten, und begann, in ihrer Handtasche aufzuräumen. Sie bemerkte, daß der junge Mann, mit dem sie (wenn man so sagen darf) geschlafen hatte, sanfte grüne Augen hatte. Sie nahm ihr Buch wieder auf und begann wieder zu lesen. Gelegentlich schaute sie aus dem Fenster und lächelte.

Es war sehr friedlich: das Rattern der Schienen, das Umwenden eines Blattes, das Geraschel der Zeitung ihres Reisegefährten.

Der junge Mann wunderte sich, wie jemand lächeln konnte beim Hinausschauen auf die eintönige ockergelbe Ebene. Es schien nicht ein Lächeln aus glücklicher Erinnerung oder Erwartung zu sein, sondern einfach aus Freude an der Landschaft draußen hinterm Fenster. Das Lächeln veränderte ihre hübschen, nichtssagenden Züge. Sie hatte entschieden zu viel Gewicht, aber ihre Figur war wohlproportioniert.

Einmal ging ihr Lächeln in ein Gähnen über, das sie schnell unterdrückte. »Gut geschlafen«, sagte er kühn zu ihr, während er seine Zeitung auf dem Schoß zusammenfaltete und ihr ein freundliches Lächeln schenkte. Ihre Wangen röteten sich. Sie nickte und schaute dabei wieder aus dem Fenster; »Ja«, sagte sie, »oder eher tot als geschlafen«. Er fand ihre Entgegnung unpassend. »Es ist der Regenmangel«, fuhr sie fort. »In der Tat, ja«, sagte der junge Mann. Weiter wußte er nichts zu sagen, und sie kehrte zu ihrem Buch zurück. Sie verlor sich in ihrer Lektüre, einige Seiten lang; dann glitten ihre Augen wieder zu der trockenen Ebene, hinter fliegenden Telegraphenmasten, und ihr Lächeln kehrte zurück.

»Interessant?« fragte er, indem er ihrem Schoß zunickte. Sie bot ihm das aufgeschlagene Buch an und blieb vornüber gebeugt. Einen Moment lang war er verwirrt von den schwarzen und weißen Punkten, die zum Rhythmus des Zuges auf der Seite herumhüpften, wie die Streifen auf ihrem Kleid. Im Glauben, einen Unterhaltungsroman vorzufinden, hatte er Mühe, sich auf die fremde Sprache einzustellen, und zuerst dachte er – aus irgendeinem Grund –, das Buch sei auf Tamilisch oder in irgendeiner anderen fremdartigen Sprache. Er war schon soweit zu sagen »Also Sprachwissenschaftlerin sind Sie?« Da begriff er: Musik war das. Da standen Worte auf Italienisch zwischen den Liniensystemen, und als er sich den kräftigen Buchdeckel anschaute (der Einband knirschte in seinen Händen), sah er den Namen Verdi. Er gab ihr das Buch zurück, indem er sagte, Noten verstünde er nicht zu lesen.

»Es ist wunderschön«, sagte sie und strich mit den Fingern über den Einband. Sie erklärte, sie nutze die Gelegenheit, eine neue Rolle einzustudieren. Enttäuschend sei nur, daß sie nicht imstande sei, ihre Stimme frei ausschwingen zu lassen, da die Rolle doch so melodisch sei. Er sagte ihr, sie möge doch einfach frisch drauflossingen – das würde einem die

Langeweile dieser verdammten Ebene vertreiben helfen. Das sei es nicht, sagte sie lächelnd, was sie gemeint habe; ihre Stimme sei erschöpft, sie müsse sie schonen. Sie sei gezwungen gewesen, ihre Tournee abzukürzen und einen Monat früher heimzufahren. Das einzig Tröstliche sei, daß sie ihren kleinen Jungen wiedersehen würde. Ihre Mutter kümmere sich derweil um ihn; aber wenn er seine Großmutter auch gern habe, so mache es ihm doch nicht viel Spaß, die ganze Zeit mit einer älteren Frau zusammen eingepfercht zu sein. Er würde überglücklich sein, sie vor der Zeit heimkehren zu sehen. Sie habe kein Kabel geschickt, das ihre Ankunft zur Kenntnis brächte, da sie es eine Überraschung sein lassen wolle.

Der junge Mann nickte die ganze Zeit einfühlsam zu ihrer langweiligen Erklärung. »Wo ist sein Vater?« fragte er. »Ach – wer weiß?« Sie senkte den Blick auf die Opernpartitur. »Ich bin Witwe.« Er murmelte eine Entschuldigung und zog sein Zigarettenetui hervor. Sie dankte verneinend, sagte aber, sie genösse den Duft des Rauchs und ihrer Kehle mache es nichts aus. Sie werde nun eine Weile nicht mehr singen.

Als sie ihre Partitur zuklappte, schaute sie bekümmert aus dem Fenster. Er glaubte, sie gedächte jetzt ihres Gatten, und blieb taktvoll still, während er rauchte. Er sah den attraktiven Busen ihres schwarzweiß gestreiften Kleides sich in Erregung heben und senken. Ihr langes, glattschwarzes Haar umrahmte ein etwas fülliges Gesicht. Die angenehm geschwungenen Lippen machten alles in allem die große Nase nicht wett. Sie hatte einen dunkel getönten, fettigen Teint, der ihm gefiel, da er drei Jahre bei sehr unzulänglicher Kost verbracht hatte.

Die junge Frau dachte an den Rauch des Zuges, der hinter ihnen in die Ferne getrieben wurde. Auch sah sie diesen freundlichen jungen Soldaten erfroren in seinem Sarg liegen. Schließlich gelang es ihr, ihre Atmung wieder unter Kontrolle zu bringen. Um ihren Geist von diesen schrecklichen Dingen abzulenken, begann sie, ihrem Reisegefährten Fragen zu stellen und erfuhr, daß er in Kriegsgefangenschaft gewesen war und nun zu seiner Familie zurückkehrte. Ihr mitfühlender Ausdruck – wie dünn und blaß er war – verwandelte sich in erstauntes Vergnügen, als sie die Worte »Professor Freud aus Wien« auffing. »*Natürlich* hab ich von ihm gehört!« sagte sie lächelnd, und alle Traurigkeit war vergessen. Sie sei eine große Verehrerin seiner Arbeit. Sie habe in einem bestimmten Stadium schon einmal daran gedacht, ihn zu konsultieren; aber das Bedürfnis sei vorübergegangen. Wie das denn so sei, als Sohn eines so berühmten Vaters? Wie nicht anders zu erwarten, verzog er das Gesicht und zuckte schief mit den Achseln.

Er sei aber ganz und gar nicht eifersüchtig auf den Ruhm seines Vaters. Er wolle einfach nur eine junge Frau finden und Wurzeln schlagen. Sie müsse sich als Sängerin durchs Leben bringen, ständig auf Abruf, hier, dort und überall – keine fürchterliche Belastung? Wirklich nicht, sagte sie; für gewöhnlich nicht. Dies sei das erstemal, daß sie ihre Stimme überfordert habe. Unklugerweise habe sie einen Part übernommen, der für ihre Stimmlage zu hoch sei und zuviel Kraft verlange. Sie sei von ihrer Anlage her keine Wagnersängerin.

Der Zug, der seit etwa zwei Stunden ohne Halten unterwegs war, durch Großstädte schoß, ohne seine Fahrt auch nur zu verlangsamen, überraschte sie, als er an einer kleinen stillen Station inmitten der weiten Ebene zu halten kam. Es war nicht einmal ein Dorf – gerade eben drei oder vier Häuser und ein Kirchturm. Niemand wartete, um einzusteigen, die Gänge des Zuges aber füllten sich mit aufgeregtem Getümmel, Verwirrung, Geschrei, und sie sahen, wie sich eine Menge Reisender auf den Bahnsteig ergoß. Als der Zug wieder anfuhr, beobachteten sie, wie die ausgespieene Heerschar ihre Koffer verwirrt auf dem Bahnsteig absetzte. Schnell war der Weiler außer Sicht. Immer staubiger, verlassener wurde die Ebene.

»Ja, Regen täte uns sicherlich gut«, sagte der junge Mann.

Die Frau seufzte und sagte »Aber Sie haben doch Ihr ganzes Leben noch vor sich. In Ihrem Alter sollten Sie nicht so düstere Gedanken haben. Aber was mich betrifft, da haben Sie schon recht. Ich bin fast dreißig, fange an, meine Schönheit zu verlieren, bin verwitwet, in ein paar Jahren wird meine Stimme ganz dahin sein – wenig in Sicht, worauf man sich freuen könnte.« Sie biß sich auf die Lippe. Er fühlte sich leicht gereizt, daß sie alle seine Bemerkungen nicht beachtete oder mißverstand. Doch das erneute Heben und Senken ihres Busens rief in seinen Leisten eine Spannung hervor, die seine Zeitung zum Glück verbarg.

Als er – seine Zeitung noch im Griff – den Gang hinauf ging, um sich die Hände zu waschen, sah er, wie leer der Zug war. Sie schienen die einzigen zwei Reisenden zu sein, die noch übriggeblieben waren. Als er zurückkam, stellte er fest, daß seine Abwesenheit, wiewohl nur von kurzer Dauer, ihre Intimität unterbrochen hatte. Sie war wieder dabei, ihre Partitur zu lesen, und knabberte an einem Gurkensandwich (er erhaschte einen Blick auf ihre kleinen, perlenartigen, ebenmäßigen Zähne, als sie hineinbiß). Sie lächelte kurz zu ihm auf, ehe sie sich wieder in die Partitur versenkte. »Wie viele Krähen da auf den Leitungsdrähten sind«, hörte er sich sagen. Es klang – für ihn – knabenhaft, linkisch, töricht; seine Ungeschicklichkeit brachte ihn durcheinander.

Aber die junge Frau lächelte ein erfreutes Einvernehmen und sagte »Es ist eine sehr schwierige Passage. *Vivace.*« Und brach in ein rauhes, angenehmes Summen aus, das die widerborstigen Sechzehntel auf und nieder lief. Sie brach so plötzlich ab, wie sie begonnen hatte, und wurde rot. »Herrlich!« sagte er, »nicht aufhören!« Doch sie schüttelte den Kopf und fächelte sich das Gesicht mit dem aufgeschlagenen Buch. Er zündete sich eine neue Zigarette an, und sie schloß das Buch und gleichzeitig ihre Augen, während sie sich zurücklehnte. »Sind türkische, nicht?« Sie glaubte, es sei Opium in dem Geruch, und fing wieder an, sich in dem warmen, dumpfen Coupé schläfrig zu fühlen.

Er hatte sich während seiner kurzen Abwesenheit umgezogen und trug nun einen eleganten hellblauen Zivilanzug. Der Zug tauchte in einen Tunnel und verwandelte ihr kleines Reisezimmer in ein Schlafabteil. Sie fühlte, wie er sich ausstreckte und ihre Hand berührte. »Du schwitzt«, sagte er mitfühlend. »Du solltest Luft an deine Haut lassen.« Es überraschte sie nicht, als sie spürte, wie seine Hand ihre Beine auseinanderdrängte. »Du zerschmilzt schon zu Schweiß«, sagte er. Es war sehr friedlich und freizügig, den jungen Offizier im Dunkeln ihre Schenkel streicheln zu lassen. Sie hatte ja schon – in gewisser Hinsicht – mit ihm geschlafen und ihm dabei die viel größere Intimität erlaubt, ihr beim Schlafen zuzuschauen. »Es ist stickig«, sagte sie schläfrig. »Soll ich ein Fenster aufmachen?« schlug er vor. »Wenn du magst«, murmelte sie, »ich kanns mir nur nicht leisten, schwanger zu werden.«

Während es ihr kaum noch möglich war zu atmen, spreizte sie die Schenkel und machte es bequemer. Er blickte in das dämmernd Verschwommene ihres Gesichtes, wo hin und wieder das Weiße ihrer Augen aufglomm. Diese plumpen köstlichen Schenkel unter der gestrafften Seide waren zu verführerisch für jemanden, der mehrere Jahre lang eingesperrt gewesen war. Über ihren Augen erschien ein Fleckchen Rot. Es nahm an Dichte zu und wurde immer größer. Es zerspellte in kleine Spritzer von Karmesinrot, und er begriff, daß ihr Haar in Flammen stand. Er riß seinen Mantel vom Haken und wickelte mit ihm ihren Kopf ganz ein. Sie kam hoch und würgte nach Luft, aber die Flammen waren aus. Der Zug fuhr ins Sonnenlicht.

Das Feuer und das grelle Sonnenlicht hatten die Stimmung zerstört, verärgert drückte der junge Mann seine Zigarette aus. Die Frau sprang auf und stellte sich vor den Spiegel, brachte ihr Haar wieder in Ordnung und verdeckte die verbrannte Stelle mit einer glänzenden schwarzen Locke. Sie nahm ihren weißen Kapotthut aus dem Gepäcknetz und setzte ihn auf. »Da siehst du, wie leicht man mich erregen

kann.« Sie kicherte nervös. »Darum ist es das beste für mich, gar nicht erst anzufangen. Es bringt nicht viel.« Er bat um Verzeihung für seine Unbesonnenheit, und sie setzte sich aufrecht auf die Kante ihres Fauteuils, nahm zärtlich und besorgt seine Hände und fragte, ob sie schwanger geworden sein könne. Er schüttelte den Kopf. »Dann«, sagte sie mit Erleichterung, »ist ja nichts Schlimmes passiert.«
Er streichelte ihre Hände. »Willst du mich?« fragte sie. »Ja. Sicher. Sehr«, sagte er. Sie wurde erneut rot. »Aber was würde dein Vater empfinden, wenn du eine arme Witwe heiratest, so viel älter als du? Mit einem vierjährigen Sohn? Und das ist das zweite Problem: mein Sohn. Was würde *er* davon halten? Du müßtest ihn kennenlernen, und dann müßten wir sehen, ob du damit zurechtkommst.« Der junge Mann wußte nicht, was er darauf sagen sollte. Er beschloß, nichts zu sagen, sondern wieder anzufangen, ihre Schenkel zu streicheln. Zu seiner Erleichterung glitten ihre Schenkel sofort auseinander, und sie lehnte sich mit geschlossenen Augen zurück. Ihr Busen wogte und er legte seine freigebliebene Hand auf ihn. »Wir könnten einige Tage zusammen verbringen«, schlug er vor.

»Ja«, sagte sie, die Augen noch geschlossen. Sie rang nach Luft und biß sich auf die Lippe. »Ja, das wäre wundervoll. Aber laß mich zuerst ihn sehen und ihn auf das Treffen mit dir vorbereiten.« »Ich meinte, du und ich«, sagte er, »wir beide nur. Ich kenne ein Hotel in den Bergen, an einem See. Wunderschön. Sie rechnen doch nicht mit dir?« Sie schüttelte den Kopf, wieder mit einem Seufzer, als sein Finger in die Öffnung glitt. Der junge Mann verlor sein Interesse an der Frau, durch das Mysterium seines Fingers, der in ihr verschwunden war. Er konnte ihn durch ihr Fleisch gleiten fühlen, doch er war verschwunden. Sie wurde so feucht, daß es ihm gelang, noch weiter in sie hinein zu rammen. Sie schrie auf – es glitten so viele Finger in sie, als ob sie eine Frucht wäre, die er zerteilte. Sie stellte sich vor, beide Hände seien in sie hineingestopft, um an das Fruchtfleisch zu kommen. Ihr

Kleid war über ihre Taille hochgeschoben, die Telegraphenmasten schossen vorbei.

Nach und nach hörte sie durch ihre verwirrten Sinne einen brausenden Regen gegen das Gangfenster fallen, während auf der anderen Seite die Ebene nach wie vor ausgedörrt und staubig war und der Himmel gelb leuchtete. Der Zug hielt, und als sie zur Seite blickte, sah sie, wie der Schaffner das Fenster mit einer weichen Bürste putzte. Sein erschrockenes Gesicht schaute zu ihnen herein, aber sie fuhren fort mit dem, was sie taten, als wäre niemand da. Das Hämmern ihres Gesäßes gegen seine Finger ließ das Buch zu Boden fallen, und dabei zerknickte der zweite Akt des *Maskenball.* »Sollen wir nicht aufhören?« keuchte sie, aber er sagte, seine Finger müßten da bleiben. Er brauchte sie da, während sie an Straßen voll adretter Häuser vorbeifuhren und dann an hohen Mietskasernen mit Wäscheleinen von Fenster zu Fenster. Und außerdem waren sie so eingezwängt, daß er bezweifelte, ob er sie herausziehen könnte, selbst wenn er wollte. Sie nickte, überzeugt, daß es unmöglich war, aufzuhören.

Aber ohne Schwierigkeit befreite er seine Finger, als ihr Zug in den Umsteigebahnhof einlief; und in der kleinen Bahn, die sie hoch in die Berge trug, war keine Möglichkeit, wieder anzufangen. Sie saß gegen ihn gepreßt und gab sich damit zufrieden, seine Finger zu küssen oder seine Hand gegen ihren Schoß zu drücken. Ihre Mitreisenden waren in glänzender Stimmung und schnappten vor Staunen nach Luft, als der Zug sie gemächlich höher und höher in die Berge trug. »Es gibt noch 'ne Masse Schnee!« schnatterte die Dame, die gegenüber saß – eine Bäckerswitwe, nach dem feuchten Mehlgeruch zu schließen, der aus ihrem Körper stieg. »Glaub' ich auch.« Die junge Frau lächelte zurück. »Ich fühl mich nicht im mindesten befleckt.« Die Bäckerswitwe lächelte vage, wobei sie ihre Aufmerksamkeit ihrer jungen Tochter zuwandte, die ungeduldig herumzappelte. Das kleine Mädchen war aufgekratzt, denn dies waren die ersten richtigen Ferien, die es je gemacht hatte.

Der See war sogar jetzt, am späten Nachmittag, ein strahlender Smaragd. Sie waren, als sie das kleine Stück zum weißen Hotel gingen, glücklich, wieder alleine zu sein. Das Vestibül war leer bis auf den Concierge hinter der Rezeption – und der schnarchte gerade, vom stickigen Nachmittag in Schlummer gewiegt. Die junge Frau, noch geschwächt von der Passion der Zugfahrt, ruhte sich gegen das Pult gelehnt aus, während der junge Mann, der vom Umsteigebahnhof aus telephonisch ein Zimmer gebucht hatte, in die Reservierungsliste sah, sich einen Schlüssel vom Brett nahm und in das Register einen Namen kritzelte. Auf dem Pult stand eine Schale voll erstaunlich großer gelber Pfirsiche, und der junge Mann nahm sich einen, biß triefend hinein, und bot ihn seiner Freundin zum Abbeißen. Dann griff er nach ihrer Hand und schob sie vor sich her die Treppe hinauf. Der süße Biß in den Pfirsich erfrischte sie, und sie rannte beinah die Stufen empor; und noch im Laufen streifte er ihr schon das Kleid über die Taille. Die Seide wisperte. Ihre Hand glitt zurück, fühlte seine Erektion. Er drang in sie und sie kamen ins Zimmer, sie war sich nicht sicher, was zuerst kam; aber ohne eine Unterbrechung, um das Zimmer auch nur wahrzunehmen, lag sie schon rücklings auf dem Bett, die Schenkel weit gespreizt, und nahm seine Stöße entgegen. Sie hörten nicht auf zu vögeln, auch als er ihr das weiße Kapotthütchen abnahm und es im Segelflug in eine Ecke beförderte.

Die junge Frau fühlte sich, als sei sie entzweigebrochen und sah das Ende der Beziehung, noch bevor sie recht begonnen hatte; und wie sie, aufgespalten, nach Hause käme. Eine Fleckenspur zog sich von der Tür zum Bett, und als sie fertig waren, ließ sie ihn nach dem Zimmermädchen läuten; es möge heraufkommen und saubermachen. Während die Zimmerjungfer, ein orientalisches Mädchen, die Pfirsichflecken von dem verschossenen Teppich wischte, standen sie am Fenster und schauten über die Veranda hinaus und genossen den blauen Himmel des frühen Abends, in den letzten Minuten, bevor die Sonne unterzugehen begann und die Tönung des Himmels sich verfärbte.

Der nächste Tag brachte, außerhalb ihres Zimmers, eine Erneuerung des Blaus, aber in der zweiten Nacht (sie *glaubte*, es sei die zweite Nacht, hatte aber jedes Zeitgefühl verloren) kam ein Feuerstein, so groß wie eine Männerfaust, durch das offene Fenster geschossen. Es war der Wind, der sich während des Abends erhoben hatte, und nun durch die Lärchen pfiff und die Blumenvase zerschellen ließ, die das Zimmermädchen auf ihre Kommode gestellt hatte. Der junge Mann sprang ans Fenster und schloß es. Jetzt drohte der Wind das Fenster einzudrücken, und sie hörten ein gedämpftes Krachen, das von dem zusammenstürzenden Dach des Sommerhauses kam. Es war wie eine Pagode geformt, pittoresk, aber verletzlich, und der heftige Wind blies es davon. Lange kam keine Antwort auf die Glocke, mit der sie schellten, endlich aber erschien das Mädchen, um die zerbrochene Vase und das verschüttete Wasser und die Blumen aufzukehren. Ihre Augen waren rot, und der junge Mann fragte sie, was geschehen sei. »Einige Leute sind ertrunken«, sagte sie. »Die Wellen sind sehr hoch heute nacht. Ihr Boot ist gekentert.« Das Zimmermädchen sah verwundert auf den Brocken Feuerstein, der noch da lag, wo er hingefallen war. »Lassen Sie ihn«, sagte der junge Mann. »Er wird ein Andenken sein.« Sie nahm ihn dennoch auf und gab ihn ihm, und er wog ihn in der Hand, verwundert. Er konnte sich kein Bild machen von der Gewalt, die ihn vom Berg gerissen und in ihr Zimmer geweht hatte.

Später fragte sie: »Ist meine Brust weicher als der Stein?« Er nickte, während er den Kopf auf sie bettete, um ihre Weichheit zu prüfen. Deutlich unterschieden, doch weit entfernt, hörten sie den Lärm verstörter Menschen, die durch die Korridore hasteten; und als sie nach einem Diner schellten, wurde ihnen bedeutet, sie müßten sich mit Sandwiches bescheiden, da alle Kellner gerade den Opfern der Flut zu Hilfe kämen. Sie hatten Hunger, und er fragte, ob man ihnen zu den Sandwiches noch etwas Kakao mit heraufbringen könne. Er hätschelte ihre Brust, die so viel weicher als der Feuerstein war, und beugte sich nieder, um an dem Nippel zu nuckeln. Die junge Frau sehnte sich nach seinen Lippen, die an ihr saugten; der orangene Nippel wurde weiter und weiter in die Länge gezogen. Sie fuhr ihm mit den Fingern durch das kurze lockige Haar, während er zu lutschen fortfuhr. Sie hörten den Ton von etwas Zerschellendem – vielleicht wars ein Fenster oder das Küchengeschirr – und Geschrei. Den Lärm einer Panik. Sie hörten auch Gäste weinen. Es erinnerte sie an die Schreie ihres Babys, und sie streichelte des Mannes Haar. Ihre Brust schien geschwollen wie eine Trommel, auf das Dreifache ihrer normalen Größe. Der Wind drosch gegen den Fensterladen. Er nahm seine Lippen von ihrer Brust, um besorgt zu sagen »Ich hoffe, sie birst nicht.« Sie lenkte den Nippel wieder in seinen Mund und sagte »Ich glaube nicht. Als ich meinen Sohn stillte, schwoll sie auch so an.«

Das Hotel schwankte im Sturm, und sie glaubte auf einem Ozeandampfer zu sein; sie hörte das Knarren eines Schiffsbalkens, roch durch das offene Bullauge den salzigen Tang und aus der Kombüse den schwachen Duft des Abendmahls, mit einem Anflug von Seekrankheit. Sie hätte mit dem Kapitän zu speisen und er würde sie bitten, zum Orchester des Dampfers zu singen. Vielleicht würden sie nie den Hafen erreichen. Fast kamen ihr die Tränen, da ihr Nippel so lang gezerrt war, daß er schmerzhaft zu werden begann; Schmerz zog sich da zusammen, und doch irgendwie gehörte ihr der Nippel nicht, er trieb fort, ein wunder Appendix, vom Schiffsarzt entfernt. Sie wünschte sich eine Pause, aber er wollte nicht. Zu ihrer Erleichterung bewegten sich seine Lippen zu ihrer anderen Brust, und begannen da, den Nippel zu zerren, obwohl er, schon aus Sympathie mit seinem Zwilling, ganz angeschwollen war. »Sind sie empfindlich?« sagte er endlich; und sie sagte »Ja, natürlich, sie lieben einander.« Sie hörte das Bullauge in der Nachbarkabine, hinter ihrer Koje, zersplittern.

Mit seiner Hand öffnete er ihre Vagina und zwängte seinen Penis hinein, so hart, daß sie zurückstieß. Er richtete sich auf, um dorthin niederzusehen, wo er so geheimnisvoll in ihrem Körper verschwunden war. Er ließ ihn ganz nach Belieben herauskommen, und wieder verschwinden. Sie spürte den Anflug einer ganz leichten Berührung auf ihrem Haar, und als sie ihre Hand dahin führte, ertastete sie etwas Trockenes, Papierenes. Es war ein Ahornblatt, das unbemerkt hereingeweht sein mußte, als der Sturm anhob, noch ehe der Stein ins Zimmer geschleudert worden war. Sie zeigte es ihm und er lächelte, aber sein Lächeln verzog sich zu einer Grimasse aus Genuß am Hineinstoßen und Hinausziehen, und sich dabei auf dem Gipfel zu halten, kurz bevor es ihm käme. Sie legte ihm ihre Hand unters Gesäß und streichelte ihn mit dem trockenen und papierenen Ahornblatt. Er straffte sich, und erschauerte.

Der leichte Regen hatte aufgehört und der Wind sich gelegt; sie öffneten das Fenster und traten auf den Balkon. Er hielt die Freundin um die Hüfte gefaßt, und sie beobachteten, wie sich die Sturmwolken verzogen und Sterne enthüllten, größere, als sie je gesehen hatten. Und alle paar Augenblicke wollte ein Stern quer über den schwarzen Himmel gleiten, wie ein vom Zweig gewehtes Ahornblatt, oder wie die Art, in der Liebende sich mit sachten Bewegungen im Schlaf zurechtrücken. »Es ist ein Leoniden-Schauer«, sagte sie weich. Sie lehnte den Kopf an seine Schulter. Undeutlich konnten sie sehen, wie man unten am Seeufer geschäftig war: man ländete Leichen. Einige Leute klagten laut; eine andere Stimme rief nach mehr Tragbahren und Wolldecken. Das Paar ging wieder zu Bett und verlor sich aufs neue ineinander. Diesmal konnte sie fühlen, wie einer seiner Finger sich in ihr, neben seinem Penis, bewegte; es ließ sie aufgeregt zucken in Gegenbewegung zum Hinein und Hinaus seines Penis, immer schneller. Das erinnerte sie an quer über den Himmel schießende Sterne, und es rief Wirbel hervor und Strudel wie auf dem stürmischen See. Ganz war der Sturm noch nicht vorüber, denn die Spur eines weißen Blitzes zuckte lotrecht zum See hinab; sie sahen aus den Augenwinkeln, wie er die schwarze Fensterfläche in zwei Hälften zerschnitt, und die Vorhänge wogten. »Das war wild«, flüsterte er; und daher streichelte sie ihn achtsam noch sachter, mit der äußersten Spitze ihres Fingernagels. Im selben Augenblick war einer seiner Finger in ihrem Anus, das tat ihr weh, aber sie wollte, es täte ihr noch weher.

Auf dem See waren einige Lichter, wo Rettungsboote noch nach Leichen suchten. Die Rettungsleute waren gerade dabei, sich von dem Schlag zu erholen, den der Donner um ihre Köpfe gedröhnt hatte, eher noch vor als nach dem Blitz, der die Nacht zum Tage gemacht hatte. Aufs neue erhob sich der Wind, und sie beeilten sich ans Ufer zu rudern, denn es gab keine Hoffnung mehr, in jener Nacht noch weitere Leichen zu finden. Das Hotel belebte sich mit aufgeregten oder ihres Verstandes beraubten Menschen; die Glastüren hörten nicht auf zu knallen, da mehr und mehr Leichen hereingebracht wurden. Das Flutwasser im Billardzimmer, das im Souterrain lag, war schon fast bis zur Höhe der Löcher gestiegen, aber der Armeemajor watete unbeirrt um den Tisch herum, erpicht darauf, seine Runde abzuschließen. Er hatte das letzte Rot genommen und alle Farben zu durchbrechen. Es war ein schwieriger Lochschuß in gerader Linie über die ganze Länge des Spieltisches, aber er stieß ihn sauber, und die Kugel klickerte ins Loch. Als ihm das Wasser an die Hüfte stieg, schlürfte er sein Bier und kreidete sich das Queue. Die schwarze Kugel schmiegte sich gegen die Bande, aber er gab der weißen eine schnelle Trudelbewegung im Versuch, die schwarze an der Bande festzuhalten. Es war ein wunderbarer Stoß und die schwarze schlug dumpf in ein wässeriges Grab. Schon die ganze Runde über hatte der Major gegen sich selbst gespielt, da sein Gegner, ein Priester, hinausgelaufen war, um den Sterbenden die Letzte Ölung zu geben. Mit einem grimmigen Lächeln – sich selbst beglückwünschend – hing der Major sein Queue auf und verließ schwimmend das

Billardzimmer. In einem hohen Zimmer waren die Liebenden eingeschlafen, trotz des Getöses und Gerüttels des Windes an der Fensterscheibe; und im Schlafen ließen sie ihre Hände ineinander ruhen, wie aus Angst, irgendwie in der Nacht sich zu verlieren. Eine schwarze Katze duckte sich, von Sinnen vor Schreck, an den sich aufwerfenden und hin und her schwankenden Zweig eines Tannenbaums vor ihrem Balkon. Sie straffte sich zum Sprung, spürte aber: es war zu weit.

Es dauerte zwei Tage, bis man herausfand, daß die Katze auf dem Baum gestrandet war. Die jungen Liebenden hörten ein kratzendes Geräusch draußen an ihrem Fenster und verließen das Bett, um zu sehen, was da vorging. Sie sahen, wie ein Armeemajor eine lange Leiter bestieg, die unter seinem Gewicht knarrte und sich bog. Hinter sacht wehenden Gardinen hervor beobachteten sie die schwierige Rettungsaktion. Die Katze buckelte und spie nach dem Mann und krallte nach ihm, als er seine Hand ausstreckte. Der Kriegsmann ließ ein obszönes Wort fallen, das die junge Frau erröten machte, da sie solche Sprache nicht gewohnt war. Schließlich stieg der Major rücklings die Leiter hinab, mit der Katze, die sich um seinen Hals klammerte.

Sobald die junge Frau auf der Hand des Majors das scharlachrote Stigma aufbrechen sah, fühlte sie den widerlichen Sturz eines Blutpfropfes durch ihren eigenen Körper und erzählte ihrem Geliebten die schlechte Nachricht. Es überraschte und freute sie, daß er nicht aufgebracht war. Es gab allerdings ein Problem. Sie hatte überhaupt kein Gepäck. Sie hatte ihren schweren Koffer auf dem Gang des Schnellzuges gelassen, und als alle die Reisenden bei dem winzigen Weiler inmitten der versengten Ebene hinausgestolpert waren, mußte einer von ihnen aus Versehen ihren Koffer mitgenommen haben. Sie konnte nicht glauben, er sei gestohlen worden. Wie auch immer – er war seit der Zeit verschwunden, da sie in dem Umsteigebahnhof die Züge gewechselt hatten, und hatte ihre Kleider, Unterwäsche,

Toilettenartikel, und Geschenke für ihren Sohn und ihre Mutter mitgenommen.

Sie mußten nach dem Zimmermädchen schellen. Das höfliche Mädchen – eine japanische Studentin, die sich ihr Studiengeld verdiente – hatte Schwierigkeit, das Problem der jungen Frau zu begreifen. Sie war genötigt, es auf einem Bogen Hotelbriefpapier zu zeichnen: einen Halbmond, daneben in einfachen Strichen eine Frau. Das Mädchen errötete und ging hinaus. Glücklicherweise hatte sie gerade selber ihre Menstruation und kam mit einem Handtuch zurück. Scheu huschte sie – ein Trinkgeld ablehnend – davon.

Im Liegen sahen sie sich Photographien von seiner Familie an. Ein Schnappschuß reizte sie zum Lächeln: Freud am Meer, wie er einen schwarzweiß gestreiften Badeanzug trug, der aus demselben Stoff wie ihr Kleid hätte geschneidert sein können. Auch der junge Mann lachte leis in sich hinein; er schien seine jüngere Schwester besonders gern zu haben. Sein Lächeln verging in Trauer, als er sie betrachtete.

Sie gingen zum Diner hinab, und er fragte, ob sie sich gut genug fühle, zur Zigeunerkapelle zu tanzen. Sie nickte. Als sie zwischen den Tischen herumschurrten, lehnte sie sich an ihn. »Kannst du spüren, wie das Blut fällt?« fragte er. »Immer«, sagte sie. »Jeden Herbst werde ich krank.« Der Duft von ihrem Kirsch-Lippenstift erregte ihn und er küßte sie; sein schwüles klebriges Aroma ließ ihn nach mehr verlangen. Sie mußte beiseite treten, um Atem zu schöpfen, aber sie liebte das Kirscharoma ihres Lippenstiftes auf seinen Lippen, und aufs neue küßten sie sich, endlos kurze Lippengeplänkel. Sie brach wieder ab und sagte, die Musik mache ihr Lust zu singen. Aber da waren schon zu viele Tänzer und Gäste, die auf sie starrten. Er zog ihr vorn das Kleid hoch; kraftlos versuchte sie es wieder herabzuziehen, aber ihre Kehle ächzte vor Vergnügen und er beharrte: »Bitte, laß mich. Bitte.« Es war ein Schnurren an ihrem Ohr, vermengt mit dem Pfeil seiner Zunge. »Aber du wirst vom Blut bedeckt sein«, flüsterte sie. »Macht mir nichts«, sagte er. »Ich will dein Blut.« So legte sie ihren Arm wieder um seinen Hals und ließ ihn tun, was ihm gefiel. Die tanzenden und speisenden Menschen winkten ihnen lächelnd zu, und sie lächelten zurück.

»Ist es noch schön blutig?« fragte er, als er das Fett von seinem Fleisch schnitt. Sie griff nach seinen Händen und küßte sie. »Besser denn je«, sagte sie. »Siehst du's nicht?« Das Steak brachte das Blut zurück, das sie verlor, und danach liefen sie hinunter zu den Bäumen und liebten sich wieder, im Gras am See. Manchmal, wenn eine Tür geöffnet wurde, hörten sie die Zigeunermusik, und immer waren diese außergewöhnlich großen Sterne da. Es war nicht bequem, Liebe zu machen, während sie Blut verlor, andererseits konnte sie sich sogar noch mehr gehenlassen, weil keine Furcht vor irgendwelchen Folgen aufkam. Als sie nach Mitternacht die Treppe hinaufgingen, waren noch weitere Ahornblätter in ihr Zimmer geweht worden. Sie könne sie brauchen, sagte sie scherzend. Sie borgte sich seine Zahnbürste, und als sie sich die Zähne putzte, schlang er seine Arme um sie und gab ihrem Nacken behutsame Küsse. Es gab weiterhin Blitze – Wetterleuchten, ohne Donner –, die die schneebedeckten Bergesgipfel ganz dicht heranholten und die Trümmerspur beleuchteten, die Sturm und Flut zurückgelassen hatten.

ANSICHTSKARTEN AUS DEM weißen Hotel:

Eine ältere Krankenschwester

Mit ganzer Kraft kümmere ich mich um ein reizendes junges Paar; sind beide gelähmt. Richtig tapfer von ihnen, so gemeinsam Ferien zu machen. Sie sitzen versunken im Liegestuhl und teilen sich eine Wolldecke (wir sind mitten auf dem See, auf einer Jacht). Die Verpflegung ist excellent, und von Elise liebe Grüße, es geht aufwärts mit ihr.

Eine Sekretärin

Unser letzter Tag hoffe es ist warm & trocken wo Du bist, wo wir sind ist es ziemlich heiß, nicht *eine* Wolke, alles dunstig, wir sind auf einem Boot im See, knabbern Hähnchenknochen und trinken Wein. Hotel tadellos, besser als im Prospekt, und die Leute aus gutem Stall.

Ein Priester

Seine drei Masten sehe ich als Sinnbild der Passion Christi und das weiße Segel als sein herzliebes Totenlinnen. Also fühle ich mich gar so schuldig nicht mehr, daß ich meine Schäflein in der Wüste gelassen. Ich hoffe, es geht Dir gut, Mamma. Das Wetter ist schön. Vor ein paar Tagen ertrank ein süßes junges katholisches Mädchen in meinen Armen. Mache Dir keine Sorgen um mich. Ich lese gerade das Büchlein, das Du geschickt hast.

Ein japanisches Zimmermädchen

Wunder zu erzählen, meine Liebenden (mit dem Halbmond) bei Bruch der Dämmerung auf & hinaus auf einem Boot. Das heißt, ich und meine Freundin müssen machen ihr Bett jeden Tag, ihr Bett ist unbeschreiblich. Ich nicht mal Zeit zu schreiben Haiku.

Eine Corsetière

Das Wasser scheint fürchterlich kalt, aber morgen will ich unbedingt einen Sprung wagen. Gerade lasse ich meine Hand über den Bootsrand im Wasser ziehen. Wo der junge Mann neben mir mit seinem Mädchen die Hand hingesteckt hat, möcht ich lieber nicht sagen. Nun ja, das Leben muß weitergehen. Klar, es ist nicht mehr dasselbe, wenn dein Partner weg ist, aber ich muß versuchen, den Rest der Ferien zu genießen um meines lieben Gatten willen.

Ein Armeemajor

Ist eher ein Truppentransporter hier als eine Jacht. War vor dem Krieg alles anders. Sind eingekesselt, Mann gegen Mann. Jetzt ein gutes MG, und dann – Platz! – Luft! War noch viel zu wenig, die Überschwemmung. Körper! Überall! Dick kommt morgen mit dem 1ten Zug.

Ein Uhrmacher

Wie ein Öl-Lappen gings hoch. Eben noch genossen wir den schönen Bootsausflug – da konnten wir auch schon unser Hotel brennen sehen wie Sperrholz. Wir sahen kaum noch die Sonne, so hell wars. Tja, so geht sie hin, alle unsre Habe bis auf die Sachen, die wir am Leibe tragen.

Ein Botaniker

Es bricht mir das Herz. Gestern fand ich eine sehr seltene Spezies Edelweiß. Ich ließ sie natürlich im Hotel zurück, und nun ist sie in Flammen aufgegangen.

Eine Bankiersgattin

Ich dachte, ich seh nicht recht. Da stand drüben hinterm Wasser grad vor uns das Hotel in Flammen, und hier zog dieser junge Kerl sein Mädchen auf den Schoß und brachte sie in Stellung! Verstehen Sie, was ich meine? So wie beim Ringewerfen! Und hier schrien die Leute, und manche hatten noch ihre Angehörigen im Hotel!

Ein Versicherungsmakler

Der Anblick war einfach grauenvoll, als sie vom Obergeschoß aus dem Fenster sprangen. Sie hatten zwar die Sprinkleranlagen in Betrieb, aber viel Gutes konnten die nicht ausrichten. Gottseidank, Elinor war bei mir. Hatte noch versucht, sie zu einem Päuschen im Hotel zu bewegen. Na jedenfalls sind wir gesund & munter, und hoffentlich bis bald!

Seine Gattin

Gedankt sei Gott, Hubert war bei mir. Er war gar nicht so scharf auf einen Trip mit dem Boot seit der Überschwemmung, aber ich hab dafür gesorgt, daß er mitmachte. Das Wetter ist reizend, obwohl es nachts ziemlich kühl wird. Durch den Urlaub fühle ich mich erheblich besser, wir haben auch schon einige sehr nette Leute getroffen.

Ein Junge

Die hingen von den Bäumen wie Lampions.

Ein Pastor

Aber die Toten werden auferstehen, des bin ich sonder Furcht. Und das verwesliche Fleisch wird unverweslich werden. Die alte Dame, die wir auf den Ausflug in die Berge mitnahmen, starb im Feuer. Aber meine Seele preise den Herrn.

Ein Flitterwochenpaar

Es hat einen Schatten auf unsere Ferien geworfen, aber trotzdem, wir sind sehr glücklich. Dies sind die Berge und der See. Es ist ein herrlicher Fleck und die Aussicht atemberaubend.

Eine Bäckersfrau

Es bricht uns das Herz. Die liebe Mutter ist tot, gestorben bei einem schrecklichen Feuer im Hotel. Gottseidank waren wir draußen auf einem Boot, aber wir haben es alle gesehen. Wie Papier gings hoch. Und wir konnten das Zimmer sehen, wo sie war. Aber sie war ja eine alte Dame, also sollten wir uns auch nicht zu sehr darüber grämen. Der Kinder wegen versuchen wir heiter zu bleiben, und du solltest es genauso halten.

Ein Verkäufer

Eins der Schlafzimmer hatte lange die Vorhänge zugezogen gehabt aber gestern waren sie offen, und man glaubt, das könne was damit zu tun gehabt haben, obwohl, ich wüßte nicht, wie.

Seine Freundin

Man glaubt, womöglich wars eins der Zimmermädchen bei einer Zigarettenpause, als sie die Betten machten. Ich hab das japanische Mädchen im Korridor rauchen sehen, sieht komisch aus, sind doch sonst so ladylike. Glücklicherweise wars ein Flügel weiter als wo wir waren, daher sind unsere Sachen alle okay.

Ein pensioniertes Ehepaar

Man munkelt irgendwas über den Berg (wo noch ein Haufen Schnee liegt), der die Sonnenstrahlen reflektiere. Wie unsere Leselupe, nehm ich an. Jedenfalls ist es eine fürchterliche Tragödie, also, sei hübsch vorsichtig mit Feuer, meine Liebe. Das Hotelpersonal ist bezaubernd. Einen Besuch ists allemal wert, ein Urlaub fürs Leben. Danke, daß Du uns das möglich gemacht hast.

Ein Opernsänger

Ich bin für einige Tage ins Gebirge gefahren, um ein wenig zu verschnaufen, bevor ich heimkomme. Das tut mir gut, denk ich. Die letzten paar Wochen sind eine Strapaze gewesen, und es ist schön, einmal nichts zu tun zu haben, sich nur an der guten Küche und der wundervollen Landschaft zu laben. Mein Schlaf ist nicht besonders, das ist der einzige Nachteil, aber ich fange schon an mich ein wenig zu entspannen. Wir sehen uns bald!

Eine Näherin

Mein kleines Mädchen ist tot. Mein Herz gebrochen. Ich versprach Dir eine Postkarte, mein Lieber – und nun so eine Nachricht! Man wird sie hier beisetzen. Gleich danach werd ich fahren.

Ein Anwalt

Der einzige Nachteil: nachts der Radau. Na klar, man muß mit ihnen fühlen, aber schließlich hatten auch wir einen Verlust gehabt, und das ist keine Entschuldigung dafür, den Leuten den Schlaf zu ruinieren. Wir haben uns beschwert, aber der Manager scheint unwillig oder unfähig, sie zur Ordnung zu mahnen.

Eine Prostituierte im Ruhestand

Ein Gentleman machte mir ein Kompliment für meine gute Figur, also man kann offenbar nichts merken. Jeden Tag schöpfe ich ein bißchen mehr Kraft und gewöhne mich mehr daran. Nur links hab ich so ein Schweregefühl, aber ich glaube, das geht schon weg. Ich bin glücklich, viele sind hier schlimmer dran. Das Wetter ist gut, und die Verpflegung erstklassig.

Keiner fühlte sich in der Stimmung zu tanzen. Die Gäste aßen still ihr Diner und lauschten, vielfach mit Rührung, der Zigeunerkapelle, die liebliche und melancholische Weisen spielte. Einer aus ihren eigenen Reihen, ein Geiger, war vom Feuer in einem Fahrstuhl eingeschlossen worden und bis zur Unkenntlichkeit verbrannt. Die jungen Liebenden hätten möglicherweise gerne getanzt, erschienen aber nicht zum Diner.

In einer der Pausen zwischen der Musik, als nur noch der gedrückte Tonfall einer düsteren Konversation zu hören war, und das höflich verhaltene Klappern, mit dem serviert wurde, erhob sich der Armeemajor von seinem Tisch (er dinierte immer allein, an einem kleinen Tisch in der Ecke), ging zum Podium, flüsterte etwas zu dem plumpen, schwitzenden Primas der Kapelle, der ein Nicken zur Antwort gab, und sprach durch das Mikrophon zu den Gästen. Er sagte, er würde sich gern an möglichst viele von ihnen wenden, in einer dringlichen Angelegenheit, und ob es ihnen etwas ausmache, sich an der Bar, wenn sie mit dem Essen fertig seien, einen Drink zu holen und sich dann im Billardraum zu versammeln. Schweigen herrschte, nachdem er gesprochen hatte, dann stieg der Pegel der Unterhaltung wieder. Vielleicht ein Drittel der Gäste beschloß, zu schauen, was der »verrückte Major« (als den ihn viele kannten) zu sagen habe. Als die Kaffeetassen geleert und alle Weinbrände und Liköre an der Bar geholt waren, machte sich eine beträchtliche Menge auf den Weg zum Billardzimmer hinunter und nahm auf den Stühlen rings um den Spieltisch Platz. Der grüne Filz war immer noch nicht trocken von der Überflutung und schimmerte unter dem Lampenkegel wie ein rechtwinkeliges schaumbedecktes Schwimmbecken.

Der Major, ein Engländer namens Lionheart, stand an der

Schmalseite des Spieltisches und wartete auf die Nachzügler, die sich an der Rückseite hereindrängten. »Ich danke Ihnen für Ihr Kommen«, sagte er mit harter, aber volltönender Stimme. »Gestatten Sie, daß ich das Eis breche, indem ich sage, ich habe Sie nicht hierher geholt, um über den Tod zu reden. Der Tod und ich, wir sind alte Bekannte; er hat seinen Schrecken für mich verloren. Wir trauern um die, die in der Flut und im Feuer ihr Leben ließen, aber das ist es nicht, worüber ich zu Ihnen sprechen möchte. Solche Dinge passieren nun mal. Sie sind Werke Gottes. Wir sollten nicht zulassen, daß solche Ereignisse allzu trübe Wolken über uns verhängen.« Ein leises Geplätscher von Beifall ging bei diesen Worten durch die Gäste, und der eine oder andere von ihnen betrachtete den hochgewachsenen und distinguiert aussehenden Kriegsmann mit neuem Respekt.

Der Major sah nieder, während er seine Zigarette ausdrückte, ganz langsam, als bräuchte er Zeit, seine Gedanken zu ordnen. Tiefes Schweigen herrschte im Billardraum, nur unterbrochen vom Schnurren einer schwarzen Katze, dem Hotelhaustier (und großem Liebling aller Gäste), die sich mit der Menge hinunter geschlichen hatte und nun zusammengerollt im Schoß der Uhrmachersfrau lag, die sie streichelte. Die Katze war vom Feuer arg angesengt worden, aber zum Glück ohne größere Blessuren davongekommen.

»Jedenfalls gehen hier seltsame Dinge vor«, fuhr der Major mit frischem Schwung fort. Er machte eine Pause und wartete darauf, daß seine Worte einsickerten. Die Worte hatten den scharfen Ton militärischer Autorität gehabt. Krieg hätte dem wohl was gebracht, dachte Henri Poussin, ein Ingenieur. Vorher eine Null, und hinterher eine Null von etwas anderer Beschaffenheit – aber immer wenn die Grundtöne der Zeit Dringlichkeit und Gewalt hießen, mußte Löwenherz ganz schön gut gewesen sein.

»Würde es Ihnen etwas ausmachen, eine solche Behauptung zu rechtfertigen, Herr Major?« sagte Vogel, der deutsche Rechtsanwalt, scharf.

Der Major betrachtete ihn mit unverhohlener Verachtung. Vogel war ein Zyniker und armseliger Feigling; er war erwischt worden, als er beim Kartenspiel gemogelt hatte. »Natürlich«, sagte der Major ruhig, »die fallenden Sterne.« Das Schweigen der versammelten Menge fiel in eine noch tiefere Stille, als sie alle auf einmal – mit Ausnahme Vogels – den Atem anhielten. »Gesehen hat sie jeder«, fuhr der Major ruhig fort. »Nicht bloß ein oder zwei Leute, sondern jeder; und nicht nur in einer Nacht, sondern nahezu jede Nacht. Große, leuchtende, weiße Sterne.«

»Groß wie Ahornblätter«, sagte die Freundin des Verkäufers mit weicher, halb betäubter Stimme. Sie preßte ihre Hände ineinander, wie erschrocken darüber, daß sie so frei heraus gesprochen hatte.

»Exakt«, sagte der Major.

»Und die Ulmenblätter sind rot«, sagte der Uhrmacher und sprang auf, wobei er die Hand seiner Frau abschüttelte. »Hat das sonst noch jemand bemerkt?« Er sah aufgeregt in die Runde, und mehrere Köpfe nickten. Er meine die Ulmengruppe am Ende des Rasens hinter dem Hotel. Die Leute, die genickt hatten, senkten den Blick und leckten sich nervös die Lippen. Andere Stimmen aber behaupteten aufgebracht, das sei nicht wahr. Diese Stimmen waren nicht sehr überzeugt, und verstummten bald wieder. Erneut senkte sich völlige Stille hernieder, eine deutliche Kälte hatte sich im Raum verbreitet. Um zu vermeiden, daß sich Unruhe und Verzagtheit breitmachten, schlug der Major vor, man solle ein paar Minuten Pause einlegen und derweil hinaufgehen und sich die Gläser neu füllen lassen. Der Major, plötzlich ermüdet, setzte sich, und in dem Gewirr der Stimmen und des Drängelns zur Treppe schlängelte sich Vogel zu ihm, dessen randlose Brille maliziös aufblitzte. »Sie haben mich überrascht, Lionheart«, sagte er leichthin, aber mit einer eisernen Schärfe aus Verachtung und Ressentiment.

Der Major lehnte sich in seinem Stuhl zurück. »Wirklich? Inwiefern?«

»Weil Sie Panik säen unter den Damen. Hätten Sie sie nicht raushalten können? Ich akzeptiere nicht eine Sekunde Ihre bangemacherischen Vorstellungen. Aber nur mal angenommen, sie wären wahr – warum hätten Sie sie nicht raushalten können?«

»Zum einen: Sie unterschätzen den Verstand der Damen, Vogel. Die Attitüde von Leuten in sitzender Stellung – immer töricht, und in manchen Fällen gefährlich.«

Vogel wollte leicht aufbrausen, beherrschte sich aber noch.

»Zum andern?«

»Zu ihrer eigenen Sicherheit – zu unserer aller Sicherheit – haben sie einsehen müssen, daß wir von Dingen bedroht werden könnten, die wir nicht verstehen. Zumindest *ich* erhebe nicht den Anspruch, sie zu verstehen. Aber ich habe ja auch nicht den Segen einer deutschen Erziehung genossen.«

Der Rechtsanwalt wandte sich schroff ab. Der Soldat fühlte Ärger darüber, daß er sich zu einer unhöflichen Bemerkung hatte hinreißen lassen. Schnell aber lenkte er seine Gedanken zurück zu der ernsten Aufgabe, die in seinen Händen lag, als sich seine Mitgäste mit ihren Drinks wieder versammelt hatten und darauf warteten, daß er die Diskussion wieder aufnähme. Er erhob sich. Einen Moment lang schwindlig, leicht schwankend, griff er nach dem feuchten Filzrand des Billardtisches.

»Wichtig für uns ist«, sagte er, »daß wir uns freimütig mitteilen, was wir gesehen haben oder gesehen zu haben glauben; und, wenn möglich, rationale Erklärungen finden. Zum Beispiel weiß ich nicht, ob nur ich allein gesehen habe, wie ein Blitz in den See einschlug. Ein bläulicher Strich, absolut vertikal.« Er schaute fragend in die Runde. Nach kurzem, gespanntem Schweigen rührte sich eine ältere Krankenschwester und sagte ruhig »Nein, ich sah das auch.« »Ich auch«, sagte ein hagerer, hakennasiger Buchhalter. Auch seine Frau nickte kräftig mit dem Kopf. Mehrere andere gaben gedämpfte, verlegene Zeichen der Zustimmung und nippten nachdenklich und verstört an ihren Drinks. Der Major fragte, ob sonst noch jemand irgendwelche seltsamen Vorkommnisse zu berichten habe.

»Ein Rudel Walfische«, sagte eine hübsch aussehende, blonde junge Frau, eine Sekretärin. »Gestern morgen, als ich hinunter ging, um in der Frühe ein wenig zu schwimmen. Ich dachte, ich sehe da was, oder vielmehr, sehe eigentlich *nichts*, wenn Sie verstehen, was ich meine, weil, der See hat ja keinen Ausfluß. Es ist einfach unmöglich. Aber jetzt bin ich wieder drauf gekommen durch Sie. Ich bin sicher, tiefhängende Wolken waren das nicht.«

»Vielleicht sahen Sie Ihren eigenen Katzenjammer«, sagte Vogel kichernd.

»Nein. *Ich* sah sie auch«, sagte seine blasse Schwester. »Tut mir leid, Friedrich«, beeilte sie sich hinzuzufügen, »aber ich muß die Wahrheit sagen. Ich mußte im Morgengrauen aufstehen, aus Gründen, auf die ich nicht näher einzugehen brauche, und blickte aus meinem Fenster.«

»Und da sahen Sie Wale?« fragte der Major eindringlich, mit einem freundlichen und milden Lächeln.

»Ja.« Sie wrang ihr Taschentuch, und Vogel betrachtete sie mit Verachtung und Abscheu.

Es zeigte sich, daß niemand sonst das Walrudel gesehen hatte; aber es war auch niemand sonst zur Dämmerung aufgewesen am gestrigen Tag, und das auf eine peinvolle Weise ehrliche Zeugnis der Schwester Vogels hatte Eindruck gemacht.

»Irgendwelche sonstigen Aussagen?« fragte der Major bündig. »Seltsame Vorkommnisse, merkwürdige Gesichte?«

Augen wanderten im Raum umher, in völliger Stille.

»Dann lassen Sie uns betrachten, was wir haben. Fallende Sterne. Rote Blätter. Ein Blitz. Ein Rudel Wale...«

Bolotnikov-Leskov, der wachsam abseits gesessen und sich dabei seinen kurzen und eleganten Bart gestrichen hatte, in der hintersten Ecke, unterbrach ihn an dieser Stelle. Die Stimme dieses angesehenen Staatsmannes erheischte augenblicklichen Respekt, sogar von denen, die mit seiner Politik nicht einverstanden waren. »Ich vermag Ihnen nichts von der Art einer –« (er seufzte und breitete die Hände aus) »Erklärung der fallenden Sterne, der roten Blätter oder des Blitzes zu unterbreiten. Aber ich *glaube*, ich habe womöglich eine Erklärung für die Wale. Madame Cottin« – er verneigte sich vor der plumpen Dame im blauen Kleid, die ihr lächelndes Gesicht in Erwiderung senkte – »ist eine Corsetière. Und ein Teil eines jeden Korsetts ist – drastisch gesagt – toter Wal. Es scheint mir nicht unmöglich, daß die Anwesenheit von ihr – die uns alle ob ihrer außerordentlichen Wärme und Vitalität so entzückt hat – die Wale sozusagen ›beschworen‹ hat. Sie angezogen, zu ihnen gesungen, sie heimgelockt hat – nennen Sie es, wie Sie wollen.«

Madame Cottin, die ihre erröteten Wangen fächelte, sagte, sie habe in der Tat schon zuvor von Situationen erfahren, daß Damen Wale gesehen hätten, wenn sie – Madame Cottin – ganz in der Nähe gewesen sei.

Bolotnikov-Leskov nickte ihr dankbar zu, während er errötete wie ein kleiner Junge.

Die rationale oder beinahe rationale Erklärung für das Auftauchen der Wale ließ die Gesellschaft wieder Mut fassen und ermunterte einige von ihnen, Erscheinungen zu erwähnen, deren Zeugen sie gewesen waren, aber zu eingeschüchtert, sie zu berichten. Ein protestantischer Pastor sagte zögernd, er habe durch die Judenbäume eine Brust fliegen sehen, als er eines Abends vor dem Diner zur Kirche hinauf geschlendert sei. »Ich dachte erst, es wär eine Fledermaus«, sagte er, »aber der Nippel war deutlich zu erkennen.«

Eine schwerbusige Frau mit angegrautem Haar sagte, man habe ihr kürzlich eine Brust wegen einer Geschwulst entfernt. Major Lionheart dankte ihr für ihre Offenheit, und ein leises Gemurmel von Mitgefühl stieg auf. Vogel, unverkennbar gelb im Gesicht, sagte, er *glaube* in der Untiefe des Sees einen versteinerten Embryo gesehen zu haben, es könne sich aber ebensowohl um das Stück eines fossilierten Baumes gehandelt haben. Seine Schwester, die zu weinen begann, bekannte sich zu einer Abtreibung vor zehn Jahren. Darauf herrschte ein schmerzvolles und schockiertes Schweigen, und jedem war klar, daß Vogel nichts davon gewußt hatte. Die Muskeln seines Gesichtes zitterten, und der Major fühlte eine Aufwallung von Mitleid mit dem vertrockneten deutschen Rechtsanwalt.

Vogels Schwester schluchzte nun ungehemmt. Es war ein trockener, quälender Laut, fast unerträglich zu hören; Männer, die die Überschwemmung und das Feuer überstanden hatten, ohne mit der Wimper zu zucken, zündeten sich jetzt Zigaretten und Zigarren an, im Bemühen, ihre Nerven zu beruhigen. Es war eine große Erleichterung, als der Pastor sich an Vogel vorbeilehnte und die Frau mit freundlichem, aber festem Griff am Arm nahm und aus dem Raum geleitete, indem er ihr zwischen den Gästen und dem Billardtisch einen Weg bahnte. Während sie hinausbegleitet wurde, konnten die neben der Bäckersfrau Sitzenden sehen, wie sie ihrem Gatten einen leichten Rippenstoß gab und ihm etwas zuflüsterte, er aber den Kopf schüttelte. Doch als sich erneut Schweigen herniedergesenkt hatte, stand der Bäcker auf und sagte mit holpriger, kaum vernehmbarer Arbeiterstimme, er habe eine Gebärmutter quer über den See gleiten sehen. Er sei alleine draußen gewesen, beim Angeln. Die Gebärmutter habe kaum die Wasseroberfläche berührt und sei rasch verschwunden. »Manchmal, da fängst du an, so komische Sachen zu sehen, wenn du alleine beim Angeln draußen bist, besonders im Morgengrauen oder wenns dämmert. Aber das war keine Verwechslung nich.« Mit einem kurzen, wie um Bestätigung bittenden Seitenblick auf seine Frau setzte er sich.

Major Lionheart konnte sich bei des Bäckers komischem Vulgärakzent ein gelbgezähntes Grinsen nicht verkneifen, obwohl er versuchte, so zu tun, als verzöge er nur seine

Wangenmuskeln; und sogar Bolotnikov-Leskov, trotz all seiner revolutionären Ideale, lächelte verhohlen. Der Major fragte, ob sonst noch jemand eine Gebärmutter habe gleiten sehen. In das Schweigen hinein sagte jemand, er habe womöglich einen Laib Brot gesehen, und da gab es ein leises, die Spannung lösendes Gelächter. Doch dann brach eine namenlose Männerstimme aus dem Dunkel der Ecke: »Hat irgendwer die Gletscher gesehen? In den Bergen.« Es löschte alles Lächeln aus und erneuerte das Frösteln im Raum.

Es gab von verschiedenen Gästen allerlei Versuche, die fallenden Sterne zu erklären, den Blitz, die roten Blätter und die Gletscher. Keiner dieser Versuche hatte Überzeugungskraft, nicht einmal für die, die Erklärungen vorbrachten. Der Major riet, um das Treffen zu einem Abschluß zu bringen, zur Wachsamkeit. Bolotnikov-Leskov dankte dem Major im Namen aller Anwesenden – erneut gab es ein beifälliges Murmeln – und schlug vor, im Falle, daß irgendwer etwelchen sonstigen unerklärlichen Vorkommnissen als Zeuge beiwohne, er alsogleich den Major informieren solle; der ermächtigt sein würde, ein neues Treffen einzuberufen, falls und wann immer er es für notwendig erachte. Der Vorschlag wurde mit gedämpfter Zustimmung angenommen.

Als die Gäste, je zu zweit nebeneinander, die Treppe hinaufdrängten, sah sich der Bäcker zu seiten der älteren Krankenschwester. Sie nahm die Gelegenheit wahr, ihm zu erzählen, ihre Großnichte, die sich heute nacht nicht gut gefühlt habe und daher früh zu Bett gegangen sei, habe sich erst vor einem Monat einer Operation zur Entfernung der Gebärmutter unterzogen. »Ich hab sie hierher gebracht, zur Erholung«, sagte sie ruhig, wobei sie nicht wünschte, daß ihnen jemand zuhöre. »Es ist sehr traurig, denn sie ist doch erst in ihren Zwanzigern. Ich wollt's nicht in aller Öffentlichkeit sagen, denn sie wäre sehr bestürzt, wenn es bekannt würde. Sie ist schon genug durcheinander. Ich wollte aber, daß Sie es wissen, und Ihre Frau.« Der Bäcker drückte ihr dankbar den Arm.

Mehrere Abende vergingen, ehe die jungen Liebenden sich wieder hinunter wagten, um zu dinieren. Dabei fanden sie, daß man ihren Tisch neuen Gästen zugewiesen hatte. Es gab einfach kein Ende in dem Strom hoffnungsvoller Gäste, die in dem weißen Hotel auftauchten, und ein freier Tisch war ein Luxus geworden, den man sich nicht leisten konnte. Das machte der Oberkellner, um Entschuldigung bittend, dem jungen Paar klar, wobei er sagte, er habe angenommen, sie wünschten hinfort immer auf ihrem Zimmer zu speisen. Er bat sie, zu warten, während er sich entfernte und ein Wort mit einer drallen, aufreizend attraktiven, künstlich blonden Frau wechselte, Madame Cottin, die allein an einem Zweiertisch saß. Madame Cottin lächelte zustimmend und nickte quer durch den Speisesaal dem jungen Paar ein Willkommen entgegen; und der Oberkellner besorgte geschwind einen Extra-Stuhl und geleitete das Paar an den Tisch der Dame. Es war ein enges Gequetsch, und der junge Mann war voller Entschuldigungen, daß sie in ihre Privatsphäre eingedrungen seien; aber Madame Cottin zerstreute lachend all seine Zeichen des Bedauerns und quiekte gutgelaunt auf, als Beine unter dem Tisch peinlicherweise zusammenstießen.

Sie sei entzückt, sagte sie, ein wenig Gesellschaft zu haben. Ihr Gatte sei bei der Überschwemmung ums Leben gekommen, und das Alleinsein falle ihr nicht leicht. Sie zog ein Taschentuch heraus und tupfte sich eine Träne aus dem Auge; bald aber war sie es, die sich entschuldigte, daß sie ihnen ihren Schmerz aufzwänge. »Ich versuche, nicht so oft zu weinen«, sagte sie. »Erst war ich untröstlich und machte, ich bin sicher, jedem das Leben mies. Aber ich sagte mir, du mußt dich zusammenreißen. Es war unfair gegenüber denen, die hier sind, um sich zu amüsieren.«

Der junge Mann sagte, er bewundere ihre Tapferkeit sehr. Sie sei ihm schon bei früherer Gelegenheit während eines Diners aufgefallen; er habe sie lachen und tanzen sehen: der gute Geist aller Gäste. Madame Cottin lächelte verzerrt. »Leicht wars nicht«, sagte sie. In Wahrheit sei es furchtbar schmerzlich gewesen, Lustigkeit vorzugaukeln, während ihr Herz im Sarge bei ihrem Gatten sei.

Es sei ein wenig leichter geworden, fügte sie hinzu, seit der schrecklichen Feuertragödie. Den frischen Schmerz der anderen zu sehen, habe die Wirkung gehabt, daß sich Distanz zwischen sie und ihren Verlust geschoben habe. Und, davon abgesehen, im Vergleich zum Verbranntwerden sei das Ertrinken doch ein gütiger und gnädiger Tod. Man könne immer jemanden finden, der schlimmer dran sei als man selber, sagte sie. Sie tupfte sich erneut das Auge; dann aber, da sie ihnen nicht den Abend verderben wollte, wurde sie heiter und begann, ausgelassene Geschichten zu erzählen, besonders über ihre Kunden. Beide verliebten sie sich in Madame Cottin. Die Tränen liefen ihr die Wangen hinab bei ihren drolligen Erzählungen darüber, wie sie Damen (und sogar Herren) ihre Mieder angepaßt hatte. Nachdem sie aus Herzenslust gegessen hatte, gab sie ihrem gut versorgten Magen einen kleinen Klaps und sagte, sie sei eine lebende Reklame ihrer Waren. »Ich kann wirklich nicht mehr!« Sie lachte und breitete dabei die Hände aus wie ein Angler, der von seinem Fang erzählt. Tatsächlich mißverstand der Bäkker, der quer durch den Raum ihr Auge auf sich zog, ihre Geste und überbot sie mit einem vollen Ausbreiten seiner Arme, und grinste dann entzückt. Der Abend flog vorbei, als hätte der am Nebentisch sitzende Uhrmacher das Tempo aller Taschen- und Armbanduhren verdreifacht.

Die Liebenden begleiteten Madame Cottin zu ihrem Zimmer – das tatsächlich dasjenige war, das neben dem ihren lag, hinter dem Kopfende ihres Bettes. Nacht für Nacht hatten sie den herzzerreißenden Schluchzern aus jenem Zimmer gelauscht. Ihre Bewunderung und ihr Respekt vor ihr wuchsen immer mehr – sie empfanden, wieviel es sie kosten mußte, tagtäglich ihren Gram zu unterdrücken. Und aufs neue hörten sie in dieser Nacht, als sie einander in die Arme fielen und sich ungeduldig zu entkleiden begannen, die Laute von Madame Cottins Kummer hinter der Wand. Sie verloren die Laute jedoch in ihrem eigenen Hunger schnell.

Später hatten sie ihren ersten Streit unter Verliebten: der war recht gutmütig und ging nicht über ein Flüstern hinaus. Er war überzeugt, draußen hinter ihrem Fenster stürzten Sterne durch den schwarzen Himmel, während sie behauptete, es seien weiße Rosen. Doch dann strömte etwas, das unzweifelhaft ein Orangenhain war, hinab und vorbei, und im Staunen über das, was sie gewahrten, verstummte ihr Wispern. Die glänzenden Orangen glühten in dem dunkel raschelnden Blattwerk. Die Liebenden traten auf den Balkon, um zu sehen, wie der Orangenhain in den See fiel. Jede einzelne Frucht zischte und wurde ausgelöscht, als sie das stille Wasser berührte.

Ihrem Blick verborgen, stand Madame Cottin zur gleichen Zeit auf ihrem Balkon. Sie konnte keinen Schlaf finden. Sie sah, daß Hunderte von Laternen auf dem See waren und eine nach der anderen von einem schwarzen Tuch verhüllt wurde. Sie hatte sich für eine weitere Nacht ausgeweint. Bereits entkleidet und in ihr baumwollenes Nachthemd gehüllt, schüttete sie die fast volle Glas-Phiole ihrer Tränen aus.

Völlig erschöpft lag das Paar Seite an Seite im Bett. Es war ungewohnt und erfrischend, einmal nicht irgendwelchen Lauten des Grams lauschen zu müssen. Sie hatten keine Vorstellung, wie spät es war. Die Zeit, die durch den Abend gerast war, schleppte sich nun dahin für Madame Cottin, die mit aufgerissenen Augen im Dunkel lag; und existierte, auf verschiedene Weise, nicht für die schlafenden Gäste, für die Toten unten in den kühlen Vorratskammern, und für die Liebenden. Ihre Seelen, balancierend am Abgrund des Schlafes – so wie man, von Hitze bedrückt, sein Bett gefährlich aufschlägt auf dem Balkon –, stimmten sich auf völlige Stille ein. Ihr Gehör war schärfer als das seine, und sie hörte Räume voll Schweigen, die ihm verschlossen blieben. Nicht einmal ihre Finger berührten sich. Dann und wann fuhr seine Hand müde durch den zerzausten Hügel ihres Schamhaares, eher aus Zuneigung denn aus Lust; sie mochte das.

Er unterbrach die Stille und flüsterte, daß er ihn an einen Hügel erinnere, auf dem er als Knabe oft gespielt und gepicknickt habe. Der Hügel sei von Farnkraut überwuchert gewesen, und er habe mit einem Vetter Jäger und Verstecken gespielt. Er erinnerte sich an das bange Vergnügen, wie er durch den sperrigen Farn mit seinem sommerlichen Duft gepirscht war oder angeschlichen wurde. Es sei die einzige Zeit gewesen, in der er sich jemals wirklich der Erde nahe gefühlt habe.

»Mein Vater sagt, immer wenn man Liebe macht, sind vier Personen anwesend«, sagte er. »Sie sind jetzt hier, natürlich. Meine Eltern.«

Die junge Frau sah die strenge Gestalt Freuds, daneben seine schüchterne Frau, am Fußende des Bettes. Freuds schwarzer Anzug und das weiße Nachthemd seiner Frau zerflossen und gingen unmerklich in ihr Kleid über, das schemenhaft auf dem Boden lag, wohin er es geschleudert hatte.

Am meisten liebten sie die Sonnenuntergänge. Die Berge spindelten rosa Wolken aus sich selbst, gleich Blumen. (Ja, die alte Krankenschwester sah eines Abends, wie sich der ganze Himmel in eine riesige karmesinrote Rose verwandelte, mit endlos in sich verwobenen Blütenblättern; und pflichtgemäß ging sie sogleich zum Major, um ihm davon zu berichten.) Die Rose, wiewohl auf ewig reglos, schien sich in sich selbst zu spindeln, und die Liebenden hatten den unheimlichen Eindruck, die ganze Erde drehe sich im Kreis. So drehten sich auch ihre Brüste in seinen Händen, als heimlich die Nacht über sie kam; und auch seine Zunge drehte sich, als sie delikat an ihr Geschlecht stieß oder tiefer und tiefer einzudringen versuchte, als wolle er sie ins Gebirge zwingen. Sie öffnete sich so weit, daß sie spürte, wie sich ihre Vagina zu einer Grotte höhlte, so daß sie Luft ausströmte auf eine Weise, die gleich dem Ausbruch einer Brise war und ihr Gesicht erröten machte, obwohl sie wußte und er wußte, daß es nicht so war.

Die Zeit mit ihren sanften Chirurgenhänden war ruhig dabei, Madame Cottin zu heilen. Während die Liebenden ihren Tag im stickigen Zimmer verbrachten, wanderte sie draußen mit Vater Marek, dem gütigen alten katholischen Priester, um den See. Seine letzten Wahrheiten waren ihr ein großer Trost. Er drängte sie, in den Schoß der Kirche zurückzukommen, wobei er deren Wirkung mit der ihrer strammen Korsetts verglich. Die Dogmen der Kirche, sagte er lächelnd, seien das Walbein der Seele. Die Analogie entzückte sie, und sie lachte leis in sich hinein. Nach einem wundervollen, langen Morgenspaziergang durch Wälder und wilde Blumen machten der Priester und die Corsetière an einer freundlichen Herberge am See halt, meilenfern abgelegen, um eine Erfrischung zu sich zu nehmen. Als sie ihr Brot und ihren Käse zu den Tischen am See hinaus trugen, gewahrten sie Vogel und Bolotnikov-Leskov. Sie fühlten die Verpflichtung, sich ihnen beizugesellen, obwohl keine der beiden Parteien das Treffen angenehm fand. Bolotnikov-Leskov war mitten in einer politischen Rede und hatte viel zuviel Schwung entwickelt, um innehalten zu können. Das Problem sei, erklärte er (während Madame Cottin betrübt lächelte und ihren Blick über den See schweifen ließ), daß seine Partei für die Massen die beste sei, die Massen dies aber leider nicht einsähen. Die einzige Lösung, fürchtete er, sei die Bombe.

Vogels Adlerauge bemerkte den Tremor in des Priesters Hand, als er seinen Pflaumensaft trank; registrierte auch die rote Gesichtsfarbe. Seine Übung in Dingen des Rechts sagte ihm, daß der Priester zur Entziehung in Urlaub geschickt worden war. Der Corsetier und die Corsetière verdrückten Brot und Käse rasch und entschuldigten sich für die Eile, mit der sie aufbrachen. Sie wollten, sagten sie, den Rundweg um den See gehen.

Derweil hatten die jungen Liebenden ihre zweite Meinungsverschiedenheit, eine ernstere. Er fragte sie eifersüchtig nach ihrer sexuellen Beziehung mit ihrem Gatten aus, was sie auf die Palme brachte, denn all das war so lange her, und so unerheblich. Dieser Wortwechsel brachte zum erstenmal seine Unreife ans Licht; der kleine Altersunterschied zwischen ihnen war nie zuvor von Belang gewesen, ja, sie hatte ihn sogar noch nie bemerkt. Doch jetzt, in diesem kindischen Ausbruch von Eifersucht auf den Toten, war er nur allzu deutlich. Das brachte sie auch gegen andere Dinge auf, etwa gegen die widerlichen türkischen Zigaretten, die er unentwegt paffte und die den Raum mit abgestandenem Gestank füllten und ohne Zweifel ihre Stimme für immer ruinierten.

Zuguterletzt freilich war es sogar noch bezaubernder als vorher. In Liebe vereint beieinander liegend, einander in die Augen sehend, konnten sie nicht glauben, daß unfreundliche Worte zwischen ihnen gefallen sein sollten. Doch sie sollte unter Beweis stellen, daß sie mehr von ihm hielt als sie von ihrem Gatten gehalten hatte, indem sie etwas Ungewohntes täte – seinen Penis in den Mund nähme. Es war entsetzlich intim, sich Auge in Auge jener fetten Tulpenzwiebel gegenüberzusehen, jenem übelriechenden taufeuchten Monstrum. Es tatsächlich in den Mund zu nehmen war so unvorstellbar, wie das Glied eines Bullen in sich aufzunehmen. Aber sie schloß die Augen und tat es, aus Furcht, ihm sonst nicht zu zeigen, daß sie ihn mehr liebte als ihren Gatten. Und es war gar nicht unangenehm, es war so weit davon entfernt, unangenehm zu sein, daß sie neugierig wurde; den Stengel so quetschte, liebkoste und lutschte, daß er sogar in ihrem Mund noch größer schwoll und einen starken Strahl in ihre Kehle spritzte. In seiner Eifersucht schmähte er sie mit schmutzigen Worten, was sie auf höchst eigentümliche Art erregte.

Es war von neuem erregend, just als sie glaubten, sie hätten nichts Neuartiges mehr zu entdecken. Durch eine merkwürdige Transsubstantiation begannen etwa zur gleichen Zeit ihre Brüste Milch zu geben, so unablässig war an ihnen gesaugt worden.

Als sie zum Diner hinunter gingen, fühlten sich ihre Brüste an, als wollten sie platzen. Sie freuten sich an dem geschäftigen Tumult, dem Gelächter der Gäste, den spurtenden Kellnern, der Spritzigkeit der Zigeunerkapelle, dem Aroma der Gerichte; ihre Brüste, voll und unter der Seide wippend, als sie zwischen den Tischen ging, freuten sich an alledem. Die Atmosphäre des weißen Hotels war wiederhergestellt. Zeit hatte die Wunden geschlossen. Hochstimmung war neu erwacht. Die Zigeunerkapelle war auf einen italienischen Gast gestoßen, der in einem der großen Orchester die Geige strich, und der unvergleichlich viel besser war als der Fiedler, der ums Leben gekommen war, und so freuten sie sich, obschon sie um ihren Kameraden trauerten, an der prächtigen Musik, die sie machten, da der neue Spieler ihre eigene mäßige Kunstfertigkeit zu ungekannter Höhe herausforderte.

Seit mehrere Gäste ausgezogen waren, war der Oberkellner in der Lage gewesen, den jungen Liebenden einen besseren, größeren Tisch anzubieten. Mit Madame Cottin und dem Priester nahmen sie zum Diner Platz. Diese waren in entspannter, lustiger Stimmung nach einem ganzen Tag in Sonnenschein und frischer Luft. Der rotgesichtige alte Mann schwenkte seine Hand zu einer gestattenden, zustimmenden Geste, als die junge Frau die Vorderseite ihres Kleides öffnete und zu verstehen gab, wie wund und voll ihre Brüste seien. Er war voll Mitgefühl, da seine Mutter in jungen Jahren an der gleichen Last gelitten habe. Der junge Mann beugte sich, den Rotwein mit einer windelweißen Serviette von den Lippen tupfend, schräg hinunter, um den Nippel in den Mund zu nehmen, aber noch ehe er das tun konnte, spritzte ihr die Milch heraus und landete auf dem Tischtuch. Scharlachfarbene Röte stieg in ihr auf, und sie war voller Entschuldigungen. Vater Marek und Madame Cottin aber wiesen sie lachend zurück, und ein Kellner eilte lächelnd herbei und wischte den Spritzer gewandt mit seinem weißen Handtuch ab, wobei nur noch ein schwacher Fleck zurückblieb. Er fragte, ob sie ein neues Tischtuch wünschten, aber alle sagten, es sei nicht nötig; es sei nur harmlose Milch.

Die junge Frau sah den Priester sehnsüchtig ihre plumpe Brust betrachten, an der ihr Geliebter saugte. Dabei spielte er mit seinem Glas Wasser, während er sich innerlich nach etwas sehnte, das ein wenig kräftiger wäre. Sie fragte ihn, ob es ihm etwas ausmache, die andere Brust herauszuholen und an ihr zu trinken.

»Sind Sie *sicher*, daß Sie nichts dagegen haben?« sagte der alte Priester gerührt und geschmeichelt. »Ich gebe zu, es ist sehr verlockend.« Er warf einen Blick auf Madame Cottin, die zustimmend lächelte. »*Stimmt.* Ja! Schließlich haben wir auch einen langen Spaziergang gemacht.« Sie trank ihr Glas Wein aus und schenkte sich ein neues ein. »'s wird Ihnen guttun. Wasser ist doch kein Getränk für einen Mann!« Er schaute immer noch zögernd drein, und verlegen.

»Ich wünschte, Sie sagten nicht nein, wirklich!« sagte die junge Frau. »Bitte.« Und der junge Mann nahm seinen Mund von dem fetten Nippel, um zu sagen »Bitte, nur zu. Für mich ist's zuviel, ehrlich.« Eine weitere Aufforderung brauchte der Priester nicht, und schon bald nuckelte er zufrieden vor sich hin. Die junge Frau lehnte sich zurück, nicht weniger zufrieden und erleichtert, und streichelte das dicke glänzende Haar ihres Geliebten und des Priesters lichte Kuppel. Sein Schädel hatte ganz schön Sonne abgekriegt, stellte sie fest. Über die beiden Köpfe hinweg lächelte sie den Leuten am Nebentisch zu, dem Bäcker und seiner Frau und ihren zwei Kindern, die gerade an ihren Wassergläsern nippten. Der Bäcker hatte zwar jahrelang für diese Ferien gespart, konnte sich aber Extravaganzen nach wie vor nicht leisten. Dennoch lächelte er zurück zu dem durstigen Quartett.

»Ich tadel' sie nich. Du etwa?« bemerkte er zu seiner Frau und den Kindern. »Wenn man sichs leisten kann, warum soll man sich dann nich dran freuen, solang man kann?« Seine Frau, deren Neid vom Aroma der gebratenen Ente eingeschläfert wurde, die man ihr soeben auftischte, schnitt sich selbst die säuerliche Bemerkung, die sie gerade machen wollte, im Mund ab und sagte einfach: »Na ja, 's ist nett zu sehen, daß alle so fröhlich aussehn.«

In der Tat, da war nicht ein trübseliges Gesicht in dem ganzen großen Speisesaal. Als ob alle gleichzeitig beschlossen hätten, sich an diesem Abend für den Trübsinn der vergangenen Diners zu entschädigen. Die Kellner waren in Ferienstimmung, jeder auf seine Weise, indem sie im Herumhasten kleine Sprünge zur Musik machten und mit ihren beladenen Tabletts Jongleur spielten. Sogar der stattliche Koch ließ seine Bratöfen im Stich, um herbeizukommen und zu schauen, was es mit dem ganzen Spaß für eine Bewandtnis habe. Man brachte ihm ein gewaltiges »Hoch!« dar, und er griente vor Vergnügen, wobei er sich den strömenden Schweiß aus dem Gesicht wischte. Madame Cottin stand auf, ging auf ihn zu und reichte ihm ihr leeres Weinglas. Sie wies auf ihre so in Anspruch genommenen Freunde hin und nahm den Küchenchef am Arm. Unsicher, widerstrebend, ließ er es geschehen, daß man seine üppige Figur quer durch den Raum zerrte, während sein breites Grinsen eine Lücke zeigte, wo er einen Zahn verloren hatte. Es gab Hochrufe und das Trampeln von Füßen, als ihn Madame Cottin an ihren Tisch zog. Die junge barbusige Frau lächelte und nickte dem scheuen, grienenden Hünen zu und machte behutsam ihren Geliebten von ihrem Nippel los – der Priester fuhr fort, zufrieden zu lutschen, und nahm nicht einmal Notiz von den gutgelaunten Ereignissen um ihn herum. Der junge Mann, dessen Lippen mit einem weißen Ring bedeckt waren, lächelte sein bereitwilliges Einverständnis, und der Chef bückte sich und nahm vorsichtig den plumpen Nippel zwischen Daumen und Zeigefinger und molk ihn in das Weinglas. Als es gefüllt war, hob er das Glas triumphierend in die Höhe und trank die süße Milch mit einem einzigen, stillenden Schluck. Unter dankbaren Kommentaren von allen Seiten über die Qualität seiner Cuisine wälzte er sich grinsend in seine Küche zurück, die

Schwingtüren sprangen auf und schlossen sich wieder hinter ihm!

An einem der anderen Tische, einem großen für eine achtköpfige Familie, wetteiferte der Tumult einer Feier sogar noch mit dem Tisch der jungen Liebenden um die amüsierte Gunst der übrigen Gäste. Ganze Magnumflaschen Champagner wurden in Rekordzeit geleert; Gläser wurden zerschmettert; röhrende Trinksprüche ausgebracht; mit falscher Stimme, aber jauchzenden Kehlen die Lieder der Zigeuner intoniert. Die Nachricht verbreitete sich, das Familienoberhaupt, ein älterer Holländer, fast blind, habe den Berg hinter dem Hotel bestiegen und sei mit einem Bergspinnenkraut zurückgekehrt, das seinen Namen daher habe, daß es nur an hochgelegenen Stellen und in Felsritzen, allein der Spinne zugänglich, wachse. Der alte Mann hatte sich auf seine alten Tage noch der Botanik zugewandt, und der heutige Fund war die Verwirklichung seines meistgehegten Traumes.

Als sie davon vernahmen, hatten Madame Cottin und die junge Frau einen getuschelten Wortwechsel und winkten dann ihren Kellner herbei. Er sprang, ganz Aufmerksamkeit, an ihre Seite, hüpfte dann, ebenso flink, mit ihrer Einladung an den Tisch der Holländer. Fast ehe er noch seine Worte vorbringen konnte, sprangen die schon von ihren Stühlen auf und strömten hinüber, um das freundliche Angebot anzunehmen. Und nachdem sie ihre Gläser geleert oder gleich direkt aus ihrer Brust getrunken hatten, kreuzten andere lächelnde, leicht belustigte Gäste auf, um sich der Schlange anzuschließen. Auch die Kapelle wollte ihre Erfrischung haben. Und sogar Vogel, ohne seinen Ausdruck von Überheblichkeit und seinen gelangweilten Habitus abzulegen – als wollte er sagen »Da ich nun mal hier bin, blöke ich auch mit den Schafen« –, kam herüber und saugte kurz an der Brust. Während er zu seiner Schwester zurückging, wischte er sich mit sarkastischem Grinsen die Milch von den Lippen.

Die Sonne, in ihrem plötzlichen Untergang, schmierte Butter auf die Bäume hinter den Verandatüren, und die

Stimmung der Gäste wurde nüchterner. Der Priester nahm zufrieden seinen Mund vom Nippel und dankte ihr; fühlte dann einen stechenden Schmerz im Herzen, als ihm wieder seine Mutter einfiel, seine Schuld an ihrer Einsamkeit und Armut fern in seinem heimatlichen Polen; und war betrübt, daß er sein Gelübde gebrochen hatte. Er hatte sich fertigzumachen zum Trauergottesdienst für die, die in der Flut und im Feuer gestorben waren. Mehr Lust hätte er auf ein Nickerchen gehabt; aber die Pflicht rief. Er erhob sich und hielt nach dem Pastor Ausschau. Es war ausgemacht, daß sie sich ihre Pflichten teilten. Die junge Frau knöpfte sich das Kleid zu.

Sie konnte spüren, wie ihres Geliebten Hand sie unter dem Tischtuch berührte. Der Kopf drehte sich ihr: allzuviel hatten sie getrunken. Ihr Geliebter und Madame Cottin mußten sie stützen, während sie langsam, Schritt für Schritt, den Speisesaal verließen. Sie protestierte, sie käme bestens alleine zurecht, und zu Madame Cottin gewandt, sie möge nur die Treppe vorangehen und sich ihren Mantel für den Trauerzug holen. Doch Madame Cottin sagte, sie ginge nicht hin. Sie könne das nicht mit ansehen.

Im Schlafzimmer entkleidete Madame Cottin die junge Frau und legte sie behutsam zu Bett. Ihres jungen Geliebten Penis war sogar schon in ihr gewesen, während sie sich noch die Treppe hinaufgekämpft hatten; und nun ließ Madame Cottin ihr Mieder und ihre Strümpfe an, so daß er die ganze Zeit in ihr bleiben konnte. Verschwommen hörte sie die Gesänge der Trauernden, die zum Friedhof aufbrachen, und friedlich lag sie da und genoß ihn. Ihre Augen waren geschlossen, aber sie fühlte, wie er ihre Hand nahm und sie dahin lenkte, wo er ihre Finger ein kurzes Stück neben seinen Penis in ihre Vagina stopfen wollte. Er spürte neben dem Streicheln des Fingernagels der jungen Frau auch die Härte von Madame Cottins Ring. »'s hilft mir, drüber hinwegzukommen«, flüsterte Madame Cottin, und die junge Frau murmelte, sie verstünde: ihr eigener Ehering war ihr eine

Hilfe in der Not gewesen, und nach wie vor mochte sie nicht daran denken, ihn vom Finger zu ziehen.

Indessen packte man die Leichen auf Karren, die sie noch eine Weile durch die Kiefern rumpeln hörten, bevor sie dahinschwanden in die Stille. Die junge Frau fühlte sich leer, wo sie am meisten ausgefüllt war, und bat schläfrig um mehr. Mühsam die Augen öffnend, schaute sie zu, wie Madame Cottin und ihr Geliebter sich leidenschaftlich küßten.

Der Pfad um das Ufer herum zum Bergfriedhof war sehr lang, und der Priester hatte diese Fußtour heute schon einmal gemacht. Außerdem fühlte er sich beschwert von dem Essen, das er zu sich genommen, und dem starken Likör, den er getrunken hatte. Unverkennbar fühlten sich die andern genauso, und bald wurden sie zusehends müde vom Singen der Trauerhymnen. Sie verstummten und horchten auf das Grollen der Wagenräder auf dem sandigen Pfad.

Der Priester kam mit dem Pastor stockend ins Gespräch. Es war das erste Mal, daß er ausführlicher mit einem Diener des anderen Glaubens sprach; aber Unglück macht seltsame Bettgenossen, dachte er. Es war ein interessantes Gespräch, über Angelegenheiten der Glaubenslehre. Sie konnten sich zumindest darin einig werden, daß die Liebe Gottes unerforschlich sei. Ohne Saum noch Naht zöge sie sich durch die Totalität Seiner Schöpfung. Sie stolperten nun schon vor Müdigkeit – der Pastor war auch nicht mehr der Jüngste – und verstummten, um ihre Kräfte zu schonen. Des Priesters Gedanken kehrten zu der Brust zurück, an der er gesaugt hatte. Er versuchte, sich ihre Rundung und Wärme zu vergegenwärtigen. Er dachte auch an Madame Cottin, die ihm einen so guten Rat gegeben hatte, auf ihrer Wanderung heute, wegen seiner Schuldgefühle.

Madame Cottins ausladendes Fleisch, vom Walbein befreit, das sie nach ihrem schweren Mahl gedrückt hatte, wurde derweil von ihren zwei jungen Freunden gekitzelt und gepiesackt, und dabei drosch sie um sich und kreischte und lachte, während sie darum kämpfte, sich aus deren Händen zu befreien. Dummerweise hatte sie verraten, daß sie kitzlig sei, und das nutzten die beiden voll aus. Einem kräftigen jungen Mann war sie nicht gewachsen, geschweige denn einer jungen Frau, die auch noch auf sie losging. Ein- oder zweimal war sie schon fast frei und aus dem Bett, aber jedesmal drückte der junge Mann seine Daumen in die weichste Stelle ihrer Schenkel, und da mußte sie sich fügen, indem sie sich keuchend wieder zurücklegte. Dann, während sie schwach und ihr ganz schwindlig war, packten sie ihre Beine und zogen sie weit auseinander, und da quiekte und strampelte sie aufs neue und gellte vor Lachen, als sie ihr die Füße kitzelten. Der junge Mann begab sich zwischen ihre Beine und versiegelte ihre Schreie mit seinem Mund, und sie mußte versprechen, um wieder atmen zu können, ein braves Mädchen zu sein und ihn gewähren zu lassen. Sie keuchte und lachte, ruhiger nun, und ihr Lachen erstarb in schnellen Atemstößen, durch Lippen, die sanft lächelten oder sich mit den seinen in kurzen, flüchtigen Küssen vereinten.

Während eine steife Brise den Saum seines Militärmantels zauste, rief sich Major Lionheart die anderen Massengräber ins Gedächtnis zurück, an denen er gestanden hatte, und all die Briefe, die er hatte schreiben müssen. Als die Farbe den Himmel zu fliehen begann und der Tag unter des Berges Schatten zu dunkeln, glaubte er, er sähe einen Orangenhain gegen den See hernieder fließen; und Rosen dazu. Der Eindruck war so stark, daß er beschloß, ihn auf seiner nächsten Sitzung, die für kommende Nacht anberaumt war, zur Sprache zu bringen. Die Rosen korrespondierten seltsam mit jener Vision der Rose, die die ältliche Krankenschwester gehabt hatte. Er hatte dem zuerst nicht viel Aufmerksamkeit gezollt, da sie schon ganz dicht an der Grenze zur Greisenhaftigkeit stand. Wie leid ihm doch das stille, traurige, charmante Mädchen tat, das in ihrer Obhut war. Doch, wer weiß, vielleicht hatte sie *wirklich* bei Sonnenuntergang eine Rose gesehen. Das Bergspinnenkraut – auch das war eigenartig. Vater Marek hub an, seine Worte an die Reihe der steifen, frierenden Trauergäste zu richten, und der Major wandte seine Gedanken dem hübschen jungen Leutnant zu, seinem Neffen, der morgen mit dem ersten Zug eintreffen sollte. Sie wollten zusammen ein bißchen Ski fahren; würde schön werden. Da oben war seine Lieblingspiste.

Das Universum, dachte Bolotnikov-Leskov, ist eine Revolutionäre Zelle, die nur ein Mitglied umfaßt: die perfekte Zahl, um auf Nummer Sicher zu gehen. Gott würde – falls er existierte – die Zähne zusammenbeißen unter der bittersten Folter, und kein Sterbenswörtchen Verrat würde seinen Lippen entschlüpfen, denn er hätte nichts zu verraten, er wüßte von nichts.

Nur zur Hälfte auf das Gemurmel des Priesters hörend, schaute er mit merkwürdiger Leidenschaftslosigkeit auf den Sargdeckel nieder, der den Blicken die naive junge Frau verbarg, die seinen Eifer geteilt hatte, derart ergeben, daß sie mit ihm, sogar während sie Liebe machten, über das kommende Paradies auf Erden geredet hatte.

Katzen, dachte Enrico Mori, ein Violinist, haben keinen, der ihnen tröstliche Lügen vorläse. Katzen wissen, es gibt keine Auferstehung, außer durch Transplantation in meine Musik. Er streichelte den Kopf der schwarzen Katze, die ihnen den ganzen Weg vom Hotel her nachgelaufen war. Nun lag sie schnurrend in den Armen der krebsgeplagten Prostituierten. Er wußte, daß sie eine Prostituierte war, weil er einmal ihrer Einladung gefolgt war, als er noch in Turin Musik studiert hatte. Sie hatten sich auf den ersten Blick wiedererkannt, und die Hure war rot angelaufen und hatte schnell zur Seite geblickt.

Vater Marek sprach in seiner Rede über das Leichtuch Jesu, wie es befleckt sei von Seinem Blute. Das mirakulöse Antlitz spräche, Bauet auf mich, für euch habe ich des Grabes Dunkelheit und Kälte auf mich genommen. Mori entging nicht, daß der Pastor zu seiten des Priesters unbehaglich dreinsah. Natürlich, dachte er, gefällt ihm diese Bildersprache nicht.

Als der Pastor die Zeremonie übernahm und die protestantischen Beerdigungsworte verlas, blickte Mori in die Tiefe zu seiner Rechten, wo ein ganz kleiner Sarg lag. Die weinenden Eltern warfen Blumen hinab. Mori war dem kleinen Mädchen nur für wenige Minuten begegnet; das Mädchen hatte gefragt, ob sie es einmal mit seiner Geige versuchen dürfe. Doch in diesen wenigen Minuten waren sie Freunde geworden, und es war ein Schock für ihn gewesen, als er erfuhr, sie sei zu Tode verbrannt.

Dennoch war er belustigt, als die schwarze Katze der Prostituierten aus den Armen sprang und den Pfad hinabschoß, als wären sieben Teufel hinter ihr her. Schnell war sie außer Sicht, auf dem Pfad zurück zum Hotel. Zur Vesper gerufen, dachte Mori; denn die Glocken der Kirche, die hinter und über dem weißen Hotel stand, hatten zu läuten begonnen; der Ton trug trübe über den See, und ein einsamer Fischersmann inmitten des Sees war der erste, der den Hut abnahm. Die Mutter des kleinen Mädchens, zu seiner Rechten, sank zu Boden, und wie auf ein Stichwort fielen auch die anderen Frauen der Reihe nach in Ohnmacht. Das hatte man nun davon, einen gemischten Trauergottesdienst zu halten, dachte Mori: das zog sich viel zu lang hin, das war viel zu anstrengend.

Ein Donnerschlag traf ihre Ohren, und Lionheart sah auf und wußte, daß das Ende gekommen war. Er hatte wohl noch lautere Donnerschläge gehört, zu seiner Zeit, und hatte dabei immer wieder seinen Kopf aus der Schlinge ziehen können; doch nun gab es kein Entrinnen mehr. Der Gipfel des Berges hatte sich gelockert, und gigantische Felsblöcke rollten grollend die Bergflanke hinab. Die Trauernden waren in eine erhebende Hymne ausgebrochen, und für eine Weile sah es so aus, als hielte die Musik das Geröll auf halber Höhe in der Schwebe. Da öffnete sich der Boden unter ihren Füßen.

Die junge Frau sah die Trauernden fallen, einen nach dem anderen, in die Erdspalte, als hätte sie unerträglicher Gram befallen, einen nach dem anderen. Sie beobachtete, wie sie noch ein wenig zuckten und Erdenstaub und Felsen sich über sie deckten. An jenem Abend kam die Dunkelheit sehr plötzlich nieder, und sie lagen und lauschten dabei wieder der Stille nach dem Donnerschlag. Die Luft, kalt unter des Berges Schatten, war rings um das weiße Hotel noch warm, sie ließen das Fenster offen. Der See trank das Licht der Sonne mit einem einzigen Schluck, und es gab keinen Mond, um ihren Platz einzunehmen. Sie fühlten sich alle sehr durstig, und der junge Mann läutete die Klingel nach dem Zimmermädchen. Das kleine japanische Mädchen war schockiert, als sie drei Köpfe auf dem Kissen sah, und sie kicherten über ihre Verwirrung. Sie brachte ihnen eine Literflasche Wein und drei Gläser.

Der vollmundige Wein belebte sie wieder. Die Erfahrung war für jeden von ihnen einzigartig gewesen, und glücklich unterhielten sie sich darüber. Madame Cottin freute sich zu sehen, daß die jungen Liebenden mit Küssen und spielerischem Geknabber ihre unbeschädigte Zuneigung füreinander zeigten.

Weit entfernt davon, ihrer Liebe zu schaden, hatte die Erfahrung sie vielmehr gekräftigt; so etwa dachte die junge Frau. Stets belohnt Großmut den, der schenkt, und die Freundlichkeit, die sie der einsamen, ihres Gatten beraubten Frau geschenkt hatten, hatte sie füreinander noch anziehender gemacht. Also fühlte sie sich glücklich. Und ihr Geliebter war glücklich, da er kuschelig zwischen ihnen lag, der leckere Aufschnitt zwischen zwei frischen Scheiben Brot. Er nahm einen Schluck, zündete für Madame Cottin eine türkische Zigarette an und gab sie ihr in die Hand; steckte sich selber noch eine an, nahm einen Zug, ließ den Rauch mit einem Seufzer von Wohlbehagen ausströmen, drehte sich um und gab seiner Geliebten einen innigen Kuß.

Madame Cottin beneidete sie um ihre festen jungen Körper, denn mit neununddreißig, wußte sie, hatte sie ihre besten Jahre hinter sich. Und die Kirchenglocken, die klangen, als kämen sie aus dem Zimmer über ihnen, stimmten sie noch düsterer. Wahrscheinlich war das das Höchste, was sie sich in ihrem Alter noch erhoffen konnte: ein paar kurze Abenteuer wie dieses; größtenteils jedoch Einsamkeit. Sie langte nach der Weinflasche und schenkte sich noch ein Glas ein; aber der Wein versiegte, als ihr Glas erst halb voll war. »Ist das alles?« fragte sie, sich entschuldigend.

»Alles, soweit wir wissen«, sagte die junge Frau mit nachdenklichem Unterton. »Alles, dessen wir gewiß sein können. Ziemlich gewiß.«

Da sie den Wein ausgetrunken hatten, begann der junge Mann, Madame Cottins plumpe, ziemlich schlaffe Brüste zu hätscheln. Ihre Schenkel auseinanderdrückend, erklomm er sie aufs neue. Die junge Frau bot ihr einen Nippel, denn der Wein war in Milch übergegangen, und ihre Brüste fühlten sich aufs neue voll und schmerzhaft an. Dankbar nahm Madame Cottin ihn in den Mund. Zur gleichen Zeit begann er, an ihrer eigenen Brust zu saugen, und so war der Kreis des Vergnügens beinahe geschlossen. Der junge Mann war sehr erregt, sehr erigiert, und stieß so hart, daß Madame Cottin aufschrie, und, als sie schrie, ihre Zähne zusammenschlug und der jungen Frau in die Brust biß und dabei Blut, mit Milch vermischt, fließen ließ. Es war spät geworden, als sich Madame Cottin ankleidete und auf ihr Zimmer zurückging. Das Hotel war finster, still.

Den dösenden Nachtportier weckte die Nachtglocke. Als er die Tür öffnete, schlüpften Bolotnikov-Leskov und Vogel herein, sie sahen müde aus, zerzaust und verschmutzt. Jeder der beiden bestellte sich auf sein Zimmer ein Kännchen Kaffee, einen doppelten Brandy und eine Platte Sandwiches, und für den kommenden Morgen seine gewohnte Zeitung. Bolotnikov-Leskov sagte Vogel ein kurz angebundenes Gutnacht, als sie im ersten Stock auseinandergingen. Er mochte den Burschen nicht eben gern, aber sie teilten die gleichen allgemeinen Grundsätze im Leben. Davon abgesehen war Vogel ein Überlebender wie er selbst, und solche Männer wiegen Tausende von tugendhaften Verlierern auf.

Gegen Abend des nächsten Tages wurde er unruhig und schlug vor, sie sollten das Bett verlassen und eine Wanderung in die Berge unternehmen. Sie fühlte sich müde und hätte lieber einen kurzen Spaziergang am See gemacht: vielleicht mit Madame Cottin. Er aber hatte eine größere Tour im Sinn, und nur sie beide.

Er schellte und ließ das Mädchen kommen; es möge Tee bringen und die Gardinen aufziehen. Während sich ihre Augen noch der Flut des Sonnenlichts anpaßten, sah die junge Frau, daß das kleine japanische Zimmermädchen geweint hatte. Sie fragte, ob etwas vorgefallen sei, und das Mädchen erzählte ihr von dem katastrophalen Erdrutsch, der die Trauernden unter sich begraben hatte. Sie war schier außer sich, denn sie hatte eine zärtliche Empfindung für den englischen Major keimen lassen, der unter den Opfern war. Zu ihrem Erstaunen habe sie entdeckt, daß er schon einmal in ihrem Heimatland gewesen war und sogar ihre Sprache ein wenig verstand. Er hatte die Ankunft seines Neffen, eines Armeeleutnants, erwartet und sich einsam gefühlt. Er hatte sie gebeten, mit ihm während ihrer Freistunden am Nachmittag Spaziergänge zu machen. Er habe sich sehr für ihr Studium interessiert und sich alles in allem als liebenswürdiger, intelligenter Freund erwiesen. Sie würde ihn vermissen.

Dankbar für das Mitgefühl der jungen Frau, entschuldigte sich das Mädchen für einige Augenblicke und kehrte mit einem schmalen Buch zurück, das sie ans Herz drückte. Der Major, sagte sie, habe es ihr erst gestern, bei ihrem letzten gemeinsamen Spaziergang, geschenkt. Die junge Frau nahm das Buch zur Hand und sah auf dem schlichten Einband *Wiesenlieb, Gedichte von Harold Lionheart.* Rasch überflog sie die etwa zwanzig kleinen Gedichte in dem Bändchen, und gab es ihr mit einem mitfühlenden Nicken zurück. »Das ist was zur Erinnerung an ihn«, sagte sie. Das Mädchen, dem die Augen feucht wurden, schlug die Titelseite des Buches auf und reichte es ihr wieder. Die junge Frau sah einige Gedichtzeilen, die in Kupfer gestochen und signiert waren. »In Liebe, von Major Lionheart.« Das Mädchen erklärte, sie habe ihm einige kleine Verse aufgesagt, die ihr Lehrer ihr während der Semesterferien zu schreiben aufgetragen habe. Und gestern, als sie ihm seinen Morgentee brachte, habe er ihr dieses Buch zum Geschenk gemacht, seine Übersetzungen ihrer Verse hatte er auf die erste Seite geschrieben. Sie sei so gerührt gewesen, daß sie in Tränen ausgebrochen sei. Die junge Frau las die in Kupfer gestochenen Zeilen:

Wenn die Sonne sinkt, kann
sogar der Kern der Pflaume wandeln
das Grün des Sees in Karmesin.

Die Pflaum, die sich vermählt
mit einem Ochsen, kann erwarten
großen Kummer, große Freud.

Gleichwie in eine Pflaum zu beißen
um auf den Kern zu stoßen, ist Passion
für diese eine Stunde nur.

Wenn die Pflaume reift,
fliegt der Schwan. Wenn mein Liebster nah
mir ist, singt mein Herz.

Der Pfad hinter dem Hotel, den Berg hinan, war steil und steinig und schlängelte sich zwischen kleinen Gruppen von Lärchen und Kiefern hin. Zuerst wanderten sie, ihre Arme einander um die Hüften geschlungen; doch als sich der Pfad verengte und steiler anstieg, ließ er sie vorausklettern. Sie war für eine Bergwanderung ganz falsch gekleidet, aber es war das einzige Kleid, das sie hatte. In der leblosen Hitze ließ der Schweiß ihr das Kleid an Schenkeln und Gesäß festkleben; und er konnte der Versuchung nicht widerstehen, seine Hand hin und wieder die klebrige Kluft zwischen ihren Schenkeln hinaufgleiten zu lassen. Sie gelangten zu einem kühlen, grasbewachsenen Hang, wo die Spitze des Kirchturms zärtlich durch die Judenbäume lugte. Atemlos blieb er stehen, schlang seine Arme um ihre Taille und drehte ihr Gesicht so, daß er ihre Kehle, ihre Lippen küssen konnte. Er zog sie ins gemähte Gras nieder.

»Es könnte jemand kommen«, wisperte sie, als seine Hand ihr das Kleid über die Hüften zerrte. »Macht nichts«, sagte er. »Ich will dich. Bitte. Bitte.«

Ein angepflockter Esel weidete das kurze Gras ab und wickelte dabei seinen Strick immer enger um den Zaunpfahl, so daß sein Weidegrund kleiner und kleiner wurde. Das Tier gehörte einem Orden von Nonnen, die in dem Klostergebäude, das der Kirche angeschlossen war, lebten und werkelten. Von den Liebenden nicht bemerkt, war eine alte und verhutzelte Nonne mit einem Korb voll Leinentüchern herausgehumpelt, um sie zu waschen; denn nahe der Stelle, wo sie lagen, gab es eine Quelle. Sie glaubten das Geräusch fallender Felsen über sich zu hören, doch es war die alte Nonne, die die schmutzige Wäsche mit einem kräftigen Stecken walkte.

Verlegen glitt die junge Frau von ihrem Geliebten und zog nervös ihr Kleid zurecht. Die alte Nonne hielt einen Moment mit Wäscheschlagen inne und blitzte ein zahnloses Grinsen in ihre Richtung. »Ist schon gut«, sagte sie. »Nichts ist hier sündig, wegen der Quelle, wißt ihr. Nehmt euch einen Schluck, bevor ihr geht. Aber laßt euch Zeit. Tut mir leid, daß ich euch unterbrochen habe. Ich bin gleich wieder weg.« Sie erklärte, die Nonnen bräuchten frisches Linnen für den Bittgottesdienst zum Gedenken an Vater Marek und die anderen Katholiken, die bei dem Bergsturz umgekommen waren. Fromm bekreuzigte sie sich.

Die Liebenden nahmen ihr *faire l'amour* wieder auf, und unterbrachen es noch einmal kurz, um ein Danke zu lächeln, als ihnen die Nonne einen Guten Tag und Viel Glück wünschte und dann mit ihrem schweren Korb voll nasser Wäsche davonhumpelte. Die Liebenden wölbten ihre Hände zu einem Kelch und tranken von der Quelle. Das Wasser war eiskalt und erfrischend. Als sie sich das Gras aus den Kleidern bürsteten, schauten sie auf den See hinab, erstaunt, wie rot er war, gleich der saftigsten aller Pflaumen.

Der Höhenweg verlor sich in Geröll und trügerischen Schneeflecken, sie mußten beim Gehen Obacht geben. Mitunter mußten sie auf Händen und Knien kraxeln; die schnell einbrechende Finsternis machte alles nur noch schwieriger. »Ich hab mir das Kleid aufgerissen«, bemerkte sie; und er sagte, morgen würden sie sich an der Bahnstation melden und möglicherweise sei ihr Koffer dann schon aufgetaucht. Falls nicht, könnten sie vielleicht das Zimmermädchen fragen, ob es hier ein Geschäft gebe, wo man Kleider kaufen könne. »Und eine Zahnbürste«, sagte sie. »Wenn ich doch wenigstens eine Zahnbürste hätte.«

Ziel ihrer Kletterpartie war ein kleines Observatorium, das auf diesem Berg errichtet, später aber aufgegeben worden war. Sie fanden es just in dem Moment, als die Sonne hinter einen Gipfel tauchte und unvermittelt die Nacht einbrach. Es war fürchterlich kalt, und die junge Frau wünschte, sie hätte ihren Mantel mitgenommen. Sie betraten das schwarze Gehäuse. Nichts war darin, bis auf einen Spalt in der Decke für das Teleskop, das niemals installiert worden war.

Er hatte sich schlimm mit der Zeit verschätzt, die es kosten würde, den Berg zu ersteigen. Es gab keine Chance, in dieser Nacht noch den Abstieg zu wagen. »Ich werd dich warm halten«, sagte er; sie legten sich auf den eisigen Boden, und er hielt sie engumschlungen in den Armen. Durch den Spalt in der Kuppel fielen Strähnen von Schnee auf sie.

»Bitte, du darfst mich nicht schwanger machen«, flüsterte sie. Er konnte das Weiße ihrer Augen sehen, weißer noch als die Schneeflocken. In so einer Situation, dachte sie, kann's leicht passieren. Ironischerweise nicht in einem warmen Bett beim Fallen von Rosen und Orangenbäumen, sondern in einer Frostnacht, wenn die Sterne als Schneeflocken durch einen winzigen Schlitz fallen. Ein kalter Wisch fiel ihr auf die

Wange, und sie dachte, das ist der Samen Gottes. Die Heftigkeit, mit der er Liebe machte, erwärmte sie. Sie hörte Kaskaden fast unhörbar fallen, nicht nur von diesem Berg, sondern von allen Bergen rings um den See und um das weiße Hotel. Und die Kaskaden sangen, denn Nacht und Schnee erlaubten den Bergen, sich zu finden; sie sangen, so wie die Wale gesungen hatten im Morgendämmer ungehört, als die Sekretärin und Vogels Schwester einen Blick auf sie erhascht hatten.

Die junge Frau wurde auch von dem bodenlos fallenden Schnee erwärmt, der den Iglu halb unter sich begrub. Der ganze Himmel fiel in dieser Nacht, alle Sterne und Sternbilder. Sie lauschte dem Urbeginn des Universums, einem sehr sanften, seufzenden Klang.

Am Morgen hatte sie der Frost mit Rauhreif überzogen; sie hatten Hunger, mußten sich aber damit begnügen, Schnee einzusammeln, eine ganze Traube weißer Sterne, und ihn zu trinken, als er geschmolzen war. Sie bahnten sich einen Weg durch den Sternenwall, der sich in der Türöffnung aufgetürmt hatte, und hielten den Atem an, als sie sahen, wie zu ihren Füßen alles in Weiß dalag. Sogar der See war eisbedeckt. Nur noch das dunkle Grün einiger Kiefern und Tannen lugte durch Schnee und Eis hindurch. Das weiße Hotel selbst war in Weiß verloren. Da war bloß tiefer Schnee, wo ihrer Meinung nach das weiße Hotel sein mußte.

»Wir müssen versuchen, den Pfad zurück zu finden«, sagte er ohne viel Hoffnung.

»Du weißt, daß das nicht möglich ist«, sagte die Frau. »Wir können unsere Spuren nicht zurückverfolgen; und warum sollten wir auch? Denk dran, was die Nonne gesagt hat: daß es hier keine Sünde gibt.«

Der junge Mann gab keine Antwort; berührte nur eben seinen adretten Schnauzbart, wie um sich zu versichern, daß er noch existiere, und machte sich mühsam stapfend auf den Weg. Als die Sonne durchkam und die Wolken sich in Windeseile teilten, fühlten sie sich schon heiterer. Die Mühe, durch den Schnee zu waten, brachte ihr Blut wieder in Umlauf; sie brannten vor Wärme und Energie. Sie konnten das Eis auf dem See in Schollen aufbrechen sehen und die Schollen zu blauem Wasser zerschmelzen. Ein paar Vögel pfiffen. Schnee rutschte zischend den Kirchturm herab, und indem sie sich an ihm orientierten, fiel es ihnen nicht schwer, auf dem rechten Weg zu bleiben. Auf halber Strecke zwischen dem Observatorium und der Kirche war ein ebener Rastplatz mit einer Bank aus Holz und einem Fernrohr, durch das man Bergsteiger bei ihrem Versuch beobachten konnte, die steile Bergwand auf der anderen Seite des Sees zu erklimmen.

Sie ließen sich auf der Bank nieder und schnäbelten sich glücklich einen Kuß. Der Tag wollte schön werden; der schmelzende Schnee taumelte in Tausenden von Kaskaden in den See, und jetzt war nicht eine Wolke am Himmel. Noch immer konnten sie das weiße Hotel nicht ausmachen.

Der junge Mann stand auf und ging an das Fernrohr. Er zielte abwärts in die allgemeine Richtung des Hotels, und als ein Stück Schnee abbrach und auf eine Veranda fiel, erblickte er ihr Schlafzimmerfenster. Denn da standen die Worte, die sie mit ihrem Atem und ihrem Finger kurz vor dem Verlassen auf die Scheibe gemalt hatte, ein Satz von Heine. Er rief, sie solle kommen und schauen. Sie lächelte vor Erleichterung, als sie im Innern undeutlich seine Haarbürsten und das nicht abgetragene Teetablett sah, und das ungemachte Bett. Andererseits stieg Unruhe in ihr auf, da sie das Mädchen nicht über die Blutflecken auf dem Laken aufgeklärt hatte. Doch es mußte ja vertraut sein mit chaotischen Betten, den Tagebüchern menschlicher Liebe.

Sie ließ sich das Fernrohr von ihrem Geliebten abnehmen, und der begann es aufs Geratewohl zu schwenken. Er konnte sehen, wie Edelweiß sich in der Brise kräuselte, wahrscheinlich in zehn Meilen Entfernung. Als er das Fernrohr von dem fernen Berg abdrehte, hin zu dem Blau überm See, fing er plötzlich reflektiertes Sonnenlicht ein und mußte rasch die

Augen abwenden. Er schaute, nun mehr auf der Hut, noch einmal hin und sah: es war die Reflexion eines metallenen Hakens an einem weißen Miederhalter. Das Metall hatte das Gummi leicht durchgescheuert, und als ihm schien, er erkenne ihn wieder, zog er scharf die Luft ein.

»Ist das nicht Madame Cottin?« sagte er.

Sie hielt ihr Auge wieder an das Glas und sah einen bleichen, strammen Schenkel gegen das flirrende Blau und einen verblassenden blauen Fleck. Und da – als sie das Glas leicht aufwärts kippte – war ein verzerrtes, rosafarbenes Gesicht.

»Ja, es ist Denise«, sagte sie. Er sah noch einmal hin und lächelte. Es waren neben ihr noch andere Leute, die stürzten; doch mit bloßem Auge war nur eine Seilbahn zu sehen, die winzig zwischen zwei Bergen entlangschlich. Die Quetschung, die er auf ihrem fleischigen Schenkel verursacht hatte, machte, daß er sich mit seiner erschreckten Freundin über das kurze, nasse Berggras wälzte. Sie wollte schreien, die Luft sei doch zu dünn; seine plötzliche Leidenschaft ließ sie nach Atem würgen.

Als die Kabine von einem ihrer gerissenen Kabel gestürzt war und die Schreienden durch das offene Dach hinaus und durch die Luft schleuderte, hatte der Sohn des Bäckers die Geistesgegenwart gehabt, die schwarze Katze fest an sich zu drücken, die ihm an Bord hinterhergekrochen war. Nur weil er sie auf den Stufen des Hotels kurz gestreichelt hatte, war sie ihm den ganzen Weg bis zur Seilbahn hinauf gefolgt. Nun maunzte und kratzte die Katze, aber der Junge ließ nicht locker.

Er nuckelte nicht an ihrem Nippel, sondern machte ihn mit seiner Zunge reißendschnell erzittern; wie ein Kind, das Wellengekräusel auslöst, indem es einen flachen Kiesel über die See schnellen läßt. Mit ihren vom Aufwind rund um die Taille hochgewehten Röcken fielen die Frauen langsamer als die Männer. Madame Cottin, der das Herz bis zum Hals schlug, sah einen hübschen holländischen Burschen nur wenige Fuß von ihr entfernt ganz lotrecht fallen, so wie sie auch, und hatte den seltsamen Eindruck, als fiele sie nicht in ihren Tod, sondern würde von seinen kräftigen Armen in die Höhe gehoben. Einmal hatte sie die Pavlova – unvergeßlich – tanzen sehen; nun war sie – jung und dünn – selber die Pavlova. Die Männer und Knaben schlugen als erste am Boden auf oder in den See. Madame Cottin sah, wie der Junge des Bäckers, mit den Füßen voran, in einem Föhrenbaum landete und es dabei noch irgendwie fertigbrachte, sich so auf den Rücken zu drehen (der augenblicks mit einem Knacken zerbrach), daß die Rettung der Katze gesichert war. Die schwarze Katze entwand sich seinen Armen und krallte sich, den Stamm hinab, ihren Weg.

Die Frauen und jungen Mädchen fielen als nächste; und ganz zuletzt, nach dem, was eine Ewigkeit schien, taumelte ein Hagel Skier, im Sonnenlicht gleißend, in die Kiefern und den See.

Wieder hielten sie Rast an der Quelle – wo noch immer der Esel weidete – und wölbten ihre Hände zum Kelch, um von dem lauteren Wasser zu trinken. Sie suchten die Kirche auf, die mit Blumen für den Gedenkgottesdienst ausstaffiert worden war, und spazierten dann auf den ummauerten Friedhof, den die Bewohner des Ortes für die Ihren angelegt hatten. Der Kirchhof und die hohen Eiben fingen die Hitze ab. Jedes Grab trug ein lächelndes Photoportrait des Toten auf dem Stein; und in gläsernen Töpfen standen Strohblumen. An einem der Gräber bückte sich eine alte Frau in Schwarz nieder, um eine Photographie zu betrachten, und die junge Frau fühlte Scham, daß sie sich in ihrem dornzerkratzten Kleid sehen lassen mußte. »Ich kann diese Immortellen nicht leiden«, sagte sie, hakte sich ihm unter und führte ihn aus dem Friedhof hinaus.

Als der See dem Blick näher kam, konnte sie in ihm die Fische umherschwimmen sehen: Millionen goldener oder silberner Flossen, die ziellos für immer und ewig sich umeinander wanden und kreisten. So etwa schien es ihr. In

Wahrheit waren sie nicht ohne Ziel; sie konnte sehen, daß sie nach Nahrung jagten; ihre runden, verständnislosen Augen glotzten eigentümlich auf die riesigen grauen Schemen, die durch das Wasser in die Tiefe trieben: ihnen zum Festschmaus. Diese sich windenden Fische erinnerten sie an Kaulquappen in einem Tümpel, und dann an Sperma, ein Bild, das ihre Gouvernante ihr gezeigt hatte: Sperma, 1000fach vergrößert. In offenkundiger Ziellosigkeit drehten sie sich, und doch suchten sie.

Beim Diner an diesem Abend war der junge Mann verwirrt, denn sie war still und bedrückt. Auf eine Niedergeschlagenheit in der allgemeinen Atmosphäre war das nicht zurückzuführen, denn im ganzen überwog die Fröhlichkeit. Ein ganzer Schwarm neuer Touristen war eingezogen, und von ihnen konnte man natürlich nicht erwarten, daß sie sich vor Kummer verzehrten über Unglücke, die ihnen vorangegangen waren. Im Gegenteil, sie waren beim Anbeginn ihrer Ferien in exzellenter Stimmung. Es waren nur noch einige wenige vertraute Gesichter übriggeblieben: Vogel, die älteren Angehörigen der holländischen Familie (die in Schweigen speisten), Bolotnikov-Leskov und die bleiche, bekümmerte, ergreifend dünne junge Frau mit ihrer ältlichen Pflegerin.

Sowohl die Zigeunerkapelle wie das Bedienungspersonal versuchten, um der Neuankömmlinge willen, einen Schein von Lustigkeit zu wahren, obwohl sie selbst Verluste zu beklagen hatten. Der Akkordeonspieler hatte das beliebte kleine japanische Zimmermädchen überredet, an ihrem freien Nachmittag doch mal eine Skitour zu wagen. Die junge Frau war völlig aufgelöst, als sie von ihrem Kellner davon erfuhr. Sie rief sich einen von den kleinen Versen des Mädchens ins Gedächtnis zurück, die der englische Major übertragen hatte, und wiederholte ihn für ihren Freund:

Die Pflaum die sich vermählt
mit einem Ochsen, kann erwarten
großen Kummer, große Freud.

Sie hielt das nicht für amüsant, wie ihr Freund; sie fand das beunruhigend, bewegend, sogar erotisch. Sie versetzte sich in die Lage der Pflaume, wie sie ihren taufeuchten Dampf absondernd im Hochzeitsbett zitterte, während die Stunde der Ankunft des Ochsen näherrückte. Sie ahnte das fürchterliche Reißen ihres Hymens, die grauenerregende Penetration. Es ließ sie schaudern und in Schweiß ausbrechen.

Doch sie wußte, sie sollte nicht so empfinden. Das war es, was sie deprimierte; und schließlich, während sie ein Zitroneneis schleckten, erklärte sie es. Sie frage sich, ob Sex ihr zu einer Obsession geworden sei. Sie bekannte, nahezu die ganze Zeit ›daran‹ zu denken. Im Innersten ihres Herzens freue sie sich sogar an dem schmutzigen Wort dafür, das ihre Wangen hatte erröten lassen, als sie den englischen Major in den Zweigen der Tanne es hatte aussprechen hören. Und an anderen Wörtern, die nur zu kennen sie sich schon schäme. Sie freue sich an ihnen, weil sie so schmutzig seien. Noch keinem anderen habe sie von dieser ihrer Verworfenheit erzählt.

Er lächelte nachsichtig und faßte sie bei den Händen. Sie entwand sich seinem Griff und ließ sie gedankenverloren und in Erregung um ihre Kaffeetasse kreisen.

»Es ist nicht so«, sagte sie, »als wäre die Welt um mich herum sexuell. Wenn das so wäre, würde es mich in einem gewissen Grad entschuldigen. Wenn es hier Fische gäbe, die zu Millionen laichen, Reben, die mit Weintrauben, und Palmbäume, die mit Datteln beladen wären, und süße Pfirsichdinger, die in der Nacht lüstern der Ankunft des Bullen harrten.«

Sie blickte von der Kaffeetasse auf und suchte seine grünen Augen in der Erwartung, daß sie ihr zu Hilfe kämen; aber er vermied ihren Blick, indem er sich, eine Wange auf den Zeigefinger gestützt, nach der Kapelle umsah. Seine Weigerung, zu helfen, ärgerte sie, da er doch die Hauptschuld an ihren Obsessionen trug. Bevor sie ihm begegnet war, hatte sie sie noch unter Kontrolle gehabt.

»Und wenn ich nicht gerade an Sex denke, denke ich an den Tod«, fügte sie bitter hinzu. »Manchmal an beides zugleich.« Sie nahm ein Messer vom Käsebrett und zwirbelte es zwischen den gestreckten Händen hin und her.

Sie fügte nicht hinzu, daß sie den Tod Madame Cottins vorausgesehen hatte, und den der japanischen Studentin und den der Dame mit der einen Brust und den aller anderen; oder daß sie seinen Tod voraussah, und ihren eigenen.

Die junge Frau wurde heiterer, nachdem er ihr an der Bar einen Likör erstanden und ins Freie auf die Terrasse gebracht hatte, um noch die letzten warmen Strahlen der Sonne zu erhaschen. Einige der frisch Angekommenen brannten darauf, mit ihnen zu reden, wohl wissend, daß sie Zeugen der Skilift-Tragödie waren. Die Blicke der Neuankömmlinge hatten einen Ausdruck von Horror und Mitleid: aber unter dieser Oberfläche wirkte eine viel mächtigere Empfindung von Aufregung angesichts des spannenden Dramas, das ihnen knapp entgangen war, und gleichermaßen eine unendliche Erleichterung darüber, daß sich der Unfall heute anstatt morgen ereignet hatte.

Vogel, der nahebei in einer Gruppe neu Angekommener neben Bolotnikov-Leskov stand beziehungsweise schwankte, war betrunken. Mit sehr lauter Stimme sagte er, es hätte schlimmer kommen können – unter den Opfern seien etliche ja nur Juden gewesen. Er dachte dabei an Madame Cottin und die jungen Mitglieder der holländischen Familie.

Es war eine unsäglich abstoßende Bemerkung, in Gegenwart des alten holländischen Ehepaares und der invaliden jungen Frau. Ein »Pst!« fiel. Sein russischer Freund, peinlich berührt, führte Vogel fort. Als er zurückkam, bat er die Juden, die Vogels Worte vernommen hatten, um Verzeihung. Es sei nicht zu rechtfertigen, sagte er; doch sie möchten sich mit Nachsicht daran erinnern, daß Vogel mehr als die meisten anderen unter den Katastrophen des weißen Hotels gelitten habe, indem er in der Überschwemmung eine Cousine, im Feuer einen guten Freund und bei dem Erdrutsch seine Schwester verloren habe. Ferner seien sie beide, er, Bolotnikov-Leskov, und Vogel, nur mit knapper Not davongekommen, da sie ja dem Haupttrupp voraus zum Skilift gegangen seien in der Absicht, hochzufahren, es sich, der Unzuverlässigkeit des Wetters wegen, aber noch in letzter Minute anders überlegt hätten. Sie selbst hätten durch die Luft gestürzt sein können.

So könne man Vogel womöglich verzeihen, daß er sich betrunken und mit derangierten Äußerungen Luft gemacht habe. Auch wenn er – er müsse schon sagen – auch in seinen besten Zeiten nicht eben der Angenehmste sei.

Einer der Neuankömmlinge, ein belgischer Arzt, fragte, ob sie glaubten, das gerissene Kabel könne das Werk politischen Terrorismus' sein. Bolotnikov-Leskov sagte, das wäre denkbar. Falls dem so sei, bedauere er es; obzwar er der Meinung sei, daß solche desperaten Handlungen zwangsläufig so lange weitergehen würden, wie auf der Welt Ungerechtigkeit herrsche und Gewalt gegenüber Menschen.

Die neuen Gäste begannen sich bei diesem Gespräch über Gewalt und Terrorismus unbehaglich zu fühlen, und allmählich wandte sich die Konversation auf der Terrasse angenehmeren Themen zu, etwa der Wahrscheinlichkeit, ob es morgen festen Schnee gäbe und Windstille über dem Wasser.

Die jungen Liebenden begaben sich fort, zu Bett, wo nichts Unheilvolles sie mehr störte, nur noch das schwache, aber beständige Läuten des Telephons in den Tiefen des Hotels. Fast immer waren diese Anrufe Fragen nach einem Zimmer, denn das weiße Hotel war äußerst populär, und es gab sommers wie winters mehr Nachfragen als Möglichkeiten zur Beherbergung. Einzig unter diesem Gesichtspunkt waren die Katastrophentode der vergangenen paar Tage ein Gottesgeschenk; doch sogar diese ungewöhnlich rapide Umschichtung konnte mit dem Bedarf nicht schritthalten, und viele mußten abschlägig beschieden werden. Das Hotelpersonal vollbrachte wahre Wunder, so viele Leute wie möglich unterzubringen. Sogar schon am Tag von Madame Cottins Tod hörten die jungen Liebenden, wie man ein Feldbett durch die Nebentür schleifte, auf daß das Zimmer einem jung verheirateten Paar mit Kind angewiesen werden konnte.

Auch für ein anderes junges Paar, bei dem ein Baby unterwegs war, fand man noch Platz. Es gab eigentlich kein Zimmer mehr für sie, aber das Mädchen weinte und war ganz verstört, und so machte man schließlich einen Kofferraum frei. Die Liebenden erwachten von den Schreien des Mädchens in der Nacht; danach hörten sie das unermüdliche Personal hin und her hasten mit Handtüchern und heißem Wasser und allem, was sonst noch zu einer Entbindung nötig war. Es war eine weitere Nacht voll bitterer Kälte und Schneefall, und es war eine Gnade, daß für die arme junge Frau ein Zimmer gefunden worden war. Auch wenn es töricht von ihnen gewesen war, in einem so weit fortgeschrittenen Stadium der Schwangerschaft gekommen zu sein, ohne sich eines Zimmers versichert zu haben.

Es sprach für die überarbeitete Mannschaft, daß sie niemals murrte. Sie waren einfach wundervoll – eine Bezeichnung, die in mannigfachem Gewande wieder und wieder im Gästebuch auftauchte... »Herrliche Küche, und überhaupt nicht viel Trubel. Bis zum nächsten Jahr«... »Von allem das Feinste. Wurden bedient wie Fürstens«... »Dank für diese Gastlichkeit. Service und Zimmer tipptopp. Wir kommen wieder«... »Wirklich sein Geld wert«... »Hat nirgendwo seinesgleichen. Haben jede Minute genossen.« Die ganze Mannschaft, vom Schuhputzer bis zum Manager, tat sich zusammen, um bei der Restaurierung des beschädigten Flügels zu helfen – in ihrer Freizeit –, auf daß alle Räume wieder zugänglich wären. Sogar der Chef, der stattlich strahlende Küchenchef, packte bei der Renovierung mit an – peinlicherweise, denn eines Tages wurden die Liebenden von einem Kratzen an ihrem Fenster aufgeschreckt, und als sie hinüberschauten, sahen sie den lustigen Chef freudestrahlend hereinschauen, mit dem Pinsel in der Hand. Die junge Frau wurde gerade von hinten bestiegen; rosa vor Scham, versuchte sie so zu tun, als kniee sie im Gebet. Doch sie waren schon so fest dabei, und er winkte ihnen so drollig, daß es nicht falsch schien, ihn hereinzurufen und zu bitten, sich ihnen anzuschließen. Und er mußte noch für andere Dinge als für Steaks gut gewesen sein, weil sie, deren Augen geschlossen und deren Gesicht im Kissen vergraben war, nicht sagen konnte, wer von den beiden gerade mit ihr Liebe machte, es war immer gleichermaßen roh, zart, und voll guten Saftes. Sie fühlte sich glücklich, daß ein Teil ihres Körpers von jemand anderem besetzt war. Der Geist des weißen Hotels war gegen Eigensucht.

Bisweilen fühlte sie sich unruhig und eingeschlossen, aber wenn sie vorschlug, nach draußen zu gehen, nahm er sie wieder in die Arme und sagte, sie hätten so wenig Zeit. Draußen: – wie traurig war es, nicht mehr den vertrauten Bäcker zu sehen, wie er inmitten des Sees seine Netze auswarf. Wie des Bäckers Junge seinen Drachen steigen ließ. Der alte Priester im Liegestuhl las. Madame Cottin mit dem frechen jungen Kellner in Lachen ausbrach. Aber da flogen Schwäne auf zwischen den Bergspitzen oder glitten nieder auf den See oder stiegen wieder auf, ihn zu verlassen. So weiß war ihr Gefieder, daß die flirrenden Firne dagegen grau erschienen.

III Frau Anna G.

IM HERBST 1919 wurde ich von einem Arzt aus meinem Bekanntenkreise gebeten, eine junge Dame zu untersuchen, die im Laufe der vergangenen vier Jahre an schweren Schmerzen in der linken Brust und in der *pelvikulären Region* gelitten habe, wie auch an chronischen Beschwerden der Atemwege. Er fügte der Bitte bei, daß er den Fall für eine Hysterie halte, obwohl auch wieder gewisse Anzeichen dagegen sprächen, welche ihn veranlaßt hätten, sie wirklich gründlich zu untersuchen, um jede Möglichkeit einer organischen Erkrankung mit Gewißheit auszuschließen. Die junge Dame sei verheiratet, lebe aber von ihrem Gatten getrennt im Haushalt einer Tante. Unsere Patientin habe ihrer Krankheit wegen eine vielversprechende musikalische Karriere abbrechen müssen.

Ich gelangte nicht viel weiter im Verständnisse des Falles, nachdem ich die neunundzwanzigjährige junge Dame zum ersten Male gesehen hatte; auch konnte ich durchaus kein Zeichen jener inneren Vitalität entdecken, die, wie man mir versicherte, ihr eigen sei. Ihr Gesicht, in dem die Augen den besten Teil ausmachten, zeigte alle Spuren schweren körperlichen Leidens; doch es gab Augenblicke, in denen es nichts registrierte, und in solchen Momenten wurde ich an die Mienen jener erinnert, die Opfer eines Kriegstraumas geworden und die zu untersuchen meine melancholische Pflicht gewesen war. Redete sie, dann wurde es mir wegen ihrer heiseren und beschleunigten Atmung oftmals schwer, das Gesprochene deutlich zu vernehmen. Infolge ihrer Schmerzen ging sie in gekrümmter Haltung, indem sie sich aus der Taille vorbeugte. Sie war extrem dünn, sogar nach Maßen jenes unglückseligen Jahres, in dem nur wenige in Wien genug zu essen hatten. Ich vermutete, daß eine Anorexia Nervosa ihre anderen Beschwerden überlagerte. Sie sagte mir, allein schon bei dem Gedanken an Essen werde ihr übel, und sie lebe zur Zeit von Orangen und Wasser.

Während ich sie untersuchte, begriff ich das Widerstreben meines Kollegen, die Suche nach einer organischen Basis ihrer Symptome aufzugeben. Ich war frappiert von der ruhigen Bestimmtheit, mit der meine Patientin mir den Charakter ihrer Schmerzen schilderte, jener Art zu reagieren, die wir eher von einem Patienten erwarten würden, der, falls er nicht noch zusätzlich nervös ist, an einer organischen Krankheit leidet. Der Hysteriker wird dazu neigen, seinen Schmerz nur unklar zu charakterisieren und wird auf die Stimulierung des schmerzenden Teiles eher mit einem Ausdruck von Lust als von Schmerz reagieren. Frau Anna hingegen zeigte die Stellen, die ihr weh taten, bestimmt und ruhig: ihre linke Brust und ihr linkes Ovarium; und sie wich mir aus und entzog sich meiner Untersuchung.

Sie selbst war davon überzeugt, ihre Symptome seien organischer Natur, und war sehr enttäuscht, daß ich die Krankheitsursache nicht finden und beheben konnte. Meine eigene wachsende Überzeugung, daß ich es, trotz gegenteiliger Erscheinungen, mit einer Hysterie zu tun hätte, bestärkte sich noch, als sie gestand, auch an visuellen Halluzinationen wirrer und Entsetzen einflößender Natur zu leiden. Sie hatte sich gefürchtet, sich zu diesen »Stürmen in ihrem Kopf« zu bekennen, weil es ihr wie ein Eingeständnis vorgekommen wäre, daß sie verrückt sei und eingesperrt werden müßte. Ich war in der Lage, ihr zu versichern, daß ihre Halluzinationen wie auch ihre Schmerzen und Atemprobleme kein Zeichen von Demenz seien; daß allerdings, wenn man das unbeeinflußbare Wesen der Wirklichkeit in Rechnung stelle, auch der gesündeste Geist das Opfer hysterischer Symptome werden könne. Danach wurde ihre Haltung ein wenig gelockerter, und sie war nun in der Lage, mir etwas über die Geschichte ihrer Erkrankung und ihr Leben im allgemeinen zu erzählen.

Sie war das zweite Kind und die einzige Tochter mäßig wohlhabender Eltern. Ihr Vater kam aus einer russisch-jüdischen Kaufmannsfamilie, ihre Mutter aus einer kultivierten polnischen katholischen Familie, die sich in der Ukraine niedergelassen hatte. Mit ihrer Verehelichung, die die von Rasse und Religion gesetzten Grenzen überschritt, stellten Frau Annas Eltern zwar ihre emanzipierten Ideale unter Beweis, litten jedoch unter der Konsequenz, damit das Band zu ihren Eltern durchtrennt zu haben. Der einzige nächste Angehörige, der sich nicht gegen das Paar stellte, war der Patientin Tante (bei der sie zur Zeit lebt), die Zwillingsschwester ihrer Mutter. Diese Frau hatte einen Wiener Sprachenlehrer geheiratet, der ihren Glauben teilte und dem sie begegnet war, als er in Kiew, dem Geburtsort ihrer Schwester, an einer Konferenz teilgenommen. Seitdem waren die beiden Schwestern gezwungen, weit voneinander getrennt zu leben, doch ihre enge Bindung blieb nach wie vor unvermindert.

Die Treue zu ihrer Zwillingsschwester brachte es mit sich, daß sich auch Frau Annas Tante in wachsendem Maße ihrer Familie entfremdete, ausgenommen ihr Vater, der später, im Alter, bei ihr leben sollte. Die Patientin hatte die Empfindung, diese familiären Entzweiungen hätten ihr eigenes Leben verarmen lassen. Auch gab es nicht viele Verwandte ihrer eigenen Generation, die das hätten ausgleichen können. Ihre Mutter hatte schon bald nach ihrer Vermählung von einem Sohn entbunden, dem fünf Jahre später Anna folgte. Die Tante war zu ihrem Kummer kinderlos geblieben.

An ihre Mutter hegte die Patientin die zärtlichsten Erinnerungen. Sie war von herzlich-mütterlicher Natur gewesen, hatte ein hübsches Aussehen gehabt und einen schöpferischen Geist (sie war eine nicht untalentierte Aquarellistin) sowie eine impulsive Heiterkeit. War sie einmal trüber Stimmung gewesen, meist Reaktionen auf tristes Herbst-

und Winterwetter, dann widmete sie sich, wenn sie verflogen war, ihren Kindern nur um so inniger. Sie und Annas Vater gaben ein schönes Paar ab. Der Vater verfügte über große Energie, auch über Charme, und das Kind verehrte ihn, wiewohl sie wünschte, er wäre nicht so sehr mit seiner Arbeit beschäftigt. Er hatte ungeheuer hart gearbeitet, ohne elterliche Unterstützung, um sich geschäftlich selbständig zu machen. Kurz nach Annas Geburt war er mit seiner Familie nach Odessa gezogen, wo er Inhaber einer Weizenexport-Firma wurde. Seine nahezu einzige Entspannung war Segeln: er war stolzer Besitzer einer herrlichen Jacht.

Jeden Sommer gesellten sich ihnen in dem freundlichen Seehafen der Onkel der Patientin und ihre Tante zu. Das kleine Mädchen freute sich auf diese Besuche, die sich – dank der in Wien üblichen langen Sommerferien – über mehrere Wochen erstreckten. Im Kreise der Familiengäste und bei schönem Sommerwetter machte sich der Vater von Tag zu Tag mehr von seiner Geschäftigkeit frei und wurde immer freundlicher und zugänglicher; und ihre Mutter blühte bei der Ankunft ihrer geliebten Schwester regelrecht auf, als ginge die Sonne auf. Natürlich liebte ihre Schwester, da kinderlos, ihre kleine Nichte abgöttisch. Diese Tante war ein Mensch von stillem und religiösem Wesen. Als begabte Pianistin zog sie die Ruhe des Musikzimmers der möglichen Unruhe auf der Jacht vor. Annas Onkel war eher extrovertiert: ein herzlicher, jovialer Mann, wie man sich einen Onkel so vorstellt. Die Patientin rief sich seine Vorliebe für Späße in Erinnerung, wie etwa, sich zum Segeln eine weiße Offiziersmütze aufzusetzen. Für Anna waren Onkel und Tante wichtig: als ihre einzige ›Familie‹ außer ihren Eltern und ihrem Bruder – und dem war sie nicht sonderlich zugetan.

Wäre ich mit den idealisierenden Neigungen unserer Erwachsenenjahre nicht vertraut gewesen, hätte ich glauben müssen, die frühe Kindheit der Patientin habe keinerlei Intermezzi widerwärtiger oder unerfreulicher Natur gehabt, sondern nur darin bestanden, am Strande Sandburgen zu bauen und in der Jacht ihres Vaters unter blauem Himmel an den Klippen der Schwarzmeerküste entlangzugleiten; und dieser glückliche Zustand habe endlos gewährt. In Wirklichkeit erstreckten sich diese glücklichen und lebhaften Erinnerungen nur bis zu ihrem fünften Sommer; denn der Schatten des Ereignisses, das sie mit grausamer Plötzlichkeit aus ihrem Paradies vertreiben sollte, hing bereits über ihr: der Tod ihrer Mutter.

Ihre Mutter hatte die Gewohnheit, durch gelegentliche Reisen nach Moskau etwas Abwechslung in die Öde des Winters zu bringen, denn dort gab es Geschäfte, Galerien, Theater. Für Anna blieb zum Trost zweierlei: sie hatte ihren Vater einmal ganz für sich, und ihre Mutter pflegte stets mit Geschenken beladen heimzukommen. In jenem Jahre, kurz vor Weihnachten, kam sie mit den erwarteten Geschenken nicht zurück. Statt dessen traf ein Telegramm ein mit der Nachricht, ein Brand habe das Hotel zerstört, in dem sie Logis genommen. Für Annas noch unentwickelten Verstand besagte die Nachricht lediglich, ihre Mutter würde ein paar Tage länger ausbleiben. Doch als sie zum Zubettgehen entkleidet wurde, war sie verstört vom Weinen ihres Kindermädchens. Sie rief sich ins Gedächtnis zurück, daß sie wach gelegen und sich gefragt habe, wo ihre Mutter sei, und dem Sturme zugehört zu haben, der gerade draußen wütete. Zwei jener stets wiederkehrenden Halluzinationen, die sie als Erwachsene hatte – ein Sturm auf dem Meer und ein Feuer in einem Hotel –, bezogen sich unverkennbar auf dieses tragische Ereignis.

Ihr schmerzgebeugter Vater zog sich mehr oder weniger völlig in seine geschäftlichen Angelegenheiten zurück; jedenfalls zog er die Gesellschaft seines Sohnes vor, der jetzt alt genug war, ein vernünftiges Gespräch zu führen. Anna blieb in den Händen ihres Kindermädchens und ihrer Gouvernante. Es gab nun keine Besuche von Onkel und Tante mehr, denn vermöge einer melancholischen Koinzidenz starb auch ihr Onkel ein paar Monate später an einem Herzanfalle. Sein

Lehrergehalt war nicht groß gewesen, und so war seine noch junge Witwe gezwungen, ihr Haus zu verkaufen, in eine billige Wohnung zu ziehen und durch Stundengeben am Piano ein dürftiges Auskommen zu finden. Bis auf Briefe und gelegentliche kleine Geschenke verlor die so schwer geprüfte, unglückliche Frau jeglichen Kontakt mit den Kindern ihrer Schwester. Weder sie noch der Patientin Vater hatten je wieder geheiratet.

Man kann sich unschwer ein Bild machen von dem Alleinsein und dem Jammer des jungen Mädchens, ihrer Mutter so grausam beraubt, von Onkel und Tante verlassen (so mußte es scheinen), und von ihrem Vater nur mit Indifferenz behandelt. Zum Glück war sie in der Obhut verständiger und treu ergebener Wärterinnen, besonders ihrer Gouvernante. Im Alter von zwölf oder dreizehn konnte Anna neben Ukrainisch, ihrer Muttersprache, noch drei weitere Sprachen sprechen, war mit guter Literatur vertraut und zeigte ein bemerkenswertes musikalisches Talent. Sie liebte Tanzen und war in der Lage, am *Lyceum* Ballettklassen zu belegen. Das hatte den Vorteil, ihr die Möglichkeit zu bieten, Freundschaften zu schließen, und so wurde sie, wie sie selbst sagte, ganz umgänglich und beliebt. Alles in allem also überstand sie den Verlust ihrer Mutter besser, als es viele oder womöglich die meisten Kinder vermocht haben würden.

Als sie fünfzehn war, ereignete sich ein unerfreulicher Zwischenfall, der in ihr seine Spuren hinterließ. Es gab politische Unruhen; einen Aufstand bei der Marine; Gewalttätigkeiten und Straßendemonstrationen. Die Patientin wagte sich mit zwei Freundinnen unklugerweise in das Viertel der Hafendocks, um die Ereignisse zu beobachten. Ihrer vornehmen Kleidung und Erscheinung wegen wurden sie von einer Gruppe Aufständischer bedroht und beleidigt. Den Mädchen wurde zwar physisch nichts zuleide getan, nichtsdestoweniger waren sie arg verängstigt. Was die Patientin aber noch mehr betroffen machte, war die Haltung ihres

Vaters, nachdem sie heimgekehrt. Statt sie zu trösten, tadelte er sie kalt und scharf dafür, daß sie sich selbst in Gefahr begeben. Vielleicht verbarg er lediglich seine Besorgnis, vielleicht war er auch ehrlich chociert über das ernste Risiko, das seine Tochter eingegangen war; doch für das junge Mädchen war seine feindselige Haltung der letzte Beweis dafür, daß sie ihm gleichgültig sei. Von nun an zahlte sie Zurückhaltung mit Zurückhaltung heim, und Kälte mit Kälte. Nicht lange nach dieser Episode machte sie ihre erste Erfahrung mit jener Atemnot, die zunächst als Asthma behandelt wurde, jedoch ohne Erfolg. Nach mehreren Monaten klang das Leiden von selbst wieder ab.

Kurz nach ihrem siebzehnten Geburtstage verließ sie Odessa und ihres Vaters Haus und zog, einzig auf die Aussicht hin, sich bei einer Ballettschule mit einer Probe vorzustellen, nach St. Petersburg. Sie hatte keine Freunde in der Hauptstadt, und auch keine Mittel für den Lebensunterhalt bis auf eine kleine Erbschaft von ihrer Mutter, auf die Anspruch anzumelden sie nun alt genug war. Sie legte ihre Tanzprobe mit Erfolg ab, und lebte frugal in einem Zimmer zur Untermiete, das sie in einem ärmlichen Quartiere der Stadt bezogen. Sie ging eine Bindung mit einem im Hause wohnenden jungen Manne ein: einem Studenten A., welcher heftig in die Bewegung für politische Reformen involviert war. Er führte sie in einen Kreis von Freunden ein, die alle den gleichen Idealen verpflichtet waren.

Ihr Interesse am politischen Kampfe war der Verbindung mit A. gänzlich untergeordnet. Ihrer ersten Liebe brachte sie die ganze unverfälschte und großherzige Glut entgegen, die diesen Zustand auszeichnet: ihre Beziehung war eine *affaire de cœur*, nicht eine des Fleisches. Doch nach einer Weile sagte er sich von ihr los, wichtigerer Dinge zuliebe: der kommenden Feuersbrunst. Fast zur gleichen Zeit ließ sie auch ihr gewählter Beruf im Stich: nicht, daß sie es an Talent oder Fleiß hätte fehlen lassen – was kam, war einfach, daß sie eine Frau wurde und Fleisch ansetzte, das sie nicht wieder loswerden konnte, obwohl sie so gut wie nichts aß. Sie konnte nicht umhin, den Schluß zu ziehen, die Natur habe sie nicht zu einer Primaballerina bestimmt. Zum Glück war ihr in dieser kummervollen Zeit eine ihrer Ballettlehrerinnen, eine junge, alleinstehende Witwe, freundschaftlich verbunden und lud sie ein, so lange den Haushalt mit ihr zu teilen, bis sie den Plan gefaßt hätte, wie es mit ihrem Leben weitergehen solle. Madame R. wurde ihre Mentorin und Freundin zugleich. Gemeinsam besuchten sie Konzerte und Theater, und während des Tages, wenn Madame R. in der Ballettschule war, las Anna Bücher aus ihrer gut bestückten Bibliothek oder machte schöne Spaziergänge. Es war eine stille und glückliche Periode in ihrem Leben, die sie wieder in eine gute Gemütsverfassung setzte.

Das behagliche und für beide Seiten angenehme Arrangement endete, als Madame R. unerwarteterweise beschloß, sich wieder zu verheiraten. Der Mann, um den es ging, ein retirierter Marineoffizier, war ihnen beiden ein geistesverwandter Freund geworden, und Anna hätte nie vermutet, irgendeine engere Verbindung könnte ihr eigenes ruhiges Dasein gefährden. Doch ihr blieb nichts anderes, als sich mit ihrer Freundin über deren wohlverdientes Glück zu freuen. Madame R. und ihr neuer Gatte baten Anna, weiterhin zu bleiben, sie aber wollte sich nicht in deren Glück mischen. Sie war sich nicht klar, wohin sie gehen und was sie tun sollte; doch just im rechten Augenblick bahnte ein freundliches Geschick der jungen Frau einen Weg in ein neues Land und zu einem neuen Berufe. Ihre Tante schrieb ihr aus Wien, um zu sagen, ihr Vater – Annas Großvater –, der einige Jahre über bei ihr gewohnt, sei gestorben, und sie sei nun wieder allein. Sie fragte Anna, was sie davon halte, zu kommen, um bei ihr zu leben, zumindest für ein paar Monate. Die junge Frau zögerte nicht, die Einladung anzunehmen, und machte sich, nach einem traurigen Abschied von ihrer liebenswürdigen Freundin Madame R. und ihrem Gatten, auf den Weg nach Wien.

Als sie sich Auge in Auge ihrer Tante gegenübersah, zum ersten Male seit der Zeit, da ihre Mutter noch am Leben gewesen, überwältigten sie Trauer und Glück zugleich. Ihr erster Eindruck war, daß sie von ihrer Mutter begrüßt wurde, die inzwischen eine noble Erscheinung mittleren Alters geworden war.* Vice versa fand ihre Tante in dieser sensiblen und intelligenten jungen Frau von zwanzig ohne Zweifel viele ergreifende Züge, die sie an ihre Schwester erinnerten. Tante und Nichte schlitterten augenblicklich in eine warme Beziehung, und zu keiner Zeit fand Frau Anna irgendeinen Grund zu bereuen, daß sie sich entschlossen hatte, ihr Heimatland zu verlassen.

Wie so oft, führte der Wechsel der Umgebung auch in Frau Anna selbst Veränderungen herbei. Von ihrem Kindermädchen war sie zu einem etwas halbherzigen Glauben an die katholische Religion, den Glauben des mütterlichen Zweiges ihrer Familie, erzogen worden. In den Jahren ihrer Adoleszenz hatte sie sich davon entfernt, doch nun, unter dem Einfluß ihrer Tante, wurde sie ernstlich religiös. Auf einer eher praktischen Ebene gelangte sie, wiederum infolge des Einflusses, den das musikalische Milieu ihrer Tante auf sie ausübte, zu einem Enthusiasmus und einer Kunstfertigkeit, die jene Lücke zu füllen versprachen, die ihr vergeblicher Versuch hinterlassen, eine Tänzerin zu werden. Durch den Unterricht, den eine gute Freundin ihrer Tante gab, lernte die junge Frau das Violoncell zu spielen; und entdeckte zu ihrem ziemlichen Erstaunen, daß sie musikalisch hoch talentiert war. Sie machte so schnelle Fortschritte, daß ihre Lehrerin (schon nach wenigen Monaten) prophezeite, sie könne es zu einer Virtuosin bringen.

Drei Jahre nach ihrer Ankunft in Wien spielte sie bereits in einem Berufsorchester und war zudem noch verlobt. Der Mann, der in Frage kam, war ein junger Rechtsanwalt aus

* Was fast wortwörtlich zu nehmen ist, denn die beiden waren identische Zwillinge.

gutem Hause – der Musik tief verbunden –, der ihre Bekanntschaft bei einem gesellschaftlichen Anlasse im Konservatorium gemacht. Der junge Mann hatte gute Manieren, war bescheiden und ziemlich scheu (eine Kombination, die sie ansprechend fand), und sehr bald wuchs zwischen ihnen eine feste Bindung. Er war von ihrer Tante für gut befunden worden, und Anna kam mit seinen Eltern gut zurecht. Er hielt um sie an, und nach einem ganz kurzen inneren Kampfe zwischen ihrem Wunsch nach häuslichem Glück und einer professionellen musikalischen Karriere willigte sie ein.

Sie verbrachten die Flitterwochen in der Schweiz und bezogen dann ein freundliches Haus. Ihre Tante, ein häufiger und gerngesehener Gast, war glücklich bei dem Gedanken, ein Großneffe oder eine Großnichte würde sie bald über all das Weh hinwegtrösten, das sie über ihr erneutes Alleinsein empfand; denn sie wußte, wie sehr sich Anna ein Kind wünschte.

Die einzige Wolke, die den Horizont des jungen Paares trübte, waren die Kriegsgerüchte. Als die Feindseligkeiten zum Ausbruche kamen, wurde ihr Gatte zum Dienst im Rechtsdepartement des Heeres eingezogen. Ihr Abschied war traurig, immerhin war es ein Trost, daß er nicht an die Front mußte, sondern nah genug stationiert sein würde, um öfter nach Hause fahren zu können. Sie schrieben sich jeden Tag, und die Patientin war auf fruchtbare Weise erfüllt von ihrer musikalischen Karriere, in einer Stadt, die nach den letzten Überresten zivilisatorischer Kultur hungerte. Und wirklich, in dem Maße, wie sich ihr Spiel durch Erfahrung verbesserte, schickte sich auch ihre Karriere an, Fortschritte zu machen. Sie hatte ihre Tante und eine Menge Freundinnen zur Gesellschaft. Alles in allem also war sie, bis auf die große Fatalität, von ihrem Gatten getrennt zu sein, mit Arbeit ausgefüllt, und zufrieden.

Just zu der Zeit, da ihr Ehegatte seinen ersten Heimaturlaub in Aussicht hatte, erlitt sie einen Rückfall jener Atemnot, die sie schon in Odessa befallen hatte, und entwickelte lähmende Schmerzen in Brust und Abdomen. Sie verlor jegliches Bedürfnis zu essen und mußte ihre Musik aufgeben. Nachdem sie ihren Mann unterrichtet hatte, daß sie krank geworden und nunmehr erkenne, sie werde ihn nie glücklich machen können, ging sie aus dem Hause, um wieder bei ihrer Tante zu wohnen. Ihr Gatte, der Sonderurlaub erhielt, kam, um Einwände geltend zu machen, doch sie blieb unerbittlich. Sie bat ihn, sie zu vergessen, auch wenn er die Verletzung, die sie ihm zugefügt, nie vergeben würde. Wieder und wieder hatte er versucht, sie zurückzugewinnen; und erst in den letzten paar Monaten hatte er seine Einwilligung zu einer juristischen Trennung gegeben. Die letzten vier Jahre hatte Frau Anna in nahezu völliger Zurückgezogenheit verbracht. Ihre Tante hatte sie zu zahlreichen Ärzten gebracht, keiner aber war fähig gewesen, den Grund ihrer Krankheit zu finden oder irgendeine Besserung zu erzielen.

Das also war die Geschichte, die mir die unglückliche junge Frau erzählte. Ein Licht auf die Ursache ihrer Hysterie warf sie nicht. Es gab hier, soviel ist richtig, zwar einen reichen Nährboden für das Gedeihen einer Neurose, ganz besonders der frühe Verlust der Mutter und die Vernachlässigung durch den Vater. Aber wenn der frühe Tod eines Elternteiles und die Unzulänglichkeit des anderen schon hinlängliche Gründe für die Ausprägung einer Hysterie wären, gäbe es von ihnen viele Tausende. Was – in Frau Annas Fall – war der verborgene Faktor, der die Entstehung ihrer Neurose entscheidend ausgelöst hatte?

Was sie im Bewußtsein hatte, war nur ein Geheimnis, und kein Fremdkörper. Sie wußte, und wußte auch wieder nicht. In gewisser Hinsicht machte ihr Geist aber auch einen Vorstoß, uns zu verraten, was da nicht in Ordnung war; denn der unterdrückte Gedanke schafft sich selbst das ihm angemessene Symbol. Die Psyche der Hysterika gleicht dem Kinde, das ein Geheimnis hat, welches keiner wissen darf, aber jeder erraten soll. Und so muß es die Sache etwas leichter machen, indem es Anhaltspunkte ausstreut, Hinweise fallen läßt. Es war unverkennbar das Kind in Frau Annas Geist, das uns riet, ihre Brust und ihr Ovarium uns anzusehen: und zwar präzis die linke Brust und das linke Ovarium, denn das Unbewußte ist ein präziser und sogar pedantischer Symboliker.

Etliche Wochen war ich kaum in der Lage, in meinem Bestreben, ihr zu helfen, Fortschritte zu machen. Teilweise lag es an den Umständen: es war schwer, in einem ungeheizten Raume im Winter eine Atmosphäre des Vertrauens zu schaffen, wenn Patientin und Arzt in Mäntel, Schals und Handschuhe eingemummt sind.* Auch mußte die Analyse oft unterbrochen werden, insgesamt viele Tage, wenn ihre Schmerzen so quälend wurden, daß sie gezwungen war, das Bett zu hüten. Was indessen etwas nachließ, war ihre Anorexia; es gelang mir, sie zu überzeugen, daß sie feste Nahrung zu sich nehmen müsse – soweit damals nahrhaftes Essen in der Stadt überhaupt zu bekommen war.

Ein viel entscheidenderer Faktor für die Langsamkeit unserer Fortschritte war ihr starker Widerstand. Obschon nicht so prüde wie viele andere meiner Patientinnen, war die junge Frau doch zurückhaltend bis zum Verstummen, wenn im Laufe der Unterhaltung irgendeine Frage nach ihrem sexuellen Empfinden oder Verhalten aufkam. Einer harmlosen Frage, etwa zum Thema Masturbation in der Kindheit (ein nahezu universelles Phänomen), wurde rundweg mit Leugnen begegnet. Als hätte ich – so schien ihre Attitüde unausgesprochen sagen zu wollen – die Frage der Hl. Jungfrau gestellt. Ich fand, ich hätte guten Grund, einige der oberflächlichen Erinnerungen, die sie berichtet, zu bezweifeln: was für jede eingehendere Untersuchung nichts Gutes ahnen ließ. Sie war mißtrauisch, ausweichend; und ich fing

* [Die Versorgung mit Brennstoff für Heizung und Beleuchtung war nach dem Krieg verzweifelt knapp. – d. Hrsg.]

an, mich über die Vergeudung meiner Zeit zu ärgern. Um ihr Gerechtigkeit widerfahren zu lassen, sollte ich hinzufügen, daß ich bald lernte, ihre Aufrichtigkeit von ihrer Unaufrichtigkeit zu unterscheiden: wenn sie etwas verbarg, fingerte sie an einem Kruzifix an ihrer Kehle herum, als bitte sie Gott um Vergebung. Also gab es in ihr einen *Hang* zur Wahrheit, wenn auch nur auf dem Gebiete des Aberglaubens, der mich meinen Versuch, ihr zu helfen, beharrlich fortsetzen ließ.* Ich war gezwungen, die Wahrheit aus ihr herauszulocken, oftmals, indem ich den Köder einer provozierenden Andeutung auswarf. Sehr oft biß sie tatsächlich an und widerrief oder modifizierte ihre Geschichte.

Eine jener Zurücknahmen bezog sich auf ihr Verhältnis mit A., dem Studenten, den sie in St. Petersburg geliebt. Bis dahin hatte sie mir lediglich banale Fakten über ihn erzählt, etwa daß er Philosophie studierte, aus wohlhabenden und konservativen Verhältnissen kam, ein paar Jahre älter war als sie usf. Sie ließ in ihre Erzählung einfließen, daß es eine ›weiße‹ Beziehung gewesen. Ich war von dem Adjektive, das sie gebrauchte, verblüfft, und fragte sie, was sie mit dem Worte ›weiß‹ assoziiere. Sie sagte, es beschwöre die Segel einer Jacht herauf; und es schien sinnvoll, anzunehmen, daß sie sich dabei an ihres Vaters Jacht erinnerte. Allein in der Psychoanalyse sollte man nie voreilige Schlüsse ziehen: sie sagte, sie dächte dabei eher an ein Wochenende in Petersburg, als sie und andere Mitglieder der politischen Gruppe, einschließlich A. natürlich, zu einer Segelpartie auf dem Meerbusen ausgefahren waren. Makelloses Sommerwetter herrschte, und es war eine Abwechslung für sie, wieder einmal auf Segeltour zu sein und sich von jenen ›ernsten‹ Diskussionen zu erholen, die drauf und dran waren, sie zu langweilen, ja zu ängstigen. Nie zuvor hatte sie so warm für

* Sie erzählte mir eines Tages, das Kruzifix sei ein Erbstück von ihrer Mutter. Mithin war es töchterliche Pietät, die die religiöse Ehrfurcht verstärkte.

A. gefühlt, und er war zärtlich zu ihr und rücksichtsvoll wie immer. Sie mußten sich eine Kabine teilen, er aber versuchte auch nicht ein einziges Mal, sie zu berühren; ihrer beider Gewissen blieb so weiß wie die Segel, oder wie die weißen Nächte.*

Nichtsdestoweniger fingerte sie an ihrem Kruzifix herum, und ihr Gesicht trug einen Ausdruck von Trauer. Ich sagte ihr in scharfem Tone, sie habe mir nicht die Wahrheit erzählt, und ich wüßte, daß es da eine sexuelle Affaire gegeben. Frau Anna gestand, sie habe mit ihm ein paarmal geschlafen, gegen das Ende zu; er habe sie wieder und wieder gebeten, und zuletzt, beinahe aus Überdruß, sei sie *fallen*. Sie gebrauchte das englische Verbum; unsere Gespräche waren auf Deutsch, aber es war für sie nicht ungewöhnlich, hin und wieder fremdsprachige Wörter einzustreuen. Ich hatte gelernt, hellhörig für deren eventuelle Bedeutung zu sein.

Ich beschloß, »ins Schwarze zu zielen«, wie das Sprichwort sagt. »Ich freue mich, daß Sie ehrlich sind«, sagte ich. »Es gibt nichts, dessen man sich schämen müßte. Und warum, da wir gerade davon reden, geben Sie nicht zu, daß sie von ihm gravid wurden und das Kind bei einem Sturz auf der Treppe verloren haben?«

Das arme Mädchen kämpfte mit ihren Gefühlen und räumte dann ein, ich hätte recht; nicht auf der Treppe, sondern von einem schlimmen Sturz im Tanzstudio. Niemand, mit Ausnahme Madame R.'s, habe je davon erfahren oder es auch nur geahnt, und sie war erstaunt, wie ich darauf gekommen sei.

Ich erwiderte: »Weil Ihre Geschichte von der Gewichtszunahme, und daß Sie dadurch genötigt gewesen, mit dem Tanzen aufzuhören, nicht aufrichtig klang. Was ich erraten sollte war, daß *Sie* all die Zeit Mühe hatten zuzunehmen, um so mehr, als Sie dadurch gewinnen würden. Es war eindeutig

* Eine Anspielung auf die langen Sommernächte im hohen Norden, wo die Tage nur von kurzen Dämmerungen unterbrochen werden.

ein indirekter Weg, mir zu verraten, was geschehen war – denn Sie wollten wirklich, daß ich es erführe. Wahrscheinlich machten Sie, in Ihren Umständen, allzu lange mit dem Tanzen weiter, und wurden dann, als Sie *begannen* zuzunehmen, krank vor Kummer; und weil Sie ganz allgemein nicht wußten, was Sie in der unmöglichen Situation tun sollten.«

Das Schweigen der jungen Frau sagte mir, daß ich mit allem ins Schwarze getroffen, und ich war froh, daß ich meine Interpretation nicht bis zu ihrem logischen Schluß getrieben hatte – daß sie nämlich insgeheim, indem sie energisch mit ihren Übungen weitermachte, eben jenes Resultat sich erhofft, ja, es sogar aus eigenem Antriebe verursacht haben mochte. Sie war schon zur Genüge darüber verstört, daß ihre Jugendsünde ans Licht gebracht worden.

Von nun an wurde sie jedoch ein wenig lebhafter und freimütiger, wie erleichtert darüber, daß ihr die Last einer irrealen Vollkommenheit genommen worden war. Sogar ein Anflug von Mutwillen loderte kurz danach in ihr auf. Sie schilderte mir gerade eine ihrer immer wiederkehrenden Halluzinationen, wie sie durch die Luft in ihren Tod stürzte. Da zwinkerte sie einmal kurz mit den Augen und sagte: »Ich kriege aber kein Kind!«*

Eines Tages kam sie mit einem Traum. Normalerweise schlief sie schlecht und träumte wenig: an sich bereits ein Aspekt ihres Widerstandes. Daher war ein vollständiger Traum eine willkommene Rarität, und ich ließ es mich ziemlich viel Mühe kosten, einen Sinn in ihm zu finden. Hier der Traum, wie ihn Frau Anna erzählte:

Ich fuhr in einem Zug und saß einem Mann gegenüber, der in Lesen vertieft war. Er zog mich in ein Gespräch, und ich spürte, er wurde

* [Der Text spielt hier mit dem Wort *»to fall«*, das einerseits *»stürzen«*, andererseits *»niederkommen* (entbunden werden)« bedeutet.]

allzu vertraulich. Der Zug hielt an einer Station mitten im Niemandsland, und ich beschloß, auszusteigen, um ihn los zu werden. Ich war überrascht, daß eine Menge anderer Leute ebenfalls ausstiegen, weil es ja nur ein kleiner Ort war, und völlig tot. Aber die Schilder auf dem Bahnsteig lauteten Budapest*: deswegen also! Ich drängelte mich am Fahrkartenkontrolleur vorbei, ich wollte meinen Fahrschein nicht vorzeigen, weil ich weitergehen mußte. Ich ging über eine Brücke und sah mich einem Haus gegenüber, das die Nummer 29 hatte. Ich versuchte es zu öffnen, mit meinem Schlüssel, aber zu meiner Verwunderung wollte es nicht aufgehen; so ging ich weiter und kam zu Nummer 34. Obwohl sich mein Schlüssel nicht drehen ließ, ging die Tür auf. Es war ein kleines Privathotel. Ein silberner Regenschirm trocknete in der Vorhalle, und ich dachte, meine Mutter wohnt hier. Ich ging in ein weißes Zimmer. Schließlich trat ein älterer Herr ein und sagte »Das Haus ist leer.« Ich zog ein Telegramm aus meiner Manteltasche und gab es ihm. Es tat mir leid um ihn, denn ich wußte, was es enthielt. Er sagte mit schrecklicher Stimme »Meine Tochter ist tot.« Er war so schockiert und voll Trauer, da fühlte ich, daß ich für ihn zu existieren aufgehört hatte.*

Schon als ich ihn das erste Mal hörte, alarmierte mich der Traum, denn er sagte mir, die Träumerin sei wirklich imstande, sich – um ihren Schwierigkeiten ein Ende zu bereiten – das Leben zu nehmen. Zugreisen sind ja an sich schon Todesträume; und in diesem Falle um so mehr, als sie noch »vor ihrem Ziele« und »mitten im Niemandsland« ausgestiegen war. Dem Kontrolleur aus dem Wege zu gehen, war ersichtlich eine Anspielung auf das Suicid-Verbot; und die Brücke war noch ein weiteres Symbol des Sterbens. In gewisser Hinsicht hätte Frau Annas Traum nicht eindeutiger sein können; doch war gleichfalls evident, daß er noch etliche weitere Momente mehr persönlicher Natur in sich barg. Ich forderte sie daher auf, sich den Traum zu zerlegen und mir mitzuteilen, was ihr zu ihm einfiele. Sie war bereits durch einige kleine, vorher analysierte Beispiele für die Traumdeutung geschult, und ich war – da sie eine gescheite Frau war – ihrem Wunsche nachgekommen, sich in einige meiner früheren Fälle einzuarbeiten.

»Mir fällt etwas ein«, sagte sie, »was aber nicht dazugehören kann, weil es schon vor langer Zeit geschah, und in meinem Leben wirklich nicht von Bedeutung war.«

»Das macht nichts«, sagte ich. »Nur zu!«

»Na schön. Also. Ich glaube, der Mann im Zug erinnerte mich an jemanden, der mich auf der Reise von Odessa nach Petersburg belästigte, wo ich mein eigenes Leben führen wollte. Das ist, einen Moment, wieviel ? – zwölf Jahre her, ich hatte es total vergessen. So besonders schrecklich war's auch wieder nicht, es waren ja eine Menge weiterer Leute um uns herum. Aber er beugte sich vor und redete die ganze Zeit auf mich ein, auf ziemlich unzweideutige Weise; er fragte mich, was ich vorhätte, wenn ich in Petersburg angekommen wäre, und bot mir seine Hilfe an, einen Platz zu finden, wo ich wohnen könnte. Er ging mir richtig auf die Nerven, und zuletzt mußte ich in ein anderes Abteil überwechseln.«

Ich fragte sie, ob in jüngster Zeit irgend etwas geschehen sei, das sie von jener Erfahrung habe träumen lassen; und trieb sie dazu, sich ein paar Details ins Gedächtnis zu rufen, wie etwa das Buch, das ihr Reisegefährte im Traume gelesen.

»Nun ja, eigentlich war der junge Mann in dem Zug nach Petersburg, wenn ich mich recht entsinne, ein *ennui*, weil er redete, während *ich* mit meinem Buch weiterkommen wollte. Es war eine Dante-Ausgabe, auf die ich mich konzentrieren mußte, da mein Italienisch nicht mehr sehr gut war. Und jetzt, wo Sie das erwähnen, kommt mein Bruder mit in den Traum, glaub ich.«

An dieser Stelle sollte ich innehalten und einflechten, daß Frau Anna vor kurzem ein ziemlich verstörendes Erlebnis gehabt. Ihr Bruder, mitsamt seiner Frau und zwei Kindern, hatte beschlossen, Rußland wegen seiner revolutionären Unruhen zu verlassen und in die Vereinigten Staaten auszuwandern; sie hatten in Wien einen Zwischenhalt eingelegt, um Anna und ihrer Tante quasi in einem Atemzug ›Guten Tag‹ und ›Adieu‹ zu sagen. Die Patientin hatte ihren Bruder mehrere Jahre lang nicht gesehen und sah ihn nun womöglich ihr Lebtag nicht wieder. Obwohl – oder eher weil – sie sich nie besonders nahe gewesen, hatte das Wiedersehen und Abschiednehmen Frau Anna um so mehr deprimiert.

»Als wir uns am Bahnhof verabschiedeten, überspielte mein Bruder das Unangenehme der Situation dadurch, daß er sich die Zeit nahm, nach Büchern Ausschau zu halten, als Reiselektüre. Mir fällt ein, ich glaubte, Dantes *La Vita Nuova* wäre nicht ungeeignet; obwohl mein Bruder kein Interesse an Klassikern hat, er ist ein rein praktischer Mensch. Er kaufte sich ein paar Kriminalromane. Es war ohnehin absurd zu glauben, man könne Dante an einem Bahnhofskiosk erstehen.«

Schon sah ich den Weg, den der Traum nahm. Ich erinnerte sie an die Hausnummer und fragte, ob diese irgendeine Bedeutung hätte.

Sie dachte angestrengt nach, gestand jedoch Ratlosigkeit.

Ich schlug vor: »Könnte es sein, daß Sie selbst neunundzwanzig Jahre alt sind? Und Ihr Bruder ist – wieviel Jahre älter? Fünf?«

Frau Anna bejahte, verblüfft von der mathematischen Logik ihres Traumes.

»Zuerst machten Sie vor der Tür Ihres eigenen Hauses halt. Es hätte der richtige Schlüssel sein müssen, war es aber nicht. Statt dessen waren Sie in der Lage, Nummer 34 zu betreten – Ihres Bruders Wohnsitz sozusagen. Sie sind dort nur zu Gast, also sehen Sie in dem Haus ein Privathotel.« Ich fragte sie, ob sie den Mann erkannt habe, der das Zimmer betrat. Ich erinnerte sie an seine Worte »Das Haus ist leer.«

Nach einer Weile war sie fähig, die Assoziationsstränge zu einem Knoten zu schürzen. Ihr Bruder hatte reichlich taktlos erwähnt, wie außer sich ihr Vater über ihren Weggang gewesen war; denn er war in das Geschäft seines Vaters eingetreten und hatte auch weiter nach seiner Verehelichung bei ihm gewohnt. Frau Anna erinnerte sich, ziemlich bitter gedacht zu haben, *jetzt* also fühlte sich ihr Vater, in seinem leeren Hause, einsam; wohingegen er zu keiner Zeit mehr als ein konventionelles Bedauern darüber zum Ausdruck gebracht hatte, daß sie ihr Elternhaus verlassen, wie auch keinerlei tieferes Verlangen, sie einmal wiederzusehen.

An diesem Punkte wurden meine Ahnungen von ihrem Traume zur Gewißheit. Ihres Bruders Abreise, mit Frau und Kindern vollzählig *en route* in *ein neues Leben*, kontrastierte mit ihrem eigenen Empfinden, an einen toten Punkt gekommen oder vielmehr auf einer Reise ohne Ziel zu sein. Ihr Bruder hatte sich alleweil in der Gewißheit sonnen dürfen, seines Vaters Liebling zu sein, und er kannte seinen Weg: ungleich der Jungfernfahrt Annas in eine entfernte Großstadt, was unübersehbar eine letzte verzweifelte Anstrengung gewesen war, dem Vater ihre Existenz ins Bewußtsein zu rufen. Dieser war durchaus willens gewesen, seine unschuldige Tochter mit physischen oder moralischen Gefahren, präfiguriert von jenem zudringlichen jungen Mann im Zuge, kämpfen zu lassen.

Zwei Phantasien, so meinte ich, vermengten sich ihr im Traume. Falls ihr Vater ein Telegramm bekäme des Inhaltes, sie sei tot, möchte es ihm endlich leid tun. Aber Seite an Seite mit jenem Wunsche, ihm weniger widersprechend als vielmehr sein tragisches Denken bestärkend, war der Wunsch, sie möchte nie geboren sein – als Mädchen, als Anna. Wenn sie doch nur ihres Bruders Stelle hätte einnehmen können! Sie gibt die Zugfahrt, welche ihr eigenes Schicksal ist, auf, um in eine nicht mögliche Existenz als ihr Bruder zu schlüpfen. Das weiße Zimmer in dem Privathotel vertrat den Uterus ihrer Mutter, der der Ankunft von Annas Vater harrte, um das männliche Kind zu empfangen. Der trocknende Regenschirm in der Vorhalle symbolisierte den entlassenen Penis. Ihr Vater bringt das neue Leben, denn ohne einen *Sohn* ist

»sein Haus leer«. Anna war tot – ob durch Suizid oder Prophylaxe, spielte keine Rolle, das kümmerte ihn nicht. Seine chocierte und schmerzerfüllte Reaktion war das Produkt ihrer Wunscherfüllung. Daß sie für ihn »nicht existierte«: auch davon wußte ihr Traum.

Die junge Frau war von der Traurigkeit ihres Traumes überwältigt und nicht geneigt, meine Deutung ernstlich in Zweifel zu ziehen – bis auf einen Punkt melancholischer Natur, von dem mir zu erzählen sie nicht übers Herz brachte, und welchen ich selbst bis zum geziemenden Moment aufsparen werde. Auf jeden Fall beeinträchtigte er nicht die Gesamtaussage, die im großen und ganzen klar zutage lag.

Angelegentlich unserer Gespräche, während ich ihr Fragen über das Wie jener allzu vertraulichen Aufmerksamkeit des jungen Mannes im Zuge stellte, erinnerte sie sich noch eines vergessenen Traumfragmentes. Diesem neuen Material maß sie keinerlei Bedeutung bei, aber ich habe aus Erfahrung gelernt, daß die zuerst vergessenen und nachträglich erinnerten Traumstücke stets die für das Verständnis des Traumes wichtigsten sind. So erwies es sich auch in diesem Falle, wennschon seine volle Bedeutung sich nicht vor einem viel späteren Stadium der Analyse erhellen sollte.

Ich sagte dem jungen Mann, ich ginge nach Moskau, um die T.s zu besuchen, und er erwiderte, sie würden mich nicht unterbringen können, ich würde im Sommerhaus schlafen müssen. Es würde heiß sein da drin, fügte er hinzu, und ich würde mich ganz ausziehen müssen.

Die T.s, erklärte sie, seien entfernte Verwandte mütterlicherseits, die sich in Moskau niedergelassen. In ihrer Jugend hätten Mutter und Tante bei ihnen ihre Ferien verbracht, und sie wiederum hätten mit Annas Mutter nach deren Verehelichung einen herzlichen Kontakt aufrechterhalten. Frau Anna war ihnen nie begegnet, gemäß ihrer Tante aber gäben sie ein warmherziges und gastfreundliches Paar ab. Ja, erst am Tage zuvor hatte ihre Tante sie erwähnt, wobei sie sich sehnsüchtig der Ferien erinnerte, die sie dort verlebt hatte, und wünschte, sie könne Anna einmal zu einem Besuche bei ihnen mitnehmen, da sie sicher war, eine Abwechslung würde ihrer Nichte über die Maßen guttun. Allein, sie mußten nun schon alte Leute sein, und wer weiß, ob sie überhaupt die Unruhen überlebt hatten.

Dies Bruchstück schien mir die Sehnsucht der jungen Frau auszudrücken, sich aus den betrüblichen Hemmnissen ihres gegenwärtigen Daseins zu befreien und das verlorene Paradies der Jahre mit ihrer Mutter wiederzugewinnen: das heißt, im wesentlichen, im ›Sommer-Haus‹ oder im Hause selig heißer Sommer nackt zu sein. Sie widersprach dieser Deutung nicht; dazu holte sie die Erinnerung jener fernliegenden Jahre ans Licht, die wieder heraufzubeschwören sie ebenso vergnüglich wie rührend fand.

Ihr Haus in Odessa lag inmitten vieler Hektar subtropischer Bäume und Sträucher, die sich bis an die Küste des Meeres hinab erstreckten. Es gab einen winzigen Privatstrand. Das Sommerhaus stand zwischen den Bäumen eines Wäldchens, in einem abgelegenen Teile des Gartens. Die einstigen Eigentümer hatten es verfallen lassen, demzufolge wurde es nun nur noch selten frequentiert. An einem sengend heißen Nachmittage hatten sich alle, von der Hitze in die Vereinzelung getrieben, im Hause und übers Gelände verstreut. Annas Vater war vermutlich an der Arbeit, und ihr Bruder, glaubte sie, war mit einigen Freunden den Tag über fortgegangen. Anna war es heiß, und sie langweilte sich, während sie teilsnahmslos am Strande spielte, wo ihre Mutter an ihrer Staffelei stand und daher nicht gestört werden wollte. Anna, ob ihres Schwatzens gescholten, dachte bei sich, sie wolle versuchen, ihren Onkel und ihre Tante ausfindig zu machen. Alo schlenderte sie durch das Gelände des Gartens und stieß schließlich auf das Sommerhaus. Sie freute sich, den Onkel und die Tante darin zu sehen, die sich jedoch auf eine Weise verhielten, die sie nicht verstehen konnte; ihrer Tante Schultern waren nackt, obwohl sie sie sonst stets zum Schutze vor der Sonne bedeckt ließ, und ihr Onkel umarmte sie. Diese Umarmung hielt an – die beiden waren viel zu abgelenkt, als daß sie wahrgenommen hätten, wie Anna sich durch die Bäume genähert hatte. Und so schlüpfte sie wieder davon und kehrte zum Strande zurück, um der Mutter die seltsame Geschichte zu erzählen; doch diese hatte ihre Staffelei verlassen und war gegangen, sich auf einen flachen Felsen niederzulegen, und schien zu schlafen. Das Kind wußte, zwei Umstände gab es, unter denen es die Mutter auf keinen Fall behelligen durfte: wenn sie beim Malen war und, mehr noch, wenn sie schlief. Also trollte sich Anna enttäuscht ins Haus zurück, um einen Schluck Limonade zu trinken.

Was sollte ich nun von dieser Erinnerung halten? Es war ja so recht die Wahrnehmung eines Erwachsenen; was aber kein Beweis dafür war, daß wir es mit einer Phantasie zu tun hätten. Ich habe meine Zweifel, ob wir es überhaupt je mit einer Erinnerung *aus* der Kindheit zu tun haben; womöglich sind Erinnerungen, die sich *auf* die Kindheit *beziehen*, alles, was uns zu Gebote steht. Diese Kindheitserinnerungen zeigen uns unsere frühen Jahre nicht, wie sie wirklich waren, sondern wie sie in den späteren Zeiträumen, da jene Erinnerungen geweckt wurden, erschienen. Die junge Frau war amüsiert über diese Reminiszenz an ihren ersten kurzen Blick auf die Sexualität der Erwachsenen; während gleichzeitig ihr Herz gerührt war von dem Wissen um die zärtliche Intimität ihrer Tante mit ihrem Onkel in der erholsamen Atmosphäre der Sommerferien in Odessa; und dies um so mehr, als ihre Tante es nunmehr zu schmerzlich fand, über jene Zeiten zu sprechen.

Allein ich kam nicht umhin zu fragen, ob sie vielleicht noch mehr beobachtet hatte, als ihr eingefallen war? Falls dem so war, konnte ihr Gedächtnis sie nicht weiterbringen; und es schien ja auch in hohem Maße unwahrscheinlich, daß ein jung verheiratetes Paar, das sich in die Privatheit seines

Zimmers hätte zurückziehen können, solch Risiko peinlicher Entdeckung sollte gewagt haben. Nichtsdestotrotz – daß sich diese Erinnerung in Frau Annas Traum meldete, schien darauf hinzudeuten, daß sie von Gewicht war. Nicht auszuschließen, daß sie im Zusammenhange mit ihrer Hysterie stand; denn wen die Meduse mit dem tödlichen Bann belegt, der hat zuvor ihr Antlitz geschaut, in einem Augenblick, da er sie nicht beim Namen zu nennen vermochte.

Die folgenden Tage und Wochen brachten kaum Fortschritte. Vermutlich trugen daran beide, Arzt wie Patientin, die Schuld. Frau Anna ihresteils zog sich zur Gänze hinter ihre Verteidigungslinien zurück, und manchesmal entschuldigte eine Verschlimmerung ihrer Symptome ihr Fernbleiben. Um ihr gerecht zu werden: ich bin sicher, sie empfand ihre Schmerzen als unerträglich. Eindringlich bat sie mich, eine Operation in die Wege zu leiten, zur Entfernung der Brust und des Ovariums. Ich für mein Teil gestehe, daß ich von ihrer mangelnden Kooperationswilligkeit zunehmend gereizt und von ihrer Apathie infiziert wurde. Einmal bemerkte sie, sie habe einem Hunde auf der Straße einen Brocken hingeworfen, der schon zu schwach und ausgemergelt gewesen, um sich von der Stelle zu schleppen: und so fühle sie sich, ganz genau so. Ich sah mich bereits die Analyse unter Umständen ganz aufgeben, und drang nur noch in sie, nicht zu erwägen, sich das Leben zu nehmen. Ich wies darauf hin, daß Suizid nur eine camouflierte Form von Mord sei; nur wäre ihn zu verüben sinnlos, da wahrscheinlich ohne Wirkung auf sein intendiertes Opfer: ihren Vater. Frau Anna sagte, es seien allein die unsäglichen Schmerzen, welche sie ständig daran denken ließen, mit allem ein Ende zu machen. Sie war in dieser Unterredung durchaus vernünftig. Von ihren Symptomen der Entkräftung abgesehen, hätte sie niemand für eine Hysterika gehalten. Es gab da etwas Undurchdringliches, das meine Irritabilität wachsen ließ. Ich erwog, ihre Ausflüchtigkeit als Rechtfertigung dafür zu nutzen, die Behandlung zum Abschluß zu bringen; doch, um ehrlich zu sein, ich konnte das nicht übers Herz bringen, da sie trotz alledem eine junge Frau von Charakter, Intelligenz und innerer Aufrichtigkeit war.

Dann begab sich ein melancholisches Ereignis, das mir eine perfekte Entschuldigung für den Abbruch der Behandlung hätte bieten können: der plötzliche und unerwartete Tod einer meiner Töchter.* Wer weiß, ob die gedrückte Stimmung meiner vorausgehenden Wochen nicht eine Vorbereitung darauf gewesen ist. Bei solch einem Ereignis sollte man nicht allzu lange verweilen; obwohl man, falls man zum Mystizismus neigte, wohl fragen dürfte, welch geheimes Trauma im Geiste des Schöpfers in die Symptome vielfachen Leides überall um uns herum konvertiert worden war. Da mir aber eine solche Neigung nicht gegeben war, blieb dafür nichts anderes als *»Fatum & Ananke«*. Als ich zu meinen Pflichten zurückkehrte, fand ich von Frau Anna einen Brief vor. Abgesehen von ihrem Beileid zu meinem Verluste und der Information, sie sei mit ihrer Tante zu einem kurzen Ferienaufenthalte nach Bad Gastein gereist, enthielt der Brief noch eine Anspielung auf den Traum, den sie vor einigen Wochen gehabt.

Das prophetische Moment in meinem Traum hat mich sehr beunruhigt. Ich würde es nicht erwähnen, wäre ich nicht sicher, daß es Ihrer Aufmerksamkeit ohnehin nicht entgangen sein wird.

Damals war ich zur Hälfte davon überzeugt, der Mann, der das Telegramm bekam –: das seien Sie (wenigstens teilweise); ich fürchtete nur, Sie unnötig aufzuregen, wohl wissend, wie zärtlich die Gefühle sind, die Sie für alle Ihre Töchter hegen. Es war seit langem mein Argwohn, ich sei – zusätzlich zu meinen übrigen Gebresten – mit dem geschlagen, was man das Zweite Gesicht nennt. Ich habe den Tod zweier Freunde von mir im Kriege vorausgesehen. Es ist etwas, das ich geerbt habe, mütterlicherseits

* Freuds zweite Tochter Sophie, die am 25. Jänner 1920 im Alter von sechsundzwanzig Jahren in Hamburg starb. Sie hinterließ zwei Kinder, von denen eines erst dreizehn Monate alt war.

offenbar – eine Anlage, die von den Zigeunern stammt; aber keine Gabe, die mir Freude macht – ganz im Gegenteil. Ich hoffe, dies hier wird Sie nicht noch verstörter machen als Sie schon sind.

Zu Frau Annas ›Weissagung‹ habe ich keinen Kommentar zu machen, es sei denn, ich erwähnte, daß mich die schmerzliche Nachricht, was wohl nicht ungewöhnlich ist, via Telegramm erreichte. Es mutet plausibel an, daß das sensitive Gemüt der Patientin Besorgnisse in mir – tief unter der Oberfläche des Bewußtseins – ausmachen konnte, Besorgnisse über eine Tochter mit kleinen Kindern, weit entfernt lebend, in einer Zeit, da es viele Epidemien gab.

Was sich nach Annas Rückkehr aus Gastein ereignete, war völlig unerwartet und unlogisch. Und zwar in solchem Maße, daß ich, wäre ich nicht ein Mann der Wissenschaft, sondern ein Romancier, wohl zögern sollte, mich wider die künstlerische Empfindlichkeit meiner Leser dadurch zu vergehen, wie ich das folgende Stadium unserer Therapie schildere.

Als sie mit einer Verspätung von fünf Minuten zu ihrem Termine erschien, rauschte sie mit der sorglosen Haltung eines Menschen herein, der nur mal eben Servus sagt, um gleich darauf zu einer Verabredung mit einem Freunde ins Theater oder zum Einkauf aufzubrechen. Sie redete wie ein Wassersturz, mit frischer, vibrierender Stimme ohne eine Spur von Atemnot. Sie hatte vielleicht zwanzig Pfund zugenommen, mithin alle Attribute einer gutaussehenden Weiblichkeit erlangt bzw. wiedererlangt. Ihre Wangen glühten in lebhafter Röte und ihre Augen blitzten. Sie trug ein neues Kleid von attraktivem Schnitte und eine neue Coiffure, die ihrem Gesichte gut stand. Kurz – das hier war nicht die schmerzlich dünne, depressive Versehrte, die ich erwartete, sondern eine anziehende, leicht kokette junge Dame, die vor Lebhaftigkeit und Gesundheit nur so strotzte. Sie mußte mir nicht erst sagen, daß ihre Symptome verschwunden waren.

Ich habe schon öfter in Gastein Ferien gemacht, aber noch nie erlebt, daß seine Thermalquellen so wundertätig gewesen wären. Das sagte ich, indem ich trocken hinzufügte, vielleicht sollte ich meine Praxis aufgeben und dort Hotelier werden. Da brach sie in lautes Lachen aus; dann, als ihr mein Verlust wieder einfiel, versank sie aus Reue über ihre gedankenlose Fröhlichkeit in einen Ausdruck von Bußfertigkeit. Ich versicherte sie, ihre gute Stimmung sei mir eine Herzensstärkung. Allein schon bald wurde nur zu deutlich, daß ihre Hysterie, weit entfernt davon, ganz abgeschüttelt worden zu sein, lediglich ihre Richtung geändert hatte.* Hatte sie zuvor ihre Körperkräfte mit stechenden Schmerzen untergraben, ihren Geist jedoch verständig gelassen, so hatte sie nunmehr ihren Körper auf Kosten des Geistes erlöst. Ihre ungezäumte Redseligkeit legte bald von einer wilden Irrationalität Zeugnis ab. Ihre Heiterkeit war der desperate Humor von Soldaten, die sich in den Schützengräben einen Jux machen; und ihre Anstrengungen in einer forcierten Diskussion verflossen zu einem traumgleichen Monologe, einer fast hypnotischen Trance. Vorher war sie elend, doch verständig gewesen – jetzt war sie glücklich und geistig geschwächt. Ihre Sprache war voll imaginativer Gebilde und Halluzinationen; zuzeiten war es weniger ein Sprechen als ein *Sprechgesang*, praktisch ein Opern-Rezitativ, erhaben und lyrisch-dramatisch. Ich sollte ergänzen, daß sie, seit sie dem Orchester eines unserer führenden Opernunternehmen beigetreten war, sich ganz jener Kunstform gewidmet hatte.**

Sie schien sich des Effektes, den sie machte, gar nicht bewußt und blieb von ihrer völligen Genesung freudig

* Genauer gesagt: es war *tatsächlich* vom Feinde Terrain zurückgewonnen. Was wir nun sahen, war, wie die Hysterie in einiger Raserei zurückschlug.

** [›Frau Anna G.‹ war in Wirklichkeit Opernsängerin, nicht Instrumentalistin. Freuds Wunsch, ihre Identität nicht preiszugeben, gab Anlaß zu dieser Abänderung; wenn er auch stets bedauerte, sich von den Fakten, selbst in banalen Einzelheiten, entfernen zu müssen.]

überzeugt. Da ich mir auf ihren Gasteiner Aufenthalt keinen Reim machen konnte, schlug ich vor, sie möge sich an einer Niederschrift ihrer Eindrücke versuchen. Bei früherem Anlasse schon hatte sie auf einen solchen Vorschlag positiv reagiert, zumal sie Geschmack fand an Literatur und selbst gerne schrieb – sie war zum Beispiel eine passionierte Briefschreiberin. Indessen war ich nicht im geringsten auf die neue literarische Produktion vorbereitet, mit welcher ausgerüstet die neue Anna am folgenden Tage zu mir kam. Zögernd legte sie mir ein weich gebundenes Buch in die Hände. Wie ich sah, handelte es sich um die Partitur von Mozarts *Don Giovanni*. Ihre ›Impressionen‹ aus Gastein hatte sie, wie ich entdeckte, zwischen die Notensysteme geschrieben, gleichsam als alternatives Libretto; und sie hatte sich sogar um Rhythmus und Reim bemüht, derart, daß ihre Eintragungen fast als Knittelverse gelesen werden konnten. Wäre Frau Annas Mozart-Version jedoch in irgendeinem unserer Opernhäuser gesungen worden, hätte man den Intendanten wegen Verstoßes gegen die öffentlichen Sitten gerichtlich belangt; denn der Text war Pornographie und Nonsense. Sie hatte Ausdrücke gebraucht, wie man sie sonst nur in Elendsvierteln, Kasernen und Herrenclubs zu hören bekommt. Ich fragte mich, wo sie solche Wörter gelernt hatte, denn die Orte, wo man sie in den Mund nimmt, hatte sie meines Wissens nicht frequentiert.

Prima vista war mir wenig evident, bis auf einige Bezüge zu ihren Halluzinationen, und ein kühnes Bekenntnis zur Übertragung: In ihrer Phantasie wurde der Platz Don Juans von einem meiner Söhne eingenommen – mit dem sie, wie ich wohl kaum hinzufügen muß, nicht bekannt war. Es war ganz klar, daß sie den Wunsch zum Ausdruck brachte, sie möchte irgendwie den Platz meiner fehlenden Tochter einnehmen, vermöge Heirat. Als ich sie mit dieser Schlußfolgerung konfrontierte, sagte Anna ziemlich schüchtern, es sei nur ein Scherz, »um mich aufzuheitern«.

Da ich fand, es seien der flottierenden, irrationalen Bilder zu viele, um damit umgehen zu können, ermunterte ich sie, heimzugehen und ihre eigene Analyse des von ihr verfaßten Materiales niederzuschreiben, in einem kontrollierten und besonnenen Stile. Nicht ohne Grund faßte sie meine Bitte als Tadel auf, und ich mußte sie versichern, daß ich ihr ›Libretto‹ sehr interessant fände. Nach einer Spanne von mehreren Tagen händigte sie mir ein Kinderschulheft aus, gefüllt mit ihrer unordentlichen Handschrift. Sie wartete atemlos (im wörtlichen Sinne, denn sie hatte einen leichten Rückfall des Asthma-Symptomes erlitten), während ich flüchtig ein paar Seiten durchblätterte. Ich sah, daß sie, statt – wie ich gebeten hatte – eine Interpretation zu verfassen, es vorgezogen hatte, durch Ausschmückung jedes Wortes ihre ursprüngliche Phantasie zu erweitern, so daß ich mir, wie es schien, nichts anderes eingehandelt hatte als die herkulische Aufgabe, ein Dokument von großer Länge und Wirrnis zu lesen. Auch wenn sie bis zu einem gewissen Grade die Unverblümtheit der sexuellen Schilderungen gemildert hatte, so war hier doch weiterhin eine erogene Flut, eine *Überschwemmung* des Irrationalen und Libidinösen; wohl gingen die Wogen nicht mehr bergeshoch, doch sie bedeckten nun ein weit größeres Terrain. Ich hatte es nunmehr mit einer aufgeblasenen Imagination zu tun, die keine Grenzen kannte, so wie die Geldwährung jener Monate – mit einem Koffer voller Banknoten, für die man nicht einmal einen Laib Brot bekam. Wir verbrachten eine fruchtlose Stunde, nach der ich versprach, ihr Dokument in Zeiten der Muße aufmerksam zu lesen. Beim Lesen nun begann ich hinter der grellen Maske einen Sinn zu erspähen. Das meiste war die reinste Wunscherfüllung, fade, wo nicht degoutant; doch hier und da standen auch Passagen nicht ohne einen Hauch von Kunstverstand und Einfühlung: natürliche Beschreibungen der ›ozeanischen‹ Art, mit erotischer Phantasie vermengt. Man konnte sich nicht enthalten, an die Worte des Dichters zu denken:

> Wahnwitzige, Poeten und Verliebte
> Bestehn aus Einbildung ...*

* Shakespeare, *Ein Sommernachtstraum*

Als ich das Notizbuch niederlegte, war ich davon überzeugt, es könne uns alles lehren, wären wir nur in der Lage, alles herauszufinden.

Es gibt ein Scherzwort, das lautet »Liebe heißt Heimweh«; und immer, wenn jemand von einem Ort oder Lande träumt und noch im Traume zu sich sagt »Dieser Ort ist mir vertraut, hier bin ich schon einmal gewesen«, dürfen wir diesen Ort als die Genitalien seiner Mutter bzw. deren Körper interpretieren. Alle, die bislang die Gelegenheit hatten, Frau Annas Heft zu lesen, hatten, wenn sie über eine gewisse Lernfähigkeit verfügten, diese Empfindung: das »weiße Hotel« sei ihnen bekannt, sei der Körper ihrer Mutter. Es ist ein Ort ohne Sünde, ohne unsere Last des Gewissens; denn die Patientin berichtet uns, sie habe unterwegs ihr Gepäck verlegt, und kommt nun nicht einmal mit einer Zahnbürste. Das Hotel spricht in der Sprache von Blumen, Düften und Geschmacksempfindungen. Es erübrigt sich, hier die Applikation einer rigiden Klassifizierung seiner Symbole versuchen zu wollen, wie es manche Wissenschaftler getan haben: zum Beispiel zu behaupten, das Vestibül sei die Mundhöhle, das Treppenhaus der Oesophagus (oder, wie andere behaupten, der Geschlechtsakt), der Balkon die Brust, die umstehenden Tannenbäume das Schamhaar etc.; was dem Kernpunkte näher kommt, ist das Gesamtgefühl des weißen Hotels, seine aus vollem Herzen dem Oralen ergebene Haltung – Saugen, Beißen, Essen, Schlingen, Verzehren, mit dem ganzen seligen Narzißmus des Kleinkindes an der Brust. Hier ist das ozeanische Einssein der ersten Kinderjahre, das autoerotische Eden, die Landkarte unseres ersten Reiches der Liebe – hingeworfen mit der ganzen *belle indifférence* der Hysterika.

Hier, so schien mir, war der Beweis für Annas profunde Identifikation mit der Mutter, wie sie dem Ödipuskomplex vorausgeht. Und das sollte uns, abgesehen vom Grade ihrer Intensität im Falle Frau Annas, nicht sonderlich überraschen. Die Brust ist das erste Liebesobjekt; das Kind, das an der

Mutter Brust saugt, ist zum Prototyp jeder Liebesbeziehung geworden. Ein Liebesobjekt – in der Pubertät – zu finden heißt de facto, es *wieder*zufinden. Annas Mutter, warmherzig und das Vergnügen liebend, hinterließ ihrem Kinde einen lebenslangen Autoerotismus*, und insofern stellte ihr ›Journal‹ einen Versuch dar, heimzukehren, zurück in jene Zeit, da zuhöchst der orale Erotismus regierte und das Band zwischen Mutter und Kind ungebrochen war. Das heißt, es gibt im »weißen Hotel« zwischen Anna und der Außenwelt keine Trennung; alles ist ganz verschlungen. Die neugeborene Libido setzt sich über alle möglichen Gefahren hinweg, wie die schwarze Katze, deren haarsträubendes Entkommen aus tödlicher Gefahr Frau Anna beschreibt. Das ist die ›gute‹ Seite des weißen Hotels, seine überschwängliche Gastlichkeit. Doch nicht einen Augenblick lang läßt sich der Schatten der Destruktion übersehen, am wenigsten in den Momenten höchster Lust. Die allesspendende Mutter plante, ihr Quartier im Hotel der Verdammnis zu nehmen.

Ich hatte nun die lächerliche Sensation, absolut alles über Frau Anna zu wissen, was es zu wissen gab – bis auf die Ursache ihrer Hysterie. Und es ergab sich ein weiteres Paradoxon: je mehr meine Überzeugung wuchs, das »Gasteiner Journal« sei ein bemerkenswert couragiertes Dokument, desto mehr wuchs Frau Annas Scham darüber, daß sie ein so degoutantes Werk geschrieben habe. Sie konnte sich nicht vorstellen, wo sie die unfeinen Ausdrücke gehört hatte, oder warum es ihr geziemend erschienen war, sie zu gebrauchen. Sie bettelte darum, ich möchte ihr Geschreibsel ver-

* Es gibt auch Belege dafür, daß sie ihrer Tochter in späteren Entwicklungsstufen mit einem Minimum an Repression zur Seite stand. Passagen im ›Journal‹ deuten an, daß Anna sich auf eine gesunde und gemäßigte Weise darüber im klaren war, daß der Genitalapparat der Nachbar der Cloaca bleibt, d. h. (um Lou Andreas-Salomé zu zitieren), »bei einer Frau nur vorübergehend entliehen ist«.

brennen, denn es seien doch nur teuflische Bruchstücke, die der »Sturm in ihrem Kopfe« losgeschleudert hatte – an sich ein Ergebnis ihrer Freude, wieder einmal frei von Schmerzen zu sein. Ich entgegnete ihr, mein einziges Interesse sei, zu der Wahrheit durchzustoßen, die – des sei ich sicher – ihr bemerkenswertes Dokument enthielte; und setzte hinzu, ich freute mich sehr, daß sie dem Zensor, dem Zug-Kondukteur, auf ihrem Wege zum weißen Hotel entschlüpft sei!

Nur mit dem größten Widerwillen wollte die junge Frau einwilligen, ihren Bericht mit mir durchzugehen und jeweils dort innezuhalten, wo ihr irgendwelche Assoziationen zufielen. Da der leichte Rückfall ihrer Atembeschwerden wieder vergangen war, war sie überzeugt, völlig geheilt zu sein, und konnte nicht begreifen, warum ich darauf bestand, wir sollten die Sache weiterverfolgen. Zum Glück war sie aber infolge des Übertragungseffektes auch nicht geneigt, die Analyse zu beenden.

»Das weiße Hotel ist das, wo wir wohnten«, begann sie. »Ich war so gerne im Gebirge, es war eine solche Erholung nach den Nöten von Wien; aber ich wollte auch einen See haben, einen ganz großen, weil ich mich am Wasser freier fühle. Das Hotel hatte ein grünes Schwimmbassin, also erlaubte ich mir, daraus einen großen See zu machen! Die meisten Personen waren Gäste im Hotel. Es gab da eine ganz ungewöhnliche Mischung – Menschen, die versuchten, nach dem Krieg wieder ihre alten Gewohnheiten aufzunehmen, glaube ich. Zum Beispiel gab es *wirklich* einen englischen Offizier, einen sehr aufrechten, höflichen Mann, der in Frankreich einen Granatschock abgekriegt hatte. Er schrieb Lyrik, und zeigte mir eines seiner Bücher. Es überraschte mich, wenn es auch nicht besonders gut schien, soweit ich etwas auf Englisch beurteilen kann. Er erwähnte dauernd einen Neffen, der sich ihm später anschließen wollte, zum Skifahren. Aber irgendwen hörte ich sagen, sein Neffe sei im Schützengraben gefallen. Dieser Major rief uns alle einmal zu einer Versammlung, um uns zu sagen, wir wären in Gefahr, angegriffen zu werden. Ich dachte, ich könnte daraus eine amüsante Szene spinnen – weil es schließlich so viele Dinge gibt, die wir nicht verstehen, wie etwa Blätter im Herbst und fallende Sterne.«

Ich unterbrach sie, um zu fragen, ob es da nicht etwas aus ihrer Kindheit gebe, in dem Vergleiche, den sie oft zwischen fallenden Sternen und Blumen zog.

»Wie meinen Sie das?«

»Ich erinnere mich, daß Sie sagten, die Quallen sähen aus wie blaue Sterne unter Wasser.«

»Ach so, ja! Ich ging morgens immer zum Strand hinunter, um als allererstes zu sehen, ob über Nacht wieder Quallen angeschwemmt worden waren.* Ja, freilich, manches aus meiner Kindheit ist darin vermengt. In Odessa hatten wir als Zimmermädchen ein kleines Mädchen aus Japan, und das pflegte mir – beim Staubwedeln oder Polieren – Haikus aufzusagen, kleine Gedichte. Irgendwie dachte ich, es wäre hübsch, wenn sie sich in Gastein mit dem englischen Major anfreundete, da sie doch beide allein waren und Gedichte mochten. Der Major sah so traurig aus, wenn er jemanden überreden wollte, mit ihm Billard zu spielen. Es ist eine Mischung aus Vergangenheit und Gegenwart, wie ich selbst. Dieser Russe zum Beispiel – der ist mein Freund aus Petersburg, so wie ich ihn mir jetzt vorstelle. Er ist ganz schön hochgekommen, hab seinen Namen in der Zeitung gesehen.«

Ich bemerkte, sie habe sein Portrait recht satirisch gezeichnet.

»Er verließ mich, verstehen Sie. Nein, genauer, er gab sich selbst auf, denn zu Anfang, als wir uns kennenlernten, steckte viel Gutes in ihm; er konnte liebevoll sein und zärtlich, sogar schüchtern. Darum liebte ich ihn ja.«

* Frau Anna gebrauchte den russischen Namen *medusa*: ein weiteres Beispiel dafür, daß sie gelegentlich fremdsprachige Wörter ins Spiel brachte, auf die besonders aufmerksam zu achten war.

Frau Anna hielt inne, um wieder zu Atem zu kommen, und fuhr dann fort:

»Es gab furchtbar viel Leute in dem Hotel, die nur an sich selbst dachten. Die hätten, wenn das Hotel abgebrannt wäre, in der Tat weiter ihre fröhlichen Postkarten geschrieben, solange nur sie *selbst* nicht vom Feuer betroffen wären.« (Ein Bezug auf den Abschnitt ihres Journals, der in Form von Ansichtskartentexten verfaßt ist, jenes banalen Typs, wie man sie so oft aus der Sommerfrische an Freunde schreibt.) »Es gab eine Zigeunerkapelle, und einen molkengesichtigen lutherischen Pastor, und einen netten kleinen Mann, über den alle lachten, weil er nur Bäckermeister war und holprig redete; und eine große holländische Familie. Der alte Holländer war aber kein Botaniker. Das Bergspinnenkraut war ein kleines Angebinde für Sie.« Sie errötete lächelnd. »Ich weiß, wie gern Sie auf ausgefallene Begriffe kommen. Ich hab in einem Buch über Bergblumen nachgesehen, und sie schien die seltenste.«

»Und was ist mit der Dirne im Ruhestand?« fragte ich. »Gab es sie im Hotel tatsächlich?«

»Nein. Oder vielmehr, doch. Mich.«

»Wie das?«

Sie machte eine kurze Pause, bevor sie sagte »Ich habe so unanständige Gedanken.«

Ich bemerkte, wenn unanständige Gedanken zu haben schon Immoralität ausmache, dann wären alle meine Patientinnen, ja, alle Wiener Damen von Stand und Ansehen gleichfalls Prostituierte. Ich rechnete ihr, fügte ich hinzu, die Offenheit ihres Bekenntnisses, welches viel Courage verlangt habe, hoch an.

Zwei oder drei Wochen nach unserer Wiederaufnahme der Analyse kehrten Frau Annas Symptome mit voller Kraft zurück. Der Schlag war so hart, daß sie ihn kaum ertrug. Ich sagte ihr, ich sei nicht überrascht, und sie solle nicht verzagen. Wie ich sie schon gewarnt hätte, sei ein Nachlassen zwar üblich, aber die Symptome würden, solange wir nicht an die Wurzel ihrer Hysterie gelangt seien, immer wiederkommen; und ich versicherte ihr (mit mehr Zuversicht, als ich eigentlich hatte), wir seien nun dem Lichte am Ende des Tunnels nicht mehr fern.

Als ich Annas Aufzeichnungen noch einmal las, war ich von neuem betroffen von der krassen und schamlosen Energie ihrer sexuellen Ausgeburten. Ich fragte sie, ob sie, von dem Studenten A. in St. Petersburg und ihrem Gatten abgesehen, noch andere sexuelle Beziehungen gehabt habe, und sie gab ein entschiedenes Nein zur Antwort. Ihr Sexualleben war also auf eine kurze Liaison in ihrem achtzehnten Jahre und einige wenige Monate zu Beginn ihrer Ehe beschränkt gewesen. Ich konnte mich des Argwohns nicht erwehren, daß diese Frau, die offenkundig so leidenschaftlich und so starker Gefühle fähig war, den Sieg über ihre sexuellen Bedürfnisse nicht ohne schwere Kämpfe erfochten hatte, und daß ihre Bemühungen, diesen machtvollsten aller Triebe zu unterdrücken, sie schwerer mentaler Erschöpfung ausgesetzt hatten.

Es war Zeit, in die Disteln zu greifen: das in ihrem ›Journal‹ geschilderte zentrale, narzißtische Liebesverhältnis anzugehen. Denn, um die Analogie aus ihrer bevorzugten Kunstgattung zu verwenden: im Theater des Körpers ihrer Mutter gab es in Wirklichkeit nur zwei Hauptpersonen auf der Bühne, die ihr Liebesduett sangen, wie viele Nebenrollen auch immer hinter ihnen waren. So zumindest kam es mir vor.

Immer sprach sie von ihrem Gatten, dem sie sich entfremdet, in einem Stile, der deutlich zeigte, daß sie ihn weiterhin liebte. Nicht im mindesten gab sie ihm die Schuld an der Entfremdung; er sei in jeder Hinsicht gut zu ihr gewesen: aufrichtig, rücksichtsvoll, generös und behutsam. Die Verantwortung für den Bruch liege ganz und gar bei ihr, der Grund aber, den sie beständig vorbrachte, war unübersehbar eine Ausflucht: daß sie ihm um alles in der Welt habe Kinder schenken wollen, aber zu der Überzeugung gelangt sei, daß jemals ein Kind zu haben ihr nichts als Unheil bringen würde. Obwohl sie Gewissensbisse verspürte, daß sie für ihres Gatten Unglück verantwortlich sei, wäre es doch weitaus schlimmer gewesen, ihm sein Recht auf eine Familie zu verweigern. Ein Glück, sagte sie, daß sie auf ihr Drängen hin den Coitus interruptus praktiziert hätten; denn das hieß, daß er die Ehe annulliert haben und eine heiraten konnte, die ihn glücklich machen könne. Zu weitergehenden Ausführungen war sie nicht willens oder nicht in der Lage; unnötig zu sagen, daß ich mit diesen Erklärungen ganz und gar nicht zufrieden war.

Im Glauben, die narzißtische Phantasie ihres Journals müsse sich sehr eng auf Frau Annas Brautschaft beziehen, fragte ich sie eines Tages, für wen, stellvertretend, ihrer Meinung nach die Liebenden stünden. »Abgesehen davon, daß der junge Mann mein Sohn sein soll!« fügte ich hinzu.

Allein noch hielten ihre Barrieren stand. Sie insistierte darauf, für die Liebenden habe ein Flitterwochenpaar Modell gestanden, das in dem Hotel in Bad Gastein Quartier genommen. Für ihren Mangel an Zurückhaltung in der Öffentlichkeit seien sie nachgerade berüchtigt gewesen. Die Zimmermädchen klagten, sie kämen des Morgens nicht aus den Federn; und angelegentlich eines Ausfluges hätten sie sich, just vor der Nase Annas und ihrer Tante, skandalös benommen: wenn auch, zugegeben, nicht so skandalös wie die Liebenden in ihrem Hefte. Ihr Verhalten hatte sie chociert und amüsiert zugleich; doch sei ihr das junge Paar auch zu Herzen gegangen, denn ihre kassandragleiche Gabe sagte ihr, der junge Bräutigam habe nicht viele Jahre mehr zu leben.

»*Sie* sind in der jungen Dame nicht präsent?« fragte ich mit Ironie.

»Natürlich, doch! Das sagte ich Ihnen doch schon.«

»Mit Ihrem Gatten.«

»Nicht direkt. Hauptsächlich dachte ich dabei an das Flitterwochenpaar.« Sie fingerte an ihrem Kruzifix.

»Gehen'S! Nächstens erzählen Sie mir noch, Ihre Flitterwöchner hätten sich mit einer Corsetière angefreundet und sie zu sich ins Bett eingeladen!«

»Nein, natürlich nicht! Ich glaube, das muß Madame R. gewesen sein.«

Das war zu erwarten, denn stets hatte sie mit ungewöhnlicher Wärme von ihrer Petersburger Freundin und Mentorin gesprochen. Ich fragte, warum sie aus Madame R. eine Corsetière gemacht habe. »Weil sie immer auf Disziplin hielt, wenn wir beim Ballett Erfolg haben wollten. Selbstdisziplin bis zu Schmerzen.«

»Also ist das weiße Hotel –«

»Es ist einfach mein Leben, verstehen Sie!« fiel sie mir mit einiger Gereiztheit ins Wort, als wollte sie mit Charcot sagen: »Ça n'empêche pas d'exister.«*

»Und neigte Ihre Freundin zu kleinen Abenteuern?« fragte ich.

»Ganz bestimmt nicht! Sie ist Jüdin, zum orthodoxen Glauben konvertiert, und Sie wissen doch, frommer ist keiner!« Frau Anna sagte wieder, sie hätte die Ehe ihrer Freundin im Sinne gehabt (hoffend, sie seien wohlauf und glücklich in diesen finsteren Zeitläuften), auch die mystische Bildwelt im Hohenliede Salomonis. »Sie gaben ein ideales Paar ab. Ein Segen für sie, so einen gutaussehenden, distinguierten Ehemann zu finden. Freilich, jung war er nicht mehr, aber es gibt Männer, die immer besser aussehen, je älter sie werden.« Sie brach ab, erregt; und ich fragte sie, ob zwischen ihr und Madame R. nicht womöglich eine gewisse Rivalität geherrscht hätte. Als sie diese Vermutung zurückwies, nahmen ihre Atemnot und Heiserkeit zu;

* Eines von Freuds Lieblingszitaten. Charcots Zitat lautet vollständig »La théorie c'est bon, mais ça n'empêche pas d'exister«. (Theorie ist gut, hält die Dinge aber nicht davon ab, zu existieren.)

unwillkürlich flog ihr die Hand an die Brust. Ich erinnerte sie daran, daß jene Verbindung sie doch völlig überrascht habe. »Dachten Sie nie, sein Interesse sei eigentlich auf Sie gerichtet, Frau Anna?« Sie antwortete nicht, sondern schüttelte, nach Atem ringend, den Kopf. »Aber sind Sie von dieser Dame nicht beiseite gedrängt, in Ihrem Journal?« insistierte ich. »In Ihr Bett ist eine Rivalin eingedrungen, ist's nicht so?«

»Das hat damit nichts zu tun!« erwiderte sie mit dem Ausdrucke großer Qual. Dann, in ihrem gepeinigten Zustande, ließ sie ein überraschendes Eingeständnis fallen. »Wenn Sie es denn wissen müssen: es geht um meine Flitterwochen mit meinem Gatten – Sie haben recht. Zumindest jener Abschnitt. Die zwei Frauen sind in Wahrheit ein und dieselbe. Sehen Sie, ich dachte, wenn ich doch nur mit der Lebenslust und dem Optimismus meiner Freundin gesegnet wäre (trotz allem, was sie durchgemacht hat), dann wäre ich nicht so fürchterlich verspannt.«

»Warum das, Frau Anna?«

»Ich fürchtete, ich könnte seinen Erwartungen nicht genügen.«

»Ich verstehe. Er glaubte, sie wären natürlich noch Jungfrau und Sie fürchteten die Entdeckung?«

»Ja.« Und wieder tastete sie nach ihrem Kruzifix.

Ich sagte ihr, sie verschwende meine Zeit; daß ich ihre Lügen nicht länger tolerieren könne; daß, wenn sie mir nicht frank und frei mit der Wahrheit herauskäme, ich keinen Sinn darin sähe, mit der Analyse fortzufahren. Schließlich – durch Drohungen wie diese – gelang es mir, aus ihr die Wahrheit über ihre Ehe ans Licht zu ziehen. Nicht eine Enttäuschung war deren intime Seite gewesen, sondern ein völliges Desaster – ein Alptraum, zumindest aus ihrer Perspektive. Was es dahin hatte kommen lassen, waren die Halluzinationen, von denen ihr Leben zwar nie gänzlich frei gewesen, die sich jedoch während jenes Zeitraumes ihr beständig aufdrängten. Sie tauchten vor ihren Augen auf, wann immer Geschlechtsverkehr stattfand. Sie waren von jener obsessiven Art, wie sie in ihrem Tagebuche geschildert sind, und variierten lediglich in Einzelheiten. Die Überschwemmung und den Hotelbrand konnte man noch auf den Tod ihrer Mutter zurückführen; die beiden anderen Halluzinationen aber – von einem Sturze aus schwindelnder Höhe und von Trauernden, welche ein Erdrutsch begrub – waren ihr unerklärlich; die letztere war die häufigste und auch die am meisten beängstigende, da sie an Klaustrophobie litt.

Daß ihr Gatte irgendeinen Verdacht geschöpft hätte, glaubte sie nicht. Könne ich mir denn nicht vorstellen, sagte sie, welche Tortur es gewesen sei, solche Bilder vor Augen zu haben und zugleich einen Ausbruch von Entzücken zu heucheln? Und wäre ich nicht mit ihr der Meinung, daß diese Ehe nicht aufrechterhalten werden konnte, ohne ihrem Gatten damit großes Unrecht zu tun?

Sie bat um Verzeihung, daß sie das in der Analyse nicht schon eher gestanden, indem sie sagte, sie hätte nicht so aussehen wollen, als gäbe sie ihrem Gatten die Schuld. Und in diesem Punkte war sie felsenfest: es existiere keine Schuld. Er sei zärtlich, geduldig und erfahren gewesen; all jene intimen Liebkosungen, welche zum Coitus hinführten, habe sie sehr gern gehabt; bzw. habe sie praktiziert, bis das Wissen um das Zwanghafte der Halluzination sie sogar jene Präliminarien fürchten ließ. Außerdem, sagte sie, sei es nicht von Belang, denn sie war sicher, die Halluzinationen träten nur auf, um sie vor dem zu warnen, was sie mir schon gesagt habe: daß sie auf keinen Fall gravid werden dürfe. Sogar der Coitus interruptus berge ein Risiko.

In Gastein habe sie mit der Kinderlosigkeit ihren Frieden geschlossen, und das sei der Grund gewesen, warum sie ihre Gesundheit wiedererlangt habe. Sie habe sich stark genug gefühlt, ihre Wünsche und Bedürfnisse zu sublimieren; aber im Dunsthauche Wiens seien sie zurückgekehrt, um sie zu plagen, und so seien auch ihre Symptome wiedergekommen.

Nun müsse ich zustimmen, schloß sie mit gezwungenem Lächeln, daß die Glückseligkeit, die sie in ihrem Journale beschrieben, sich unmöglich auf ihre Ehe beziehen könne; einzig die Katastrophen seien ›autobiographisch‹. Ferner bemerkte sie, daß – wenn denn schon *irgend jemand* für ihren Gatten das Vorbild abgegeben habe – es der deutsche Rechtsanwalt sei, den sie Vogel genannt hatte. Ich gab meinem Erstaunen Ausdruck, und Frau Anna sagte, sie wisse auch nicht, warum sie ihn in so schwarzen Farben gemalt, und sie gäbe alles dafür, dies wieder rückgängig zu machen. Gut, ihr Mann und seine Familie brachten hin und wieder leicht antisemitische Ansichten vor, aber weniger häufig und gemäßigter als die meisten anderen Leute. Es hatte dies keinerlei Zwist zwischen ihnen bewirkt, aus dem schlichten Grunde, weil sie es nicht nötig gefunden, ihrem Gatten von diesem belanglosen Aspekt ihrer Herkunft zu erzählen.* Ihre bösartige Karikatur eines lauteren jungen Mannes machte ihr sehr zu schaffen. Erneut mußte ich ihr versichern, daß es vollkommen verständlich sei: sie sei gezwungen gewesen, ihm weh zu tun; was für sie extrem schmerzlich gewesen, und deshalb sei sie böse mit ihm, da er verantwortlich dafür sei, daß sie ebendiesen Schmerz fühlte.

Kurz nach ihrer Enthüllung der sexuellen Probleme, denen sie in ihrer Ehe begegnet war, war ich in der Lage, eine weitere unerfreuliche Erinnerung aus ihrer Vergangenheit herauf zu beschwören. Ich hatte ihr eine jüngst publizierte Krankengeschichte zu studieren gegeben**, und sie hatte

* Annas Vater hatte sein jüdisches Erbe vollständig verleugnet, und infolgedessen fühlte sie selber sich nicht im mindesten als Jüdin. Sie bezeichnete sich einmal mir gegenüber als »mitteleuropäische Christin«.

** *Aus der Geschichte einer infantilen Neurose* (»Der Wolfsmann«) (1918). Was Frau Anna nicht wußte: es gab hier eine überraschende Zahl von Ähnlichkeiten zwischen ihren jeweiligen Erfahrungshintergründen. Einmal auch muß sie im Stiegenhaus ausgerechnet an diesem Patienten vorbeigegangen sein, just nachdem sie etliche Zeit mit mir im Gespräche über Aspekte dieses Falles verbracht hatte.

mich gedrängt, mit ihr über die Obsession jenes besonderen Patienten zu debattieren, welcher besessen war vom Koitus *more ferarum* (zumeist mit Dienstmägden und Frauen aus dem einfachen Volke). Es schien sie über die Maßen zu interessieren; und das ließ mich natürlich an einen Zwischenfall gegen Ende ihres Journales denken. Apropos: ich gab zu verstehen, es sei erstaunlich, daß eine Form des Verkehres, die in den besseren Kreisen gemeinhin nicht praktiziert wird, im Bereiche ihrer Erfahrung läge. Daraufhin erschien die Patientin gequält, und hatte Mühe zu sprechen; aber als sie sich wieder halbwegs in der Hand hatte, legte sie einen Vorfall bloß, welcher etwas mit A., dem Vater ihres fehlgeborenen Kindes in St. Petersburg, zu tun hatte.

Dieser Vorfall begab sich angelegentlich dessen, was sie zuvor bereits eine einzigartige glückliche Erinnerung an ihre Beziehung mit ihm genannt hatte: bei einer Wochenend-Segelpartie auf dem finnischen Meerbusen. Sie gingen schon etwa drei Monate miteinander und hatten eine tief romantische Zuneigung füreinander gefaßt – aber vorerst nur eine ›weiße‹, um Frau Annas bildhafte Wendung zu gebrauchen. Es waren vielleicht ein Dutzend junge Leute auf der Jacht. Das Wochenende begann recht harmonisch. Sie amüsierten sich und würzten ernsthafte Diskussionen mit einem übermäßigen Genusse von Spirituosen, für die A.'s begüterter Vater gesorgt. Dann, am zweiten Tage, hatten Anna und ihr Freund einen ernsten Streit. Er betraf tatsächlich Madame R., die sich erlaubt hatte, Anna und einige andere Elevinnen zu sich nach Hause einzuladen, zu eher zwanglosen Gesprächen und kulturellen Aktivitäten. A. warf Anna vor, ihre Seele an den Ästhetizismus zu verschachern. Dieser ihr Streit wurde noch verschärft von der Tatsache, daß er und seine Freunde bereit waren, die Notwendigkeit politischer Gewalt zu akzeptieren; und Madame R.'s erster Gatte war von einer Bombe getötet worden, die eigentlich einem Staatsmanne gegolten. Anna, welche die Folgen von Gewaltakten aus erster Hand, in der Trauer und Einsamkeit ihrer Lehrerin, gesehen hatte, sagte A., sie zöge sich nun aus der Gruppe zurück.

Berauscht, und in Rage wider sie, war A. nicht länger als der junge Mann zu erkennen, den sie liebte. Die reizende Jachtpartie bekam in ihren Augen etwas Sinistres, nahm den Nachtmahr-Ton von Dostojewskis *Dämonen* an. Ihr Freund sengte ihr das Haar mit seiner Zigarre an und machte noch andere aggressive Gesten. Sie teilte ihm mit, ihre Beziehung sei aus und vorbei, und ging in ihre Kabine, um sich auszuweinen und schließlich in Schlaf zu fallen. Einige Zeit später wurde sie aufgestört und erwachte bei dem entsetzlichen und entwürdigenden Anblicke A.'s, der mit einer anderen jungen Frau im Geschlechtsverkehre in der Koje gegenüber lag.* Weit entfernt davon, sich seines Benehmens zu schämen, schmähte er Anna mit rüden, höhnischen Bemerkungen und hatte es offensichtlich darauf angelegt, sie aufzuwecken. Anna wartete das Ende dieses Jachtausfluges nicht ab, sondern sprang, da sie seit Kinderzeiten eine kräftige Schwimmerin war, ins Wasser und schwamm an Land.

Zu ihrem Bedauern ließ sie sich ein paar Wochen später von ihm überzeugen, er bereue die Sache und liebe sie nach wie vor. Er gab den Alkoholika, die er getrunken, der überreizten Atmosphäre jener Zeiten und ihrer beider sexuellen Enthaltsamkeit die Schuld. Sie nahm ihn wieder und wurde eine kurze Weile seine Geliebte. Wie später, bei ihrem Ehemanne, meldeten sich peinigende Halluzinationen. Sie zog in seine Wohnung. Sie wurde gravid. Sie entdeckte, daß er einen Zug in Richtung Süden genommen hatte, in Begleitung der jungen Dame von der Jachtpartie. In dieser schrecklichen Zeit rettete ihr Madame R.'s Freundschaft das Leben, denn Anna war immer wieder auf den Neva-Brücken herumgeirrt, im Widerstreite, ob sie ihrem Elende nicht ein Ende machen sollte; und sie war überzeugt, sie hätte es nach

* Offenbar in der Stellung, auf die ich angespielt hatte.

ihrer Fehlgeburt auch getan, wenn sie sich nicht ihrer Lehrerin anvertraut hätte und in deren Hause willkommen geheißen worden wäre.

So quälend war für die Patientin die Erfahrung, die Bilder aus jener Periode ihres Lebens wieder heraufzubeschwören, daß ich es kaum übers Herz brachte zu fragen, warum sie einige Monate zuvor den Jachtausflug in so leuchtenden Farben gemalt. Als ich ihr schließlich die Frage stellte, gab sie vor, ich brächte da zwei verschiedene Wochenenden durcheinander.

Ihre Symptome blieben weiterhin schwer; sie schlief schlecht und hatte alles, was sie an Gewicht zugenommen, wieder verloren, da sie nun erneut von einer selbstaufgelegten Diät von Orangen und Wasser lebte. Einmal sagte sie zu mir: »Sie erzählen mir, meine Krankheit hinge wahrscheinlich mit frühen Vorkommnissen in meinem Leben zusammen, die ich vergessen habe. Aber selbst wenn dem so ist, können Sie diese Begebenheiten doch in keinster Weise mehr ändern. Wie also planen Sie mir zu helfen?« Und ich entgegnete: »Kein Zweifel, das Fatum fände es leichter als ich, Sie von Ihrer Krankheit zu befreien. Aber es ist schon viel gewonnen, wenn es uns gelingt, aus Ihrem hysterischen Unglück ein ganz gewöhnliches Unglücklichsein zu machen.«

An dieser Stelle in dem peinvoll langsamen Sich-Entwirren der mysteriösen Krankheit meiner jungen Patientin begann ich, ihre Probleme mit meiner Theorie des Todestriebes zu verknüpfen. Die schemenhaften Vorstellungen meines zur Hälfte fertiggestellten Essays *Jenseits des Lustprinzips** begannen, nahezu unmerklich, konkrete Gestalt anzunehmen, als ich über das tragische Paradoxon nachsann, welches über Frau Annas Geschick waltete. Ihr eignete der Wunsch, das

* 1920.

Verlangen ihrer Libido zu stillen – doch gleichzeitig ein herrisches Verlangen (auf seiten einer Macht, die ich nicht begriff), den Born ihrer Lust an seiner Quelle zu vergiften. Sie hatte, wie sie selbst zugab, einen ungewöhnlich starken Mutterinstinkt – doch zugleich ein unbedingtes Edikt (von einem Autokraten verordnet, den ich nicht beim Namen zu nennen vermochte), das Kinder zu haben untersagte. Dem Essen war sie sehr zugetan – doch sie wollte nicht essen.

Seltsam auch (wiewohl allzuviele Jahre der Psychoanalyse mir teilweise den Blick auf ihre Seltsamkeiten verstellt haben) war der Zwang ihrer Psyche, jene Nacht des Sturmes, da sie vom Tode ihrer Mutter in einem brennenden Hotel erfuhr, ein ums andere Mal zu durchleben. Ich sagte ja schon, daß mich Frau Annas Gesichtsausdruck in gewissen Momenten an die Mienen jener gemahnte, die Opfer einer Kriegsneurose geworden. Es ist uns noch nicht klar, warum diese unglücklichen Opfer des Schlachtfeldes sich zwingen, die ursprünglichen traumatischen Ereignisse in Träumen wieder und wieder zu durchleben. Es ist aber auch der Fall, daß jeder, nicht nur der Nervöse, Anzeichen eines irrationalen Wiederholungszwanges zeigt. Ich beobachtete zum Beispiel ein Spiel, welches von meinem ältesten Enkel gespielt wurde, der ein ums andere Mal Handlungen vollführte, die für ihn nur eine unerfreuliche Bedeutung gehabt haben konnten – Handlungen, die mit der Absenz seiner Mutter im Zusammenhang standen. Ferner gibt es das Muster eines selbstverletzenden Verhaltens, dessen Spuren sich im Leben bestimmter Menschen verfolgen lassen. Ich begann, Frau Anna nicht als eine Frau zu sehen, die durch ihre Krankheit von uns übrigen geschieden wäre, sondern als jemanden, in dem eine Hysterie den *universalen* Kampf zwischen dem ›Willen zum Leben‹ und dem Todestriebe dramatisierte und akzentuierte.

Gab es denn nicht in unser aller Leben einen ›Dämon‹ der Wiederholung, und muß er nicht von unseren menschlichen Instinkten stammen, welche abgründig konservativ sind?

Könnte es mithin nicht sein, daß alles, was Leben hat, in beständiger Trauer um den Stand des Unorganischen ist, jenen Ursprungszustand, aus dem es durch Zufall aufgetaucht ist? Warum sonst, dachte ich, sollte es den Tod geben? Denn der Tod kann nicht als eine absolute, im Wesen des Lebens begründete, Notwendigkeit aufgefaßt werden. Der Tod ist vielmehr eine Zweckmäßigkeitseinrichtung. So der Verlauf meiner Argumentation im Geiste.

Frau Anna war sozusagen an der Kriegsfront, und ihr ›Journal‹ war die letzte Depesche. Aber die Zivilbevölkerung – wenn ich die Gesunden einmal so nennen darf – war auch nur zu vertraut mit dem beständigen Kampfe zwischen dem Lebenstriebe (bzw. der Libido) und dem Todestriebe. Kinder wie Armeen bauen aus Steinen Türme, nur um sie wieder einzureißen. Vollkommen normale Liebende wissen, daß die Stunde des Sieges auch die Stunde der Niederlage ist; und deshalb winden sie um Totenkränze Siegesgirlanden und nennen das Land, das sie erobert, *la petite mort*. Und nicht zuletzt sind die Dichter vertraut mit dem ermüdenden Treiben:

> Ach, ich bin des Treibens müde!
> Was soll all der Schmerz und Lust?*

* [Goethe, »Wanderers Nachtlied«. Das Zitat war angesichts der Umstände, in denen ›Frau Anna G.‹ geschrieben wurde, nicht unpassend. Im Jahre 1930 wurde Freud mit dem Goethepreis ausgezeichnet. Seine meisterliche Dankadresse (in Frankfurt von Frau Anna Freud verlesen) beeindruckte den Rat der Stadt so sehr, daß man ihn eine psychoanalytische Arbeit zu verfassen einlud, welche in einer eleganten, limitierten Auflage zu Ehren des hundertsten Todestages Goethes 1932 sowie zum 40. Jahrestag von Freuds und Breuers *Studien zur Hysterie* veröffentlicht werden sollte. Freud, der den Auftrag annahm, schlug vor, den Fall von Frau Anna darzustellen. Das Zentenarkomitee stimmte zunächst seinem Wunsch, die Aufzeichnungen seiner Patientin als Appendix zu seiner Studie erscheinen zu lassen, bereitwillig zu, reagierte aber mit vorhersehbarer Entrüstung, als es der Natur dieses Materials inne wurde. Bis auf die üblichen Sternchen, die an Stelle indezenter Wörter stehen sollten, wollte Freud keinerlei Zensur erlauben. Die Publikation der Arbeit verzögerte sich. Mit dem Aufstieg der Nationalsozialisten zur Macht wurde sie gänzlich eingestellt; und im Jahre 1933 wurden alle Werke Freuds bei einem Autodafé in Berlin verbrannt.]

Während ich so bei dem universalen Aspekt von Frau Annas Zustand – Eros im Kampf mit Thanatos – verweilte, stolperte ich über die Wurzel ihres persönlichen Leidens. Bis zu diesem Zeitpunkt war ich nie imstande gewesen, irgendein spezifisches Ereignis zu bestimmen, welches zur Entfesselung ihrer Hysterie mochte beigetragen haben. Die Schmerzen in ihrer Brust und in ihrem Ovarium hatten sie zu einer Zeit befallen, da sie beschäftigt und glücklich war, mit ihrem wiederaufgenommenen Beruf Erfolg hatte und ihres Gatten ersten Heimaturlaub sehnlich erwartete, voll Zuversicht, alles werde sich zum Guten wenden. An irgendeine unerfreuliche Episode, die für ihre Erkrankung von Belang hätte sein können, konnte sie sich nicht erinnern. Sie war eines Nachts recht glücklich zu Bette gegangen, nachdem sie ihrem Gatten noch einen sehr liebevollen Brief geschrieben, mit der Andeutung, wie gern sie bei seinem bevorstehenden Kommen von ihm ein Kind empfinge. In dieser Nacht rissen sie die Schmerzen aus dem Schlafe.

Eines Tages kam sie zu ihrem Termin bei mir in einer ungewöhnlich heiteren Gemütsverfassung. Sie ließ mich wissen, daß sie von ihrer alten Petersburger Freundin einen Brief bekommen habe, mit der glänzenden Nachricht, sie und ihr Gatte hätten, ohne Schaden zu nehmen, überlebt, wenn auch in reichlich reduzierten Umständen, und seien mit einem Sohn gesegnet. Auch wenn er schon drei Jahre alt sei, so wolle sie Frau Anna doch an ihr Versprechen erinnern, Pate zu stehen, wenn sich die glückliche Gelegenheit je ergäbe. Das war die erste Nachricht seit fast vier Jahren, die Anna über ihre Freundin erhalten, und die erste Nachricht *von* ihr seit vor dem Kriege. Ihre Freude war darum leicht zu verstehen.

Allein während sie bei dem Gedanken, einen kleinen Patensohn zu haben, ihrer Freude Ausdruck gab, nahmen ihre Schmerzen, die zuvor nur mäßig gewesen, sehr zu. Sie wurden so stark, daß sie bat, heimgehen zu dürfen. Ich war nicht bereit, sie gehen zu lassen, ohne einen Versuch, die Ursache dieser plötzlichen Verschlimmerung zu finden, und fragte, ob sie nicht vielleicht neidisch sei auf Madame R.'s glückliches Ereignis. Die arme junge Frau weinte vor Schmerz, während sie jeden derart nichtswürdigen Gedanken mit Nachdruck von sich wies. »Es wäre nicht im geringsten überraschend oder unwürdig, Frau Anna«, sagte ich. »Schließlich, hätten Sie Ihren Gatten nicht verlassen, wären Sie zweifellos selber in gleicher Weise gesegnet.« Schluchzend fuhr sie fort, jeglichen Neid zu leugnen, gestand jedoch die Wahrheit mittels ihrer Geste, am Kruzifix zu fingern. Ich spürte, es sei der rechte Augenblick, ihr endlich zu sagen, welch ›Gottesgeschenk‹ ich in ihrem Kruzifix gefunden; doch noch ehe ich erklären konnte, warum, sagte sie mit einer gewissen Erregung, sie erinnere sich jetzt des Ausbruchs ihrer Schmerzen mehr en detail.

Bevor sie nach Hause ging, um ihren nächtlichen Brief an ihren Gatten zu schreiben, hatte sie, nach einer Konzert-Soiree, mit ihrer Tante friedlich zu Abend gegessen. Sie erinnerte sich jetzt, es war genau an jenem Tage, an dem sie zuletzt von Madame R. gehört hatte. Diese Nachricht hatte sie durch einen glücklichen Zufall erreicht. Ihr Gatte schrieb, er hätte einen Offizier aus der russischen Hauptstadt verhört; und in einem lichten Moment hätten sie den dünnen Faden einer Koinzidenz gefunden, der ihrer beider Leben verband. Der Offizier war ein Bekannter von Annas Freundin und berichtete, sie sei bei guter Gesundheit und erwarte, wie er glaubte, ein Kind. Diese aufregende Neuigkeit hatte Frau Anna mit ihrer Tante besprochen. Ob das wahr sei? Sei es nicht riskant, in den mittleren Jahren noch schwanger zu werden? Was für ein Taufgeschenk sollte sie schicken, falls die Umstände es erlaubten? Ihre Tante hatte ein Kruzifix vorgeschlagen, und Anna war einverstanden gewesen. Das war alles, dessen sie sich von dem Gespräche erinnern konnte. Sie war heimgegangen, hatte einen glücklichen Liebesbrief geschrieben, und war des Nachts mit der Empfindung erwacht, krank zu sein.

Während ihres Vortrages griff die junge Frau, deren

Schmerzen in der Aufregung des Erinnerns etwas nachgelassen hatten, nach ihrem eigenen Kruzifix; und ich ging nunmehr dazu über, von der Aussagekraft zu erzählen, die diese unfreiwillige Geste für mich habe. Meine Erklärung hatte den Effekt, ihre grimmigen Schmerzen wiederzubringen, ihr aber auch eine Unzahl vergessener Erinnerungen an jenen Abend ins Gedächtnis zu rufen und von da aus den Knoten ihrer Hysterie aufzudröseln. Unnötig zu sagen, daß das nicht ohne viel Pein auf ihrer Seite und vielen Sondierungen ihrer Verteidigungsstrategien auf meiner Seite abging. Der Kern ihrer Geschichte war folgender:

Von der Nachricht aus Petersburg hatte sie sich ebenso verstört gefühlt wie erfreut. Sie gestand, das habe damit zu tun, daß sie wußte, hätte sie ihrem Gatten den vollen Verkehr gestattet, könnte sie nun wohl selber in gesegneten Umständen sein. Aber diese leichte Gereiztheit hatte sie durch das Gespräch über die Frage nach einem Taufgeschenk abgeschüttelt. Dabei traf es sich, daß ihre Tante erwähnte, ihr eigenes Kruzifix sei ihr zur Geburt zugeeignet worden, und sie habe es seit ihrer Erstkommunion Tag und Nacht getragen. Bei diesen Worten legte sie stolz die Hand an das silberne Kreuz. Wie treu und recht es getragen worden sei – nicht so wie das von Anna; aus dem einfachen Grunde, fügte sie hinzu, weil Annas Mutter das ihre am Hochzeitstage abgerissen und nimmer wieder getragen habe. Und zwar als Geste der Verärgerung wider die Feindseligkeit ihrer Eltern. Ja, von jenem Tage an habe sie ihre religiösen Observanzen eingestellt. Ihr Kruzifix habe unberührt in ihrem Schmuckkästchen gelegen, bis es schließlich an Anna gelangt sei.

Ihre Tante hatte dann eine etwas taktlose Bemerkung gemacht über den Charakter ihrer Schwester, welcher selbstsüchtig sei und weltlich; dann, das rasch wieder zurücknehmend, hatte sie angefangen, sie zu rühmen und heiter über jene vergangenen Zeiten zu sprechen. Es geschah selten, daß sie über die Vergangenheit sprach, denn sie fand es schmerzlich; Frau Anna freute sich der Wendung, die das Gespräch über die Mutter, die sie kaum gekannt, genommen hatte. Ihre Tante erinnerte sie an das gute Aussehen ihrer Schwester; und auch das ihre, damals, bevor sie alt und krüppelig geworden, da sie sich natürlich so ähnlich gewesen seien. Sie holte zum Beweis das Photo-Album hervor: und lächelnd erinnerte sie sich wieder daran, daß die Leute zu sagen pflegten, man könne die zwei nur auseinanderhalten, wenn man ihnen auf den Busen sähe, um zu schauen, wer von den beiden das Kreuz trüge! Anna, beim Betrachten der beiden entzückenden jungen Damen, lächelte ebenfalls, und ihr schien, als käme es ihr wieder in Erinnerung, daß die Leute so etwas gesagt hatten. Dann zuckte ihr eine gänzlich vergessene Erinnerung durch den Kopf: das Vorkommnis in dem Sommerhause. So, wie es ihr damals einfiel – und wie sie es jetzt erzählte –, wich es in einer bestimmten Hinsicht von der Version ab, die ich zuvor vernommen.

Dem Kinde war heiß, und es langweilte sich, und es war ungeduldig mit der Mutter, welche so sehr von ihrer Malerei in Anspruch genommen war. Alle anderen hatten sich nach dem Mittagsmahle entfernt. Anna beschloß, sich in die Kühle des Hauses zurückzuziehen und eine Weile ihres Kindermädchens Quälgeist zu spielen. Sie hatte vergessen, daß es deren freier Nachmittag war; so trank sie statt dessen einen Schluck Limonade und spielte im Kinderzimmer alleine mit ihren Puppen. Als sie wieder zur Tür hinaus trat, hatte die Hitze etwas nachgelassen. Sie strich forschend durch die Bäume und traf auf die Szene im Sommerhause. Sie erschrak beim Anblick der anstößig nackten Brüste und Schultern ihrer Tante und verkroch sich wieder ins Gebüsch. Sie ging zum Strande hinunter in der Absicht, ihre Mutter um Aufklärung darüber zu bitten, warum sich Onkel und Tante so eigentümlich benähmen; aber da lag ihre Mutter schon im Schlummer auf einem Felsen. Sie wußte, es war ein ehernes Gesetz, Erwachsene, wenn sie der Ruhe pflogen, nicht zu stören – also kehrte Anna zurück ins Haus und spielte wieder mit ihren Puppen. Im Grunde ihres Herzens war sie froh, daß ihre Mutter auf dem Felsen eingeschlafen war – denn in Wahrheit wußte sie natürlich, daß es nicht ihre Mutter war, die dort lag. Von den Hunderten geheimer Signale abgesehen, an denen ein Kind seine eigene Mutter erkennt – das da war unverkennbar das hochgeschlossene Kleid ihrer Tante, der Glanz von Silber auf ihrer Brust, im Kontrast zu der bestürzenden Nacktheit der Frau im Sommerhause.

Was aber war es dann, was ihre Mutter und ihr lustiger Onkel miteinander in dem Sommerhause trieben? Zu verstörend war es, allzu verwirrend, und im Spiele vergaß es das Kind. Die erwachsene Anna, als es ihr mit dem großen Zuwachse von Erfahrung und Wissen in den Sinn schoß, vermutete sogleich das Schlimmste; und fand, sie könne es nie und nimmer tragen. Denn es war ja die Ikone ihrer guten Mutter, welche ihrem fragilen Selbstwertgefühl die Kraft gegeben. Ein einziger Makel – und sie würde zerbrechen und damit auch die junge Frau zerbrechen. Und so wurde aus der Umarmung eines einzigen Nachmittages der Inzest zahlreicher Sommerhäuser und vieler Sommer. Sie hatte ihr Kruzifix also nicht getragen, weil sie nicht verdiente, eines zu tragen: so überstürzten sich ihre Gedanken, noch während sie weiterhin aufmerksam den Reminiszenzen ihrer Tante folgte. Dann, plötzlich, ein neuer Gedanke: sie, Anna, verdiene nicht, es zu tragen; auch sie wollte es sich vom Halse reißen!*

Aber aus welchem Grunde? Sie war sich keines Grundes bewußt. Sie verrichtete ihre religiösen Obliegenheiten und führte ein untadeliges Leben. Fast schon zu tadellos! War sie nicht auf gewisse Weise neidisch auf ihre Mutter? Mag sein, sie war sündig, und doch – wieviel Freude mußte sie gehabt haben, mit Lust in seine Arme zu fliegen, bei der geringsten

* Die Wirkung, die der Bericht ihrer Tante von der impulsiven Handlung ihrer Schwester auf die Patientin hatte, war schmerzlich, und noch oft sollte Frau Anna darauf zurückkommen.

günstigen Gelegenheit, komme was da wolle. Natürlich, immer dann, wenn sie Anna bei ihrem Kindermädchen gelassen, und viele Tage später heimgekehrt war, mußte sie zu ihm gegangen sein. Sie dachte, es muß mir auf eine sehr traurige Weise an irgend etwas fehlen; denn *ich* könnte mir nicht vorstellen, Hunderte von Meilen zu reisen – um auf die Folter gespannt zu werden! Was stimmt mit mir nicht? Klar, noch strömt ihr Gift in mir, aber in eine ganz, ganz andere Richtung. Und ich kann meine Bürde nicht einmal mit einem anderen Menschen teilen, wie meine Mutter es konnte. Ich bin völlig allein. Plötzlich, wie ein Blitz in der Dunkelheit, brannte sich ihr ein, was sich die junge Frau nicht eingestanden hatte, die Wahrheit über sie selbst: Ich würde – jetzt gleich, noch in diesem Moment, wenn es nur ginge – Hunderte von Meilen weit reisen, um meine Freundin zu sehen! Doch nun, da sie ein Kind von ihm trägt, bin ich einsamer denn je zuvor!

Jetzt war alles klar. Ihrem erregten Berichte hatte ich mit wachsender Gewißheit seiner Conclusio gelauscht; diese lag durchaus nicht im Streite mit bestimmten Mußmaßungen, die ich schon vorher gehegt. Allein auf das unglückliche Mädchen war diese Aufhellung von zerbrechender Wirkung. Sie drosch um sich, schrie laut auf, als ich ihr die Lage trocken darlegte mit folgenden Worten: »Also, Sie wollten nicht *ein* Kind, Sie wollten Madame R.'s Kind – hätte nur die Natur so etwas zugelassen.« Sie klagte über die schrecklichsten Schmerzen und machte eine verzweifelte Anstrengung, diese Auslegung zu dementieren: es sei einfach nicht wahr, ich hätte es ihr nur eingeredet, solcher Gefühle sei sie nicht fähig, sie könne sich selbst nie vergeben, sie habe nur gemeint, daß ihre Freundin nun wahrscheinlich noch viel weniger Mitgefühl mit ihrem unnatürlichen Abscheu davor, gravid zu werden, haben würde. Ich hielt ihr Tatsachen entgegen, an denen nicht vorbeizukommen war. Sei es nicht bezeichnend, daß sie unter ihren destruktiven Halluzinationen bei der einzigen sexuellen Aktivität leide, die ihr das Gewissen gestattete? Daß ihre einzigen längerwährenden und ertragreichen Beziehungen solche mit Frauen gewesen seien? Daß sie in ihrem Triebe zwar überaus mütterlich sei, daß aber das dauerhafte Band der Häuslichkeit, welches eine Mutterschaft nach sich zöge, im entscheidenden Moment in ihr stets ein Umschlagen auslöse? Daß ihr Journal (im Gewande von »Madame Cottin«) ein weitaus lebhafteres Bild von Madame R.'s Persönlichkeit gegeben, als von der des jungen Mannes? Sei dieser, verglichen mit Madame Cottin, nicht lediglich eine hohle Chiffre?

Noch kämpfte die junge Frau dagegen an, zu akzeptieren. Ihre Symptome blieben eine Zeitlang noch ernst. Der Grad des Leidens und die Intensität ihres Widerstandes lockerten sich erst, als ich ihr meine zwei Stückchen Trost anbot: daß wir für unser Fühlen nicht verantwortlich seien; und daß ihr Verhalten, die Tatsache, daß sie unter diesen Umständen krank geworden, ihrem moralischen Charakter ein hinlängliches Zeugnis ausstelle. Denn jedes Geschenk hat seinen Preis, und der Preis dafür, befreit zu sein von untragbarem Wissen, war eine Hysterie gewesen. Damals, als sie heimgekehrt war in jener Nacht, hatte sie das Wissen um ihre Homosexualität so vollständig begraben, daß sie einen ungewöhnlich glühenden Brief an ihren Gatten zu schreiben vermochte. Ein paar Stunden später, und ihre Schmerzen zogen herauf. Die zurückgewiesene Meduse hatte ihren Preis gefordert. Aber dieser Preis war noch billig; denn die Alternative wäre schlimmer gewesen.

Als ich ihr all das auseinandersetzte, ließ ihr Widerstreben nach, ohne jemals ganz zu verschwinden. Vielmehr nahm sie das alles an, und stieß es in ihrem Drange, unser Gespräch auf die weniger bedrohliche Entdeckung des Verhaltens ihrer Mutter zu lenken, zugleich auch ab. Diese Kindheitserinnerungen aufgedeckt zu haben, hatte sie fühlbar erleichtert; und in dem Maße, in dem wir in deren Ausforschung vorankamen, machte die Besserung ihres Zustandes Fortschritte.

Ich konnte mich nicht enthalten, die ökonomische Art und

Weise zu bewundern, mit der ihr Geist diese Erinnerung ins Harmlose übersetzt hatte, vermittels eines einfachen Schnittes wie mit einer Schere, welcher ihr nichts Flagranteres mehr ließ denn eine keusche bräutliche Umarmung. Doch was sie *wirklich* gesehen hatte, dessen war ich mir nach wie vor nicht sicher. Wenn es nicht eine weitaus vernichtendere Erinnerung camouflierte, wenn es nicht mehr war, als daß ihre geistvolle Mutter und ihr Onkel sich umfingen, mehr oder weniger für jeden zu sehen, der gerade des Weges einher käme, dann wäre es vergleichsweise harmlos gewesen. Sie bejahte, dies sei die nackte Wahrheit – theoretisch; doch nichtsdestoweniger war sie überzeugt, daß Mutter und Onkel Ehebrecher seien, und daß sie das irgendwie gespürt habe, sogar schon im Alter von vier oder fünf Jahren. Zum Belege ihrer Schuld wies sie darauf hin, wie aufgeregt und über die Maßen zerstreut ihre Mutter wurde, wenn die Besuche ihres Schwagers ins Haus standen. Ihre Depressionen im Herbst und Winter fielen ihr ein, ihre Ausflüchte nach Moskau und die verschwenderischen Geschenke, die sie heimbrachte – wie um ihr Gewissen zu salvieren. Sie glaubte, es sei gar nicht Moskau gewesen, wohin ihre Mutter gefahren: sondern irgendein Ort zwischen Odessa und Wien – Budapest wahrscheinlich –, der für das Stelldichein mit ihrem Liebhaber günstig gelegen war. (Als Sprachenlehrer hatte er ja zweifelsohne an einer Menge Konferenzen teilzunehmen...) Sie erinnerte sich an ein indigniertes Schweigen, sowohl bevor als auch nachdem ihre Mutter zur Bestattung nach Hause gebracht wurde; eine Scheu, von der toten Frau zu sprechen, sei's damals, sei's späterhin; die Tatsache, daß ihre Tante nicht zur Beisetzung kam, das Haus nimmer wieder besuchte und jetzt jene Zeit ihres Lebens fast nie mehr erwähnte. Als ich argumentierte, für all das gebe es vollkommen gute und wahrscheinlichere Erklärungen, wurde sie ärgerlich, beinahe als *müsse* sie ihrer Mutter Schuld einwandfrei feststellen. Sie rief sich – mit verdächtiger Plötzlichkeit – ins Gedächtnis zurück, daß die Matrosen, die sie beleidigt hatten, als sie noch fünfzehn war, über ihre Mutter obszöne Bemerkungen gemacht hatten, des Inhalts, es wisse doch jeder, daß sie mit einem Liebhaber in Budapest ums Leben gekommen. Mit einem anstößigen Ausdruck hätten sie angedeutet, man habe die verkohlten Leichname nicht voneinander lösen können.

Nun behauptete sie natürlich, ihr Onkel sei keineswegs ein paar Monate nach ihrer Mutter Tod in Wien an einem Herzanfalle verschieden, sondern in eben jenem Hotelfeuer umgekommen. Vater und Tante hätten unter sich die falsche Geschichte ausgeheckt, um den Klatsch zu beschwichtigen; indes, der Gang der Dinge brachte es mit sich, daß in Odessa wahrscheinlich ein jeder wußte, was geschehen war, bis auf Anna und ihren Bruder. Als ich fragte, ob sie sich mit diesen Mutmaßungen nicht an ihre Tante wenden sollte, sagte sie, sie wolle keine alten Wunden aufreißen. Ich drängte sie weiterhin, es zu tun, oder sogar Zeitungsarchive zu Rate zu ziehen; denn ich war mir sicher, daß die Phantasie mit ihr durchging. Mittlerweile war sie so weit genesen, daß sie begann, auf eigene Faust Spaziergänge durch die Stadt zu machen. Und eines Tages stürmte sie in triumphierender Haltung herein. Sie schwenkte zwei Photographien vor meinen Augen. Die eine, etwas bräunlich und zerkratzt, zeigte das Grab ihrer Mutter; die andere, eine neue Aufnahme, das ihres Onkels. Sie habe seine Ruhestätte erst nach langem Suchen gefunden, sagte sie, denn ihre Tante besuche das Grab nicht. Es war verwildert, wie die Photographie zeigte. Zu meiner Überraschung waren die Todesdaten auf den zwei Gräbern – schwach, aber noch zu entziffern – die gleichen. Ich mußte zugeben, daß ich beeindruckt war und daß, wie die Dinge standen, sich die Waage der Beweisführung zugunsten ihrer Version der Ereignisse gesenkt hatte. Sie lächelte, und genoß ihren Triumph.

Es ist Zeit zusammenzufassen, was uns über den Fall dieser unglücklichen jungen Frau bekannt ist. Umstände aus ihren frühesten Lebensjahren hatten es vermocht, ihr eine schwere Schuldbelastung aufzubürden. Jedes junge Mädchen beginnt, wenn es die Ödipalphase erreicht, destruktive Impulse gegen seine Mutter zu hegen. Anna war keine Ausnahme. Sie wünschte sich ihre Mutter ›tot‹, und – als riebe sie wie Aladin die Wunderlampe – ihre Mutter *war* tot. Dank der Schlange in ihrem Paradiese (des Onkels Penis) war das Terrain frei für Anna, und sie konnte nun tun, was jedes kleine Mädchen will, nämlich ihrem Vater ein Kind gebären. Aber statt ihr Glück zu bringen, bereitete ihr der Tod der Mutter nur Elend. Sie lernte, daß Totsein hieß, auf ewig unter der kalten Erde zu sein, nicht nur ein paar Tage länger auszubleiben. Auch belohnte sie der Muttermord nicht mit der Liebe des Vaters; im Gegenteil, kälter war er und noch distanzierter; offensichtlich bestrafte er sie so für ihr schreckliches Verbrechen. Was Anna erreicht hatte, war ihre eigene Vertreibung aus dem Paradiese.

Von der Zuneigung von Mutter-Surrogaten, Kindermädchen und Erzieherinnen umhegt, wurde sie – wiederum von Männern – bestraft, als ein Mob von Seeleuten sie ängstigte und beleidigte. Von ihnen erfuhr sie, daß ihre Mutter den Tod womöglich verdient hatte, da sie eine schlechte Frau gewesen. Doch damals hatte des Vaters abweisende Strenge sie bereits zu einer lebhaften Idealisierung ihrer Mutter getrieben; die Bemerkungen der Seeleute waren unerträglich und mußten, zusammen mit ihrer Erinnerung an das Sommerhaus, im Unterbewußtsein begraben werden. Zu dieser Zeit geschah es, daß sie Symptome von Atemnot und

* Ihr Traum (S. 111/112 und 116) scheint den Weg zur Aufdeckung des Traumas bereitet zu haben. Sie steigt aus in einem Orte, ausgeschildert als *Budapest*, und doch ist er »völlig tot«. Der Mann im Zuge warnt sie, die T.s in Moskau würden nicht in der Lage sein, sie unterzubringen, und sie würde nackt im Sommerhause schlafen müssen. Frau Annas Nachdenken hierüber – während der Abreaktionsperiode – erbrachte, es sei extrem unwahrscheinlich, daß ihre Mutter in einem Hotel ihr Logis genommen; mit an Sicherheit grenzender Wahrscheinlichkeit würde sie bei den T.s, ihren gastfreundlichen Verwandten, gewohnt haben.

Asthma ausbildete – vielleicht ein mnemisches Symbol des Erstickens im Feuer. Gleichzeitig erwies sich der Vater ein für allemal als indifferent gegenüber ihrem Wohlergehen, und so verbannte sie ihn aus ihrem Herzen, indem sie den Entschluß faßte, ein neues und eigenes Leben zu beginnen.

In der Hauptstadt hatte sie das Unglück, sich einem unwürdigen Liebhaber von sadistischem und auf gewisse Weise sinistrem Temperamente zu verbinden. Nichtsdestoweniger war es zu erwarten, daß sie sich einen derartigen Liebhaber erwählen würde, denn mit siebzehn hatte sich das zwanghafte Muster ihrer Beziehungen bereits fest gefügt. Es war zu erwarten, daß der Geschlechtsakt mit A. mit einem Desaster enden würde; und auch, daß sie sich mit einer Frau anfreunden und von ihr ›erlöst‹ werden sollte, wenn auch erst, als noch weiterer Schaden angerichtet war. Im Hause von Madame R. wurde ihre Selbstachtung wieder ins Lot gebracht; der Witwe mütterliche Zuneigung wurde in das idealisierende Muster der Mutterliebe absorbiert: die echte *Erste Liebe.* Gefühle homosexueller Natur nisteten sich in Frau Anna ein, wiewohl sie diese weder sich selbst noch gar Madame R. zugeben konnte. Zum Glück war sie imstand, den Choc über die Wiederverheiratung der Freundin zu überstehen, durch ihre Tante, die wieder in ihr Leben kam, eine Frau, deren Muttergefühl durchkreuzt worden, und die in der Tat das unheimliche Ebenbild von Annas Mutter war. Man ist versucht, die Entdeckung ihrer musikalischen Begabung in jener Zeit, zumal wie sie in den vollen Tönen des von ihr erkorenen Instrumentes zum Ausdrucke kam, als ein spontanes ›Aufblühen‹ aus ihrem wiederhergestellten Selbstwertempfinden heraus zu sehen.

Vom Wunsche beseelt, sich selbst zu beweisen, daß sie zu einer normalen Beziehung fähig sei, fand sie einen Ehegatten. Wie nicht anders zu erwarten, wurde das erneut eine Katastrophe, aber sie sperrte sich dagegen, ein Scheitern zuzugeben. Insgeheim muß sie erleichtert gewesen sein, als der Ausbruch des Krieges sie trennte. Allein es brauchte erst eine ernste seelische Erkrankung, bevor sie Schritte unternahm, die Ehe zu beenden, indem sie (vor sich selbst und gegenüber anderen) als Grund angab, mit dem Kinderkriegen nicht ins Reine kommen zu können.

Einige Neuigkeiten von Madame R. sowie eine flüchtige Bemerkung seitens ihrer Tante drohten alles über den Haufen zu werfen, was sie so mühsam erreicht. Ihre Ehe sei eine Hypokrisie; und ihre Musik sei, wenigstens in Teilen, eine Sublimierung ihrer wahren Bedürfnisse. Dieser inkompatible Gedanke mußte unterdrückt werden, um jeden Preis; und dieser Preis war eine Hysterie. Wie immer, wenn wir es mit dem Unbewußten zu tun haben, waren die Symptome entsprechend: die Schmerzen in Brust und Ovarium wegen ihres unbewußten Hasses auf ihre verzerrte Weiblichkeit; Anorexia nervosa: totaler Selbsthaß, der Wunsch, von der Erde zu verschwinden. Ferner tauchte das Leiden der Atemnot, des Nach-Luft-Ringens, welches sie in ihrer Pubeszenz heimgesucht, nun wieder auf als Konsequenz des flüchtigen Blickes, den sie auf die wahren Umstände des Todes ihrer Mutter geworfen hatte. Ungewiß blieb, warum die Schmerzen die linke Seite ihres Körpers befielen. Nicht selten heftet sich eine Hysterie an eine konstitutionelle physische Schwäche, vorausgesetzt, die primäre Symbolik paßt sich dieser ein; und es mag sein, daß in der linken Brust und im Ovarium der Patientin bereits eine Disposition zur Krankheit bestand, welche erst später in ihrem Leben manifest werden sollte. Andererseits ergab sich die Linksseitigkeit vielleicht aus einer Erinnerung, die noch nicht an die Oberfläche gehoben war. Keine Analyse ist jemals vollendet; die Hysterien haben mehr Wurzeln denn ein Baum. So entwickelte die Patientin in einem ganz späten Stadium der Analyse eine leichte Phobie, in den Spiegel zu sehen, indem sie behauptete, die Handlung löse in ihr ein nervöses Herzklopfen aus. Diese Phobie, zum Glück nur kurzlebig, wurde niemals befriedigend geklärt.

Frau Annas Analyse war weniger abgeschlossen als die meisten sonst. Seit sie ihre Gesundheit praktisch wiederhergestellt sah, war sie eifrig bestrebt, ihre musikalische Karriere wiederaufzunehmen. Es gab Meinungsverschiedenheiten, die zu sehen ich gewissermaßen froh war, bedeuteten sie doch, daß sie auf dem Wege, ihre Unabhängigkeit wiederzuerlangen. Die meisten dieser Differenzen bezogen sich auf meine Einschätzung ihrer Bindung an Madame R.; zu Zeiten war sie noch abgeneigt, zuzugeben, sie habe eine homosexuelle Komponente. Wir beide hatten ein Gefühl, unsere Gespräche sollten abgebrochen werden, und so schieden wir in freundschaftlichem Einvernehmen.

Ich sagte ihr, daß ich glaubte, sie sei nun von allem geheilt, nur nicht vom Leben, sozusagen. Sie hatte keine Einwände. Was sie mit sich fortnahm, war eine vernünftige Aussicht zu überleben, in einer Existenz, welche zweifellos nie weniger als heikel sein würde und häufig einsam sein mochte. Am Ende war sie in der Lage zu sagen, sie könne nun begreifen, wie heftig ihre Mutter sich nach Zuneigung und Abwechslung hatte sehnen müssen, nachdem das erste Entzücken ihrer Ehe geschwunden. Dieses Akzeptieren der nicht zu ändernden Vergangenheit verdankte sie weitgehend der stillen Heiterkeit Bad Gasteins und der nachfolgenden Niederschrift ihres ›Journales‹: ein interessantes Beispiel dafür, wie das Unbewußte die Psyche darauf vorbereitet, daß unterdrückte Vorstellungen ins Bewußtsein entlassen werden.

Ich habe dieses ›Journal‹ mit einer Opernbühne verglichen – aber es ist eine Bühne mit einem erheblichen Unterschiede. Nämlich dem, daß ihre Dramatis Personae austauschbar sind. So ist der junge Mann von Zeit zu Zeit (oder gar zur gleichen Zeit) Annas Vater, Bruder, Onkel*, ihr Geliebter A., ihr Gatte, und sogar der unbedeutende Mann im Zuge nach Petersburg. Anna selbst ist (zeitweise) die Opernsängerin; aber auch die Prostituierte ohne Brust, die bleiche, dünne

* Ihr Onkel ist zum größten Teil der Küchenchef, seiner weißen Schiffer-Kappe wegen, die er im Scherze trug und sich dabei selbst, gegenüber ihrem Vater, dem »Käpten«, den »Chef« nannte; und seines massiven Appetites wegen, der sich ihrem Gedächtnis einprägte.

Invalide ohne Gebärmutter, die tote Geliebte in dem Massengrabe. Mal sind die ›Stimmen‹ solistisch, viel öfter aber verschmelzen sie zum Ensemble: »Der Geist des weißen Hotels war gegen Selbstsucht.« Mit maßvoller Hilfe von seiten des Arztes brachte das Journal Frau Anna, indem sie die mysteriöse Individualität ihrer Mutter akzeptierte, weiter in die Richtung psychischer Gesundung. Es gibt eine Symbolik der Corsetière, die die Patientin nicht erwähnte: Hypokrisie. Ihre Mutter war nicht so, wie sie erschien, nicht annähernd so streng – mit sich selber. Sie war Meduse – so gut wie Ceres. Als sie ihrem Kinde am liebevollsten erschien, weilte ihr Sinn vielleicht sonstwo. Aber tief unter der Ebene des Bewußtseins lernte die Patientin, der Mutter ihre fehlbare Natur zu vergeben und dadurch (im tiefsten Grunde) auch ihre eigene.*

Ich befand mich also in einem großen Irrtume, wenn ich voraussetzte, die zentralen Personen seien »ein Mann, eine Frau – eine Frau, ein Mann«.** Was auch immer im gegenläufigen Sinne auftrat, die Rolle des Männlichen, des Vaters, war im Privattheater der Patientin ganz zweitrangig, wir sahen uns zwei ›Heroinen‹ gegenüber: der Patientin und ihrer Mutter. Was Frau Annas Dokument zum Ausdruck brachte, war ihre Sehnsucht, in den Hafen der Geborgenheit heimzukehren, in das ursprüngliche weiße Hotel – wir alle haben dort einmal gewohnt –, den Schoß der Mutter.***

* [Die ungewöhnliche Emphase, mit der Freud die Rolle der Mutter akzentuiert, mag sich zu einem gewissen Teil dem jüngstvergangenen Dahingang seiner eigenen Mutter am 12. September 1930 verdanken. Vergl. seinen Brief an Jones: »Ihr Wert für mich kann kaum überschätzt werden... Kein Schmerz, keine Trauer, was sich wahrscheinlich aus den Nebenumständen, dem hohen Alter, mit dem Mitleid mit ihrer Hilflosigkeit am Ende, erklärt, dabei ein Gefühl der Befreiung, der Losgesprochenheit, das ich auch zu verstehen glaube. Ich durfte ja nicht sterben, solange sie am Leben war, und jetzt darf ich. Irgendwie werden sich in tieferen Schichten die Lebenswerte merklich geändert haben.«]

** [Gottfried von Straßburg, *Tristan*.]

*** [Das Manuskript von 1931 fährt von diesem Punkt an mit einem neuen Abschnitt fort: »Es schien aus diesem Anlasse angemessen, einen Fall

Etwa ein Jahr später traf ich Frau Anna wieder, ganz zufällig. Dank einer erfreulichen Koinzidenz fand das Treffen in Bad Gastein statt, wo ich mit einem anderen Mitgliede meiner Familie in der Sommerfrische weilte. Wir waren draußen bei einem Spaziergange, als ich ein vertrautes Gesicht erblickte. Es stellte sich heraus, daß Anna im Orchester eines kleinen Tournee-Unternehmens spielte, und ich freute mich sehr zu sehen, daß sie wohl aussah; ja, sie hatte eher zuviel des Fleisches als zu wenig. Sie schien erfreut, mich zu sehen, und gab der Hoffnung Ausdruck, wir würden die Aufführung an jenem Abend nicht versäumen. Sie sei auf dem Wege zu einer Probe. Die Oper, in der sie spielen sollte, war ein etwas obskures modernes Stück, und ich beteuerte meinen Mangel an Wertschätzung der Neuen Musik – und fügte hinzu, ich würde mit Sicherheit kommen, wenn sie an einer Aufführung des *Don Giovanni* mitwirkte! Die mutwillige Anspielung war ihr nicht entgangen, und sie lächelte. Ich fragte, ob sie mit der Sprache der Oper vertraut sei (deren Partitur sie in Händen hielt), und sie gab zurück, ja, sie habe ihrem Repertoire nun das Tschechische hinzugefügt. Meine Begleiterin drückte ihre Bewunderung darüber aus, daß sie so viele Sprachen zu lesen gelernt, und Frau Anna antwortete mit melancholischem Lächeln, während ihre Worte eher mir galten, sie wundere sich manchmal selber, von wem sie diese Begabung geerbt. Es sei vielleicht nicht zu vermeiden, daß sie sich selbst frage, ob die Kälte ihres Vaters nach dem Tode

vorzustellen, in welchem Verstand und Einbildungskraft auf der Suche nach Wahrheit als Partner gesehen werden können, so wie sie es im Geiste und Herzen jenes Genies waren, dem wir hier unsere Reverenz erweisen. Wie wirr und sentimental Frau Annas Journal auch anmutet, ich denke, Goethe selber hätte darin mehr Reinheit als Anstößigkeit gesehen, und glaube, daß er nicht überrascht wäre zu erfahren, daß im Reiche der Libido das Höchste und das Niedrigste eng miteinander verschränkt und auf eine Weise voneinander abhängig sind: ›Vom Himmel durch die Welt zur Hölle.‹ Lang mögen Poesie und Psychoanalyse, aus ihren verschiedenen Blickrichtungen, fortfahren, das Antlitz des Menschen in all seiner Würde und Trauer zu beleuchten.«]

ihrer Mutter nicht dem Argwohn entsprungen sei, daß sie gar nicht sein Kind sei.

Frau Anna sagte, nach wie vor litte sie von Zeit zu Zeit an einigen milden Rückfällen ihrer Symptome, aber nicht bis zu einem Grade, der ihrem Spiele hinderlich würde. Indes befürchtete sie, ihr verspäteter Beginn und die langwährende Unterbrechung würden sie daran hindern, ganz auf die Höhe ihres Metiers zu kommen. Ich bin glücklich, daß ich weiterhin über Jahre von ihr als von einer begabten Musikerin gehört habe, die in Wien eine erfolgreiche Karriere mache und nach wie vor in Gesellschaft ihrer Tante lebe.

IV Der Kurort

1

Im Frühling des Jahres 1929 war Frau Elisabeth Erdman im Zug zwischen Wien und Mailand unterwegs. Sie hatte sich den Luxus eines Erster-Klasse-Fauteuils gegönnt, um sicher zu sein, daß sie am Ende der Reise frisch sei; einen großen Teil der Strecke saß sie allein und genoß die Szenerie, las von Zeit zu Zeit in einem Magazin oder schloß die Augen und probte, kaum hörbar, die Partie, die zu singen sie eingeladen war. Der Zug war fast leer, und als sie zu Mittag aß, sah sie sich allein in dem weitläufigen und angenehmen Speisewagen. Die Beflissenheit so vieler Kellner machte sie jedoch nervös, sie schlang ihr Essen hinunter und ging in ihr Coupé zurück.

Der Zug hielt an einem kleinen Tiroler Dorf – die Station war wenig mehr als ein Bahnsteig –, und Frau Erdman dachte zunächst, da der Bahnsteig vor Menschen brodelte, es müsse ein Würdenträger im Zug sein. Doch dann erkannte sie zu ihrem Verdruß, daß es Reisende waren, denn sie waren mit Rucksäcken und Koffern beladen und drängelten sich in den Zug. Für die Plätze der Zweiten Klasse waren ihrer viel zu viele; sie quollen in die Erste Klasse über. Fünf berucksackte Männer und Frauen erzwangen sich den Weg in ihr Abteil; eilig mußte sie ihre Sachen auf das Gepäcknetz legen. Sogar im Gang waren Menschen und lehnten sich gegen Tür und Fenster. Nach dem Durcheinander des Platznehmens ragten Rucksäcke und Skier zu Häupten Frau Erdmans über das Gepäcknetz hinaus, und sie fühlte sich von der fleischigen Masse ihrer Reisegefährten in die Ecke gedrängt. Sie hatten soviel an, daß sie – sogar die drei Männer – aussahen wie schwanger; und sie redeten lärmend und lachten mit der flegelhaften Kumpanei von Leuten, die zusammen Urlaub gemacht haben und darum, für den Augenblick, jeden Fremden als Zumutung betrachten. Frau Erdman begann, an leichten Symptomen von Klaustrophobie zu leiden inmitten so vielen Walfischspecks: das war das Wort und die Vorstellung, die ihr in den Sinn kamen. Sie stand auf, bat um Verzeihung, über ihre Beine steigen zu müssen, und wandte sich zur Tür.

Wie das Unglück es wollte, fühlte sie just in diesem Moment auch den Drang, zur Toilette zu gehen. Aber als sie den Gang entlang sah, in beide Richtungen, war klar, daß es für sie ein entsetzliches Gerangel bedeuten würde, sich durch das Gedränge der Leute zu winden, von denen viele sich niedergelassen hatten und nun auf ihren Koffern und Rucksäcken hockten. Ein junger Mann, einige Meter gangabwärts, bemerkte ihren beunruhigten Blick und gab mit Gesten höflich zu verstehen, sie könne vorbeigehen. Doch sie schüttelte den Kopf mit einem schiefen Lächeln, wie um zu sagen *›Ist nicht nötig, ich kann warten!‹* und er lächelte zurück und machte sich auf ihre Geste, nicht ohne Amüsement, seinen Reim. Frau Erdman sah, daß er in einer kleinen ›Lichtung‹ stand, einem geöffneten Fenster gegenüber, und so bahnte sie sich mit den Ellbogen einen Weg, um bei ihm stehenzubleiben. Sie reckte den Kopf aus dem Fenster und sog die Luft ein.

Mit dem Gefühl großer Erleichterung lehnte sie ihren Rücken gegen das Glasfenster eines Abteils. Der junge Mann fragte, ob ihr sein Zigarettenrauch etwas ausmache, und als sie sagte, es störe sie nicht, bot er ihr eine aus seinem Etui an. Sie dankte verneinend, worauf er meinte, es sei doch bemerkenswert, wie viel mehr Damen heutzutage Zigaretten rauchten: *sie* hätte es wohl nie verlockt, es einmal zu versuchen? Doch, sagte sie, sie habe sehr gern geraucht, als sie noch eine junge Frau war, es aber aus Furcht, ihrer Stimme zu schaden, aufgegeben. Sofort bereute sie ihre Worte, da sie neugierige Fragen nach sich ziehen würden und ihre Antworten darauf ihn zu dem Gedanken verleiten könnten, sie brüstete sich ihrer Talente. Die erwarteten Fragen kamen, und sie gestand, Berufssängerin zu sein; sie sei auf dem Weg nach Mailand; sie würde dort an der Oper singen. Und, ja, es sei eine ziemlich bedeutende Rolle.

Der junge Mann war beeindruckt. Er betrachtete prüfend ihr gewöhnliches, etwas gefurchtes Gesicht – doch sie hatte ausdrucksvolle Augen und Lippen – und versuchte sich zu erinnern, ob er ihr Photo schon einmal in der Zeitung gesehen hatte. Von Musik verstehe er wenig, sagte er, er studiere Geologie an der Universität, aber von der Mailänder Scala habe ja jeder schon gehört. Sie müsse dann wohl eine der ›Großen‹ sein. Die Frau lachte – dabei wurde sie beinahe attraktiv – und schüttelte lebhaft den Kopf. »Überhaupt nicht, fürchte ich!« sagte sie. »Ich bin nur ein Ersatz. Vielleicht haben Sie von der Serebrjakova gehört?« (Der junge Mann schüttelte den Kopf.) »Nun, *die* ist eine große Sängerin. Sie sollte die Rolle singen, fiel aber ein paar Treppenstufen hinab und brach sich den Arm. Die, die einspringen sollte, kam noch nicht klar, und so steckten sie in der Klemme. Die Oper ist nämlich auf Russisch, und so viele Soprane gibt es nicht, die auf Russisch singen können und nicht schon auf Monate im voraus ausgebucht sind. Ich war die einzige, auf die sie kommen konnten!« Sie gab ein leises, klingendes Lachen von sich, und die Falten in den Winkeln ihrer Augen kräuselten sich. Sie fühlte sich mit ihrer Bescheidenheit, die ungespielt war, zufrieden und war glücklich, frei zu sein vom Wahn der Grandeur.

Der junge Mann ließ etwas wie Mißbilligung hören, und sie beteuerte: »Das ist in der Tat der einzige Grund, warum ich den Part bekommen habe. Ist mir aber ganz gleich. Ich finde, ich habe großes Glück gehabt. Was Besseres werde ich nie bekommen – ich bin fast vierzig. Ich werde an der Scala gesungen haben, in einer guten Rolle. Davon werde ich noch zehren können!« Belustigt zuckte sie mit den Schultern.

Sie lenkte das Gespräch auf den jungen Mann. Er mache

diesen Sommer seine Abschlußprüfungen, sagte er, und hoffe dann einen Posten als Lehrer in Rom zu finden und dort seine Freundin zu heiraten. Er sei gerade unterwegs zu ihr, nachdem er sich eine Woche freigenommen, was auch dringend nötig gewesen; er sei im Gebirge geklettert und Ski gelaufen und habe unter den Sternen geschlafen. Er fühle sich erfrischt. Sie fragte ihn über diese interessante Erfahrung aus, fand ihn jedoch enttäuschend wortkarg, als es darum ging, die spirituellen Aspekte des Bergsteigens zum Ausdruck zu bringen. Sein höchster Ehrgeiz sei es, sagte er, einmal die Jungfrau zu besteigen. Aus irgendeinem Grund fand Frau Erdman seine Äußerung ziemlich amüsant, verbarg ihr Lächeln aber hinter ernsthaftem Nicken mit dem Kopf, als er schilderte, wie schwierig das sein würde.

Nach den schimmernden Seen und fruchtbaren Tälern Tirols donnerte der Zug in einen Tunnel, was sich lähmend auf jede weitere Konversation legte. Die unterirdische Fahrt war lang genug, um sie beide davon zu überzeugen, daß sie nichts gemeinsam hatten und daß es sinnlos war, weiterzureden; und so blieben sie, als sie wieder ins Licht tauchten, schweigend, bis Frau Erdman sagte, sie mache sich nun besser auf die gefährliche Reise zum Händewaschen. Als sie sich zurückkämpfte, wand sie sich an dem jungen Mann vorbei und dabei wünschten sie einander viel Glück und Adieu. Sie ließ sich auf ihren beengten Platz nieder und schaute weniger durch als vielmehr auf das Fenster, denn strömender Regen hatte gegen die Scheiben zu peitschen begonnen.

Zum Glück wurden auf dem nächsten Bahnhof, jenseits der italienischen Grenze, Sonderwaggons angehängt; und der Kontrolleur kam durch und kommandierte die Fahrgäste Zweiter Klasse aus ihren Erster-Klasse-Sitzen. Frau Erdman seufzte vor Erleichterung und machte es sich wieder bequem. Sie dachte, sie ginge jetzt besser die ganze Partitur durch – Zeit war genug; aber gleich der Eingangschor, in dem das müde Landvolk von den Erntefeldern heimkehrt, rief eine träumerische Stimmung hervor, und sie las nicht weiter. Als der Zug die Außenbezirke Mailands erreichte, fühlte sie sich nervös und mußte ihre Atemnot niederkämpfen. Sie stellte sich vor den Spiegel, um sich das Haar zu kämmen und ihr Lippenrouge zu erneuern. Sie fürchtete, man könnte plötzlich finden, sie sei zu alt, den Part eines jungen Mädchens zu spielen. Sie malte sich aus, wie die Gesichter immer länger würden, während man einander begrüßte.

Aber wenn die zur Begrüßung angetretene Gesellschaft derartige Empfindungen hatte, dann verbarg sie sie gut. Ein hochgewachsener, gebeugter Mann, dem bereits die Haare ausgingen, trat mit einer Verbeugung vor und präsentierte sich als Signor Fontini, künstlerischer Direktor. Seine kleine, plumpe, überaus wählerisch gekleidete Frau machte einen Knicks; und Frau Erdman, zu aufgeregt, die Namen zu behalten, schüttelte vier oder fünf Hände. Dann wurde sie, geblendet von Blitzlichtern, von Signor Fontini und den anderen durch den Tumult der Reporter, die ihr mit gezückten Notizblöcken Fragen zuwarfen, fast getragen. In der Verwirrung und Aufregung der Ankunft hatte sie ein Gepäckstück im Zug gelassen, und einer aus dem Gefolge des Direktors mußte zurücklaufen, um es zu holen. Schließlich hatten sie das Bahnhofsgebäude verlassen, und man geleitete sie unter einem Schirm, zum Schutz vor dem Regen, in eine Limousine und fuhr davon. In ihrem im Herzen der Stadt gelegenen Hotel wartete ein weiteres Empfangskomitee auf sie, und ein Blumenbukett wurde ihr in die Arme gestaucht. Aber Signor Fontini, eifrig besorgt, seinen Ersatz-Star nicht zu überfordern, bahnte ihr einen Weg zum Fahrstuhl und eskortierte sie höchstselbst in ihre Suite im dritten Stock. Ein Page und ein Träger folgten ihnen mit ihrem Gepäck. Signor Fontini küßte ihr die Hand und sagte, sie müsse nun ein paar Stunden ruhen, er werde sie um halb neun zum Diner abholen. Allein in der luxuriösen Suite, ließ sie sich auf das Sofa fallen. Der luftige, geräumige Salon war einer Königin würdig. Überall waren Vasen voll Blumen. Sie zog sich aus, ließ Badewasser ein; und als sie darin lag und sich über die Maßen verwöhnt und genüßlich fühlte, machte sie sich Sorgen, ob ihr Auftritt solch eine Behandlung jemals rechtfertigen würde.

Fertig zum Diner gekleidet, setzte sie sich an den Schreibtisch und schrieb mit Blick über die belebte Straße eine Postkarte an ihre Tante in Wien. »Liebe Tante«, schrieb sie, »draußen regnet es Regen und in meiner Suite Blumen. Jawohl, Suite! Ich bin ganz aus dem Häuschen, für wie wichtig sie mich halten. Nicht die Blumen, meine ich! Ich werde gar nicht fähig sein, dem Diner ins Gesicht zu sehen, geschweige denn der Probe morgen – oder gar der Aufführung! Bestimmt fall ich die Treppe runter und brech mir ein Bein. Liebe Grüße, Lisa.«

Und da, an der Speisetafel, die unter Blumen, Silber und geschliffenem Glas ächzte, war die große Serebrjakova, schlank, wunderschön und elegant auch jetzt noch, da sie ihren Arm in einer Schlinge trug. Eine der großen Sopranistinnen der Welt, und noch in ihren frühen Dreißigern. Man hatte ihr die Billetts für die Rückfahrt in die Sowjetunion schon für gestern reserviert, doch sie hatte beschlossen, noch zu bleiben, um ihrer Nachfolgerin Gutes zu wünschen. Von solcher Freundlichkeit eines solchen Stars war Lisa überwältigt. Madame Serebrjakova behauptete sogar, eine glühende Verehrerin von Frau Erdmans Stimme zu sein: sie hätte sie in Wien einmal die *Traviata* singen gehört. Das sei bei ihrer ersten Tournee im Ausland gewesen, als sie selbst noch unbekannt war. Ihre Freundlichkeit und ihr Humor nahmen Lisa die Befangenheit. Sie scherzte über ihren Sturz die Scala-Stufen hinab und ihre Versuche, mit der Rolle weiterzumachen. »Daß es keinen Sinn hatte, merkte ich«, sagte sie trocken, »als das Publikum anfing, vor Lachen zu schreien.« Daß ihre romantische junge Heldin Tatjana die ganze Oper hindurch den Arm in einer Schlinge hatte, das kam bei ihnen nicht an, zumal sich die Handlung über mehrere Jahre erstreckte. Ein führender Kritiker hatte der Serebrjakova zwar zu ihrer Courage gratuliert, ansonsten aber der Besorgnis über den dürftigen Standard der Heilkunst im zaristischen Rußland Ausdruck gegeben.

»Also versuchten wir's mit der Zweitbesetzung«, sagte Signor Fontini mit einem Seufzer und breitete dazu die Hände aus. »Grauenvoll. Binnen dreier Abende spielten wir vor leerem Haus. Aber morgen abend werden wir dieses Problem nicht haben, das kann ich Ihnen versprechen. Man bringt ihrem Kommen enormes Interesse entgegen.«

Er betonte das so sehr, daß man den Eindruck hätte gewinnen können, die Serebrjakova sei allerhöchstens zweite Wahl gewesen, in Wahrheit hätte das Auswahlkomitee die ganze Zeit nur Frau Erdman haben wollen. Lisa nahm die ganzen Lobhudeleien cum grano salis und mit einem Lächeln und entwickelte, seltsam genug, die Empfindung, als könne sie die Tatjana *in der Tat* ebenso gut singen, wie die Serebrjakova. Sie hörte auch auf, sich über ihre Jahre Gedanken zu machen; es stellte sich nämlich heraus, daß das vierte Mitglied der Tischgesellschaft, ein russischer Bariton, der ihr zuvor nur dem angesehenen Namen nach bekannt war, auch älter war, als sie gedacht hatte. Victor Berenstein, der den Onegin sang, hatte schneeweißes Haar und war sicher schon gut in den Fünfzigern. Zur Rundlichkeit neigend, und von blaßgelblichem Teint, betrachtete er seine neue Hauptdarstellerin durch seine horngefaßten Augengläser. Lisa beobachtete ihn auch: wobei sie fand, es sei doch ein Segen, daß sie lediglich ein Medium sei für Tschaikowskys Musik und Puschkins Worte, denn daß sie sich im wirklichen Leben in diesen Mann verliebte, konnte sie sich nicht vorstellen, wie liebenswürdig und charmant er auch war. Das Anziehendste an ihm waren noch – von seiner Stimme freilich abgesehen – die Hände. Sie waren schlanker als alles übrige an ihm; männlich, doch zart und ausdrucksvoll. Sogar sein Beefsteak schnitten diese langen, schmalen Finger zärtlich und ausdrucksvoll.

Wie die Serebrjakova drückte er seine tiefe Bewunderung

für ihre Stimme aus, und sein Entzücken, daß sie in der Lage gewesen, die Rolle ohne viel Federlesens zu akzeptieren. Er habe sie Schubert singen hören, auf einer knacksigen Schallplatte. Aber da Lisa nie eine Schallplatte eingespielt hatte und ihm das sagte, lief er rot an vor Verwirrung und Verlegenheit, und versenkte sich intensiv in ein zähes Stück Fleisch.

Sie beide, er und die Serebrjakova (Victor und Vera, wie sie betonten) waren an der Oper von Kiew; und im Nu lenkte Lisa das Gespräch auf diese herrliche Stadt, in der sie ja geboren sei. Das Interesse, das sich an dieser von ihr erwähnten Tatsache entzündete, die in ihrer biographischen Notiz nicht enthalten war, erlaubte Victor, seine Contenance wiederzufinden. Man habe sie fortgebracht, als sie gerade ein Jahr alt war, erklärte Lisa, daher habe sie keine Kenntnisse von dieser Stadt, ein paar kurze Besuche in den Ferien ausgenommen. An das, was sie gesehen habe, denke sie sehr gern zurück. Ihre zwei russischen Gefährten wetteiferten miteinander, der Begeisterung für ihre Stadt Ausdruck zu geben. Sicher, die Verhältnisse seien alptraumhaft gewesen, zunächst; jetzt aber ginge es langsam aufwärts. Daß sie in Mailand weilten, sei ein Zeichen von Fortschritt; ihre früheren Reisen seien im Rahmen eines streng beaufsichtigten Teams erfolgt.

»Haben Sie nie Lust, einmal zurückzukommen?« fragte Vera. »Haben Sie kein Heimweh?«

Lisa schüttelte den Kopf. »Ich bin gar nicht so sicher, wo meine Heimat ist. Geboren bin ich in der Ukraine, meine Mutter aber kommt aus Polen. Sogar eine Spur Zigeunerblut ist dabei, hat man mir gesagt! Fast zwanzig Jahre habe ich in Wien gelebt. So, nun sagen Sie mir, was mein Heimatland ist!« Sie nickten verständnisvoll und sagten, ihnen fiele es beinah genauso schwer, das zu entscheiden. Vera sei aus Leningrad, Victor aus Georgien, und Juden seien sie natürlich auch noch. »Aber der Rasse nach, nicht der Religion«, fügte Vera hastig hinzu. Offenbar im Glauben, Signor Fontini möchte sich aus dieser Konversation ausgeschlossen fühlen, fragte sie ihn, was *seine* Heimat sei. »Die Scala«, sagte er. Alle lachten, und Victor brachte einen Toast aus auf ihres Gastgebers Vaterland, die herrliche Scala.

Von da an herrschte großes Gelächter. Vera verfügte über einen trockenen Humor, und Lisa überraschte sich selbst und die anderen, sie war in bester Laune. Funkelnd vor Wein und nervöser Erregung erreichte sie mit ihren absurden – gleichwohl authentischen – Anekdoten, daß sie vor Lachen Seitenstiche bekamen. Victor Berenstein bekam einen schrecklichen Hustenanfall, als ihm, mitten in einer von Frau Erdmans Geschichten, der Wein in die falsche Kehle lief.

Die Serebrjakova ermahnte ihn, nicht zuviel zu trinken, da er morgen in der Probe singen müsse und dann keinen Katzenjammer brauchen könne. »Sogar mit Milch kann er sich einen antrinken«, erklärte sie leise, während er protestierte, das sei alles Quatsch – er sei noch nie in seinem Leben betrunken gewesen. Vera rollte ihre Augen gen Himmel. »Du hast recht!« seufzte er und schob sein noch halbvolles Glas Wein weg; und die Serebrjakova tätschelte ihm beipflichtend die Hand. Er antwortete darauf, indem er ihre Hand in die seine nahm und sie streichelte. Sie sahen sich tief in die Augen und lächelten liebevoll. Lisa war es bereits klargeworden, daß die beiden etwas miteinander hatten. Zuerst glaubte sie, es könne nicht mehr als eine Freundschaft sein, als die Kameradschaft von Menschen, die zusammen mehrere Jahre lang im selben Opernhaus gearbeitet haben und nun gemeinsam in der Fremde sind. Es war zwar nicht erstaunlich, daß sie, wenn sie auf Russisch nach dem richtigen italienischen Wort oder Ausdruck suchten, die intime Form der zweiten Person gebrauchten. Aber mit der Zeit, und als Victor ein wenig beschwipst wurde, mußte sie erkennen, daß sie ein Liebespaar waren. Sie war etwas entsetzt, daß die Serebryakova mit ihrem makellosen ovalen Gesicht, den schrägen, grünen Augen und dem langen blonden Haar (so silbern wie ihr Name) sich ausgerechnet in einen Mann verliebt haben sollte, der so viel älter und so unattraktiv war.

Über Geschmack ließ sich streiten. Die Entdeckung störte sie, und sie wußte nicht, warum. Prüderie war es bestimmt nicht, auch wenn sie wußte, daß die Serebryakova verheiratet war und auch bei Berenstein alles darauf hinwies, daß er nicht ledig sei. Vielleicht lag es an der Eindeutigkeit ihres Verhaltens. Zum Beispiel: nachdem sie Signor Fontini Gute Nacht gesagt und den Lift betreten hatten, schloß Vera die Augen und lehnte den Kopf an Victor Berensteins Schulter; und nur die sperrige Armschlinge verhinderte noch engeren Kontakt. Er schlang den Arm um sie und strich ihr übers Haar. Als sie im zweiten Stock ausstiegen, wobei sie Lisa eine Gute Nacht wünschten, hielt er seinen Arm weiterhin um sie geschlungen.

Lisa fühlte sich einsam und deprimiert, als sie in ihrer stillen Suite war, umringt von all den nichtssagenden Blumen. Sie entdeckte noch eine weitere Falte in ihrem Gesicht, als sie sich zum Zubettgehen bereitete. Sie schlief nicht viel, und war schon zum Frühstück unten, ehe noch begonnen wurde, zu servieren. Sie leerte gerade ihre letzte Tasse Kaffee, als Victor und Vera eintraten – gemeinsam.

Als Signor Fontini Lisa zum Opernhaus abholen kam, wies er auf den Turm von Koffern und Hutschachteln, die im Vestibül warteten. »Gehört der Diva«, sagte er; »Sie sehen, sie reist mit leichtem Gepäck!« Sie sollte mit dem Mittagszug abfahren, unmittelbar nach der Probe, der beiwohnen zu dürfen sie Lisa gebeten hatte. Lisa, deren Brust vor nervöser Aufregung zuckte, lächelte zu seiner trockenen Bemerkung. Dann war sie im Freien, im warmen Frühlingssonnenlicht, und stieg in die Limousine, die sie die zwei Blocks weit zum Opernhaus bringen sollte. Sie hatte vergessen, wie Tatjanas erste Takte gingen, und mußte einen Blick in die Partitur werfen, um sich wieder zu beruhigen.

In ihrer Garderobe waren sogar noch mehr Blumen. Sie wurde gleich weiter ins Anprobezimmer gerufen, wo sie die nächste Stunde damit zubrachte, in Veras Kostüme gezwängt zu werden – so zumindest fühlte es sich an. Sie war von der ungewohnten Behandlung, die man ihr wie einem Star angedeihen ließ, viel zu irritiert, um ein Wort zu äußern, und ließ sich einfach nur hierhin und dorthin zerren und pieksen wie eine Bienenkönigin. Die wunderschönen Kleider mußten gekürzt und an verschiedenen Stellen auch ausgelassen werden. Dann wurde sie eilig in den Schminkraum geholt, wo man ihr die Fältchen derart glättete, daß sie die frische Haut eines jungen Mädchens bekam, während die Näherinnen an ihrem Kostüm rasch noch letzte Hand anlegten. Kaffee wurde ihr die Kehle hinuntergegossen – sie wurde in ihre Kostüme gegossen. Man war nicht glücklich mit ihrem langen, stumpfen Haar, das sich schon grau zu strähnen begann. Man war ganz und gar nicht glücklich damit. Die Damen gackerten auch über ihre ölige Haut, denn sie hatte begonnen, heftig zu transpirieren. Sie war peinlich berührt und bekannte sich zu einem fettigen Teint und einer Neigung zum Schwitzen, besonders wenn sie nervös sei.

Dann war sie auf der Bühne. Das Orchester, Mitglieder des Chores, Claqueure und eine in den Sperrsitzen verstreute Anzahl von Leuten (unter ihnen die Serebrjakova) klatschten ihr zu. Lensky, ein hübscher junger Italiener, schon wieder dazu verdammt, in seinem Duell mit Onegin zu fallen, küßte ihr die Hand; desgleichen ihr tattriger alter Gemahl aus dem letzten Akt, der Fürst – ein bärtiger Rumäne mittleren Alters. Signor Fontini machte sie auch mit dem Dirigenten bekannt, einem Mann, reizbar wie eine Wespe, dem Lisa, da er für seine unnachgiebige Energie und unfehlbare Brillanz berühmt war, mit großem Respekt begegnete. Er war knapp über sechzig, und seine Attitüde schien sagen zu wollen »Warum nur haben sie mir diese Krüppel und alten Weiber aufgehalst?« In gebrochenem Deutsch (aus irgendeinem Grund, den er selbst wohl am besten kannte) trug er einige knappe Anweisungen vor. Sie ging hinüber, um dem Konzertmeister die Hand zu geben. Onegin strahlte sie an. Sie nickte, sie sei bereit, anzufangen. Alles bis auf ihre Schwester

Olga und Madame Larina verließen eilig die Bühne. Der Dirigent hob den Stab.

Und später, als er am Pult abklopfte, um auf einen Fehler hinzuweisen, waren es nur die Holzbläser, für die er harsche Worte fand. An Lisa gerichtet, knurrte er ein kurzes Kompliment; und die Serebrjakova, aus den Reihen des Parketts, hatte ihr schon ein beifälliges Nicken gezollt sowie ein Daumen-Hoch. Die Probe lief weiterhin gut. Es gab unüberhörbar auch Mängel in ihrer Darbietung, die sie aber gewöhnlich korrigierte, sobald auf sie hingewiesen wurde. Es war auch klar, daß sie noch lernen mußte, ihre Bewegungen und Gesten auf die der anderen Darsteller abzustimmen. »Das wird ganz schnell gehen«, sagte Victor am Ende der morgendlichen Probe zu ihr. »Jeder kann sehen, daß du die geborene Schauspielerin bist. Du bewegst dich wie eine Ballerina. Richtig, du wärst ja fast auch eine geworden! Das sieht man gleich. Und das Wichtigste: *singen* kannst du! Gott sei Dank, daß du kommen konntest.« Und Vera rannte auf die Bühne und umarmte sie überschwänglich mit ihrem heilen Arm. »Tschudno!« sagte sie. »Ganz großartig!« Sie gestand, in der Briefszene seien ihr die Tränen in die Augen gestiegen. »Jetzt hab ich das zum ersten Mal gehört!«

Ihr großherziges Lob rührte Lisa so sehr, daß sie ihr nicht einmal danken konnte. Noch hatte sie sich nicht von jenem Augenblick – gegen das Ende zu – gelöst, in dem *ihr* die Tränen gekommen waren. Das war, als sie dem reuigen Onegin beichten mußte, daß sie ihn noch liebe, seine Erwiderung aber zu spät gekommen sei: sie könne ihr Ehegelübde nicht brechen. Bei der Wendung »Und dabei wär das Glück so denkbar / So nah gewesen!...« kam ihr ein Student aus Petersburg wieder in den Sinn, den sie mit ihrer ganzen glühenden Seele geliebt hatte, wie Tatjana den Onegin. Und wie Onegin hatte der junge Mann ihre Liebe weggeworfen, ihr edelmütiges Geschenk, und seine eigenen edlen Impulse unterdrückt um eines Traumes willen, einer Illusion von Freiheit. Lisa war, noch während des Singens, von ungewohnten Erinnerungen überwältigt worden. Für einen Moment hatten die Tränen gedroht, ihren Gesang auszustechen. Sie fühlte Ärger über sich selbst. Das Publikum sollte zum Weinen gebracht werden, der Sänger aber mußte hart bleiben und trockenen Auges.

Gleichwohl fühlte sie sich auch wieder glücklich darüber, diese große Hürde mit gutem Erfolg genommen zu haben. Der Dirigent beehrte sie mit einem zufriedenen Nicken; Signor Fontini sagte »Bravo!«, wenn auch mit gequältem Ausdruck; und Maître Moreau, der Konzertmeister, klopfte mit dem Bogen an das Holz seiner Violine, zum Zeichen seines Beifalls. Etliche Orchestermitglieder klopften kurz, dann verstreuten sich alle, einen trinken zu gehen. Am Nachmittag sollte eine weitere Probe sein. Vera und Victor luden sie ein, mit ihnen ein kurzes Stück die Straße hinunter in ihre kleine Lieblingstrattoria zu gehen, wo sie prompte Bedienung und gutes, billiges Essen bekommen könnten. Vera sagte, sie habe nicht die Absicht, mit dem Mittagszug zu fahren; jetzt, wo sie Lisa singen gehört habe, würden sie keine zehn Pferde aus Mailand wegbringen, ehe sie nicht die heutige Abendvorstellung gesehen habe. Victor war offensichtlich überglücklich, daß sie ihre Pläne geändert hatte. Unter den Augen aller Bühnenarbeiter umarmte er sie und küßte sie fest auf die Lippen.

Bei einer leichten Mahlzeit bat Lisa sie um Rat, und sie gaben einige Anregungen, die ihr sofort als exzellent einleuchteten; ja, sie fragte sich, warum sie nicht selber darauf gekommen war.

Mitten in ihrem glücklichen und fruchtbaren Gespräch wurden sie vom Auftauchen eines verhärmten, zerlumpten Straßenjungen an ihrem Tisch aufgeschreckt. Er streckte seine Hand nach Geldmünzen aus. Sein Gesicht wurde von irgendeiner unansehnlichen Krankheit entstellt. Noch ehe ihn die Kellner hinausjagen konnten, bestand Lisa darauf, ihm alles Kleingeld aus ihrer Börse zu geben. Von allen Leiden konnte sie das Leiden von Kindern am wenigsten ertragen. Ihre neuen Freunde pflichteten ihr bekümmert bei; und Victor sagte, genau *das* sei es, was an der Sowjetunion zur Hoffnung Anlaß gebe. »Über Nacht geht das nicht, und noch gibt es monströse Ungleichheiten. Aber endlich sind wir auf dem Weg in die richtige Richtung.«

Vera stimmte zu; und Lisa lauschte, beeindruckt von ihrem gelassenen Enthusiasmus. Sie sprachen weiter, über Musik und Politik – meistens aber Musik –, bis es Zeit wurde, zur Nachmittagsprobe zurückzugehen. Vera entschuldigte sich, sie sagte, sie ginge ins Hotel zurück, um sich auszuruhen. Zwischen Onegin und der ehemaligen Tatjana entspann sich eine kleine amouröse Balgerei, die Lisa peinlich war, sie wandte sich ab.

Als der Vorhang an ihrem ersten Abend aufging, spürte sie, daß all ihre Nervosität verflogen war und ihr keine persönlichen Gefühle dazwischenkamen, als sie sang »Und dabei wär das Glück so denkbar / So nah gewesen«. Statt dessen sah sie sich mehr und mehr instinktiv und mit Vergnügen auf die dramatische Stimme und Gestik Berensteins reagieren. Sie verbeugten sich vor herzlichem, wenn auch nicht eben tosendem Beifall. Hinter den Kulissen kam jeder angelaufen, ihr zu gratulieren; das Lob aber, das ihr am höchsten galt, war eine wortlose Geste Onegins, der Daumen und Mittelfinger zu einem Kreis zusammenkrümmte, wie um zu sagen »Gut geklappt. Wird schon werden mit uns beiden.« Und sie sagte ihm aufrichtig, wie wundervoll er gesungen hätte. Bei der Probe sei sie sich noch nicht sicher gewesen, wie gern sie seine Stimme hätte, doch während der Aufführung sei sie ihr richtig ans Herz gewachsen. Natürlich sei seine Stimme in ihrem Herbst, wie er sicher wisse; aber die schartige Schärfe physischen Nachlassens scheine ihrem spirituellen Reichtum nur zugute zu kommen. Er wies ihr Lob mit einem unzufriedenen Schulterzucken von sich. »Sie ist weg«, sagte er. »Ich kann die Spitzentöne nicht mehr erreichen. Das ist mein Schwanengesang.« Aber die Serebrjakova packte ihn am Arm und sagte »Unsinn!«

Er beugte sich vor und flüsterte Lisa ins Ohr: »Wir haben eine kleine Party in unserer Suite arrangiert. Zu Ehren Ihres ersten Abends und Veras letztem. Kommen Sie.« *Unsere* Suite! Diese Unverfrorenheit machte sie baff. Sie hatte es lieber, wenn solche Geschichten mit einer gewissen Diskretion behandelt wurden. Dankend nahm sie an, während sie sozusagen drei Stunden zu spät die ungeheure Anspannung der Situation zu fühlen begann. Es würde gut sein, sich bei einem Drink zu entspannen. So kleideten sie sich um, zwängten sich in Limousinen und wurden in schneller Fahrt zum Hotel zurückgebracht. »Ihre« Suite im zweiten Stock stellte sich als sogar noch geräumiger, eleganter und blumengeschmückter heraus als ihre eigene. Im Nu füllte sie sich, wurde überfüllt; die Luft stockte vor Zigarettenrauch und dem Rumoren von Stimmen, und Kellner huschten mit Tabletts voller Weingläser umher.

Als sie ein paar Gläser geleert hatte, beichtete Lisa Victor, wie sehr sie gefürchtet hatte, für den Part schon zu alt zu sein. Er dröhnte vor Lachen; und sagte, seine letzte Tatjana in Kiew habe man im Rollstuhl auf die Bühne fahren müssen. *Er* aber sei bestimmt der älteste Onegin, den es je gegeben habe! »Sie sind doch gerade im richtigen Alter. Wie alt sind Sie? Fünfunddreißig, sechsunddreißig? Na, selbst mit neununddreißig haben Sie Ihre besten Jahre noch vor sich, ach was red' ich, Sie könnten noch glatt als achtzehnjähriges Mädchen durchgehen! Doch, wirklich, ich mein's, wie ich's sag! Aber ein weißhaariger Greis von siebenundfünfzig, der einen jungen Mann von achtundzwanzig spielt: das ist der wahre Glaube, der Berge versetzt! Nur gut, daß die Italiener zur Wundergläubigkeit erzogen sind!« Wieder röhrte er vor Lachen.

Vera glitt hinzu, und Lisa klärte sie über den Scherz auf. »Aber du bist doch noch ein Küken, liebe Lisa!« sagte Vera. »Wirklich, deine Stimme ist so viel besser als damals, als ich dich in Wien hörte – und schon *damals* hab ich sie geliebt. Du *mußt* nach Kiew kommen, nicht wahr, Victor? Ich werde dem Direktor von dir erzählen, sobald ich heimkomme. Klar, über deine Reputation weiß er schon Bescheid, und ich bin sicher, er wird begeistert sein, wenn er dich dazu bringen kann, für ihn zu singen. Du mußt bei uns wohnen. Wir können sicher für dich Platz machen, obwohl –« ihre grünen Augen flackerten – »ich kriege ein Kind! Ja, aber es ist ein Geheimnis. Jetzt wissen's nur du und Victor, also sag, bitte, keinem was davon. Deshalb fahr ich jetzt nach Hause – um mich zu schonen – obwohl ich es hasse, Victor zurückzulassen. Gibst du auf ihn acht? Wir sind sehr glücklich darüber. Fast freut es mich, daß ich gefallen bin und mir den Arm gebrochen habe; wenn es auch« – ihr Lächeln trübte sich einen Moment – »ernst hätte werden können. Wie du siehst, hätte ich ohnehin nicht die ganze Saison bleiben können. Ich dachte erst, es würde mir eine Menge ausmachen, meine Karriere eine Weile aufgeben zu müssen, aber jetzt finde ich, daß es mir gar nichts ausmacht. Ich hab mich nie in meinem Leben glücklicher gefühlt! So werde ich also ein kleines Baby haben, wenn du kommst!«

Lisa ließ sich von ihrer Freude anstecken; und Victor grinste dazu wie ein Schaf. Was die Moral betraf, gehe sie das nichts an, dachte Lisa; sie wußte nur, daß die beiden liebenswürdig und großzügig zu ihr gewesen waren, und daß sie sie gut leiden mochte. Sie drückte Vera die Hände und sagte, sie sei ihretwegen glücklich und würde sehr gern zu Besuch kommen, auch dann, wenn sie nicht an der Oper würde singen können. Doch die beiden waren sicher, es werde damit keinerlei Problem geben, man werde sie mit offenen Armen willkommen heißen. Lisa wurde dann von Signor Fontini abgeschleppt, um zwei vermögenden Gönnerinnen der Oper vorgestellt zu werden: alten Damen, deren Knochen wie trockene Blätter raschelten und die sich in peinlicher Weise in Schwärmereien über sie ergossen. Sie atmete auf, als der Direktor silenzio rief. Nach und nach erstarb das Stimmengewirr, und er hielt eine lässige Begrüßungsrede für die exzellente Frau Erdman und sagte ein Wort des Bedauerns angesichts der Abreise der wundervollen Serebryakova. Gläser wurden erhoben, Toasts ausgebracht, und der wespenhafte Dirigent forderte von der Diva ein Lied zum Abschied. Dieses Verlangen wurde von Applaus unterstützt, der sogar noch lauter anschwoll, als die Serebrjakova sich den Versuchen widersetzte, sie zum Klavier zu ziehen, wo Delorenzi, der Dirigent, bereits ungeduldig thronte (das Klavier – ein großer Konzertflügel – gehörte zur Suite; auch Lisa hatte eins).

Zuletzt ließ sich der herrliche Opernstar – das Weiß ihrer Armschlinge kontrastierte beinahe elegant mit dem glatten Schwarz ihres Seidenkleides – doch dazu herab, durch den Salon getrieben zu werden, sie lächelte sich durch die Schar ihrer Freunde und Bewunderer und wechselte ein Wort mit Delorenzi. Er setzte ein mit der heiter-stillen, vertrauten Einleitung zu Schuberts *An die Musik*; und dann stieg der Sopran in die Höhe. Mit nur einem kurzen Liedchen wollte man sie nicht gehen lassen, und so bot sie ihnen – nachdem Victor Delorenzi ein verschlissenes Notenblatt vorgelegt hatte – eine ergreifende ukrainische Ballade. Die Glieder der melodischen Kette, repetiert, doch unendlich variiert, jede Phrase formvollendet geprägt, rein wie ein Kristall, schlugen das Auditorium in Bann. Man hätte schwören können, daß, als die allerletzte von vielen Phrasen in Stille erstarb, ihre Stimme fortfuhr zu singen, allein im Herzen. Jeder war viel zu tief ergriffen, um zu applaudieren. Der Dirigent erhob sich von seinem Hocker, reckte sich auf Zehenspitzen – er war ein recht kleiner Mann – in die Höhe und küßte sie auf beide Wangen.

Lisa litt. Es war ihr schwergefallen, im Raum auszuharren, während Vera sang, da sie von einer wirklich üblen Atemnot überfallen worden war. Sie dachte, ihr letztes Stündchen sei gekommen. Das lag nicht daran, daß sie mitbekam, wie ein Orchestermitglied nach dem Schubert zu seinem Nachbarn sagte »Endlich mal 'ne richtige Stimme.« Neidisch war sie nicht; sie wußte, sie konnte es nicht mit dieser Stimme aufnehmen, die der Vollkommenheit so nahe war, wie sie es nur je zu hören gehofft hatte, diesseits des Paradieses und vielleicht sogar schon jenseits. Sie verehrte die Serebrjakova nicht nur, sie mochte sie – hatte sich binnen eines Tages vielleicht sogar ein wenig in sie verliebt.

Zum Teil freilich war es die Hitze, der Rauch, der Lärm und das Gedränge der Leiber. Aber darüber hinaus hatte es mit Veras Ankündigung zu tun, daß sie ein Kind erwartete; denn bei Veras verzückter Preisgabe ihres Geheimnisses hatte ihre Atemnot eingesetzt. Aus irgendeinem Grund brachte es sie sehr aus dem Gleichgewicht. Nun, sobald Vera das Volkslied zu Ende gesungen hatte, ging Lisa zu ihr hinüber und dankte ihr mit atemloser Stimme für ihren wundervollen Gesang und für die Party, doch jetzt müsse sie zu Bett, denn der Rauch begänne, ihre Stimme anzugreifen. »Willst du nicht noch die Zeitungen abwarten?« fragte Vera enttäuscht.

Geborgen in ihrer eigenen Suite, ein schwaches Grollen der Konversation unter ihrem Teppich, öffnete Lisa ein Fenster und schlürfte die kühle Nachtluft ein. Sie fühlte sich schon besser. Bin ich womöglich, ohne es zu wissen, eine verbitterte alte Jungfer? fragte sie sich beim Auskleiden. Sie schlief wiederum schlecht und warf sich wälzend herum. Als die Dämmerung durch die Gardinen glomm, schlief sie und träumte, sie stünde oberhalb eines tiefen Grabens, der mit zahlreichen Särgen angefüllt war. Direkt unter ihr konnte sie Vera erkennen, deren glatter nackter Körper durch einen gläsernen Deckel zu sehen war. Als sie in einer Reihe mit weinenden Trauergästen um sie klagte, gab es über ihr ein Grollen, und da wußte sie, daß ein Erdrutsch herniederkrachen und sie begraben würde. Bevor es dazu kam, wurde sie vom Telephon geweckt. Es war Vera – die wissen wollte, ob es ihr auch gut ginge, denn sie höre sich verstört an und außer Atem. Lisa erklärte, sie sei mitten aus einem schlimmen Traum erwacht, und sei ihr dankbar.

»Komm, vergiß deinen bösen Traum – wir haben gerade

die Zeitungen raufgekriegt. Die Kritiken sind *glänzend*! Wirklich! So, wie's dir ja auch gebührt. Wir gehen bald zum Frühstück hinunter – mein Zug fährt in einer Stunde. Mach schnell und komm dazu. Wir bringen auch die Zeitungen mit. Victor möchte noch Hallo sagen.« Und nach einer Pause hörte Lisa Victors tiefe Stimme »Hallo!« intonieren und dann hängten sie ein. Sie fühlte sich gleich viel heiterer, sprang aus dem Bett, lief ins Badezimmer und zog sich schnell an. Fast noch eher als ihre Freunde war sie unten im Frühstücksraum. Sie legten ihr die Zeitungen vor, das Feuilleton war aufgeschlagen. Doch bevor sie anfangen konnte zu lesen, legte Vera ihre Hand auf die Lisas und sagte »Denk immer daran, daß die Kritiker hier Zyniker sind. Glaub mir, dies sind *gute* Kritiken – bessere, als *ich* hatte – stimmts, Victor?« Victor nickte, nach kurzem Zögern.

Lisa schienen sie ganz und gar nicht gut. »Betrüblicherweise haben wir zu vermelden, daß sogar eine einarmige Serebryakova immer noch besser ist als eine zweiarmige Erdman«, schrieb einer der Kritiker. Der andere sagte, ihre Stimme sei »ungeschlacht und provinziell«, und sie sänge mit mehr Gefühlsduselei als Einfühlung. Es gab, zugegeben, einige Charakterisierungen, die sich um Ausgewogenheit bemühten: »kompetent«, »tapferer Versuch«, »Tatjanas Briefszene bewegend gespielt und gesungen«, »expressives Potential«. »Glaub mir, von den Mailänder Kritikern ist das ein ganz dickes Lob«, machte Vera geltend, während sie erneut Lisas Hand nahm und zur Bekräftigung ihrer Meinung heftig drückte; denn ihr entging nicht, wie aufgebracht sie war.

Indes, nicht die Kritiken waren es, die sie bestürzten. Die waren wirklich so schlecht nicht. Man hatte sie ja gewarnt vor den Mailänder Kritikern, und sie wußte, in Veras Beteuerungen steckte ein Körnchen Wahrheit. Nein, sie hatte einfach einen Schock bekommen und war nun mit sich selbst böse, über ihre eigene Dummheit. Einer der Kritiker hatte geschrieben: »Das ganz exzeptionelle musikalische und dramatische Verständnis des Berenstein-Serebrjakova-Gespanns ist zweifellos in hohem Maße ihrer langen Zugehörigkeit zur Kiewer Oper zu verdanken, wie auch, versteht sich, ihrer ehelichen Gemeinschaft.« Nun fiel Lisa wieder ein, wo sie erst vor kurzem Victors Namen gesehen hatte: in einem Artikel über die Serebrjakova. Serebrjakova war nur ihr Künstlername. Jetzt fiel es ihr wie Schuppen von den Augen. Warum nur hatte sie den falschen Schluß gezogen. Es war ja, wie sie später fand, klipp und klar in dem Programm gestanden, das ihr Signor Fontini bei der Ankunft gegeben hatte; aber ihre Augen waren irgendwie darüber weggesprungen.

Vera stürzte ihren Kaffee hinunter, sprang auf und beugte sich nieder, Lisa zu umarmen und einen Kuß zu geben. Als ihr Gatte ihr ein rotes Cape umlegte und am Hals zuknöpfte, sagte sie zu Lisa, sie rechne damit, sie nächstes Jahr in Kiew zu sehen. »Bleib sitzen, ich muß los. Iß dein Frühstück zu Ende. Und alles Gute! Wir hören voneinander!«

An ihrem ersten Ruhetag ging sie zur Messe in den Dom, aber das große Gebäude bedrückte sie, und sie entschloß sich, nicht wieder hinzugehen. Es war eine zu großartige Institution. Sie war viel lieber in einer Minorität, in einem Randbezirk: da war es viel leichter zu glauben. Sogar in Wien gab es zu viele Katholiken: doch selbst dort war die Kirche nicht so gnadenlos präsent wie hier. An etwas so universell Akzeptables und unfehlbar Sicheres konnte sie nicht glauben. Selbst Leonardos *Abendmahl*, zu dessen Besichtigung sie in ein nahegelegenes Kloster ging, jagte ihr ein Frösteln ein. Es war zu symmetrisch. *So* sitzen die Leute nicht beim Essen.

Vielleicht war es, je näher man Gott kam, desto schwerer, an Ihn zu glauben. Darum hatte Judas Ihn verraten – und auch für Petrus der Hahn gekräht. Auf dem Heimweg vom *Abendmahl* mußte Lisa an einem dieser übelriechenden Blechgehäuse zu seiten der Straße vorbeigehen, wo die Männer urinierten. Obwohl sie abgewandten Gesichts ihre Schritte beschleunigte, erhaschte sie einen Blick auf zwei wettergegerbte, olivenhäutige Gesichter, die, ins Gespräch versunken, den Rand des Pissoirs überragten. Ehe sie dem blasphemischen Gedanken Einhalt gebieten konnte, sah sie auch schon die beiden Männer als Jesus und Judas, wie sie – ihre Umhänge hochgeschlagen – nach dem Abendmahl Seite an Seite in gedämpfter Konversation standen. Es muß für Judas schwierig gewesen sein, Ihn aus so großer Nähe als den Sohn Gottes zu sehen. Und womöglich noch schwieriger für Maria, Ihm zur Seite im Himmel. Was hieß, Ihm selber mußte es auch unmöglich sein. Da oben thronend wie Boris Godunow, muß Ihm der ganze heilige Schwindel eine Marter gewesen sein.

Der blasphemische Moment ging vorüber, ließ aber ihre Gefühle in schrecklicher Bedrückung zurück. Bevor sie ihrer Tante eine Postkarte schrieb, schaute sie sich genau die Abbildung auf der Vorderseite an. Es war eine verschwommene Wiedergabe des geheimnisvollen, zu Turin aufbewahrten Grablinnen Christi. Es war nicht das erste Mal, daß sie davon eine Reproduktion gesehen und sich gefragt hatte, ob es wirklich das Leichtuch Jesu sei; hier aber bedeutete es mehr, denn das Grabtuch war in der Nähe. Sie dachte, es könne ihr, wenn sie es besuchte, helfen, wieder spiritueller zu empfinden. So nahm sie, an einem anderen freien Tag, den Zug nach Turin.

Sie fuhr mit Lucia – ihrer Ersatzsängerin. Sie war das Mädchen, ein Mitglied des Chores, dessen katastrophales Versagen für das dringliche Telegramm an Lisa verantwortlich gewesen war. Eine Lombardin mit Rabenhaar, vollen roten Lippen und strahlenden dunklen Augen unter langen Wimpern, die eher ihres Aussehens als ihrer Stimme wegen erkoren worden war. Keiner hatte damit gerechnet, daß die Serebryakova, der der Ruf vorauseilte, kräftig wie ein Pferd zu sein, auch nur eine Aufführung ausfallen lassen würde. Aber Lucia hatte ihre große Chance gehabt – und versagt.

Ihre stolzen Eltern und sechs Brüder und Schwestern waren an dem Abend zugegen gewesen, da man sie von der Bühne gepfiffen hatte. Lisa wußte, was für einen fürchterlichen Schlag die junge Frau erlitten hatte und ließ es sich angelegen sein, mit ihr Bekanntschaft zu schließen und zu versuchen, etwas von dem Schaden, der ihr den inneren Halt genommen hatte, wiedergutzumachen. Aus Furcht, herablassend zu scheinen, hatte sie zuerst eine rasche, professionelle Linie eingeschlagen, und gesagt, sie würde gern mit ihr ein paar Arien durchgehen. Verständlicherweise war das Mädchen reserviert und ein wenig übelnehmerisch gewesen; doch sie liebte die Musik leidenschaftlich, und fand die Nachmittage in Lisas Suite, beim Studieren der Partitur und gemeinsamem Üben, so interessant und lehrreich, daß Lisa schließlich entdeckte, wieviel Freude es ihr machte, wenn sie dem Mädchen helfen konnte, einige ihrer technischen Mängel auszubügeln; sie hatte in Wirklichkeit eine Stimme, die durchaus etwas versprach und unter Lisas Anleitung Fortschritte machte. Sollte sie ein zweites Mal einspringen müssen, wäre sie ihrer Aufgabe vielleicht besser gewachsen.

Für Lisa war das wichtig, denn ihr – zum Glück nur kurzlebiger – Anfall von Atemnot am Premierenabend konfrontierte sie mit der Möglichkeit, daß sie eines Abends nicht imstande sein könnte, aufzutreten. Daher gab es – vom Mitgefühl ganz abgesehen – für ihren Versuch, ihrer Ersatzsängerin zu helfen, handfeste professionelle Gründe.

Sie waren bereits enge Freundinnen geworden: Freundschaft, gepaart mit einer guten Portion Anbetung auf seiten Lucias, und vielleicht mütterliche Zuneigung auf seiten Lisas – denn Lucia war kaum zwanzig. Sie, die selber von aufrichtiger Frömmigkeit war und Turin gut kannte, sagte mit Freuden ja, als Lisa sie fragte, ob sie sie auf ihrer ›Pilgerfahrt‹ begleiten wolle.

Da waren sie nun, staunend, nicht über das Grabtuch selbst – welches, in Eisen verschlossen, ihren Augen verborgen geblieben war, als sie im Dom zu Turin gekniet hatten –

sondern über eine Kopie in voller Größe, die im Museum an der Wand hing, und sahen die Nägelmale, die Geißelmale, ja sogar die Gesichtszüge Christi. Diese Male und Gesichtszüge waren nicht auf Secondo Pias Photographie des Leichentuches selber, sondern auf ihrem Negativ erschienen. Eine Nonne starrte auf das Abbild, während ihr Tränen die Wangen herabflossen, und machte immer wieder das Zeichen des Kreuzes und murmelte dabei »Gräßlich! Gräßlich! Gräßlich! Die sündhaften Menschen! Die sündhaften, sündhaften Menschen!« Auch Lisa war tief bewegt. Dieses ausgemergelte, gemarterte, doch würdevolle Antlitz und dieser Leib – die Hände schicklich über die Genitalien gelegt. Sie betrachtete das Bild des Photographen und ließ sich überzeugen, daß dies in der Tat Jesus sei.

Im Beichtstuhl – zurück im Dom – sagte Lisa dem Priester, daß sie, nachdem sie eine Kopie der Photographie des Hl. Grabtuches gesehen habe, nicht länger an Christi Auferstehung glaube. Der Priester sagte, nach einem Moment des Überlegens, sie solle ein so folgenschweres Urteil doch nicht aufgrund einer zweifelhaften Reliquie fällen. »Wir erheben nicht den Anspruch, daß es Sein Leichentuch ist«, sagte er. »Nur, daß es so sein kann. Wenn Sie glauben, es sei nicht echt, ist das doch kein Grund, an der Auferstehung zu zweifeln.«

»Aber das ist es ja, Vater«, sagte sie. »Ich bin völlig sicher, das Grabtuch ist echt.«

Des Priesters Stimme klang perplex. »Warum sagen Sie dann, Sie hätten Ihren Glauben verloren?«

»Weil der Mann, den ich betrachtet habe, tot ist. Er erinnert mich an gepreßte Blumen.«

Der Priester gab ihr den Rat, nach Hause zu gehen und in ihrem stillen Kämmerlein zu beten.

Lisa beichtete ein zweites Mal, diesmal Lucia, als sie auf einer Bank am Flusse saßen und die Wärme der von Wolken leicht verschleierten Sonne in sich aufnahmen, und Brot und Käse aßen. Es war eine weltliche Beichte. Sie erzählte dem

Mädchen von einigen Katastrophen in ihrem Leben: dem Mangel an Kontakt zu ihrem Vater und (weniger wichtig) ihrem Bruder; dem Fehlschlag ihrer ersten Berufswahl, im Ballett, teils infolge schlechter Gesundheit, hauptsächlich jedoch aus Mangel an Talent; von ihrer annullierten Ehe – und doch habe sie noch das Gefühl, man sei auf Lebenszeit verheiratet. Sie beneidete Lucia um ihren großen und liebevollen Familienkreis; sie beneidete sie um ihre Jugend, mit all ihren Aussichten auf Familienglück. Und infolge einer langen Krankheit würde Lisa nie mehr als nur eine *gute* Sängerin sein – wohingegen Lucia zumindest *hoffen* könne, eines Tages eine große zu werden.

»Wie haben Sie das geschafft –?« Das Mädchen senkte den Kopf und errötete über ihre Kühnheit.

»Du meinst, ohne Liebe? Ach, ich versuch daran gar nicht mehr zu denken. Leicht ist's nicht gewesen. Ich bin nicht ohne – Leidenschaften, das kann ich dir versichern. Aber du kannst eine Menge unterdrücken, wenn du dich in deine Arbeit stürzt.«

»*So*weit könnte ich mich *nie* auf sie einlassen«, sagte das Mädchen mit einem Seufzer. Sie warf einen heimlichen Blick auf ihren Verlobungsring.

»Du bist sehr klug, meine Liebe«, sagte Lisa.

Sie verstummten. Lisa beunruhigte der närrische Gedanke, daß die Kirche, wären Christi Hände nicht so taktvoll, doch suggestiv placiert worden, nicht in der Lage gewesen wäre, Sein Bild zur Schau zu stellen.

»Gut, daß Rom weit weg ist«, sagte sie zu Victor. »Wenn ich dorthin führe, würde ich noch Atheist werden wie du!« Er leugnete, Atheist zu sein. Man könne nicht im Kaukasus aufwachsen und bei Nacht zu den tausend klaren Sternen aufschauen, ohne einen Schimmer religiösen Empfindens zu haben.

Seine Bemerkung ließ Lisa Sehnsucht nach der Stille der

Berge verspüren. Sie könnte nach Como fahren, und wieder zurück, alles an einem Tage. Sie fragte Victor, ob er Lust hätte, sie zu begleiten. Seine Augen leuchteten auf und blitzten einen Moment durch seine horngefaßten Brillengläser gleich den schneeigen Gipfeln seines heimatlichen Georgien.

An einem wolkenlosen Junitag tranken sie Tee auf einer Hotelterrasse mit weitem Blick über den glitzernden See, im Hintergrund die klaren Berge. Sie fühlte sich so beschwingt, daß sie am liebsten hätte von der Terrasse schweben und über den See fliegen mögen. Die kühle, erfrischende Brise würde sie schon tragen. Auch Victor fühlte sich glücklich, wegen der Berge und wegen Veras Brief, den er diesen Morgen bekommen hatte. Er fehlte ihr zwar, aber davon abgesehen, sei sie wundervoller Stimmung. Mit gleicher Post hatte Lisa von ihr ein Geschenk empfangen. Es war ein Druck der Bucht von Cherson von Leonid Pasternak. Sie hatte Lisa gegenüber die Gegend von Cherson als einen Teil der Küste des Schwarzen Meeres erwähnt, an den sie sich besonders gern erinnere. Es war ein mit Überlegung gewähltes, rührendes Geschenk.

Als sie ihren Tee schlürften, las Victor seinen Brief noch einmal, wobei er über die Teile, die er Lisa vorlas, leise lachte. »Ich habe ein Schwangerschaftskorsett gekauft, Liebling. Ich werde so fett sein wie eine Sau, wenn du heimkommst.« Wie über die Maßen er sich freue, sagte er, ein Kind zu bekommen, so unerwartet gleichsam, in seinem Herbst. Wie sehr er Vera vermisse; und wie unerträglich es ohne Lisas Gesellschaft wäre. Seine erste Frau und ihr zehnjähriger Sohn seien im Bürgerkrieg getötet worden. Ein verirrtes Geschoß sei auf ihr Haus gestürzt. Er könne immer noch nicht darüber sprechen. Bis er Vera gefunden habe, hätte er sich von seinem Leben kein Glück mehr versprochen.

Sie machten sich auf zu einer Fahrt mit der Bergbahn. Er sprudelte weiter drauflos, über seine Frau und das erwartete

Kind, mit gelegentlichen Unterbrechungen, um auf eine schöne Aussicht zu zeigen. Noch nie hatte sie ihn so gesprächig gesehen. Ja, sie hatte es nicht leicht gefunden, sich mit ihm, ohne Veras Anwesenheit als Vermittlerin, zu unterhalten. Er sprach sehr wenig, wenn er nicht gerade betrunken war; und was das betraf, hatte er strikte Maßregeln von seiner Frau bekommen. Heute aber, im Gebirge, ging er aus sich heraus, wenn auch nur mit Gedanken, die so eng waren wie die Trasse der Bahn. Lisa selbst war nicht zum Reden zumute, sie war es zufrieden, zu lächeln, zu nicken und dabei die Landschaft in sich aufzunehmen.

Es war später Nachmittag, als sie in den Ort hinunterkamen, aber keiner von ihnen hatte es eilig, zum Bahnhof zu gelangen. Er schlug vor, sie sollten versuchen, in dem prächtigen Hotel am See, wo sie ihren Tee gehabt hatten, Zimmer zu nehmen. »Vor morgen abend werden wir nicht gebraucht«, brachte er nachdrücklich vor. »Wir sind nicht Fontinis Eigentum – auch wenn er das glaubt! Und auch nicht Delorenzis. Dieser eingebildete kleine Zwerg! Ich weiß, was du von Mailand hältst. Scheußlicher Ort! Komm, hol sie der Teufel, laß uns über Nacht bleiben!«

Lisa ›spielte mit‹, nach einer anfänglichen Überraschung.

»Prächtig!« sagte er und stürzte ins Hotel. Vor Erfolg strahlend, kehrte er zurück.

»Aber«, fiel ihr plötzlich ein, »ich hab gar nichts bei mir!«

»Was brauchst du denn?«

Sie überlegte. »Nun, ich glaube, nur eine Zahnbürste und Zahnpasta.«

»Warte hier.« In drei Minuten war er mit zwei Tüten zurück. »Hier: unser Gepäck!« lachte er. »Ich brauchte viel mehr – noch ein bißchen Rasierzeug!«

Als sie im Lift hochfuhren, amüsierten sie sich beide über die argwöhnischen Blicke, die Portier und Empfangsdame auf sie geworfen hatten. Nachdem sie sich in ihren Zimmern eingerichtet hatten, nahmen sie ein angenehmes, gemütliches Abendessen zu sich. Der Speisesaal war gedrängt voll, aber so weiträumig und hoch, daß man sich genötigt fühlte, schweigend zu speisen, oder sich mit leiser Stimme zu unterhalten. Victors Anfall von Redseligkeit hatte sich gelegt; doch das Schweigen war eines aus Gemeinsamkeit, nicht peinlich. Sie schauten durch die Glastüren auf den stillen See, der sich gegen Abend zu kräuseln begann. Danach machten sie einen kleinen Spaziergang am Ufer entlang. Schnell fiel die Nacht zwischen die Berge, und bald konnte man die Gipfel nur noch ›sehen‹, weil dort keine Sterne waren, denn der offene Himmel war voller Sterne. Lisa fühlte, wie das Hl. Leichentuch von ihr abfiel, und in ihr wieder Glaube lebendig wurde. So abgedroschen es auch klingen mochte – Victor hatte recht: man konnte nicht zu solchen Sternen aufblicken, ohne zu glauben, daß es dort ein *Etwas* gab.

Vor der Tür zu ihrem Zimmer überraschte er sie mit einem Kuß, den er fest auf ihre Lippen drückte. »Das wollte ich schon seit Wochen tun!« Er kicherte. »Sie sind so – voll und deliziös geschwungen! Vera wird mir verzeihen! Ich hoffe, es macht dir nichts aus? Also servus, bis morgen.«

Für ihre Vergangenheit hatte er nie Neugier gezeigt; doch eine Bemerkung, die sie beim Frühstück fallen ließ, rief sein Interesse hervor, nämlich, daß sie »wahrscheinlich zur Hälfte jüdisch« sei. Auf der ruhigen Fahrt im Zug zurück nach Mailand ertappte sie sich plötzlich dabei, daß sie ihm Dinge erzählte, die sie noch keinem Menschen erzählt hatte. Da er kein großer Redner war, war er ein guter Zuhörer; und es war ihr eine Erleichterung, daß sie mit jemandem sprechen konnte – mit jemandem, der mitfühlend, aber kein zu enger Freund war. Alles in allem war die Tour nach Como ein erholsamer Ausflug, der sie erfrischte, so daß sie den zwei Wochen der Spielzeit, die ihr noch blieben, getrost ins Auge sehen konnte.

Eine Woche vor deren Ende, vor einer Matinée, gab sie vor,

einen Migräneanfall zu haben. Lucia sprang für sie ein und bestand die Feuerprobe. Also ließ Lisa ihre Migräne in den Abend hinein dauern. Abermals sang Lucia. Victor – und Signor Fontini und Signor Delorenzi – waren von der heimlichen Vervollkommnung der Ersatzsängerin angenehm überrascht.

2

VICTOR BLIEB ÜBER NACHT in Wien, bei Lisa und ihrer Tante, ehe er die lange Weiterfahrt nach Kiew antrat. Er fand die alte Dame bezaubernd und gebildet. So alt war sie gar nicht, aber ein schmerzhafter Rheumatismus hatte sie alt gemacht. Zum Glück hatte er noch nicht ihre Hände angegriffen, und sie war weiterhin in der Lage, mit Kunstfertigkeit und Einfühlung Klavier zu spielen. Sie bat die beiden, ihr einen Eindruck von dem zu geben, was ihr entgangen war, denn leider habe sie sich nicht gut genug gefühlt, um ihre Nichte nach Mailand begleiten zu können. Zu ihrem kraftvollen Akkompagnement sangen sie die ganze Schlußszene der Oper, mit ungehemmter Verve und einer Natürlichkeit, die sie auf der Bühne nie völlig erreicht hatten. Immer kam alles zu spät!

In den Monaten nach ihrer Rückkehr, und zum ersten Mal seit vielen Jahren, fühlte sich Lisa von sexuellem Hunger geplagt. Eines Nachts wurde sie von dem Sohn einer Freundin ihrer Tante, einem attraktiven, aber eitlen jungen Mann in seinen frühen Zwanzigern, von einem Konzert nach Hause begleitet. Er überredete sie, den Taxifahrer vor seiner Wohnung halten zu lassen, um vor dem Zubettgehen noch etwas zu trinken. Sie sagte ihm, sie sei ›unpäßlich‹, er aber sagte, das mache ihm nichts aus, falls sie nichts dagegen hätte. Tatsächlich hatte sie etwas dagegen – so etwas schien ihr widerlich und geschmacklos –, dennoch erlaubte sie ihm, Liebe zu machen. Hauptsächlich wohl, weil ihr körperliches Begehren zum Teil gestillt wurde, und keine jener Nebenwirkungen auftraten, unter denen sie in früheren Zeiten gelitten hatte: Zweifellos weil Empfängnis ausgeschlossen war.

Aber sie fühlte sich entwürdigt, da sie ihm nichts bedeutete, es sei denn als eine Eroberung und ein Objekt der laszіven Neugier, ob sie sich in einem solchen Zustand verführen ließe. Einen Monat lang wies sie seine Aufmerksamkeiten zurück, und dann ging sie wieder in seine Wohnung. Als sie fertig waren, begann er sie rüde und unnachsichtig nach ihren früheren Liebhabern auszufragen. Sie sagte natürlich nichts, aber als sie zu Hause war und sich vergewissert hatte, daß sich ihre Tante wohlauf befand, beantwortete sie sich zu ihrer eigenen Klärung seine Frage – und war von der Antwort entsetzt. Es hatte selbstverständlich Willi, ihren Gatten, gegeben und Alexej, den Studenten in Petersburg, ihre erste und womöglich einzige Liebe. Doch was konnte sie zur Rechtfertigung der anderen sagen? Da war der junge Offizier, der sie im Zug von Odessa nach Petersburg verführt hatte, als sie siebzehn war. Gut, das war zum Teil den gemischten Schlafabteilen der russischen Eisenbahn zuzuschreiben; und auch, daß sie bei ihrem Ausbruch in die Freiheit vom Teufel geritten worden war; dem Nervenkitzel, wie im Flug durch die Nacht getragen zu werden; dem Champagner, den sie nicht gewohnt war. In Wahrheit aber war es schiere Sündhaftigkeit. Ebenso kurz, bedeutungslos und fleischlich, und mit dem Makel des Ehebruches obendrein, war die Affäre mit dem Orchestermusiker, mit dem sie eine Nacht verbracht hatte, kurz nachdem ihr Mann zur Armee eingerückt war. Mehrere Jahre später war sie wieder auf ihn gestoßen, in Bad Gastein, und so peinlich berührt gewesen, daß sie kein Wort mit ihm sprechen konnte. Und schließlich dieser junge Dandy – nichtssagend und entwürdigend. Ihren Gatten eingerechnet: fünf Männer! Wie viele Frauen in Wien waren so promiskuitiv, abgesehen von denen der untersten Klasse, die ihre Gunst zu Markte trugen? Sie war froh, daß sie nicht mehr das Bedürfnis empfand, zur Beichte zu gehen. Nun, jedenfalls mehr würden es nicht werden. Fünfzehn Jahre lang hatte sie ihre Begierden ›sublimiert‹ – bis zu dieser letzten schändlichen Episode –; es war viel friedvoller, rein zu sein, um nicht zu sagen geschlechtslos.

Ihr erfolgreiches Debüt an der Scala hatte Lisa neu belebt, sie hatte viel häufiger Lust auf Opern und Konzerte, und aufs neue stürzte sie sich in die Musik. Von Vera und Victor hörte sie oft; und ein Brief von ihnen brachte eine Nachricht, die sie freute und aufregte. Victor schrieb, man hätte ihn überredet, im nächsten Jahr in Kiew den *Boris Godunow* zu singen – als Bariton sei er am Ende – dies würde sein Schwanengesang sein – und seinem Vorschlag, man solle sie, Lisa, einladen, die Rolle der Marina, der polnischen Gattin des Prätendenten, zu singen, habe man mit Begeisterung zugestimmt. Sie könne in Kürze mit einer offiziellen Einladung rechnen. Sie könnten es gar nicht erwarten, sie wiederzusehen. Vera hatte hinter dem Wort »Schwanengesang« ein Sternchen gezeichnet und unten hingekritzelt »Sehr wahrscheinlich!«, gefolgt von einem oder zwei Sätzen des Inhalts, es sei wundervoll, wenn Lisa nach Kiew käme, und sie, Vera, platze zwar aus allen Nähten, würde aber zu der Zeit, wenn Lisa käme, schlank sein und einem dicken Baby die Brust geben.

Doch nach etwa einem Monat kam ein Brief, der bei aller persönlichen Wärme irgendwie zwischen den Zeilen eine düstere Botschaft übermittelte. Die Pläne, den *Boris Godunow* auf die Bühne zu bringen, waren, so lauteten sie, erst einmal auf die lange Bank geschoben worden, da man meinte, er sei für den Geschmack des Publikums zu schwer. Sie seien darüber sehr aufgebracht, und sie würden sich nach wie vor sehr freuen, sie zu sehen; doch wäre es vielleicht besser, wenn sie noch ein Weilchen wartete, bis das Kind alt genug sei, um nicht mehr Veras ganzer Aufmerksamkeit zu bedürfen. Vielleicht würde die Oper dann den Boris doch noch aufs Programm setzen. Doch selbst in diesem Fall würde Victor die Hauptrolle nicht spielen, da er entschlossen sei, sich zur Ruhe zu setzen.

Lisa schickte, zusammen mit einem blauen Kinderjäckchen, das sie gestrickt hatte, einen Brief des Inhalts, sie verstünde; und es wäre ohnehin für sie schwierig geworden, ihre Tante zurückzulassen, deren Rheumatismus sich sehr verschlimmert habe.

Zwei Wochen später kam ein Brief, der sie wie ein Schlag ins Gesicht traf. Vera war bei der Entbindung gestorben. Als Ergebnis ihres Sturzes in Mailand. Zumindest Victor glaubte das, wenn auch sonst niemand. Der kleine Junge war wohlauf. Victors Mutter war sofort aus dem heimatlichen Georgien gekommen, um sich seiner anzunehmen. Sie war ziemlich alt, aber rüstig; es war gut, sie in der Nähe zu haben. Die Leute sagten, das Baby sei Vera wie aus dem Gesicht geschnitten. Victor konnte es nicht fassen, daß seine geliebte Frau dahingegangen war. Alle ihre Schallplatten hatte er weggeworfen, da er es nicht ertrug, ihrer Stimme zu lauschen und zu wissen, daß sie tot war. Er hatte das Radio aufgedreht – und da war Vera und sang ihrem Kind das Wiegenlied von Brahms.

Am Tag, der der Ankunft des Briefes folgte, erschienen in den Wiener Zeitungen Nachrufe auf die Serebrjakova: gleichsam zur Bekräftigung ihres Todes.

Lisa weinte tagelang. Es schien ihr unglaublich, daß sie eine so tiefe Trauer empfinden und so sehr eine Freundin vermissen konnte, die sie nur einen einzigen Tag leibhaftig gekannt hatte. Doch so war es. Was sollte sie Victor schreiben. Sie wußte es nicht. Sobald sie sie niederschrieb, klangen die Worte der Trauer und des Mitgefühls falsch, obwohl sie ihr aus der Seele kamen.

Noch lange nachdem der Schock verklungen war, hielt ihre Trauer an. Im Winter desselben Jahres hatte sie aus Leningrad die Nachricht bekommen, daß Ludmila Kedrova, ihre Freundin und einstige Ballettlehrerin am Mariinskij, gestorben war. Sie hatten all die Jahre eine warme Korrespondenz unterhalten, wann immer es die politische Lage zuließ, und niemals vergaß Lisa den Geburtstag ihres Patensohnes. Ludmila war erst fünfzig – vom Krebs hinweggerafft. Der Tod dieser zwei Freundinnen – beide hinterließen Kinder, die auf sie angewiesen waren – erschütterte Lisa sehr.

Auch sie wurde zeitweilig krank; mit den Schmerzen in Brust und Becken, an denen sie viele Jahre nicht mehr gelitten hatte. Es sei einfach nur der Kummer, sagte sie sich; und zu ihrem Kummer fügte sich Bestürzung darüber, daß Veras Tod ihr schlimmer ans Herz ging als der Ludmilas. Sie fragte sich, ob sie nicht zum Teil über sich selbst trauere. Für sie war Vera mit dem einzigen Tag ihres Lebens verknüpft, an dem man sie – wie absurd und unverdient auch immer – wichtig genommen hatte. Von da ab hatte sie mehr Engagements als Sängerin gehabt als je zuvor, keines aber war sonderlich bedeutend gewesen; jetzt war sie weniger gefragt. Eines Tages wachte sie auf und entdeckte, daß sie vierzig war. Andere wußten es eher als sie. Sie war die Opernsängerin, die es nicht ganz geschafft hatte; und wenige Intendanten brennen darauf, so eine für ihre Produktionen zu engagieren. Freilich, als eine Patti, als eine Galli-Curci oder als eine Melba wärst du jetzt gerade am Anfang – aber als ein bescheidenes Talent warst du bereits gestorben. Zumindest empfand sie das, und es kam ihr so vor, als sänge sie nun tatsächlich nicht gut. Sie wußte, daß ihre Ängste krankhaft waren, und schrieb sie dem Umstand zu, daß sie bis in ihre dreißiger Jahre einen unsteten Lebenswandel geführt hatte, was ihr ein überscharfes Bewußtsein von der Flucht der Jahre gab. Schon jetzt – ob es die Wirkung ihrer Kehlkopfprobleme war, oder schlichter Verlust von Selbstvertrauen – war ihre Stimme nicht mehr so rein. Und daß sie viel Kummer mit ihren Zähnen hatte, war nicht gerade eine Hilfe. Ein paar rettete der Zahnarzt mit Goldfüllungen, vier aber mußten gezogen werden. Die Gebißplatte erschütterte ihre Eitelkeit und ihre Stimme. Es war lächerlich, dachte sie, den Liebestod zu singen, wenn man dabei an seine falschen Zähne denken mußte.

Eine Begebenheit in weiter Ferne, die mit ihr persönlich nichts zu tun hatte, setzte ihr schlimmer zu als der Kummer. Ein Mann, der zahlreiche Morde begangen hatte, wurde in Düsseldorf vor Gericht gestellt und zum Tode verurteilt. Der Fall war in vieler Hinsicht eine Sensation, und wurde daher sogar in Wien von der Presse begierig aufgegriffen. Der Verurteilte hatte wahllos Männer, Frauen und Kinder getötet – wenn auch überwiegend Frauen und kleine Mädchen. Er hatte ganz Düsseldorf in Angst und Schrecken versetzt, und nun, da man seiner habhaft geworden war, gab es in der Öffentlichkeit einen Aufschrei, daß die rostige Guillotine wieder eingeführt werden sollte – die erste Hinrichtung in Deutschland seit etlichen Jahren. In wechselnden Schattierungen zwischen Seriosität und Sensationslust beteiligten sich die österreichischen Zeitungen an der aufgeheizten Diskussion über die Todesstrafe. Es war ein Thema, zu dem natürlich jeder leidenschaftlich und selbstgerecht seine Meinung hatte.

Lisa, wenn auch gepeinigt von Gedanken an die ermordeten Kinder, hegte die passionierte, instinktive Überzeugung, daß es verabscheuungswürdig sei, einem Menschen das Leben zu nehmen. Viele ihrer Freunde dachten genauso. Viele andere meinten ebenso heftig und ›moralisch‹, der Massenmörder Kürten sollte zur Strecke gebracht werden wie ein tollwütiger Hund. Es gab wütende Auseinandersetzungen. Eine ihrer Freundinnen, eine Lehrerin namens Emmy, normalerweise der freundlichste und sanfteste Mensch auf der Welt, lief rot an vor Zorn und verließ im Sturmschritt das Kaffeehaus, in dem sie sich gestritten hatten. Bevor sie aufbrach, warf sie ihrer Freundin noch die schauerliche Zeitung, die die schmutzigsten Details des Falles enthielt, in den Schoß. Lisa mußte Aufwallungen von Übelkeit bekämpfen, als sie sich zwang, den Artikel zu lesen.

Der Verbrecher hatte allerdings eine unbeschreiblich

schreckliche Kindheit gehabt: zehn Kinder samt Eltern in einem Raum – sich nährend von Ratten und Hunden – von einer älteren Schwester vergewaltigt – der Vater ein Trinker und Psychopath. Kürtens Ausbildung bestand in der Fertigkeit, Tiere zu masturbieren und zu quälen. All das bestätigte Lisa, daß seine Kriminalität nicht seine Schuld war. Der Rest des Artikels machte sie zweifeln, ob er, sogar in seinem eigenen Interesse, damit bestraft werden sollte, zu leben. Er tötete aus dem Bedürfnis, Blut trinken zu müssen. Eines Nachts war er, von der Enttäuschung, kein Opfer zu finden, so gepeinigt worden, daß er einem auf dem See schlafenden Schwan den Kopf abgeschnitten und sein Blut getrunken hatte. Wie verlautet, hatte er der Hoffnung Ausdruck gegeben, wenn die Guillotine fiele, noch lange genug lebendig zu bleiben, um zu hören, wie sich sein eigenes Blut ergösse.

Es gab noch mehr schauderhafte Details; wie etwa, daß er einige seiner Opfer lange danach wieder ausgegraben und mit ihnen Geschlechtsverkehr gehabt hatte; und – was auf eine mehr untergründige Weise erschauern ließ – daß er ständig in aller Ruhe mit seiner Frau zusammengelebt hatte, die von seiner geheimen Tätigkeit und Obsession nichts wußte. Aber es war das Bild von dem Schwan, und die Sehnsucht des Mannes, sein eigenes Blut herausschießen zu hören, was Lisa über Wochen als zwanghafter Tagalptraum heimsuchte. Mitten auf der Straße sollte sie wie vom Schlage gerührt innehalten – ihr schwindelte bei dem Gedanken an den schlafenden Schwan, das fallende Beil.

Und bei dem Gedanken, daß sie nur durch Gottes Gnaden oder aus bloßem Zufall Elisabeth Erdman aus Wien und nicht Maria Hahn aus Düsseldorf war! Eines Morgens zu erwachen, voll süßen Lebens, mit kleinen netten Vorsätzen, ein neues Make-up zu kaufen oder tanzen zu gehen... einem netten, charmanten Mann zu begegnen und mit ihm in den Wald zu schlendern; und dann... Nichts. Aber noch unausdenklich furchtbarer, wenn sie als Peter Kürten zur Welt gekommen wäre... jeden Augenblick des Lebens, dieses einzige Leben, das einem gegeben war, als Kürten verbringen zu müssen... Doch dann wieder machte die Erkenntnis, daß *irgend jemand* Maria Hahn und Peter Kürten zu sein hatte, es unmöglich, Glück darin zu empfinden, Lisa Erdman zu sein...

Nachdem die Hinrichtung stattgefunden hatte, las sie in Emmys Zeitung, waren, während der Mörder seiner Lust gefrönt, fast eine Million Männer in ganz Deutschland der Polizei als das Monster angezeigt und überprüft worden. Kürten aber war nicht unter ihnen gewesen; zumal auch der Staatsanwalt gesagt hatte, er sei »eigentlich ein netter Mann«. In der Haftanstalt hatte er Tausende von Briefen bekommen, von Frauen; etwa die Hälfte mit der Androhung gräßlicher Torturen, der Rest waren Liebesbriefe. Lisa weinte, als sie das las; und weinte später am Tage, als sie und Tante Magda still beisammensaßen, abermals. Ihre Tante glaubte, sie gräme sich noch über ihre toten Freundinnen, und schalt sie, daß sie in der Vergangenheit lebe.

Doch nicht die Vergangenheit war es – die Gegenwart. Wenn dieser Mörder auch tot war (und Lisa betete in ihrem Herzen, er möchte nicht immer *noch* der gleiche Peter Kürten sein, wenn er in den wie auch immer gearteten Zustand einging, der den Toten erwartet), gab es doch *irgendwo* – in eben diesem Moment – irgend jemanden, der einem anderen menschlichen Wesen die schlimmsten nur möglichen Greuel zufügte.

Viele Wochen vergingen, ehe sie wieder ganz in ihrem eigenen Körper lebte und ehe ihre ernsten Beschwerden begannen, sich zu gelegentlichen Schmerzen zu verflüchtigen. Lange nachdem der Fall – eine Neun-Tage-Sensation – aus den Schlagzeilen verschwunden war, wurde sie im Geiste von dem Gesicht eines kleinen Jungen verfolgt, der mit elf weiteren Menschen in einem Zimmer auf einer Matratze lag; von einem scheuen, freundlichen Mann mit Brille, der von seinen Arbeitskollegen geschätzt und von Kindern geliebt wurde; und von einem weißen Schwan, nistend am Ufer eines Sees, verloren in einen Schlaf, aus dem es kein Erwachen gab.

Aber Tante Magda mußte beim Ankleiden und Baden geholfen werden; der Einkauf mußte getätigt werden; der *Liebestod* gesungen werden; der Zahnarzt mußte aufgesucht werden; eine Freundin im Krankenhaus mußte besucht werden; eine neue Rolle einstudiert werden; der Klempner mußte gerufen werden, um nach dem Rohrbruch zu sehen; Weihnachtskarten mußten geschrieben und Geschenke für die schattenhafte Familie ihres Bruders in Amerika gekauft und abgeschickt werden, und danach noch weitere Karten und Präsente für Freundinnen, die ihr näherstanden; ein neuer Wintermantel mußte gekauft werden; Dankesbriefe mußten geschrieben werden.

Mit Victor Berenstein tauschte sie häufig Briefe aus, wobei sie ihr Möglichstes tat bei dem Versuch, seine tiefgründigen Fragen zu beantworten: die großen Fragen nach dem Leben, dem Tod, dem Leben nach dem Tode, die ihn jetzt ausschließlich beschäftigten. Sie selber war über diese Fragen mehr im unreinen als je zuvor und sagte ihm das auch. Er aber schien in ihrer Freundschaft einen Trost in dunklen Tagen zu finden. Dunkel nicht nur in persönlicher Hinsicht, denn er machte Andeutungen, daß auch die allgemeinen Verhältnisse schlimmer geworden seien.

In diese düstere Zeit der Tode und der Krankheiten fiel auch eine Auferstehung aus ihrer toten Vergangenheit: kein anderer als Sigmund Freud. Aus heiterem Himmel erreichte sie ein Brief des Inhalts, er hätte mit Interesse und Freude Berichte über ihr Auftreten in der Mailänder Scala gelesen und hoffe, daß ihre Karriere weiterhin gedeihe und daß es ihr gut gehe. Er selber sinke »sacht und mit mehr oder weniger Schmerzen« dem Tode entgegen, mit wiederholten Operationen an seinem Mund. Die Prothese, die er zu tragen habe, sei ein Monstrum. Er setze, wenn auch unter großen Schwierigkeiten, seine Arbeit fort und habe vor kurzem eine Studie über ihren Fall vollendet, die zusammen mit ihren Schriften in Frankfurt veröffentlicht werden sollte. Das sei der Grund, warum er sich an sie wende. Ob sie so gut sein wolle, die beiliegende Arbeit und das Typoskript ihrer Aufzeichnungen (die sie womöglich schon vergessen habe) zu lesen und ihn wissen zu lassen, ob sie gegen irgend etwas Einwände habe? Er habe selbstverständlich ihrer wahren Identität eine Maske aufgesetzt, die Rückversicherung aber, daß er ihr volles Einverständnis zu der Publikation habe, wäre ihm eine Beruhigung. Es werde ein paar bescheidene Honorare geben; er werde sicherstellen, daß sie für ihren wichtigen Beitrag die Hälfte davon bekomme.

Lisa, die gerade unter ihrer neuen Gebißplatte litt, war voll Mitleid, als sie von des Professors unendlich größerem Leiden las; und nahm es als eine Lehre, daß sie sich nicht beklagen dürfe. Sie konnte sich sein Elend, nicht mehr in der Lage zu sein, Zigarren zu rauchen, vorstellen; er erwähnte in seinem Brief dieses Verbot als die vielleicht schmerzlichste Konsequenz seiner Krebserkrankung, und die entstellende Vorrichtung, die er zu tragen gezwungen sei.

Gleich nachdem sie die Frühstücksteller zum Trocknen gestellt hatte, nahm Lisa das dicke Paket mit ins Schlafzimmer. Bis zum Abend, an dem sie eine Vorstellung zu geben hatte, verließ sie ihr Zimmer nur, um ihrer Tante etwas zu Mittag zu kochen. Tante Magda, die nach wie vor scharfe Augen hatte, sah, daß sie geweint hatte und fast nichts aß. Sie nahm an, es hinge mit dem Brief und dem Paket zusammen, die sie von Professor Freud empfangen hatte, und enthielt sich daher klug eines Kommentars. Eine Antwort zu verfassen, kostete Lisa so viel Energie, daß sie an diesem Abend ihrem Auditorium nichts mehr bieten konnte, und ihr Vortrag war, wie der Rezensent sagte, »farblos«.

Wohnung No. 3
Leopoldstraße 4
29. März 1931

Lieber Herr Professor Freud,

Ihr Brief erreichte mich als große Überraschung und bescherte mir schmerzliche Freude. Freude darüber, von jemandem zu hören, dem ich so viel verdanke. Schmerz darüber, gezwungen zu sein, mich durch die erkaltete Asche zu stochern. Nicht, daß ich es bedaure – es ist heilsam gewesen.

Von Ihrer Erkrankung zu hören, hat mich sehr bekümmert. Ich baue darauf, daß die Bemühungen Ihrer Ärzte zu einer vollständigen Genesung führen werden. Die Welt braucht Sie viel zu sehr, als daß sie Sie so einfach »sacht dahinsinken« ließe, geschweige denn mit Schmerzen. Es ist wirklich liebenswürdig von Ihnen, sich nach meiner Gesundheit und der meiner Tante zu erkundigen. Tante Magda leidet sehr an Rheumatismus, hält sich aber fröhlich und wachsam, und ich selbst bin bei ganz guter Gesundheit. Leider ist das vergangene Jahr in anderer Hinsicht kein gutes gewesen. Meine Petersburger Freundin, Madame Kedrova (Madame R.) starb letzten Winter und ließ einen Gatten und einen vierzehnjährigen Sohn zurück (meinen Patensohn, dem ich noch nie begegnet bin). Und eine andere gute Freundin von mir starb im Kindbett. Ich denke an die Kinder, die mutterlos zurückbleiben: und die Lektüre von *Frau Anna G.* gemahnte mich an jene Tragödie in Ihrem eigenen Familienkreis. Ich hoffe, Ihre Enkelkinder sind wohlauf. Sie müssen schon ganz schön gewachsen sein. Ich hatte seinerzeit das schreckliche Gefühl, eins von ihnen werde seine Mutter nicht lange überleben. Bitte, befreien Sie mich von dieser Vorstellung, sagen Sie mir, daß dem nicht so war. Ich bin sicher, es war ein Produkt meiner damaligen krankhaften Einbildungskraft. Bitte grüßen Sie Ihre Frau Gemahlin und Anna von mir und empfehlen Sie mich Ihrer Schwägerin. Als ich ihr in Ihrer Begleitung in Gastein begegnete, hatte ich die Empfindung, wir könnten gute Freunde werden, wenn wir die Chance hätten, einander besser kennenzulernen.

Die Lektüre Ihrer wundervoll geschriebenen und klugen Krankengeschichte hat mich mehr bewegt, als ich sagen kann. Ich glaube aber, ich brauche das gar nicht zu sagen. Es war wie die Lektüre der Lebensgeschichte einer jüngeren Schwester, die tot ist – in der ich eine familiäre Ähnlichkeit, doch ebenso große Unterschiede sehen kann: Charakteristiken und Handlungsweisen, die niemals für *mich* haben gelten können. Ich möchte nicht, daß das nach Nörgelei aussieht; Sie sahen, was zu sehen ich Ihnen gestattete; nein – weit mehr als das, Sie sind dabei viel tiefer in mich eingedrungen, als irgendeiner je zuvor. Es war nicht Ihre Schuld, daß ich unfähig schien, die Wahrheit zu sagen, oder ihr ins Gesicht zu sehen. Nunmehr kann ich es – hauptsächlich dank Ihnen.

Um Ihre Anfrage schnurstracks zu beantworten: natürlich kann ich gegen die Veröffentlichung der Krankengeschichte keinerlei Einwände haben. Es soll mir eine Ehre sein. Was meine schandbaren – oder schamlosen? – Aufzeichnungen angeht... nun, wenn Sie glauben, sie seien *unverzichtbar*? Mein Gesicht war scharlachrot, als ich sie wieder las. Ich hatte geglaubt und gehofft, sie wären seit langer Zeit schon vernichtet. Sicher können sie nicht publiziert werden? Ich vermute aber, sie müssen angehängt werden, um die Krankengeschichte verständlich zu machen? Diese obszönen Ausschweifungen – wie konnte *ich* nur so was schreiben! Ich habe Ihnen gar nicht erzählt, daß ich in Bad Gastein in einem Fieber körperlichen Verlangens lag. Ja, krank wie ich war – oder vielleicht gerade deswegen. Ein ganz junger, impertinenter Kellner, der mir auf der Treppe entgegenkam, berührte mich intim und warf mir dann einen Blick kühler Unverfrorenheit zu, als ob nichts geschehen sei. Er erinnerte mich in seiner Erscheinung an Ihren Sohn (den auf der Photographie). Wie dem auch sei, für den Rest meines Aufenthaltes phantasierte ich höchst schrecklich über den jungen Kellner. Wie sich das mit meiner Homosexualität reimen soll, weiß ich nicht, aber Sie wissen ja, daß ich diese Auffassung niemals akzeptierte.

Ich muß bekennen, daß ich tatsächlich diese Verse – »Knittelverse«, wie Sie so richtig sagen – schrieb, während ich in Bad Gastein weilte. Das Wetter war scheußlich, und drei Tage lang konnten wir wegen eines Schneesturms keinen Fuß vor die Tür setzen. Es gab nichts zu tun, als zu essen (was ich tat, zwanghaft), zu lesen, die anderen Hotelgäste zu beobachten und über den jungen Mann zu phantasieren. Der englische Major brachte mich auf die Idee, ein bisserl zu dichten. Er zeigte mir eines Tages ein Poem, das er gerade geschrieben hatte, über seine Schülerzeit, wie er während der Sommerferien mit einem (nicht unbedingt weiblichen) Liebchen in einem Englischen Garten unter einem Pflaumenbaum lag. Es war sentimental und schrecklich. Ich dachte, schlimmer könnte ich es auch nicht machen, und ich habe mich doch immer gern an Lyrik versucht. Freilich, nie mit Erfolg. Ich wollte, daß es schockierend sei, oder vielmehr: ich wollte, daß es, was meine komplizierten Gefühle über Sex betrifft, aufrichtig sei, und ich wollte ferner meine Tante wissen lassen, wie es wirklich in mir aussah. Ich ließ es herumliegen und sie las es. Sie können sich denken, wie entsetzt sie war.

Nun, als Sie mir vorschlugen, ich sollte etwas niederschreiben, dachte ich, ich versuch's mit meinen Versen mal bei Ihnen. Also übertrug ich sie in meine Partitur des *Don Giovanni*. Ich weiß nicht, warum. Daraus erkennt man, daß ich verrückt war. Als Sie um eine Interpretation baten, dachte ich, ich bring's mal in die dritte Person, um zu sehen, ob mir das bei der Suche nach einem Sinn weiterhilft. Aber dem war nicht so. Dazu brauchte es erst *Sie*; und ich denke, es ist bemerkenswert, wie sich Ihr Verständnis davon in den dazwischenliegenden Jahren vertieft hat. Ihre Analyse (die Gebärmutter usw.) beeindruckte mich als durch und durch wahr, wenn schon noch viel zu nachsichtig gegenüber seiner Unanständigkeit.

Das Korsett als Heuchelei – ja! Aber auch die Zwänge von Sitten, Traditionen, Moralität, Kunst. Ich fühle mich so, als stünde ich mit meinen unanständigen Enthüllungen ohne Korsett vor Ihnen, und ich erröte.

Es tut mir leid, daß ich Ihnen nicht sagte, daß ich *Don Giovanni* schon vorher geschrieben hatte. Ich kann mir nicht vorstellen, daß das wichtig ist. Doch es gibt andere Dinge, die wichtig sind, und ich habe mich entschlossen, Ihnen davon zu erzählen, denn Sie könnten das Gefühl haben, die Krankengeschichte müsse geändert – oder gar auf sie verzichtet werden. Ich würde es Ihnen nicht verargen, wenn Sie mich ob all der Lügen und Halbwahrheiten, die ich erzählt habe, hassen.

Sie hatten recht damit, meine Erinnerung des Sommerhauses sei ein Projektionsschirm für noch irgend etwas anderes. (Obwohl der Vorfall im Sommerhaus sich *auch* ereignete.) Als ich noch ein Kind war, schlenderte ich einmal, als man nicht mit mir rechnete, auf die Jacht meines Vaters und entdeckte meine Mutter sowie Tante und Onkel, alle zusammen, nackt. Es war ein solcher Schock, daß ich dachte, ich sähe meiner Mutter (oder vielleicht meiner Tante) Gesicht in einem Spiegel reflektiert; aber nein, sie waren beide da. Ich glaubte, meine Mutter (oder vielleicht meine Tante) kniete gerade im Gebet, und mein Onkel kniete hinter ihr. Es war eindeutig Verkehr *a tergo*. Sie können sicher sein, daß ich nicht da blieb und Fragen stellte... Offenbar war ich drei, als das passierte.

Erst vor etwa fünf Jahren kam mir das, nach einem sehr emotionalen Gespräch mit Tante Magda, wieder in den Sinn: Ich hörte von meinem Bruder Yury (in Detroit), mein Vater sei gestorben. Er hatte sein Geschäft und natürlich auch sein Haus verloren und in einem einzigen Zimmer ein einsames Leben geführt. Es war nicht eigentlich Schmerz, was ich über seinen Tod empfand, aber die Nachricht bewegte mich, und es war meine Aufgabe, das Ganze mit Tante Magda auszufechten. Armes Ding! – sie wurde von Gewissensbissen zerfleischt. Augenscheinlich wollte sie in ihrem Unterbewußtsein die einzige Sünde eingestehen, die sie je begangen hat. Sie beichtete, daß sie und meine Mutter in Odessa zwei- oder dreimal mit meinem Onkel ins Bett gegangen waren. Daß sie es dazu hatte kommen lassen, konnte sie nur damit erklären, daß eine Frau, wenn sie damit ihrem Ehemann eine Freude machen könne, zu vielem bereit sei; und das kann ich verstehen. Es sieht so aus, als hättten meine Mutter und mein Vater über einen langen Zeitraum eine weiße Ehe geführt. Mein Onkel überzeugte Tante Magda, daß das harmlos, ja sogar freundlich wäre... Nun, jedenfalls geschah es; sie aber fühlte sich dabei absolut elend; und als ich seinerzeit hereingetapst kam, war es die perfekte Entschuldigung, um zu sagen: nun aber Schluß. Sie alle hofften, ich wäre noch zu jung, um etwas zu verstehen.

Danach glaubte meine Tante, sie wären nun alle wieder zur Vernunft gekommen. Sie ging zur Beichte (wie ich anneh-me) und hoffte, die ganze schändliche Angelegenheit sei aus und vorbei. Sie hatte keine Ahnung, daß die beiden sich weiterhin sahen und, um sich zu treffen, während der Wintermonate ungewöhnlich weite Reisen auf sich nahmen; und daß es nicht lediglich körperliche Attraktion, sondern ein echtes Liebesverhältnis gewesen sein muß. Für sie kam alles erst an den Tag, als ein Polizist bei ihr an die Tür klopfte in der Hoffnung, einen Sohn oder eine Tochter aufzutreiben – denn nach dem Hotelregister in Budapest waren sie und mein Onkel beide tot... Übrigens hatte ich recht – Onkel Franz war auf einer Pädagogenkonferenz!... Die Leichen waren bis zur Unkenntlichkeit verbrannt. Erst als sie meiner Tante ein paar Schmuckstücke zeigten, die der Toten gehört hatten, erkannte sie die Sachen ihrer Schwester. Und mußte meinem Vater ein Telegramm schicken. Können Sie sich das vorstellen... Hätte ich meiner Tante die schmutzigen Vorfälle in meinem Elternhaus nicht schon verziehen, hätte ich ihr vergeben müssen, als ich erfuhr, was für einen Alptraum sie durchgemacht hatte. Ein weiterer Gedanke, der sie quälte, war, daß ihr ›Trio‹ womöglich gar nicht der Anfang gewesen sei, daß die beiden sich damals womöglich über sie lustig gemacht hätten. Wir werden das nie erfahren.

Meine Tante ist überzeugt, daß sie für ihre Rolle in der Tragödie in die Hölle kommen wird, obwohl ich mein Bestes versucht habe, sie zu überzeugen, daß wir alle schreckliche Dinge tun, aber Vergebung erlangen können. Natürlich fühlte sie sich, als mein Vater starb und das alles ans Licht kam, auch schrecklich schuldig an der Art und Weise, wie sie *ihn* zu dritt hintergangen hatten. Auch ich habe in eigener Sache meinem Vater ›Abbitte‹ zu leisten. Ich war in meiner Analyse ganz und gar nicht fair zu ihm. Falls wirklich eine schlechte Beziehung zwischen uns waltete, dann war es großenteils meine Schuld. Sehen Sie, ich glaube, ich wußte sogar damals schon (fragen Sie mich nicht, wie), daß der Tod meiner Mutter etwas mit der Szene auf der Jacht zu tun hatte, in die ich hineingestolpert war; und ich bin sicher, daß ich – in der unlogischen Art von Kindern – ihn dafür tadelte, daß er nicht *dort* gewesen war. Ich gab *ihm* die Schuld an Mutters Tod. Und das stimmt ja auch insofern, als womöglich nichts von alledem passiert wäre, wenn er sich häufiger bei uns aufgehalten hätte. Es waren, nebenbei bemerkt, nicht nur Geschäftsangelegenheiten; er war auch noch Mitglied im Bund, der Jüdischen Demokratischen Partei. Er hatte viel um die Ohren. Ich hätte toleranter sein sollen.

Auch der Verleumdung Alexejs (A.) bekenne ich mich schuldig. Jenes Wochenende auf der Jacht im Finnischen Meerbusen – es *war* ein wunderschönes Wochenende; von einigen Gesprächen über Gewalt abgesehen. Es war das erste Mal, daß wir zusammen schliefen, und zumindest für mich war es wundervoll. Ich hatte einige Halluzinationen – das ›Feuer‹ –, aber das war nichts im Vergleich zu der Freude, ganz eins zu sein mit dem Mann, den ich liebte. Der Vorfall, den ich beschrieb, fand gar nicht statt. Alexej war überaus korrekt, sogar puritanisch, wenn es um Sex ging. Er war durchaus fähig, Leute zu erschießen oder in die Luft zu jagen

– und hat das seither wohl auch öfter getan –, aber nicht, in meiner Gegenwart mit einem anderen Mädchen Liebe zu machen. Er war äußerst bedacht darauf, sich von Emotionen nicht leiten zu lassen; ja, um ehrlich zu sein, wenn es nach mir gegangen wäre, hätten wir schon viel eher Liebende sein können. Ich bin sicher, es tat ihm weh, mich aufzugeben, aber Ehe und Kind sah er als etwas Bedrohliches, was seine Mission im Leben zerstören würde. Die junge Frau, mit der er Petersburg verließ, war wohl mehr eine Genossin als was anderes. Vielleicht paßte sie zu ihm – ich war zu gefühlvoll, zu frivol, um die Genossin eines Revolutionärs sein zu können.

Aber um auf das Jacht-Wochenende zurückzukommen... Nachdem wir uns geliebt hatten, wachte ich, *glaube ich*, mitten in der Nacht auf (aber es war noch ganz hell in unserer Kabine), und erhaschte im Garderobenspiegel einen Blick auf mein Gesicht. Ich *glaube*, damals muß mir jene Szene aus meiner Kindheit, mein Onkel mit den Zwillingsschwestern, wieder eingefallen sein. Vermutlich – als sie mich nach Verkehr *a tergo* fragten – *erinnerte ich mich daran, mich zu erinnern*, und brachte die beiden Jachten durcheinander. Das ist die einzige Art und Weise, in der ich meine groben Lügen erklären bzw. entschuldigen kann. Ich bin noch nicht einmal sicher, ob ich wußte, daß ich die Unwahrheit sagte. Ich war so verärgert über Alexej, weil er alles, was uns gehörte, über Bord geworfen hatte, daß ich ihn irgendeiner Gemeinheit anklagen wollte. Es tut mir leid. Wie ich schon sagte, ich glaube, ich war einfach nicht imstande, die Wahrheit zu sagen. Ich konnte mich mit Leichtigkeit von meiner Phantasie davontragen lassen. Ich bin sicher, ich *genoß* sogar den Gedanken, daß ich von der Jacht davonschwamm.

Er versengte mir auch nicht das Haar mit seiner Zigarre. Ich sah, über meine Schulter hinweg, Ihr Streichholz kurz aufleuchten, und da fiel mir mein zischendes Haar wieder ein, aber das war nicht auf der Jacht mit Alexej, das war früher, in Odessa, als ich von den Seeleuten ›gekapert‹ wurde. Das war scheußlicher und beängstigender, als ich Sie glauben machte. Es waren nicht die Seeleute vom Panzerkreuzer *Potemkin*, wie ich (glaube ich) sagte, sondern von einem Handelsfrachter, der für meinen Vater Getreide transportierte. Sie erkannten mich auf der Straße als seine Tochter und nötigten mich, mit ihnen zurück aufs Schiff zu gehen. Sie waren sengend, plündernd und trinkend unterwegs gewesen und in einem Zustand völliger Raserei. Ich glaubte schon, sie würden mich umbringen. Vom Deck aus konnte ich drüben am Ufer das brennende Hafengelände sehen (ich denke, das ist das brennende Hotel). Sie sagten keineswegs, daß meine Mutter ein Flittchen sei – das hab ich erdichtet, wie Sie klugerweise mutmaßten. Nein, sie schmähten mich, weil ich Jüdin war. Bis dahin war mir noch nicht bewußt geworden, es könne irgend etwas *Schlechtes* daran sein, jüdisch zu sein. Es gab im Rußland jener Jahre eine Menge Antisemitismus, genauso wie revolutionäre Gesinnung. Es gab sogar eine abscheuliche Organisation, die für die Ausrottung der Juden als Rasse eintrat. Mein Vater gab mir einmal eines ihrer Pamphlete zu lesen. Es war ein Teil meiner ›Erziehung‹ als Angehörige eines verfolgten Stammes. Aber von diesen Dingen erfuhr ich erst später, nach meiner Taufe auf dem Schiff. Die Seeleute sahen in meinem Vater einen dreckigen Ausbeuter (vielleicht war ich es) und wußten nicht einmal, daß er politisch auf ihrer Seite stand. Sie bespuckten mich, drohten, mir meine Brüste mit ihren Zigaretten zu verbrennen und gebrauchten eine gemeine Sprache, wie ich sie noch nie gehört hatte. Sie zwangen mich, orale Sexhandlungen mit ihnen zu begehen, indem sie mir sagten, das einzige, zu dem ich als dreckige Jüdin tauge, sei zu ... – Doch Sie werden den Ausdruck schon erraten, den sie gebrauchten.

Schließlich ließen sie mich gehen. Aber von jener Zeit an war es für mich nicht leicht, mich zu meiner jüdischen Abstammung zu bekennen. Ich habe mich verleugnet um sie zu verbergen; und ich denke, daß das ganz allgemein etwas mit meinen Ausflüchten und Lügen zu tun haben mag –

früher in meinem Leben; und zumal bei Ihnen, Herr Professor. Denn ich wußte natürlich um Ihre jüdische Herkunft, und da dünkte es mich eine Schande, mich zu schämen. Ich glaube, dies war das Wichtigste, was ich Ihnen vorenthielt. Ich versuchte, Ihnen im ›Journal‹ Andeutungen zu geben.

Mein Vater war nach jener Episode sehr gut zu mir; aber wiederum lag – in meinen Augen – die Schuld, jüdisch zu sein, bei ihm. Ich war sehr verstört, ja ich fand es untragbar, und das verstehe ich nach wie vor nicht: vielleicht können Sie da helfen – daß ich jene fürchterlichen Geschehnisse, wenn ich auf sie zurückblickte, *erregend* fand. Sie sagen, ich antwortete auf alle Fragen über Onanie, als wäre ich die Hl. Jungfrau. Nun ja, Sie hatten ganz recht zu vermuten, daß ich nicht die Wahrheit sagte. Mit Sicherheit *handelte* ich nicht so, wie die Jungfrau Maria es getan hätte; wenigstens nicht nach der Affäre auf dem Schiff – ich kann mich ehrlicherweise an nichts Früheres aus meinem Leben erinnern. Ich lag oft im Bett und wiederholte mir die Worte, die sie gebraucht hatten, während ich in meiner Einbildung noch einmal das durchspielte, zu dem sie mich genötigt hatten. Für ein ›unschuldiges‹ Mädchen wie mich, dem sein polnisches, katholisches Kindermädchen beigebracht hatte, daß das Fleisch sündig sei, war meine Reaktion erschreckender als das Ereignis selbst. Vielleicht ist das der Grund, warum ich nicht lange danach mein ›Asthma‹ bekam. Ich glaube mich zu erinnern, in einer Ihrer Krankengeschichten gelesen zu haben, daß Symptome von Kehlkopfentzündungen u. ä. aus Schuldgefühlen nach solchen Handlungen herrühren.

Meine komplizierten Gefühle und Phantasien ergoß ich – sogar damals schon! – in schauerlich schlechte Gedichte und ein intimes Tagebuch. Eines Tages ertappte ich unser japanisches Zimmermädchen dabei, wie es in meinem Tagebuch las. Ich weiß nicht genau, für wen von uns beiden die Sache peinlicher war. Tatsächlich führte es dazu, daß wir zusammen auf dem Bett lagen und uns küßten. Aha, werden Sie sagen, gerade das, was ich immer gesagt habe! Sie gibt es zu!

Aber ist nicht die Adoleszenz eine Zeit des Experimentierens? Es war alles ganz unschuldig und geschah nie wieder, weder mit ihr noch mit irgend jemand anderem. Wir waren beide allein und sehnten uns nach Zuneigung. Ferner glaube ich – auf der Grundlage dessen, was Sie mir beigebracht haben –, daß ich mit Hilfe eines Vermittlers versuchte, näher an meinen Vater heranzukommen. Verstehen Sie, es war sonnenklar (sie gab es ja auch zu), daß es eine ihrer Aufgaben war, sich gelegentlich um die körperlichen Bedürfnisse meines Vaters zu kümmern. In dieser Hinsicht stand sie nicht alleine da. Ich glaube, fast jede, von der Haushälterin abwärts, war schon einmal ›zitiert‹ worden. Er war charmant, sah gut aus, und übte natürlich eine uneingeschränkte Macht aus. Sonja, meine Gouvernante, verreiste unter ziemlich verdächtigen Umständen für eine gewisse Zeit, und ich bin sicher, daß er für sie eine Abtreibung arrangiert hatte. Das sehr hüsche japanische Mädchen aber war zu jener Zeit sein Liebling (sie ging in ihre Heimat zurück, kurz bevor ich nach Petersburg aufbrach). Dadurch, daß ich sie, jenes eine Mal, dazu brachte, mich zu küssen, habe ich ihn wohl unbewußt zugleich ›angefaßt‹, wie ihm auch heimgezahlt, daß er mich vernachlässigte.

Ich merke, daß ich jetzt scheinbar auf das zurückkomme, was ich schon gesagt habe. Er versuchte wirklich sein Bestes, den Kontakt zu mir nicht abreißen zu lassen; war großzügig mit Geld, und peinlich darauf bedacht, meinen Bruder nicht zu bevorzugen. Doch ich hatte immer die Empfindung, es koste ihn Überwindung, sei eine Sache der Pflicht. Womöglich hatte er Angst vor Frauen und war mit beiläufigen Kontakten glücklicher. Er muß schon zur Leidenschaft fähig gewesen sein, andernfalls hätte er meine Mutter niemals, wider alle Hemmnisse, geheiratet. Doch nehme ich an, daß er es stets bereute, wenn er seinen Gefühlen freien Lauf ließ. So, wie ich ihn kannte, schien er kühl und berechnend, und seine ganze Energie an sein Geschäft zu wenden und – gleichsam hinter vorgehaltener Hand – an das politische

Ränkespiel im Interesse des Bundes. Nach der Episode an Deck des Schiffes wurde ihm wohl bewußt, daß er mich ›verloren‹ hatte, und gab sich besondere Mühe, nett zu sein. Er nahm mich sogar zu einem Skiurlaub in den Kaukasus mit, der katastrophal geriet, weil ich spürte, daß er jeden Moment, den er nicht an der Arbeit war, bereute. Jedenfalls hatte ich damals schon begonnen, ihm an meinem schrecklichen Verbrechen, Jüdin zu sein, die Schuld zu geben. Wir beide waren unendlich erleichtert, als wir wieder heimkamen.

Ich komme nun zu meinem Mann. Er und seine ganze Familie waren fürchterlich antisemitisch. Viel mehr, als ich Ihnen zu wissen erlaubte. Zwar bildete ich mir nicht ein, er sei in der Hinsicht eine Ausnahme gewesen – doch an buchstäblich allem sollten die Juden schuld sein. In jeder anderen Hinsicht war er sehr freundlich und gutherzig, und ich war richtig vernarrt in ihn. Damit habe ich Sie nicht angelogen. Aber, verstehen Sie: ich *lebte* eine Lüge. Er sagte, er liebe mich; aber hätte er um mein jüdisches Blut gewußt, hätte er mich gehaßt. Immer, wenn er sagte »Ich liebe dich«, nahm ich das als ein »Ich hasse dich«. So konnte es nicht weitergehen. Es warf mich völlig über den Haufen, obwohl wir in vieler Hinsicht gut zueinander paßten und ich mich damit abfinden und eine Familie gründen wollte.

Das führt mich zu der Nacht zurück, in der mir der Vorfall im Sommerhaus wieder in den Sinn kam, und vielleicht noch andere Vorkommnisse. Für einen kurzen Moment erfüllte mich ein Glücksgefühl. Verstehen Sie das? Ich war überzeugt, mein Vater sei *nicht* mein Vater, ich sei nicht Jüdin, und ich könne mit einem reinen Gewissen mit meinem Gatten leben und schwanger werden. Aber natürlich konnte ich nicht mit meiner *Freude* darüber ins reine kommen, daß meine Mutter eine Ehebrecherin sei und mich ihrem Gatten gegenüber womöglich als sein Kind ausgegeben habe – unsäglich gemein und sündhaft. Darüber sich *freuen*! Also ›begrub‹ ich, wie Sie wissen, die ganze Sache.

Übrigens erreichten wir eine Annullierung. Wie ich hörte, heiratete er wieder und zog nach dem Krieg nach München.

Sie sehen also, unsere Trennung hatte wenig mit sexuellen Problemen zu tun. Es war nur immer schwierig, mich richtig wohlzufühlen und dabei zu wissen, daß es Menschen gab, ›just drüben hinterm Berg‹, die litten. Und es gibt immer welche. Ich kann meine Halluzinationen nicht erklären; aber ich weiß, daß sie, auf eine etwas eigentümliche Weise, gegenüber dem Vergnügen (das ich weiterhin empfand) ihr ›Eigenleben‹ hatten. Bei Alexej war es ja dasselbe; und ich muß gestehen, daß ich, kurz nachdem mein Gatte zur Armee eingerückt war, mit einem Musiker aus dem Opernorchester ›experimentierte‹ und dabei dasselbe fühlte (wenn auch die Lust freilich extrem oberflächlich war, und von Schuld befleckt). Ich habe nicht gelogen, als ich sagte, die Halluzinationen seien mit meinen Ängsten, schwanger zu werden, verknüpft. Falls ich recht habe, sollte ich nun sozusagen im reinen sein, da meine Perioden nun schon ausgeblieben sind – ziemlich früh ... Auf alle Fälle aber besteht keine Aussicht, daß ich darauf die Probe mache.

Auch meine Schmerzen kann ich nicht erklären. (Sie sind von Zeit zu Zeit wiedergekommen.) Ich glaube nach wie vor, sie sind auf eine gewisse Weise organisch; und ich erwarte jedesmal, wenn ich einen Doktor visitiere, von ihm wieder zu hören, daß ich die ganzen vergangenen fünfzehn Jahre an irgendeiner fremdländischen Seuche in Brust und Eierstock gelitten hätte! Das ›Asthma‹ mit fünfzehn mag hysterisch gewesen sein. Das gebe ich Ihnen zu. Von allem andern glaube ich es nicht. Versuchen wir, uns die Sache von neuem anzusehen. Ich verlor meine Mutter, als ich fünf war. Das war schrecklich; aber, wie Sie sagen: Waisen gibt's überall. Sie starb unter furchtbar unmoralischen Umständen – und mit großen Schmerzen. Aber damit konnte ich schließlich ins reine kommen. Gibt es irgendeine Familie ohne Familiengeheimnis? Offengestanden wollte ich nicht immer über die Vergangenheit sprechen; ich war mehr daran interessiert, was dann mit mir passierte, und was in der Zukunft passieren mochte. In gewisser Weise haben erst Sie meine Faszination an der Sünde meiner Mutter geweckt, und ich bin Ihnen auf ewig dankbar dafür, daß Sie mir die Gelegenheit gaben, mich darein zu vertiefen. Aber ich glaube nicht eine Sekunde, daß *das* irgend etwas damit zu tun hat, daß mich die Schmerzen lähmen. Es machte mich unglücklich, aber nicht krank. Und schließlich: Ja, es ist unmöglich, es mag eine leichte bisexuelle Komponente in mir sein; aber nichts spezifisch Sexuelles, oder zumindest nichts, womit ich nicht ganz leicht fertig geworden wäre. Alles in allem meine ich, mein Leben ist aufgrund meiner Nähe zu Frauen erträglicher gewesen.

Was mich quält, ist die Frage, ob das Leben gut oder böse ist. Ich denke oft an jene Szene, in die ich auf meines Vaters Jacht gestolpert bin. Die Frau, die, wie ich glaubte, betete, hatten einen rasenden, erschreckenden Gesichtsausdruck; ihr ›Spiegelbild‹ aber war friedvoll und lächelte. Die lächelnde Frau (und ich glaube, das muß meine Tante gewesen sein) ließ ihre Hand auf meiner Mutter Brust ruhen (wie um ihr zu versichern, es sei alles in Ordnung, mache ihr nichts aus). Aber die Mienen – zumindest für mich, heute – waren so gegensätzlich. Und müssen auch in sich selbst gegensätzlich gewesen sein: die grimassierende Frau, voll Entzücken – und die lächelnde Frau, betrübt. Medusa und Ceres, wie Sie so brillant formulieren! Es mag verrückt klingen, aber ich glaube, das Bild des Inzests beunruhigt mich viel tiefer als Symbol denn als wirkliches Ereignis. Die Welt gezeugt aus der Kopulation von Gut und Böse. Nein, vergeben Sie mir, jetzt schreibe ich wüst drauflos. Das Gefasel einer einsamen alten Jungfer!

Daher die Spiegelphobie, die ich eine kurze Zeit lang hatte. Gerade als ich den Fall des ›Wolfsmanns‹ las, mit seiner zwanghaften Obsession für Verkehr *more ferarum*. (Sind wir nicht in der Tat den Tieren nahe?) Übrigens kannte ich ihn. Oder vielmehr seine Familie in Odessa, vom Hörensagen. Es war aus den Details ganz offenkundig zu schließen. Aus diesem Grund – wenn ich eine Bitte äußern darf? – sähe ich es lieber, wenn Sie nicht Odessa als »die Stadt M'« erwähnten. Das würde niemanden aus dem nächsten Umkreis bloßstellen (es sind nicht mehr viele von ihnen übrig). Und von denen aus dem weiteren Umkreis wird jeder zur Genüge dadurch getäuscht, daß ich Cellistin (!) bin – Dank für diese Verkleidung.

Die Geschichte des ›Wolfsmanns‹ ließ mich über Jahre nicht los; eine Art Christusgestalt unserer Tage.

Zumindest *nun* bin ich zu Ihnen ganz offen gewesen, und ich vermag nur mein tief empfundenes Bedauern auszudrükken, daß ich nicht *damals* schon zu Ihnen so offen war, als Sie so viel von Ihrer Zeit und Energie an eine unwürdige Patientin verschwendeten. Ich bin, mehr als Worte zu sagen vermögen, bewegt zu wissen, daß so viel Klugheit, Geduld und Freundlichkeit einer armen, geistesschwachen, betrügerischen jungen Frau gewidmet wurden. Ich versichere Ihnen, daß es nicht fruchtlos war. Alles Verständnis meiner selbst, über das ich nun verfüge, schulde ich einzig Ihnen.

Ich wünsche Ihnen allen Erfolg mit der Publikation Ihrer Krankengeschichte, falls Sie weiterhin entschlossen sein sollten, die Sache voranzutreiben. Es wäre mir lieb, wenn mein richtiger Name in allen eventuellen Verhandlungen wegbleiben könnte. Falls mir irgendein Geldbetrag zustehen sollte, dann bitte ich ihn wohltätigen Zwecken zuzuführen.

Ihre sehr ergebene
Lisa Erdman

Sie fühlte große Erleichterung darüber, alles angegeben zu haben – alles, was von Bedeutung war. Sie hatte vorgehabt, ihm auch zu erzählen, daß sie mit dem »unbedeutenden« Mann im Zug von Odessa nach Petersburg geschlafen hatte, von ihrer ersten Erfahrung mit Geschlechtsverkehr und auch ihrer ersten Erfahrung von Halluzinationen; aber ihr Brief war so lang geraten und so voll von der Richtigstellung ihrer Lügen, daß sie einen Schreck bekam. Einer mehr könnte ›das

Faß zum Überlaufen bringen‹; und in Wirklichkeit war er ja auch *nicht* wichtig gewesen, sie konnte nicht behaupten, er hätte ihr je übermäßig viel Kopfzerbrechen bereitet.

Ja, es war wundervoll, alles losgeworden zu sein. Voll gespannter Erwartung harrte sie seiner Antwort. Als die Tage und dann die Wochen ohne eine Antwort des Professors verstrichen, wurde aus der Erwartung eine Art Panik. Sie hatte ihn tödlich beleidigt. Er war in einem Zustand rasender Wut. Ja, wie könnte es auch anders sein? Sie verdiente seinen Zorn. Ihre Atemnot kam zurück (und bestimmt nicht, weil sie Fellatio beging); sie war gezwungen, aus Krankheitsgründen drei Engagements abzusagen. Sie ließ eines Morgens zwischen der Küche und dem Schlafzimmer ihrer Tante ein Tablett mit Frühstückstellern fallen, weil sie glaubte, sie hörte Freuds Donnerstimme sie verfluchen.

Sie litt unter Alpträumen, von denen einer ihr ein so lautes Stöhnen entlockte, daß es ihre Tante, an ihrem Stock humpelnd, das Gesicht so weiß wie ihr Nachtgewand, in ihr Schlafzimmer rief. Sie war einem Mann begegnet, der die Treppe zur Wohnung hinaufstieg. Er zog seinen Filzhut und sagte, er sei der Wolfsmann und sei gekommen, sie zu Freud zu bringen. Sie war erschrocken, aber er hatte eine sehr angenehme Stimme und erklärte, Freud wolle lediglich die Ortsnamen in seinem Manuskript durchgehen und dabei die Anfangsbuchstaben durch die richtigen Namen ersetzen. Also begleitete sie ihn, statt aber die Schritte auf Freuds Haus zu lenken, brachte er sie in irgendeinen Wald. Er bräuchte ihre Hilfe, sagte er – während er ihr einige pornographische Photos von einem Mädchen zeigte, das einen Fußboden schrubbte, knieend, ihr Kleid über die Hüften geschoben. Das war die einzige Weise, in der er Erleichterung finden konnte: auf diese Photos zu starren. Sie redete mit ihm ernsthaft darüber, und er schien für ihre Hilfe dankbar zu sein. Sie waren an einem See, und sie bewunderten die Schwäne. Als sie sich dem Mann zuwandte, hatte er sich in einen Wolf verwandelt; ein Wolfskopf zwischen seinem Hut und seinem langen, schäbigen schwarzen Mantel. Er knurrte, sie rannte davon, und er sprang ihr hinterher in der Absicht, ihr den Kopf abzubeißen. Sogar noch, als sie um ihr Leben lief, wußte sie: sie hatte es verdient, für ihren Brief an Freud. Da wurde sie von Tante Magda in ihrem weißen Nachtgewand, mit einem Gesicht, so grauslich wie das des alten Großmütterchens im *Rotkäppchen*, wachgerüttelt.

Als zuguterletzt doch noch ein Brief eintraf, vermochte Lisa erst nach mehreren Stunden den Mut aufzubringen, ihn zu öffnen. Ihre Hand zitterte, als sie das Briefpapier entfaltete. Und beim Lesen zuckte sie vor Schmerz zusammen (doch in erster Linie wegen des Absatzes über seinen Enkel). Und sie lief scharlachrot an, als er auf ihren Ausrutscher Bezug nahm, und quälte sich mit dem Kontext herum, an den sie sich einfach nicht mehr erinnern konnte. Doch im großen und ganzen war der Brief gnädiger, als sie verdient hatte.

Berggasse 19
18. Mai 1931

Liebe Frau Erdman,

Dank für Ihren Brief vom 29. März. Ich fand ihn selbstverständlich höchst interessant; nicht zuletzt Ihren Ausrutscher, wenn Sie schreiben: »vielleicht war ich es«, statt: »vielleicht war er (mein Vater) es«. Allein, das ist nicht so amüsant, wie die Fehlleistung, die einer meiner englischen Korrespondenten beging, der sein Bedauern über meinen »lästigen Juden« (jew) anstelle von »Kiefer« (jaw) ausgedrückt hat. Das ist nebenbei die Ursache für die Saumseligkeit meiner Antwort. Mein Kiefer, meine ich. Ich mußte mich einer weiteren Operation an ihm unterziehen, und ich fürchte, ich bin mit meiner Korrespondenz in Rückstand gekommen.

Ich bin froh zu wissen, daß Sie und Ihre Tante wohlauf sind. Um Ihre Frage zu beantworten: mein kleiner Enkel Heinz ist im Alter von vier Jahren gestorben. Mit ihm ist mein Affektleben an ein Ende gekommen.

Zur Hauptsache. Ich möchte mit der Krankengeschichte,

so wie sie ist, trotz aller Unvollkommenheiten weitermachen. Ich bin bereit, falls Sie gestatten, ein Postskriptum anzufügen, in dem alle Ihre späteren Einschränkungen vorgestellt und erörtert werden. Ich sehe mich genötigt, den Standpunkt zu vertreten, daß der Arzt seinem Patienten in gleichem Umfang zu vertrauen hat wie jener seinem Arzt.

Ich erinnere an eine Äußerung Heraklits: »Des Menschen Seele ist ein fernes Land, unnahbar und auch nicht erforschbar.« Das ist, wie ich glaube, nicht gänzlich wahr; doch der Erfolg muß von einem günstigen Hafen abhängen, der sich in den Klippen auftut.

Ihr sehr ergebener
SIGMUND FREUD

Lisa antwortete mit einem kurzen Brief, der ihm für seine Nachsicht dankte und ihre Qual angesichts der Richtigkeit ihrer Vorwarnung zum Ausdruck brachte. Sie gestand, Gewissensbisse zu spüren, als wäre ihre Vorwarnung für den Tod des Kindes irgendwie verantwortlich gewesen. Mit einer Antwort auf ihren kurzen Brief rechnete sie nicht; tatsächlich bat sie ihn expressis verbis, sich nicht mit einer Antwort zu belasten. Nichtsdestoweniger kam innerhalb weniger Tage ein Brief, aus der Wohnung in der Berggasse:

Liebe Frau Erdman,

Über den Tod meines Enkelsohns sollen Sie sich nicht sorgen; er liegt ja schon lange zurück. Zweifellos trug er, schon als seine Mutter starb, den Keim seiner eigenen verhängnisvollen Krankheit in sich. Meine Erfahrung mit der Psychoanalyse hat mich überzeugt, daß es Telepathie wirklich gibt. Hätte ich mein Leben noch einmal zu revidieren, würde ich es dem Studium dieses Faktors widmen. Daß Sie besonders sensitiv sind, liegt auf der Hand. Sie dürfen nicht zulassen, daß Sie dies über Gebühr beunruhigt.

Übrigens gab mir einer Ihrer Träume in der Zeit Ihrer

Analyse die Gewißheit, daß Sie über diese Kraft verfügen. Sie haben ihn wahrscheinlich vergessen. Gemäß der Notiz, die ich davon machte, träumten sie, ein Mann und eine Frau mittleren Alters würden in einer Kirche in Budapest getraut; und mitten in der Zeremonie erhob sich aus der versammelten Gemeinde ein Mann, zog eine Pistole aus der Tasche und erschoß sich. Die Braut schrie auf – es war ihr früherer Ehegatte – und fiel in Ohnmacht. Als Sie den Traum erzählten, war mir vollkommen klar, daß er sich auf ein tragisches Ereignis bezog, daß sich zu Anfang jenes Jahres (1919) in Budapest begab. Einer meiner hervorragendsten Kollegen, der in jener Stadt praktizierte, verehelichte sich mit einer Frau, um die er seit achtzehn Jahren geworben hatte. Sie hatte sich von ihrem Gatten so lange nicht scheiden lassen wollen, wie ihre Töchter unverheiratet blieben. Just an dem Tage, da mein Kollege mit ihr den Bund fürs Leben schloß, beging ihr erster Gatte Selbstmord. Ich bin sicher, daß Sie dieses Wissen in meinem Geist spürten, und daß es mit der Situation Ihrer Mutter verschmolz: die – wie ich selbstverständlich weiterhin überzeugt bin – Ihren Beschwerden zugrunde lag.

In Ihrem Traum waren Sie selber anwesend, als »nebelhafte« Gestalt, die der ohnmächtigen Frau Trost spendete, sich aber auch bewußt war, daß der Bräutigam Ihren Trost brauchte – etwas mehr, als sich eigentlich gehörte. Und es ist eine Tatsache, daß mein Kollege eine sehr ambivalente Beziehung mit einer Tochter der Dame hatte, die er heiratete. Die junge Frau war sogar zeitweilig eine Patientin von mir.

Ich muß ergänzen, daß außer mir und einem oder zwei meiner nächsten Kollegen niemand in Wien etwas von der Tragödie wußte, die die Hochzeit unseres Freundes überschattete, und daß es ausgeschlossen war, daß Sie die Information von irgend jemandem sonst könnten bekommen haben. Gern hätte ich Ihren Traum in meine Studie eingefügt, aber sein offenkundiger Bezug auf die Erfahrung meines Budapester Kollegen machte das unmöglich; und dies um so mehr, als er nicht bei guter Gesundheit ist und an die Existenz telepathischer Kräfte glaubt.

Ich habe Ihnen das nur erzählt, um Ihnen vor Augen zu führen, daß Ihre Gabe gänzlich unbewußt ist. Es gibt nichts, was Sie dagegen oder dafür tun können. Sie können sie ebensowenig ändern, wie Sie Ihre schöne Stimme in das Gekrächz eines Raben verwandeln können. Also versuchen Sie's nicht.

Alles Gute.

Ihr sehr ergebener
SIGMUND FREUD

Ihre Tante, der nicht entging, wieviel glücklicher und lebhafter Lisa aussah, fragte sich, ob da ein Freund, ein Mann in Sicht war. Was immer der Grund sein mochte, es war ihr eine Erleichterung, denn sie hatte schon befürchtet, ihre Nichte sei auf dem besten Wege, einen neuen Nervenzusammenbruch zu bekommen.

Tatsächlich hatte Lisa die Empfindung, Freud jetzt außerordentlich nahezusein: ja, näher als zu der Zeit, da sie ihn fast jeden Tag gesehen hatte. Es war der Ton seines letzten Briefes, der sie so empfinden ließ: so unerwartet herzlich; ihrer Stimme und ihrer psychischen Gabe Komplimente zollend; und das sogar noch größere Kompliment, mit ihr ein Geheimnis zu teilen: die Geschichte über seinen Kollegen. Mit der hatte es etwas Sonderbares auf sich. Nicht, daß sie glaubte, sie sei nicht wahr – Freud war zur Täuschung ganz unfähig. Sie erinnerte sich an den Traum – an alles bis auf jenen Teil, den Freud vom Rest abgelöst hatte, wie um ihn für sie zu unterstreichen. Sie erinnerte sich überhaupt nicht mehr daran, selber als »nebelhafte«, Tröstung verabreichende Gestalt bei der Hochzeitstragödie zugegen gewesen zu sein.

War das nicht ein Mittel Freuds, sie in seinem Alter und seiner Hinfälligkeit um Hilfe und Unterstützung zu bitten? Ihr kam die nahezu einzige persönliche Bemerkung wieder in den Sinn, die er ihr gegenüber je hatte fallen lassen: ein Hinweis – mehr nicht –, daß seine eigene Ehe, was das Körperliche betraf, an ein Ende gekommen sei, als er vierzig war. War das nicht in seinem Traum? Freud war der Ehemann mittleren Alters, dessen jüngeres Selbst schon gestorben war. Deshalb bedurfte er von der jungen Frau, die sich der ohnmächtigen Braut widmete, »mehr als es sich eigentlich gehörte«, der Tröstung... Nun, das wäre vorgeblich Anna Freud, mit ihrer Mutter. Aber in der Krankengeschichte war Lisa »Anna«... »Ein sehr ambivalentes Verhältnis«... »Die junge Frau war sogar zeitweilig eine Patientin von mir«...

Er bat sie also dringend um ihre Freundschaft; fürchtete aber, sie fände es unschicklich, wenn er das offen zum Ausdruck brächte. Vielleicht um mehr als nur Freundschaft. Wenn ja, dann sollte sie nicht vor dem Versuch zurückschrecken, ihn zu trösten. Lisa steigerte sich in einen Zustand großer Spannung, da sie nicht wußte, wie sie seinen Appell beantworten sollte. Sie beschloß, das beste sei einfach, in unverkrampfter und freundlicher Laune zu antworten, sich dabei aufrichtig auf Dinge aus der Krankengeschichte zu beziehen – und einfach abzuwarten, was passierte.

16. Juni 1931

Lieber Professor Freud,

Ich war zu Herzen gerührt von Ihrem freundlichen und generösen Brief. Auch Ihr Kompliment über meine Stimme rührte mich – bis mir einfiel, daß Sie mich ja noch nie haben singen hören! Andernfalls würden Sie sie nicht schön nennen. Sie hat von Tag zu Tag tatsächlich mehr von einer Krähe an sich.

Ich habe in letzter Zeit kaum etwas anderes getan, als immer und immer wieder jenen Abend zu überdenken, an dem meine Hysterie begann. Ich erinnere mich einiger weiterer Details, die Ihnen vielleicht für die Abfassung des Anhangs von Nutzen sind. Zuallererst war ich (wie ich schon sagte) glücklich bei dem Gedanken, ich sei womöglich nicht Jüdin. Sogar dieses »womöglich nicht« genügte für die Rechtfertigung, ich könne mich meinem Gatten völlig hingeben, mit reinem Gewissen, und ihm mit Gottes Gnade ein Kind gebären. Bis dahin hatte mich sein bevorstehender Urlaub belastet (Sie hatten recht). Er stand in knapp einem Monat bevor. Er hatte mich in seinen Briefen unter Druck gesetzt, ich solle auch noch »den letzten Schritt« tun. Ich konnte es ihm nicht verübeln; es war ja nur natürlich. Aber schon den puren Gedanken haßte ich. Jetzt aber, dank meiner ungewissen Abstammung, hatte ich das Gefühl, jasagen zu können, und schrieb ihm, als ich von meiner Tante nach Hause kam, einen leidenschaftlichen Brief.

Aber als ich eingeschlafen war, hatte ich furchtbare Alpträume. Sehen Sie, es gab noch andere Sachen, bei denen mir allmählich elend wurde. Eine von Willis Aufgaben war die Anklageverfolgung von Deserteuren, und er hatte gerade einen Prozeß gewonnen, was bedeutete, daß man den armen Soldaten erschießen würde. Er hatte mir etwas von seiner brillanten Rede geschrieben, die das Tribunal überzeugt hatte – augenscheinlich war er von sich selbst sehr angetan. Mir wurde übel. Ich konnte diese Person in dem Brief nicht mit meiner Erinnerung an seine Gutherzigkeit ›zusammenbringen‹. Waren meine Schmerzen, die sich noch in der gleichen Nacht einstellten, somit nicht das Ergebnis meiner chaotischen Emotionen? Hatten sie wirklich etwas mit der Unterdrückung von innerem Wissen zu tun? (Ich bin ganz gut im Unterdrücken unbequemen Wissens – einmal, eine Stunde nachdem ich es gelesen hatte, ›vergaß‹ ich, daß mein Hauptdarsteller mit der Hauptdarstellerin verheiratet war – für die ich damals einsprang, weil sie krank geworden war. Nur, weil ich mir den Tagtraum zurechtgebastelt hatte, ich hätte mit ihm ein wunderschönes Verhältnis!) Aber meine üblichen Gedächtnisausfälle machen mich nicht krank.

Und ging es mir nicht besser, als Sie mir halfen, die Sache mit meiner Mutter ›auszugraben‹, einfach weil ich mich von der Art der Enthüllung jener Geheimnisse angeregt fühlte? Aufklärung! Anagnorisis! Ich habe gerade in einem neuen Oratorium gesungen: *Oedipus Rex* – was sagen Sie dazu?! Ich mag die Idee der Aufklärung. »Mehr Licht! Mehr Licht!« Mehr Licht – und mehr Liebe.

Was denken Sie? Das sind nur so nebelhafte Vorstellungen, und ich bin ihrer ganz und gar nicht sicher.

Die tragische Sache mit Ihrem Kollegen werde ich selbstredend mit der größten Verschwiegenheit handhaben. Trotz dessen klang ihr Brief lebhafter, was hoffentlich bedeutet, daß es Ihnen gesundheitlich besser geht. Mir gehts gut. Tante Magda ist aus dem Häuschen, weil mein Bruder aus den Vereinigten Staaten auf Urlaub kommen will. Sie hat nicht mehr viel vom Leben. Ganz unter uns sind wir nicht mehr – wir haben ein kleines flauschiges, zu Dummheiten aufgelegtes kleines Kätzchen. Leider hat meine Tante von ihr Ausschlag bekommen, und ich muß nun ein anderes Heim für sie finden. (Für die Katze, meine ich!) Manchmal sehne ich mich nach anregender Gesellschaft. Viel gäbe ich für eins von unseren Gesprächen aus den alten Tagen. Meine Tante wartet jetzt, sie will eine zweihändige Patience legen. Das soll mich davon abhalten, meiner Schwäche für ausufernde Briefe nachzugeben.

Mit herzlichen Grüßen
Lisa

Nachdem sie den Brief eingeworfen hatte, machte sie die peinigende, aber nicht unvertraute Erfahrung, sich an den fraglichen Teil ihres Traumes zu erinnern, beziehungsweise eine solche Erinnerung zu fürchten... Ein Segen nur, daß sie nicht freimütiger gewesen war. Aber sie rechnete nicht mit einer Antwort, und es kam auch keine.

Lisa und ihre Tante hatten zwei grauhaarige, amerikanische Touristen, George und Natalie Morris, zu bewirten. George hatte eine verantwortliche Stellung in einer Detroiter Autofirma, und hatte es zu was gebracht. Natalie hatte sogar einen Nerzmantel.

»Ich weiß nicht, was sie hier sollen«, schrieb sie Victor. »Jeden Augenblick rechne ich damit, daß sie kleine amerikanische Fähnchen aus der Tasche ziehen und sie, wenn sie durch die Straßen spazieren, hin- und herwedeln. Ich habe eine Freundin aus New York, die sie getroffen hat und von ihrem breiten amerikanischen Dialekt abgestoßen war. Sie vermissen die *Milkshakes* in ihrem Drugstore-um-die-Ecke. Sie verstehen nicht, wie wir in so einer winzigen, düsteren Wohnung leben können (die geschrumpft ist, seit sie mit ihren Kindern nach dem Krieg hier waren!). Sie haben eine Heidenangst, sich Durchfall zu holen. *Nat*alie kann niemanden finden, der ihr die Haare färbt und Dauerwellen macht. George sucht die Auslandsnachrichten vergeblich nach Baseball-Ergebnissen ab. Er und ich haben nichts gemeinsam, nicht einmal Erinnerungen. Als lebten wir auf verschiedenen Erdteilen. Wie konnten wir nur aus dem selben Mutterleib kommen? Ich konnte mich nicht überwinden, am Bahnhof seine noch unrasierten Wangen zu küssen, so gaben wir uns die Hand *Mein Bruder!* Zur Aufheiterung lese ich jetzt das *Inferno*. Natürlich, für Tante Magda ist es nett. Für sie ist er immer noch ihr kleiner Neffe Yury, und er ist noch einer mehr zum Plaudern.«

Nach zwei Wochen dieses infernalischen Besuchs wurde Lisa klar, warum sie gekommen waren. Nachdem seine Kinder flügge geworden waren, fühlte sich George ausgedörrt, gestrandet an seinen Wechseljahren. Er wollte, daß Lisa und seine Tante mit ihnen in die Vereinigten Staaten zurückgingen. Er hatte schon ihre Visa. Lisa könnte Musik unterrichten: es gäbe da eine Menge Gelegenheiten. George brachte den Vorschlag eines Abends beim Essen auf den Tisch, und Natalie pflichtete ihm bei. Sie hätte so gern ihre Eltern aus Moskau herübergebracht, aber das war nicht möglich.

Lisa lehnte die Idee rundweg ab. Tante Magda aber war von der Einladung gerührt und versprach, sich die Sache durch den Kopf gehen zu lassen. Am Ende, nach vielen tränenreichen Debatten mit ihrer Nichte, gab sie zu, es wäre ein schrecklicher Riß, Lisa und Wien zu verlassen. Doch dann – sie sah ja von letzterem kaum noch was; nur den Blick aus dem Fenster, denn die Treppe war ihr zu hoch. Die meisten aus ihrem Freundeskreis waren Witwen oder alte Jungfern, »manche waren nicht mehr, und andere waren dahingegangen...« – einschließlich ihrer liebsten Freundin, Lisas Gesangslehrerin, die tatsächlich mit ihren Kindern nach Amerika ausgewandert war. In warmen Worten schrieb sie von der Freundlichkeit der Leute dort.

George und Natalie hatten ihr ein angenehmes Zimmer im Erdgeschoß zu bieten, und ein Auto, mit dem man sie zu Ausfahrten würde mitnehmen können. Sie hatten das Geld, die beste medizinische Versorgung für sie zu bezahlen und private Pflege, falls sie es brauchte. Ginge sie, dann wäre es auch für Lisa das beste, sagte sie. Sie sei ihr in wachsendem Maße eine Last (was stimmte, obwohl sie es abstritt). Lisa könne nicht mehr sehr lange damit rechnen, gute Gagen zu verdienen, und wie sollte es dann mit ihnen weitergehen? Sich selbst könnte Lisa durch Unterricht am Konservatorium über Wasser halten, eventuell.

Man konnte wirklich zu keiner Entscheidung kommen, auch wenn von beiden, Tante Magda und ihrer Nichte, Tränen vergossen wurden. »Es war vergnüglich, meines Bruders Miene zu beobachten«, schrieb Lisa wieder an Victor. »Ich bin sicher, das war es, was sie sich erhofften. Sie mögen mich ebenso wenig wie ich sie, aber Tante Magda können sie als Haustierchen ansehen, als altertümlich-anheimelnde europäische Lady, die sie bei ihren Freunden herumzeigen können. Sie haben sogar versprochen, ihr einen Flügel zu kaufen, dann können sie Wiener Kultursoireen halten. Außerdem sucht der liebe Georg immer noch seine Mama.«

Lisa sah zu, wie man ihre Tante an Bord des Zuges hievte, wie ein kostspieliges *Objet d'Art*, das die Morris' im Urlaub erstanden hatten. Lisa und ihre Tante wagten nicht, einander ins Gesicht zu sehen, da sie wußten, sie würden sich nie wiedersehen. Eine weitere Rindenschicht blätterte ab, und die Wohnung war plötzlich ganz groß und leer. Lisa hielt sich nun häufiger darin auf, da ihre Engagements nach und nach zurückgingen. Mehrmals erkundigte sie sich im Konservatorium, wie es mit Schülern stünde. Seit ihren Nachmittagen mit Lucia in Mailand hatte sie immer gedacht, Unterrichten würde ihr Freude machen und sie sei vielleicht sogar begabt dafür. Doch die sinnlosen, leeren Jahre dehnten sich vor ihr ins Weite.

Dann, im Frühjahr 1934, schrieb Victor aus Kiew um zu sagen, um wieviel besser es nun mit allem stünde. Mit den schlechten Ernten sei es vorbei. Die Leute hätten genug zu essen. Er sei gefragt worden, ob er den *Boris Godunow* auf die Bühne bringen wolle, und habe sich für seine Zusage ausbedungen, daß man sie einlade, die Rolle der Marina zu singen. Er sehne sich danach, sie wiederzusehen. Ja, jetzt, da er sie guten Gewissens einladen könne, möchte er ihr die Ehe antragen. Das sei keine impulsive Geste; er habe darüber tief nachgedacht. Bei ihr, in jenen Mailänder Wochen, habe er sich mehr zu Hause gefühlt als bei jeder anderen Frau, von Vera und seiner ersten Frau abgesehen. Er habe die sichere Empfindung, Vera hätte es auch so gewollt. Hatte sie sie nicht gebeten, sich an ihrer Stelle um ihn zu kümmern? Klein-Kolya sei ein Wildfang und brauche dringend eine richtige Mutter. Victors Mutter habe ihr Bestes getan, sei aber alt und wolle ihre letzten Jahre daheim verbringen, in dem Dorf, wo sie geboren sei und ihr Leben lang gewohnt habe. Sie habe Heimweh, wie es nur die ganz Jungen und die ganz Alten haben können. Er wolle aber nicht, daß Lisa glaubte, er bäte sie nur aus praktischen Erwägungen heraus. Er habe das Gefühl, sie seien sich durch die Jahre der Korrespondenz sehr nahe gekommen; er aber sei auch nicht mehr der Jüngste, und das Leben sei zu kurz, um auf Briefe angewiesen zu sein... Falls sie sich dazu durchringen könne, einen Mann zu ehelichen, der sich bereits dem Greisenalter nähere, würde er überglücklich sein.

Lisa preßte in einen einzigen Tag all die neurotischen, halluzinatorischen Erfahrungen hinein, unter denen sie einst gelitten hatte. Sie wandelte in einem Traum umher – sah sich mit einem Krug, der für die Küche bestimmt war, ins Schlafzimmer irren, goß Milch in ein Sieb, das sie für eine Schüssel hielt. Sie wußte nicht ein noch aus; und niemand war da, der ihr helfen konnte, eine Entscheidung zu fällen, niemand, dem sie sich nah genug fühlte, um mit ihm zu reden. Alles sprach dafür, ja zu sagen. Sie hatte Victor gern und bewunderte ihn. Ihr Herz fühlte sich in Liebe und Mitleid zu dem mutterlosen kleinen Jungen hingezogen. Ihr eigenes Leben wurde, auch wenn sie viele Bekannte und einige wenige, nicht sonderlich gute Freunde hatte, zusehends einsamer.

Ferner gab es Gewalt in der Stadt. Seit mehreren Tagen hörte sie das Grollen von Gewehrfeuer und bildete sich ein, wieder im Odessa der Jahrhundertwende zu sein. Die politischen Nachrichten waren überall schrecklich, und es sah so aus, als sei noch Schlimmeres im Anzuge.

Drei Nächte lang hintereinander träumte sie von Kindern und nahm das als ein Zeichen, sie solle gehen und Veras kleinem Jungen eine Mutter sein. Aber wüßte sie, wie? Und liebte sie Victor genug? Mit Sicherheit liebte sie Victor nicht so, wie sie Alexej oder sogar ihren Gatten geliebt hatte. Und doch, als sie den Brief wieder und wieder las, begann sie ihn ein wenig mehr zu lieben, begann ihr Herz zu zittern.

Von Tag zu Tag und von Woche zu Woche zögerte sie ihre Antwort hinaus. Sie machte sich selbst krank vor Unschlüssigkeit, jeden Augenblick des Tages – und fast die ganze Nacht. Einen ganzen Nachmittag lang saß sie in einer Kirche, kam aber heraus, ohne einer Antwort näher zu sein. Ihre Schmerzen waren in voller Stärke wieder da; sie konnte kaum atmen. Sie aß nichts. Sie hatte den verwegenen Einfall, in die Berggasse zu gehen, an Freuds Tür zu klopfen und sich ihm anzuvertrauen. Sie würde ihm irgendeine unwichtige Frage stellen, und je nachdem, ob er »ja« oder »nein« antwortete, würde sie ihre Antwort an Victor abfassen.

Eines Morgens nahm sie die Partitur des *Eugen Onegin* vom kaputten Klavierschemel und spielte einige Passagen durch. Dann, da sie zuviel Zeit zur Verfügung hatte, begann sie, ihre Antwort in der Form von Tatjanas Brief an Onegin abzufassen. Sie sagte sich, die Reime würden sie schon auf die richtige Entscheidung bringen. Nachdem sie den ganzen Tag über geschrieben und durchgestrichen hatte, kam kurz nach Mitternacht etwa folgendes heraus...

Es schauert mich, als wäre ich ein Kind;
Die Feder zittert noch in meiner Hand.
Ihr Denken konnte Tanja nimmer heucheln;
Und auf mein Denken – stößt mein Unverstand.

Auf eine einzige Weise mag ich gleichen
Der sorglosen Tatjana: daß meine Brust
In Flammen glost und keine Ruhe findt.
Voll Reue denkst Du – was ich weiß –
An jene Stimmung, die Dich schreiben hieß
Die Worte, die mich quälen Tag und Nacht,
Tag und Nacht!
Was hast um meinen Frieden mich gebracht?
Kühl war das Herz, schon Asche war das Glühn,
Denn schon vor langem fand Befreiung ich
Von den Unwürdigkeiten der Passion.
Ich war auf meine Art zufrieden,
Und wärs geblieben bis zu meinem Tod.
Mein Herz zu lehren, ist es nun zu spät,
Da es zerschlissen für Tatjanas Rolle:
Zu blühn, zu öffnen sich, als Deine Braut.

Zu spät!
Nicht Tanja, ihre alte Amme
Hockt-lauscht der Mitternachtigall:
Die nette, trüb unwissend alte *Njanja*,
Für die ein Fremdwort Liebe ist.
Ein Wort aus einem fernen Land. Und doch
Ist das nicht wahr; ein Wort – für mich –
Das leichter zu vergessen war
Als fruchtlos in Erinnern festzuhalten.
Weiß nicht, was von der Furcht ich halten soll,
Die Blum, nach der mich sehnt, zu pflücken,
Als wär mein Körper schon ein Grab;
Doch wahr ist auch: nicht mehr viel Angst ich hab,
Seit überschritten ich den Rubikon
Schon reichlich früh... Du wirst verstehn,
Was ich hier mein'... Willst Du nicht lieber
Zur neuen Frau Dir eine wählen,
Die jung genug noch, eine Mutter
Zu sein für Kolja, für ein neues Kind:
Daß ihm ein Bruder, eine Schwester werden könnt?
Er ist allein: das heißt – ein Wirbelwind.

Ich würde zärtlich zu ihm sein, ihn lieben;
Und wärst Du hier, müßt ich Dir geben
All das, ich weiß, was Du mich bätst.
Denn gleichgültig bist Du mir nicht;
Als Du mich küßtest, abends – *da* wußt ich,
Du könntst den starrgefrornen Bergstrom reißen
machen.
Wer bist Du? Engel meines Heils –
Oder heimtückische Versuchung?
Und wer bin ich? Ein Mägdelein
Im Runzelfleisch, doch noch naiv: durch Heirat
Könntst Du wohl Grund zum Kummer haben.
'S gibt schlimmre Schläge, als allein zu sein.

So sei es denn! Ich treffe meine Wahl.
Ich komm nicht, um die polnische Zarina
Zu spieln. Wie alles sonst, hat meine Stimm'
Die Grenze überquert... 'S wär dumm,
Wenn mirs auch schmeichelt, so zu tun,
Als wär die Braut des Prätendenten ich;
Die Kehl ist rauh, die zart einst war.
Am besten: Lächeln übers Unverbesserliche!
Und wirf es ab!
Und wirf es ab! Harsch wie der Rab,
Der *beinah* eine Nachtigall fast war.
Wähl eine junge. Gehst nicht fehl,
Mich schwach und memmenhaft zu denken.
Muß schließen jetzt. Um andre Dinge
Batest Du mich... Bist Du nicht bang,
So komm ich, ja, doch nicht, zu singen,
Es sei vielleicht denn – hinterm Vorhang.

Als nachträglichen Gedanken kritzelte sie noch einige von Puschkins eigenen, kunstlos schlichten Zeilen nieder... »Vielleicht ist das alles Unsinn, / Wahn eines unerfahrenen Herzens, / und etwas ganz anderes ist mir bestimmt...! / Denke daran: ich bin hier allein! / Niemand versteht mich!...« Für ein paar kurze Augenblicke, als sie darauf wartete, daß die Tinte trocknete, war sie ein liebeskrankes Mädchen des Jahres 1820, das einem lieblosen Zyniker närrisch und sorglos sein Herz offenbarte. Doch ungleich Tatjana zögerte, nachdem sie nun einmal unterschrieben hatte, Lisa nicht, den Umschlag zu versiegeln, mit einem Lecken ihrer Zunge; und da sie keine alte Amme als Botin hatte, zog sie sich ihren Mantel an und lief die Treppe hinunter in die dunkle Nacht, um ihren Brief an der Straßenecke in den Schlitz des Briefkastens zu stecken.

3

NACH DEN ELENDEN, von Zweifeln gejagten Wochen, nach dem ermüdenden Packen und traurigen Abschiednehmen – war die erste Woche in Kiew ein Delirium. Victors breites Grinsen auf dem Bahnsteig; Kolja und seine bejahrte Großmutter in der Wohnung zu treffen; eine Party im Gebäude der Oper als Willkommensgruß von Victors Protegés – reizenden jungen Leuten; auf Spaziergängen und Ausritten ihre kurzen Begegnungen mit der Stadt wieder aufzufrischen; und wie erfreulich (davon abgesehen, daß ihr unangenehm bewußt wurde, wie privilegiert sie war), daß ihre Wohnung im Herzen der Stadt lag, im Kreschtschatik mit seinen eleganten Geschäften, Theatern und Kinos. Dann, nach einem schlichten Zeremoniell, die Hochzeitsparty, noch wilder sogar als die Begrüßungsfête; Gesangsschüler wurden in Aussicht gestellt – falls nicht Kolja eine zu große Belastung werde; Gläseranstoßen mit diesem und jenem und manch anderem, dazwischen Victors Mutter beim Packen zu helfen. Da blieb keine Zeit zum Nachdenken – sie wußte nur, daß sie die richtige Entscheidung getroffen hatte.

Sie hatte die Idee, ihre Schwiegermutter auf der langen Zugfahrt nach Tiflis zu begleiten und dann auf der Rückreise einen Umweg über das Schwarze Meer zu machen. In dem kleinen georgischen Hafen Poti könnten sie ein Frachtschiff nehmen, das sie nach Odessa brächte: und von dort per Zug nach Kiew. Es würde eine kleine Flitterwochenreise sein; und für den kleinen Kolja auch ein freudiges Erlebnis. Lisa dachte, das Aufregende eines Ausflugs auf dem Ozean würde ihn dafür trösten, daß er seiner Njanja hatte Adieu sagen müssen, und außerdem für das Kind und seine neue Mama die rechte unverkrampfte, freundschaftliche Atmosphäre schaffen, um einander kennenzulernen.

Victors Mutter war eine bucklig verhutzelte, muntere, fast kahlköpfige Frau in den Achtzigern mit lustigen Augen. Sie war aufgeregter als alle anderen, denn sie ging nun heim, zurück in ihr Dorf, um dort zu sterben. Die Heirat ihres Sohnes brachte sie keineswegs aus der Fassung; ja, sie war ihr unverkennbar eine Erleichterung. Sie liebte ihren Enkel aufs innigste und weinte, da sie ihn hergeben mußte; doch er war ja eine viel zu große Bürde für eine alte Frau.

In Tiflis wurde sie einem Schwarm Verwandter und Nachbarn anvertraut, die sich auf sie stürzten, als nähmen sie ihre sterbliche Hülle in Empfang. Lisa entging nicht, wie ihr Gatte von dieser Wiederbegegnung mit seiner Vergangenheit überwältigt wurde nur um gleich wieder Lebewohl zu sagen; zumal er seine Mutter wahrscheinlich zum letzten Mal in die Arme schloß. Das war zu schmerzlich, als daß man es in die Länge hätte ziehen mögen, und gnädigerweise gab es einen schnellen Anschluß mit dem Zug, der über die Berge zur Küste ging. Schon bald krochen sie die steile Steigung empor – ihr Zug wurde von zwei Lokomotiven, wie von zwei Arbeitselefanten, geschoben – durch eine spektakuläre Landschaft, die in sich aufzunehmen sowohl Lisa als auch Victor aus verschiedenen Gründen zu verwirrt waren. Dann kam das Schwarze Meer in Sicht, und ihm rasten sie entgegen. Sie hatten keine Schwierigkeiten, in Poti einen Frachter ausfindig zu machen, der Fahrgäste mitnahm; und Lisa war auf dem Meer ihrer Kindheit.

Als sie von Victor zum ersten Mal seinem vierjährigen Sohn vorgestellt worden war, mit den Worten »Begrüße diese Dame, sie wird jetzt deine Mama sein«, da hatte er die Hand gehoben, um ihre zu schütteln, und ernst »Hallo, Lisa« gesagt. Da hatten sie lachen müssen, und das Eis war gebrochen. Sie hatte ihn in ihre Arme emporgehoben, ihn geherzt und geküßt und dabei geschworen, er sei seiner Mutter wie aus dem Gesicht geschnitten, die gleichen grünen Augen, das gleiche glattblonde Haar und das gleiche schelmische Lächeln. Er hatte gelächelt, als sie ihn küßte – und eigentlich schien die Seereise gar nicht mehr nötig, da er sie doch schon ins Herz geschlossen hatte. Er nannte sie weiterhin Lisa. Damit war sie zufrieden. Er sollte Mama zu ihr sagen, wenn ihm der Sinn wirklich danach stand, falls überhaupt – es war ihr gleich. »Er ist so *brav* gewesen, Victor!« sagte sie erstaunt, als er sich ohne langes Theater in ihre Kabine verkrochen hatte, um zu Bett zu gehen. »Ich kann nicht finden, daß er irgendwie ein Problem sein soll.« Victor lachte leise in sich hinein und sagte, das sei nur die Ruhe vor dem Sturm.

Aber sie konnte nicht glauben, daß es einen Sturm geben würde. Ein paar steife Brisen, mit Sicherheit; aber sie wußte bereits, daß sie sie überstehen würde. Gewiß, sie war schon so alt, daß sie seine Großmutter sein könnte, aber nach dieser kahlen alten Seele, die ihn bemuttert hatte, würde sie ihm jung vorkommen. Sie würde dafür sorgen, daß er eine Menge Spielkameraden bekäme.

Er war ein abenteuerlustiger kleiner Junge und entdeckte bald die Kommandobrücke, wo er sich selbst zum Ersten Offizier ernannte. Jeden Morgen ›steuerte‹ er das Schiff, und mußte von einem grinsenden Steward zum Mittagessen heruntergebracht werden. Aber er freute sich, seinen Papa zu sehen und die neue Dame – wobei er ihre Knie umschlang und »Hallo, Lisa!« sagte. Sie ging mit ihm übers Deck spazieren und sie beobachteten die Delphine. Sie erzählte ihm, wie im Winter die See vom Eis bedeckt sei; und später, als sie ihn auszog und zu Bett brachte, erzählte sie ihm eine Geschichte von einem riesigen Walfisch mit dem komischen Namen Porfirij, der vor aberhunderten von Jahren in dieses Meer gezogen war, weil auch er Abenteuer liebte. Böse Seeleute versuchten ihn zu fangen, aber er war für sie immer zu flink und zu schlau. Der kleine Junge lag da und lutschte am Daumen und schaute mit runden Augen zu ihr auf.

Als er eingeschlafen war, nahmen sie ihr Abendessen mit den Schiffsoffizieren und ein paar anderen Passagieren ein. Sogar die Unmusikalischen hatten schon von Victor Berenstein gehört, und waren beeindruckt. Sie baten ihn, zu dem blechernen alten Piano zu singen. Lachend protestierte er, die

Flügel seines Gesangs seien erlahmt; und riet ihnen, sie sollten statt dessen Lisa bitten, denn auch sie sei eine berühmte Sängerin. Also wurde das glückliche Flitterwochenpaar gezwungen, Duette zu singen. Und in der Kabine schalt er sie, daß sie so getan hatte, als hätte sie ihre Stimme verloren. Mit *ihr* sollte er den *Boris* proben, wenn sie zurück seien, nicht mit der Bobrinskaja, dieser Leningrader Senkrechtstarterin! Sie lachte seine Schmeichelei in den Wind; da rührte sich Kolja, und so setzte sie sich auf die Bettkante seiner Koje und summte ganz weich ein Wiegenlied. Bald schlief er wieder tief und fest.

Sie entkleideten sich, und waren sogar im Dunkeln verlegen, denn es war das erste Mal, daß sie sich gemeinsam einen Raum teilten. In der kleinen Kiewer Wohnung gab es nur zwei Zimmer zum Schlafen, und eins hatte sich Lisa zunächst mit seiner Mutter geteilt. In ihrer Hochzeitsnacht die Zimmer zu wechseln, hätte auf eine peinliche Weise eindeutig ausgesehen; und es war ja ohnehin nur für ein paar Nächte. Linkisch kletterte er nun in die enge Koje neben sie; aber kaum schlangen sie die Arme umeinander, als sie sich auch schon ohne Zwang und glücklich fühlten. Die wilde Leidenschaft der Jugend war es zwar nicht, aber das wäre ohnehin schwerlich möglich gewesen mit dem kleinen schlafenden Kolja neben ihnen. Sie mußten ganz leise sein. Vielleicht tat das gut; sie standen nicht unter dem Druck, wild um sich schlagen zu müssen, wie Liebende es angeblich tun ... was sie beide zuzeiten wünschen ließ, sie könnten es.

Sie bewegten sich sacht, schweigend, zum Knarren der Schiffsbalken und dem Geplätscher der Wellen. Sie sah keine unerfreulichen Gesichte; nur das Aufleuchten eines vertrauten Leuchtturms durch das Bullauge. Das hatte sie schon ganz vergessen. Sie lauschte beim Liebesspiel auf das ruhige Atmen des Kindes. Fast wie der Kopf eines anderen Kindes war der Kopf, der auf ihrer Brust ruhte. Es war ihres Gatten weißes Haar, das die Blitze des Leuchtturms entzündeten.

Die Seefahrt brachte alles, was sie sich erhofft hatte, und

noch mehr. Als sie in Odessa anlegten, an einem kühlen Spätsommermorgen, spürte sie, daß sie auf dem besten Wege waren, sich zu einer Familie zu verweben. Auf einem ihrer Ferienphotos, von einem Mitreisenden aufgenommen, kamen die hoffnungsvollen Anfänge jener Einheit heraus: da sieht man, sich gegen ein Rettungsboot lehnend, die hochgewachsene, gewichtige Gestalt Victors im Astrachanmantel mit Pelzmütze, der Blick seines rundlichen und liebenswerten Gesichts stolz seiner Gattin zugewandt, deren Mantelkragen hochgeschlagen und deren Haar von der Brise zerzaust ist; und sie wiederum blickt stolz auf den kleinen Jungen nieder, der zwischen ihnen steht, beide an der Hand haltend. Er lächelt der Kamera zu, mit geschlossenen Augen – denn er hatte im falschen Moment gezwinkert.

Lisa erkannte die Stadt nicht wieder, und die Stadt erkannte sie auch nicht mehr. Beim Umherspazieren, oder als sie sich zu den Sehenswürdigkeiten und Erinnerungsstätten fahren ließen, fühlte sie sich – nicht eigentlich tot, aber unwirklich, als hätte sie nie gelebt. Tatsächlich wurde sie von jemandem erkannt. Eine verblühte Frau mittleren Alters blieb unsicher auf dem Bürgersteig stehen und sagte, ihr direkt in die Augen sehend, »Lisa Morozova?« Doch Lisa schüttelte den Kopf und ging weiter, und zog Kolja fort um Papa einzuholen. Die Frau war eine gute Freundin gewesen; sie hatten die gleiche Ballettklasse besucht.

Victor mißdeutete ihre düstere Miene und hakte mitfühlend ihren Arm in den seinen. Sie waren im Gebiet der Hafendocks, und er glaubte, es sei die Atmosphäre von Verödung, was ihr zusetzte. »Mach dir nichts draus; es ist ja alles vorbei«, murmelte er. Er begann ihr zu erklären, warum die meisten Geschäftsgebäude entlang der Hafenmauer vernagelt und halb verfallen waren, einschließlich des einen, über dem früher einmal *Morozov: Weizen-Export* gestanden hatte. Über den Türen war nun ein Schild mit den Insignien des Staates, doch auch von diesem war die Farbe abgeblättert und die Fenster waren zerbrochen.

Kolja wollte durch das zersplitterte Fenster schauen, und sein Vater hievte ihn aufs Fenstersims. Aber es gab drinnen nichts zu sehen, nur Dunkelheit und ein paar Scherben.

Sie schnappten sich einen Bus in Richtung auf ihr einstiges Elternhaus, ostwärts die Küste entlang. Man hatte das weitläufige weiße Haus zu einem Erholungsheim umfunktioniert. Obwohl seine Einrichtungen vorbeikommenden Urlaubern gemeinhin nicht offenstanden, war Victor als führender Künstler der Sowjetunion doch imstande, Essensmarken zu erwerben. Das schöne Speisezimmer war gerammelt voll: überwiegend, so schien es, von Fabrikarbeitern aus Rostov. Keines der Möbelstücke oder Gemälde der ehemaligen Eigentümer war übriggeblieben; nur die Bäume draußen, hinter den Türen der Glasveranda, waren noch dieselben. Und eine alte Bedienerin, die ihnen ihre Kohlsuppe auftrug, war in den vergangenen Tagen eine Küchenmagd gewesen. Sie bediente sie mit unverschämten Manieren und erkannte Lisa offensichtlich nicht; Lisa hatte auch keine Lust, sich zu erkennen zu geben, obwohl sie früher mit ihr oft ein freundliches Wort gewechselt hatte.

Nach dem Essen schlenderten sie in den Garten. Es gab nun einen kleinen Betonweg, der zu der schmalen Bucht mit dem Badestrand hinabführte; letzterer aber hatte sich nicht verändert. Nur, daß nun viele Fremde im Wasser herumplantschten, anstelle der kleinen Familiengesellschaft ihrer Kindheit. Sie half Kolja beim Auskleiden und legte ihre eigenen Schuhe und Strümpfe ab (wobei sie sich den Rock in ihre lange Unterhose stopfte). Sogar ihr Mann krempelte sich die Hosenbeine hoch und watete barfuß. Lisa suchte im Wasser nach Quallen, aber es gab keine. Sie legten sich dann hin, ließen ihre Beine im Sonnenschein trocknen: er war warm, aber nicht annähernd so heiß wie in ihrer Erinnerung, vielleicht weil die Jahreszeit schon fortgeschritten war.

Auch waren die Pflanzen, Bäume und Blumen in dem

weitläufigen Gelände keineswegs subtropisch, wie sie eigentlich in Erinnerung hatte. Sie war erstaunt, daß sie sich so hatte irren können. Vielleicht hatte ihr Gedächtnis ihren eigenen Garten mit einigen anderen Lokalitäten, die sie mit ihrer Jacht weiter im Süden aufgesucht hatten, durcheinandergebracht. Sie ließ Victor am Strand ein Sonnenbad nehmen und nahm das Kind auf einen Erkundungsgang mit. Unberührt vom Wandel standen im abgelegenen Teil des Gartens die Bäume; nur, daß das Sommerhaus, das schon zu ihrer Zeit verfallen war, nun nur noch ein Labyrinth aus Büschen und Dornsträuchern war, die aus Steinen und verrottetem Holz wuchsen.

Sie hatte das Gefühl, sie sei nur noch ein Gespenst. Sie selbst war unwirklich, der kleine Junge war unwirklich. Sie war von der Vergangenheit abgeschnitten, und lebte doch nicht in der Gegenwart. Plötzlich aber, als sie ganz dicht vor einer Kiefer stand und ihren scharfen, bitterharzigen Duft einatmete, tat sich vor ihr ein freier Raum zu ihrer Kindheit auf, als hätte sich vom Meer ein Wind erhoben und einen Nebelschleier zerrissen. Nicht eine Erinnerung aus der Vergangenheit war es, sondern die Vergangenheit selbst, lebendig, wirklich; da wußte sie, daß sie und das Kind, das sie vor vierzig Jahren gewesen, ein und dieselbe Person waren.

Diese Erkenntnis überflutete sie mit Seligkeit. Doch sogleich kam eine neue Einsicht, die eine fast unerträgliche Freude bereitete. Denn als sie durch den freien Raum auf ihre Kindheit zurückblickte, war da keine glatte Wand, sondern eine unbegrenzte Perspektive gleich einer Avenue, in der sie immer noch sie selbst war: Lisa. Da war sie immer noch, sogar am Anfang aller Dinge. Und als sie in die entgegengesetzte Richtung blickte, der unbekannten Zukunft entgegen, dem Tode, dem grenzenlosen Raum jenseits des Todes: auch dort war sie noch. Das alles stieg aus dem Duft einer Kiefer.

Der Rest des Tages jagte vorbei. Sie legte ihrer Mutter Blumen aufs Grab; nachdem ihr Mann ihr geholfen hatte, das

Gestrüpp beiseite zu räumen; sie besuchte das Krematorium und fand den Namen ihres Vaters im Gedenkbuch; sie schrieb und schickte Postkarten an Tante Magda, Bruder George, eine Freundin in Wien und ihren Patensohn (den sie bald treffen würde); sie nahm Kolja mit auf den Spielplatz im Park und kaufte ihm ein teures Spielzeug, weil er so geduldig und artig war. Sie nahmen den Nachtzug nach Kiew. Sie freuten sich auf ein ruhiges Abendessen, wenn Kolja erst eingeschlafen sei (er hätte eigentlich völlig erschöpft sein müssen). In Wirklichkeit schlief er die ganze Nacht hindurch kaum, und sorgte dafür, daß auch sie keinen Schlaf fanden. Er heulte, quengelte, war unwohl, wollte seine Großmutter haben, biß Lisa in den Finger und störte andere Fahrgäste mit seinem Geschrei. Gegen Morgen, als sie aus dem Zug taumelten, sahen Victor und Lisa so übernächtigt aus, daß die Freunde, die sie abholten – einflußreiche Leute, die über ein Auto verfügten – anzügliche Bemerkungen machten. Kolja war nun ein Engel: dösend in seines Vaters Armen.

Appartement Nr. 5
Kreschtschatik 118
Kiew, UdSSR
4. November 1936

Liebe Tante Magda,

Ich kann gar nicht glauben, daß es schon weihnachtet. Hoffentlich machen Dir die Geschenke Freude. Dein Brief war wie immer höchst willkommen. Es tut mir leid, daß Du so oft ans Bett gefesselt bist; du warst doch immer so ein rühriger Mensch. Aber es war nett von George und Natalie, daß sie Dir Dein Schlafzimmer dekoriert und Dir ein Radio spendiert haben. Wie Du sagst: Du kannst Dich glücklich schätzen, in so guten Händen zu sein. Grüß sie bitte von mir. Eine gute Nachricht war es auch, von Georges Beförderung zu lesen; ich bin aber sicher, er hat sie verdient. Und bitte gib meine Glückwünsche auch an Toni weiter zu ihrer Promotion. Dr. Morris! Klingt nicht schlecht. Ihre Eltern sollten sehr stolz sein; sind sie sicher auch, denk' ich. Gutaussehend auch noch! Sie sieht reizend aus mit ihrem Kleid und ihrem Doktorhut, und ich wette, sie hat eine Menge Verehrer. Ich kann gar nicht glauben, daß dies das kleine Mädchen sein soll, das einmal bei uns in Wien wohnte. Ich wollte, ich könnte sie jetzt mal treffen. Bestimmt hält sie mich immer noch (falls sie sich überhaupt an mich erinnert) für eine Frau, die nur aus Haut-und-Knochen bestand, und so deprimiert war, daß sie für niemand anderen Zeit hatte. Eine Schande, daß wir uns nicht kennenlernen können. Dasselbe gilt natürlich auch für Paul. Freut mich, daß er auf der Gewerbeschule vorankommt.

Unser Leben ist in den vergangenen paar Wochen reichlich hektisch gewesen. Kolja hat mit der Schule angefangen, und es macht ihm, nach einigen Tagen des Jammers, Spaß. Was für ein kleiner Träumer er doch ist! Er kam eines Tages am hellichten Morgen nach Hause gestapft – er glaubte, es sei Essenszeit, dabei war es erst die Morgenpause! Wanderte durch die Straßen nach Hause, ganz allein! Er wächst jetzt wie ein Farnkraut und es ist schwer, mit seinen Bedürfnissen Schritt zu halten. Kleidung ist natürlich kostspielig und nicht immer leicht zu kriegen. Aber wir kommen schon klar; wir sind wirklich noch glücklich dran. Victor murrt dann und wann, er fühle sich alt, was Unfug ist, wie ich ihm sage, denn er ist in seinem Herzen gesund und jung. Er bringt jetzt eine neue Oper auf die Bühne, über den Bau eines Staudamms; ist nicht so schlimm, wie es sich anhört. Es sind ein paar nette Melodien drin. Sie kriegten schon die Panik, ob sie auch rechtzeitig die Kostüme fertig bekämen, also ging ich hin und trug zwei Wochen lang mit Nähen und Stopfen mein Scherflein bei. Es war ein toller Spaß, so im Wettlauf mit der Zeit zu arbeiten und mit den Mädchen was zum Lachen zu haben. Auf die Weise fliegt die Zeit nur so dahin.

Just zwei Wochen, bevor die neue Oper Premiere haben sollte, erhielten wir die Nachricht, daß Victors Mutter gestorben sei, und mußten rasch zur Beerdigung nach Tiflis fahren. Es kam freilich nicht unerwartet, sie hatte ein reifes Alter erreicht und war schon seit einiger Zeit kränkelnd; aber es ist immer ein Schlag, wenn es eintritt; nur gut, daß er so viel zu tun hatte, das gab ihm Ablenkung. Um Kolja kümmerten sich Freunde von uns. Wir waren nur wenige Tage fort, aber er fehlte uns; und ich glaube, er freute sich sehr, als er uns wiedersah.

Ein Jammer, daß Du nicht gesund genug warst für den Ausflug zu einem Besuch bei Hannah, oder sie zu einem bei Dir, aber nett von ihr, Dich zum Geburtstag anzurufen. (Ich bin froh, daß unser Geschenk rechtzeitig ankam.) Das Telephon ist eine wundervolle Sache. Ich hab weiterhin vor, ihr zu schreiben, und sei's auch nur, um ihr zu sagen, wie sehr ich ihren hervorragenden Unterricht zu schätzen weiß, nun, da ich selber Schülerinnen habe! Sag ihr meine schönsten Grüße, wenn Du schreibst.

Ja, es wäre reizend, wenn wir wieder einmal gemeinsam unsern Tee trinken könnten. Du bist stets in meinen Gedanken. Ich hoffe, die Gold-Behandlung wirkt sich gut aus. Ein Segen, daß Deine Augen klarer sind. Hoffentlich magst Du die Taschentücher, die ich gestickt habe – ein bißchen was aus der Ukraine. Jetzt hat es zu schneien begonnen – der erste Schnee im heurigen Winter – und nun muß ich mir Mütze und Mantel überziehen, um hinauszugehen und Kolja von der Schule abzuholen. Euch allen liebe, weihnachtliche Grüße!

Herzlichst
LISA, VICTOR und KOLYA

V Der Schlafwagen

Er erwachte, etwa zum zehnten Mal in dieser Nacht, und stöhnte in sich hinein, als er merkte, daß der Tag noch nicht graute. Er horchte auf die raschelnden Geräusche in der Wand. Diese Geräusche würde er nie wiederhören. Sein Mund war trocken vor Aufregung; am liebsten hätte er der Sonne befohlen, sich zu erheben, damit sie zu ihrer Reise aufbrechen könnten. Als er das erstemal ›umgezogen‹ war, hatte es sich nur um einen Wechsel der Stadtteile gehandelt; und um einen erbärmlichen obendrein. Dieser Raum war ein Loch. Aber heute würden sie über die Grenzen gehen, über Wüsten, über Bergketten – und es würde weiter gehen und immer weiter. Morgen nacht würde er im Zug schlafen! Er konnte es nicht mehr erwarten, bis er abfuhr. War es nicht fast Morgen, und würde er nicht bald hören, wie seine Mutter aufstand?

Sie würden im Zug Karten spielen, Pavel und er. Schade nur, daß die andern nicht mitkamen. Zu viert gäbe es ein spannenderes Spiel. Pavel war in Ordnung, aber es war nicht viel los mit ihm. Er würde die übrige Bande vermissen. Da war noch einiges mehr, was ihm fehlen würde: herumzustromern und zu schauen, was man mitgehen lassen konnte, ohne geschnappt zu werden; und nicht zur Schule gehen zu müssen. Ja, es würde schrecklich sein, wieder zur Schule gehen zu müssen, auch wenn es seiner Mutter gefiel. Sie hielt ihn zwar ganz schön auf Trab; aber nach zwei Stunden wurde sie müde – ein Glück! – und ließ ihn hinaus. Würde er dieses Zimmer vermissen? Ja, ein bißchen, denn obwohl es ein Loch war, war es sein Zuhause. Aber es würde viel geben, was es ihn recht bald vergessen ließe.

Dennoch, Schura würde ihm fehlen. Schura war eigentlich sein bester Freund. Obwohl er sich fragte, ob Schura nicht womöglich Pavel lieber hatte. Er wollte es nicht zugeben, aber er war ein bißchen eifersüchtig. Seine Mutter sagte, die anderen Kinder dürften wahrscheinlich später nachkommen. Er würde die Besuche bei Schuras Eltern vermissen, denn da gab es immer etwas zu essen. Er mochte Schuras Mutter: die war jung und lebhaft. Er wollte, seine eigene Mutter wäre noch nicht so alt. Es war peinlich, eine alte Frau zur Mutter zu haben. Außerdem hatte sie diesen ganz schlimmen Husten, von dem sie nicht loskam. Er hoffte, sie würde nicht sterben. Jetzt hörte er sie auf der anderen Seite des Vorhangs husten. Gut, das konnte bedeuten, daß es schon fast Zeit war aufzustehen.

Das Komische am Schlafen war, daß man keine Ahnung hatte, wie spät es war. Manchmal konnte man sich das, wenn man zum Fenster sah, ungefähr vorstellen, aber der Vorhang war vor sein Bett gezogen, so konnte er das Fenster nicht sehen. Es war stockdunkel. Er hatte den entsetzlichen Gedanken, es sei womöglich erst um Mitternacht! Das konnte nicht sein, bestimmt nicht! Irgendwie sah es nach ›tief in der Nacht‹ aus; und er wußte, sie wollten sehr früh aufstehen, noch vor Tagesanbruch.

Er drehte sich im Bett herum und versuchte sich die Zeit zu vertreiben, indem er sich den Ort ausmalte, wohin er fuhr. Das einzige, was seiner Vorstellungskraft half, waren die Geschichten aus der Bibel, die ihm seine Mutter manchmal erzählt hatte; aber viel halfen die nicht. Langweilig waren sie auch. Da war es schon besser, seine Gedanken auf die Reise zu lenken. Er liebte Züge. Das erstemal, als er mit einem gefahren war, war er krank gewesen, und, wie seine Mutter sagte, eine einzige Plage – damals war er noch ein Baby gewesen. Er erinnerte sich nicht daran. Die längste Fahrt, die er gemacht hatte, war die ganze Strecke nach Leningrad. Da hatte er im Zimmer eines Hauses geschlafen, das früher einmal ein richtiger Palast gewesen war. Er war erst fünf oder sechs gewesen, aber von jenen Ferien fiel ihm eine ganze Menge wieder ein. Da war ein alter Mann und ein jüngerer Mann; und als er über das Fensterbrett hinausblickte, sah er zu seiner Überraschung Wasser. Er erinnerte sich, auch einmal auf einem Schiff gewesen zu sein, aber nur sehr verschwommen. Doch mit dem Erinnern hatte es etwas Seltsames auf sich, denn er glaubte tatsächlich, er erinnere sich an sein erstes Geburtstagsfest. Er erinnerte sich, wie ihn seine Oma in den Armen hielt, damit er die Kerzen auf dem Kuchen ausbliese. Doch das war viel länger her als damals, als Mutter und Vater ihn mit aufs Schiff genommen hatten. Vielleicht kam es ihm auch nur so vor, er erinnere sich seines ersten Geburtstags, weil es im Album eine Photographie davon gab. Seine Großmutter hielt ihn hoch, damit er die Kerzen ausbliese, und sein Vater war auch dabei und lächelte.

Er stellte sich den Klang der Zugräder vor, die sie nach Leningrad und wieder zurück brachten, und verwechselte ihn mit dem Rascheln der Küchenschaben in der Wand. Das gab eine komische Musik. Er hörte gerne verschiedenen Geräuschen zu; und besonders bei Nacht versuchte er in der Stille Laute zu hören, oder sich an Geräusche zu erinnern. In der Schule war er in Musik fast Klassenletzter, seinen Eltern hatte er gesagt, er hasse Musik; was sie enttäuscht hatte. In gewisser Hinsicht war das nicht gelogen – jedenfalls was die Musik betraf, die er lernen sollte. All diese blöden Noten. Aber (und das war ein großes Geheimnis) er wollte, wenn er groß war, Komponist werden. Das würde ein Schock für seine Mutter sein. Falls sie dann noch lebte. Unruhig wälzte er sich herum.

Sein Vater war auch schon alt; aber was machte das, solange er nur wiederkam. Er rief sich seinen Vater, so wie er ihn zum letzten Mal gesehen hatte, ins Gedächtnis zurück – wie er ihn geküßt und umarmt hatte, als er noch halb schlief, und ihm gesagt hatte, er solle ein guter Junge sein und auf seine Mutter aufpassen. Das war die schlimmste Erinnerung seines Lebens, so wie die Ferien in Leningrad die schönste war. Nicht so sehr jene Nacht, sondern die Wochen danach, als die anderen Kinder ihn tyrannisierten und ihm Schimpfnamen nachriefen und sagten, sein Vater sei ein Verräter. Das war kurz bevor einige von *ihren* Vätern ins Gefängnis gesteckt wurden; danach kam es sogar noch schlimmer. Er wurde verprügelt. Das war damals, als sie umziehen mußten. Er aber war sicher, sein Vater sei kein Verräter. Seine Mutter war sich dessen auch sicher. Er konnte nicht verstehen, warum sein Vater ins Gefängnis gemußt hatte, nur weil er vor vielen Jahren ins Ausland gefahren war, oder weil er eine Oper über einen grausamen Zaren auf die Bühne gebracht hatte. Bestimmt würde das Gefängnis, wo immer es auch war, bald überlaufen sein; und wenn sein Vater zurückkehrte, würde er sie suchen – und dann wären sie nicht da! Plötzlich gefiel ihm die Idee, wegzufahren, nicht mehr so gut. Er sah seinen Vater vor sich, wie er an die Tür klopfte und sich dann mit bekümmertem Gesicht abwandte.

Er hörte seine Mutter wieder husten, und es war klar, daß sie hellwach war. Bald würde sie aufstehen, das Feuer anzünden und Frühstück machen. Nun kuschelte er sich tief ein und genoß die Wärme des Bettes. Ihr Husten brach ab, und wieder war es still; als ob sie sich nun entschlösse, aufzustehen. Er wartete auf die vertrauten Geräusche: das Quietschen des Bettes, die knarrenden Dielen, das Seufzen, das Zischen und Rascheln ihrer Kleider beim Anziehen, das Scharren ihrer Schuhe. Aber sie kamen nicht; nur hin und wieder das Husten seiner Mutter; und er ließ sich wieder im Halbschlaf dahintreiben und träumte, sein Vater wäre zurück und sie alle drei führen mit dem Pferdeschlitten durch verschneite Straßen.

Die alte Frau lag da und dachte an die vielen Dinge, die sie noch zu tun hatte. Dann kletterte sie aus dem Bett, fröstelnd, denn es war ein kühler Herbstmorgen und noch dunkel. Da sie so früh aufstanden, würden sie rechtzeitig genug im Zug sein, um noch Sitzplätze zu bekommen. Sie horchte, ob sich im Stockwerk über ihnen etwas rührte, aber die Shchadenkos waren noch nicht auf. Langsam kleidete sie sich an; und sie fühlte sich ein wenig wärmer, wenn sie auch weiterhin fröstelte. Sie wußte, es waren eher die Ungewißheit und die Befürchtungen als die kalte Nacht; denn für einen solchen Notfall hatte sie sich ein paar warme Kleider aufgespart und gleicherweise für Kolja etwas warme Unterwäsche zurückgelegt, die sie ihm über den Stuhl an seinem Bett gehängt hatte. Sie würden ein oder zwei Nächte im Zug unterwegs sein und es könnte in der Tat sehr kalt werden. Sie schlurfte in Strümpfen herum, da sie Kolja nicht mit dem Poltern ihrer Schuhe wecken wollte. Laß ihn schlafen bis zur letzten Minute. Er würde nach all der Reiserei müde genug sein.

Sie zündete die Kerze an, die sie für Weihnachten aufgespart hatte und machte dann mit dem letzten ihrer Späne im Ofen Feuer. Beim Glosen des Feuers und der Kerze konnte man sehen, daß sie, trotz ihres grauen Haars und ihrer steifen Bewegungen, noch keine so alte Frau war – wahrscheinlich nicht älter als fünfzig. Sie schien nur alt in Koljas Augen und – die meiste Zeit – in ihren eigenen. Als das Feuer ordentlich brannte, schlüpfte sie in ihre Schuhe, streifte sich eine Jacke über die Schultern, hob leise den Türriegel und tastete sich ihren Weg in den Hof hinaus. Sie zog die Tür zum Abtritt auf. Als sie sich über das Loch hockte und versuchte, in dem üblen Gestank nicht zu atmen, hörte sie hinter sich ein Rascheln, und etwas Längliches, Graues glitt hinter ihren Füßen hervor und schoß zur Tür hinaus; sie hatte gelernt, sie einen Spalt breit offen zu halten, um eine solche Flucht zu ermöglichen. Schaudernd und während sie noch das weiche Vorbeistreichen der Ratte an ihren Knöcheln spürte, riß sie ein Stück von der *Ukrainskoe Slovo* ab, wischte sich schnell ab, stand auf und streifte sich das Kleid zurecht. Als sie wieder im Hof war, holte sie tief Luft. Frische Luft war es nicht, denn von den Abfallhaufen dünstete der Podol einen ständigen Geruch von ranzigem Fett und verrottendem Zeug aus; aber sie hatte sich nach und nach daran gewöhnt, und verglichen mit der im Abtritt war sie rein und süß. Dann ging sie wieder hinein.

Sie verhielt sich so still wie möglich, als sie ihre Jacke abnahm, sich das Kleid aufknöpfte und etwas von dem Wasser aus dem Eimer in die Schüssel laufen ließ, wobei sie achtgab, daß genug übrig blieb. Wasser war kostbar: einer von ihnen mußte jeden Tag zum Dnjepr gehen, um es zu schöpfen. Sie zog sich das Kleid über die Schultern herab und wusch sich. Jetzt konnte sie hören, wie die Shchadenkos sich oben bewegten, ein Getümmel hastender Füße. Es würde ein Trost sein, Ljuba an ihrer Seite zu haben. Sie schüttete die restlichen Kartoffelschalen in die Pfanne. Die Pfannkuchen würden Koljas Magen für die Reise wärmen. Genüßlich schnupperte sie an dem Duft, als die Schalen zu zischen begannen.

Es war Zeit, ihren Sohn zu wecken. Vor noch nicht allzu langer Zeit hätte sie ihm ins Ohr geflüstert und ihn wachgekitzelt. Jetzt aber war er schamhaft und zurückhaltend geworden, und sie hatte einen alten Vorhang aufgehängt, um das Zimmer zu teilen und ihm die Möglichkeit zu geben, sich etwas unabhängiger zu fühlen. So trat sie nur vor den Vorhang, zog ihn auf und rief seinen Namen. Als er brummte, sagte sie, das Frühstück sei fast fertig. »Es gibt Pfannkuchen!« sagte sie, um ihn zu ködern. Obwohl er wieder nur brummelte und sich umdrehte, wußte sie, daß er jetzt gleich aus dem Bett springen würde. Er war auf die Reise sehr gespannt.

Sie war noch mit dem Frühstück beschäftigt, als er in Hose und Unterhemd zum Vorschein kam. Er schnupperte einmal kräftig an den leckeren Pfannkuchen und setzte sich an den Tisch. Sie sagte ihm, er müsse sich erst waschen – solle vorher aber noch auf die Toilette gehen, denn das Wasser war knapp und es gab nicht genug, um sich zweimal zu waschen. Sie hatten sich in den schmutzigen Verhältnissen, in denen sie lebten, während der letzten drei Jahre ihre Gesundheit nur erhalten können, indem sie es mit der Reinlichkeit sehr genau nahmen. Davon war sie überzeugt. Er murrte, er müsse noch gar nicht, zog sich die Joppe übers Hemd und knallte die Tür auf.

Als sie beisammen saßen und die Pfannkuchen verspeisten, fragte er sie noch einmal, wie es dort, wohin sie fuhren, nach ihrer Meinung aussähe. Alles, was sie ihm bieten konnte, waren ein paar Fetzen aus den Schulstunden ihrer Kinderzeit: die duftenden Orangenhaine, die Zedern des Libanon... Jesus auf dem Wasser wandelnd... »Ich bin die Rose von Sharon«... Geographie und die Heilige Schrift hatten sich ihr im Geiste verwirrt, und es fiel ihr schwer, ein überzeugendes Bild zu malen. Sie fühlte sich hoffnungslos unwissend. Geographie war nie ihre starke Seite gewesen. Es begann hell zu werden, und sie blickte hinaus auf den trostlosen Hof mit seinen Abfallhaufen und auf die Rückfronten weiterer Elendsquartiere. »Es wird ein Garten Eden sein, Kolja, verglichen mit dem hier«, sagte sie. »Du wirst schon sehen. Wir werden dort sehr glücklich sein.«

Aber Kolja schaute zweifelnd drein. Er war sehr verstört, weil zwei seiner besten Freunde, Schura und Bobik, nicht Juden waren und nicht mitkommen konnten. Sie wußte auch, daß ihn der Gedanke quälte, sein Vater könnte sie nicht finden. »Mach dir keine Sorgen«, sagte sie, »er wird uns finden. Sie werden Listen der Leute haben, die ausgewandert sind. Wenn er nach Kiew zurückkommt, wird er genau herausfinden können, wo wir sind, und er wird auf dem schnellsten Wege nachkommen und bei uns sein.« Sie bemühte sich, ihrer Stimme und ihrer Miene einen überzeugenden Ausdruck zu geben und legte kurz die Hand an das Kruzifix an ihrer Kehle. Nie schien es der rechte Augenblick, um ihm zu sagen, daß sein Vater nicht zurückkommen werde. Sie würde es ihm sagen, wenn sie irgendwo, weit weg, in Sicherheit wären und ein neues Leben beginnen konnten.

Als sie mit dem Essen fertig waren, spülte sie die Teller mit dem letzten Rest Wasser, trocknete sie ab und verstaute sie in dem verbeulten Koffer. Wenn auch das meiste ihrer Habe im Kampf ums Überleben verkauft oder verpfändet worden war, gab es doch noch etliches, das man in einen einzigen Koffer zu stopfen hatte. Kolja mußte sich draufsetzen, damit sie die Verschlüsse einschnappen lassen konnte. Um sicher zu sein, daß er unterwegs nicht aufging, umschnürte sie den Koffer mit Bindfaden. Glücklicherweise konnte er eine Menge Tritte aushalten. Er war teuer gewesen, als sie ihn mit einem Teil des Geldes gekauft hatte, das ihr Vater ihr zum siebzehnten Geburtstag gegeben hatte. Ihre Gedanken wanderten zurück zu ihrer Abfahrt von Odessa, vor mehr als dreißig Jahren, und sie hatte dasselbe unangenehme Gefühl. Als wäre ihre Brust ausgehöhlt und zugleich schwer beladen.

Neben dem Koffer gab es noch ein mit Bindfaden, in Packpapier, verschnürtes Bündel. Es enthielt eine Flasche Wasser sowie ein paar Zwiebeln und Kartoffeln. Kolja hatte diese Lebensmittel vor einigen Tagen, als die Plünderungen ausbrachen, gestohlen. Wenn sie an das Risiko dachte, das er eingegangen war, wurde ihr übel vor Entsetzen; doch sie hatte sich entschlossen, die Lebensmittel zu behalten. Der Nachweis, daß das bißchen Gemüse gestohlen war, würde nicht leicht sein; und es zurückzubringen wäre fast ebenso gefährlich gewesen. Sie gab das Päckchen in Koljas Obhut und schärfte ihm ein, er solle es festhalten und nicht fallen lassen.

Sie zogen sich die Mäntel an und standen einander unsicher gegenüber, Aug in Aug. Sie wußte, daß sie nicht zeigen durfte, wie groß ihre Angst war. »Sag den Küchenschaben Adieu«, scherzte sie. Tränen standen Kolja in den Augen. Da merkte sie, daß er, bei all seinen erwachsenen Zügen, noch ein Kind war. Sie umarmte ihn und sagte, alles werde gut werden, und sie sei froh, ihn zu haben, denn er werde auf sie aufpassen.

Sie setzten ihr Gepäck in dem engen Stiegenhaus ab und gingen die Treppe hinauf, um nachzusehen, ob die Shchadenkos soweit waren. Aber Liuba und die Kinder rannten in einem vollkommenen Chaos herum. Mit drei Kindern und einer Schwiegermutter – einer alten Frau, die man pflegen mußte – sah Ljuba, noch ehe der lange Tag recht begonnen hatte, schon müde aus. Wäsche lag über den Fußboden verstreut, und sie mühte sich ab, Nadja, ihre Jüngste, anzukleiden. Pavel und Olga waren, wie stets, dabei keine Hilfe; die alte Frau klagte in der Ecke; und nun fing auch noch Nadja zu heulen an, weil ihr erst jetzt bewußt wurde, daß sie Vaska, die Katze, zurücklassen mußten. Ihre Mutter versuchte ihr klarzumachen, daß es Vaska gutgehen würde, sie werde an dem Abfall in den Hinterhöfen genug zu futtern haben. Doch Nadja war untröstlich. »Kann ich irgendwie helfen?« fragte Lisa; Ljuba schüttelte nur den Kopf und sagte, sie sollten besser schon losgehen und versuchen, ein freies Abteil zu belegen; sie und ihre ganze Sippschaft kämen später nach. Wie sie ihre Schwiegermutter zum Bahnhof kriegen sollte, wisse sie nicht, aber irgendwie würden sie's schon schaffen; sie schafften es immer.

Lisas Blick fiel auf das Werkzeug des Flickschusters, das neben einem Holzkasten lag. Fragend schaute sie Liuba an, ihre Freundin errötete und schlug die Augen nieder. Lisa wußte, es hatte keinen Sinn, noch etwas zu sagen; sie würde das Werkzeug ihres Mannes auf jeden Fall mitnehmen, obwohl es eins zu einer Million stand, daß Wanja, auch wenn man ihn eines Tages entließ, seine Familie wiederfand. Außerdem empfand Lisa Schuld, weil von Victor nahezu nichts mehr übriggeblieben war. Alles war verkauft worden, um Lebensmittel zu bekommen. Aber ihre Päckchen und Briefe waren damals zurückgekommen, was mit an Sicherheit grenzender Wahrscheinlichkeit seinen Tod bedeutete; wohingegen der Mann ihrer Freundin, soweit ihr bekannt, noch irgendwo am Leben war. Er war verhaftet und verurteilt worden, weil er sich einem Kunden gegenüber über das schäbige Material beklagt hatte, mit dem er arbeiten mußte.

Sie konnten hören, wie sich in den anderen Mietwohnungen, die auf den Hof gingen, das Leben regte. »Du solltest lieber aufbrechen«, sagte Ljuba. »Wenn wir etwas Glück haben, sind noch nicht viele unterwegs.« Kolja drängelte ungeduldig zur Tür, aber Lisa schwankte noch unschlüssig. Doch es war sicher das beste, rechtzeitig aufzubrechen und Plätze zu belegen. Die beiden grauhaarigen Frauen umarmten sich und Liuba vergoß ein paar Tränen. Sie war sehr aufgewühlt. Als sie sich die Augen tupfte, zog Kolja das alte Kartenspiel aus der Tasche, um Pavel zu zeigen, daß er es nicht vergessen habe. Dann folgte ihm seine Mutter die Treppe hinab, sie ergriffen den Koffer und das Päckchen und traten in die Gasse hinaus, die in die Straße mündete. Der Morgen war angebrochen, doch das Licht war noch schwach.

Als sie in die Straße einbogen, waren sie wie gelähmt. Der ganze Podol war auf den Beinen. Statt rasch voranschreiten zu können, mußten sie sich in eine große zähflüssige Menschenmenge zwängen, die so breit war wie die Straße. Eine solche riesige Menschenmasse war es auch gewesen, in der Lisa einmal eingeschlossen war, als sie sich ihren Weg zum Kiewer Fußballstadion gebahnt hatte. Aber damals hatte die Menge vorwiegend aus Männern bestanden, und deren Arme waren frei gewesen. Diese Masse hier aber, die sich langsam die Glubochitsa entlang wälzte, trug sozusagen ihre Häuser auf dem Rücken: alte Sperrholzkisten, Weidenkörbe, Zimmermannkästen... Und in Ermangelung kräftiger Männer, die zur Armee eingerückt waren, waren es hier Sieche, Krüppel, Frauen und ihre schreienden Kinder. Die Alten und Bettlägerigen hatten ihre Betten aufgeschultert und wandelten. Einige alte Frauen trugen Zwiebelzöpfe gleich mächtigen Ketten um den Hals. Vor Lisa und ihrem Sohn ging ein stämmiger Bursche, der eine uralte Dame auf dem Rücken trug. Andere Familien hatten sich offensichtlich zusammengetan und ein Pferdegespann geheuert, um ihre Alten und ihr Gepäck zu verfrachten. Es waren nur die

Ärmsten der Armen, die im Podol lebten, aber alle hatten sie mehr Hab und Gut, als man tragen konnte. Weiter vorn war die Masse so dichtgedrängt, daß Lisa wußte, sie würde noch Glück haben, wenn sie im Zug wenigstens für sie beide Plätze bekam; ein Abteil für Ljuba und ihre Sippschaft zu reservieren, würde aussichtslos sein.

Der Koffer war ziemlich schwer – zu schwer für Kolja, über dessen Höflichkeit sie sich freute, als er anbot, sie sollten eine Zeitlang ihr Gepäck tauschen –, und am Anfang war sie ganz froh, daß es lange Pausen gab, wenn vorn die Massen gänzlich zum Stehen zu kommen schienen. Sie konnte den Koffer auf der Straße absetzen. Er war so viel besser als diejenigen, die die anderen trugen, daß sie sich seiner schämte. Dann, während einer jener unfreiwilligen Pausen, passierte etwas Schreckliches: Eine alte Frau mit dreckigem Kopftuch schoß aus einem Hof hervor, schnappte sich den Koffer und rannte damit in den Hof zurück. Lisa und Kolja kämpften sich schreiend zum Hoftor durch; aber zwei muskulöse Männer kamen hinter der Mauer hervor und versperrten den Zutritt. Ein ganzer Haufen menschlicher Habe lag aufgeschichtet hinter den Männern. Lisa bettelte, weinte; aber die Männer blieben ungerührt. Die Menge zog langsam dahin, mit abgewandten Blicken. Es gab keine Polizei und nirgends Soldaten, an die sich Lisa hätte wenden können. Sie wandte sich von dem Tor ab, und Tränen liefen ihr übers Gesicht. Schüchtern legte Kolja seine Hand in die ihre, und so ließen sie sich von der Menge weitertragen. Sie hörte auf zu weinen und trocknete sich die Augen, wurde aber von Hoffnungslosigkeit überwältigt, als sie an die unersetzlichen Schätze dachte: die Wäsche, Briefe, das Photoalbum, die Zeichnung von Leonid Pasternak und andere kostbare Dinge, die gestern abend so sorgsam verpackt worden waren.

Hinter den Fenstern der Häuser preßten sich Gesichter an die Scheiben und blickten herab auf die gedrängte Masse der Dahinziehenden. Aus manchen Mienen sprach Mitleid, andere aber lachten und höhnten. Soldaten lungerten nun in

Torwegen und beobachteten die Vorbeiziehenden scharf. Einige riefen einer jungen Frau vor Kolja laut auf deutsch zu: »Komm wischen!« Sie zeigten auf den Hof hinter ihnen, als wollten sie sagen: ›der müßte mal saubergemacht werden‹. Das Mädchen drehte den Kopf in ihre Richtung und erblickte dabei Lisa, gab aber kein Zeichen, daß es sie erkannt hätte. Lisa erkannte sie sofort: es war die Tochter des ersten Cellisten an der Kiewer Oper. Sie sprach ihren Namen aus – Sonja – und das Mädchen schaute sich noch einmal nach der älteren Frau um und durchforschte ihr Gedächtnis. Endlich erinnerte sie sich an sie, obschon sie sich sehr verändert hatte. Lisa fürchtete, sie würde ihre Annäherung zurückweisen, hätte ihr aber auch keine Vorwürfe gemacht. Es war ganz klar, daß Victor, um seine Familie zu retten, die Freiheit und sogar das Leben mehrerer Opernmusiker preisgegeben hatte – auch der Vater des Mädchens hatte dazu gehört. Aber Sonja schien froh, jemanden zu treffen, den sie, wenn auch aus der Distanz, kannte, und blieb stehen, um sie vorkommen zu lassen, dann gingen sie nebeneinander weiter.

Sie fragte Lisa, ob sie wüßte, wann der Zug abfahre. Sie hatte Angst, daß er ohne sie abfahren könnte. Kaum hatten sie sich in Bewegung gesetzt, als sie schon wieder innehielten. Die junge Frau stellte sich auf die Spitzen ihrer hochhakkigen Schuhe und versuchte einen Blick über die Menge zu werfen. Es war unmöglich, etwas anderes als eine graue Masse von Köpfen und Fuhrwerken zu sehen, auf denen altes Gerümpel aufgehäuft war. Sie seufzte vor Erbitterung. Ihr Koffer war schwer und sie war erschöpft. »Klug von Ihnen, mit leichtem Gepäck zu reisen«, sagte sie und nickte dabei in Richtung auf Koljas Bündel.

Lisa ließ dem Kummer über ihren gestohlenen Koffer freien Lauf. Sie hätten nichts mehr. »Ach, versuchen Sie, sich keine Sorgen zu machen«, sagte die junge Frau. »Ich habe ein Gerücht gehört, daß sie vorhätten, das Gepäck separat zu verschicken und gleichmäßig zu verteilen, wenn wir in Palästina ankommen.«

Gerüchte – es hatte nichts als Gerüchte gegeben, bis Kolja und Pavel gestern hereingeplatzt waren und gerufen hatten, am Zaun hinge ein Anschlag, und Massen von Menschen hätten sich davor angesammelt. Lisa und Ljuba, die gerade zusammen etwas nähten, waren hinausgerannt und hatten sich einen Weg durch die erregte Menge gebahnt, um die Bekanntmachung zu lesen. Wie üblich war sie auf billigem grauem Packpapier gedruckt, und zwar in Russisch, Ukrainisch und Deutsch. Der Befehl lautete, alle Juden, die in der Stadt Kiew oder ihrer nächsten Umgebung wohnten, hätten sich am Montag, dem 29. September 1941, um acht Uhr an der Ecke Melnikovsky-Dochturov-Straße (in der Nähe des Friedhofs) zu melden. Sie hätten ihre Ausweispapiere, Geld und Wertsachen mitzubringen, desgleichen warme Kleidung, Unterwäsche, usw.... Jeder Jude, der der Anordnung nicht nachkäme, und den man irgendwo anders anträfe, werde erschossen.

Eigentümlicherweise waren die heimeligen Alltagsworte (warme Kleidung, Unterwäsche usw.) graueneinflößender als das kalte und verächtliche Wort »Jude«. Manche flüsterten sich das Dekret laut vor, als könnten sie es nicht begreifen. »Ein Ghetto, ein Ghetto«, munkelte einer; und eine alte Frau begann zu stöhnen. »Sie geben uns die Schuld an den Bränden«, sagte ein weißbärtiger alter Mann. Instinktiv wandten die Menschen neben ihm den Blick in Richtung Stadtzentrum, wo die Luft immer noch von den Feuern, die weiterbrannten, versengt wurde.

Die Deutschen waren vor einer Woche als triumphale Erlöser vom russischen Joch in die Stadt eingezogen und mit Brot und Salz willkommen geheißen worden. Ukrainische und jüdische Barbiere schnitten leutseligen deutschen Offizieren die Haare. Keiner klagte darüber, daß deutsche Generäle – anstatt der Bonzen der Kommunistischen Partei und der privilegierten Schauspieler und Musiker – die luxuriösen Wohnungen des Kreschtschatik belegten. Dann, als die neuen Besetzer sich mit den Gemälden und Flügeln hübsch eingerichtet hatten, verwandelte sich der Kreschtschatik in ein Inferno. Deutsche wie Ukrainer wurden in Stücke zerrissen. Lisa war, wie alle anderen, hingegangen, um sich das ungeheure Feuer anzusehen, das im historischen Stadtzentrum, wo sie einst gewohnt hatte, brannte.

Natürlich war die Rote Armee für die Explosionen verantwortlich – wer hätte auch die Nazi-Barbaren beschuldigt, hätten die sich vielleicht selbst in die Luft gejagt? Nur einige wenige Soldaten waren zurückgeblieben, um die Bomben zu zünden. Doch dann machte das Gerücht die Runde, die Juden seien schuld. Deswegen war dieses Dekret erlassen worden: die Deutschen gaben den Juden die Schuld, und deportierten sie in ein Ghetto, wahrscheinlich nach Polen. Doch selbst wenn tatsächlich die Juden verantwortlich waren, warum dann alle für die Tat einiger weniger bestrafen?

Noch als die beiden Frauen vor dem grauen Packpapier standen, hatte Ljuba Schtschadenko ein frommes Angebot gemacht. Sie führte Lisa aus der Menge heraus und wisperte: »*Du* mußt nicht gehen. Du bist keine Jüdin. Ich kann mich an deiner Stelle um Kolja kümmern. Einer mehr fällt bei mir kaum auf.« Lisa brauste zornig auf: was Ljuba denn einfiele, als ob sie es zulassen könnte, daß man ihren Sohn, ohne sie, ins Ghetto schickte! Doch gleich darauf überwältigte sie der Großmut ihrer Freundin. Tränen schossen ihr in die Augen. Wieviel sie dieser Frau schon verdankte! Als man ihr Victor genommen hatte und sie und Kolja ihre Wohnung verlassen mußten, war Ljuba Schtschadenko eine arme Witwe, die für die Oper Näharbeiten machte, gekommen, um ihr ein Zimmer in ihrem kleinen verfallenen Haus anzubieten. Eine Frau, die sie kaum kannte! Sie sagte, sie habe es getan, weil Victor ihr Arbeit gegeben hätte, als sie, mit Nadja schwanger, ohne Ernährer dagestanden war, sie zahle nun lediglich eine Schuld zurück. Aber mit dem mietfreien Zimmer hatte ihre Rückzahlung noch nicht aufgehört. Um Lisa vor dem Verhungern zu bewahren, hatte sie ihr kleine Näharbeiten überlassen. Und nun dieses Angebot! Sie war mehr als eine

Heilige – ein Engel. Lisa drückte ihr die Hände und sagte: »Nein, aber vielen Dank! Wir gehen alle zusammen.«

Ein Segen, daß bessere Nachrichten eintrafen. Es käme gar nicht in Frage, daß sie in ein Ghetto verschickt wurden. Waren die Deutschen nicht von anständiger, zivilisierter Herkunft? Lisa wußte es wohl, da sie doch die Hälfte ihres Lebens inmitten freundlicher deutscher Stimmen gelebt hatte. Sogar die Kommunisten hatten über die Deutschen nur Gutes zu sagen gehabt, in den letzten Jahren vor dem Krieg. Warum hatten die Deutschen, als der Kreschtschatik in die Luft ging, ihr eigenes Leben aufs Spiel gesetzt, und Trupps von Männern in der Stadt ausschwärmen lassen, die die Leute aufforderten, ihre Häuser zu verlassen! Sie hatten alte Leute gerettet, Kinder, Invaliden – gerade die Menschen, die sie nun, wie man annahm, in ein Ghetto schicken würden! Nein, sie sollten evakuiert werden, weiter weg von der Front, in Sicherheit. Warum aber, fragte jemand, werden die Juden zuerst evakuiert? Die Antwort kam rasch, zuversichtlich: »Weil die Juden mit den Deutschen verwandt sind.«

Und doch – wie den gefühllosen, brutalen Ton der Bekanntmachung erklären? »Alle Juden... Jeder Jude...« Doch brutal klang das nur für die Juden selbst; für die Deutschen war es einfach eine neutrale Angabe, wie »warme Kleidung, Unterwäsche usw.«. Und seht nur – eine junge Frau wies darauf hin –: sie hatten Melnikovsky- und Dochturov-Straße geschrieben, die es gar nicht gab; sie meinten Melnikov und Degtjarev; also war der Befehl einem schlechten Übersetzer in die Hände geraten. Er oder sie hatten ihm den unfreundlichen Ton gegeben.

Lisa konnte die deutsche Version lesen, die exakt den gleichen Ton hatte, bewahrte aber Stillschweigen darüber. Sie wußte nicht, was sie davon zu halten hatte. Ihre Gabe der Intuition war geschwunden wie das Fleisch an ihren Knochen. Sie konnte nur hoffen und beten, daß die Propheten des Untergangs nicht recht hatten. Dann, nur eine Stunde später, als sie zu packen begonnen hatten, war die gute Nachricht wie ein Lauffeuer durch den Podol gegangen: man werde sie nach Palästina verschicken.

Die Stunden schleppten sich dahin und noch immer war das Ende nicht abzusehen. Der Engpaß, oder was das vor ihnen war, wollte nicht weichen, und dennoch wurden sie von der Masse der Menschen hinter ihnen weiter vorwärts geschoben. Für die Mütter mit kleinen Kindern war das ziemlich beängstigend, und Lisa begann sich Sorgen zu machen, wie Ljuba Schtschadenko es schaffen wollte. Sie und Kolja hätten auf sie warten und ihr helfen sollen; sie empfand Schuld. Doch am Morgen hatte es vernünftig geschienen, vorauszugehen und Plätze zu belegen. Sie kam einer geplagten Frau neben ihr zu Hilfe, die mit vier kleinen Kindern zurechtkommen mußte, das älteste nicht mehr als zehn oder elf, und das jüngste etwa achtzehn Monate. Lisa nahm dieses Kind, ein kleines Mädchen, der Mutter ab, um ihren Armen eine Ruhepause zu gönnen. Das Baby kreischte und Lisa versuchte, mit ihm in der Babysprache zu sprechen, was ohne Wirkung blieb, und summte dann eine Melodie, die sein Geschrei in ein Wimmern verwandelte. Es war ein ziemlich häßliches Baby, von einer Hasenscharte entstellt, und es roch. Seine Windeln hätten gewechselt werden müssen. Aber wie konnte man ein Baby in dieser Menge wickeln? Wahrscheinlich hatte die Mutter das noch gar nicht bemerkt, denn die Menschen aus dem Podol waren Gestank und Ungeziefer aller Art gewohnt. Lisa hatte sich unter ihnen nie zu Hause gefühlt und, abgesehen von Liuba, nur mit wenigen von ihnen verkehrt. Jetzt begann das Baby, das sie hielt, erneut zu plärren, und seine Mutter wollte es wiederhaben. Lisa gab es mit Erleichterung her. Doch wie groß war ihre Wut, daß arme kleine Kinder und alte Menschen sowas durchmachen mußten, zweifellos als Folge von irgend jemandes Unfähigkeit.

Kolja langweilte sich und war gereizt – und wer konnte

ihm das verübeln? Sie versuchte, Denksportaufgaben für ihn zu erfinden, aber er war nicht interessiert. Als sie schon mindestens zwanzig Minuten lang auf einer Stelle gestanden hatten, brachte sie ihn dazu, Sonja seine Kartentricks zu zeigen. Widerstrebend willigte er ein und benützte den Koffer der jungen Frau als Tisch. Sonja lächelte freundlich bei seinen Kunststückchen, während ihre Blicke über die Köpfe der Menschen vor ihr jagten.

Sie erzählte Lisa, wie unglücklich sie sei, daß sie das Cello ihres Vaters habe zurücklassen müssen. Es sei ihr einziger Freund in finsteren Tagen gewesen. Lisa wich ihren Augen aus. Sie wollte sagen, es täte ihr leid, konnte aber keine Worte finden.

Zwei Minuten lang bewegten sie sich vorwärts, fünf Minuten lang hielten sie dann wieder inne. Als sie die lange Mauer des Jüdischen Friedhofs erreichten, stand die Sonne hoch und glühend über ihren Köpfen. Lisa erstickte fast unter ihrem mottenzerfressenen Wintermantel, fürchtete aber, jemand würde danach greifen, wenn sie ihn abnähme. Kolja durfte seinen ausziehen; sie sagte ihm, er solle ihn ganz fest halten; und versprach ihm einen Schluck Wasser, wenn sie erst einmal im Zug säßen. Gleich neben dem Friedhof sei schon der Lukjanovka-Güterbahnhof, sie hätten also nicht mehr weit zu gehen. Hoffentlich würden sich die Massen bald in Trab setzen? Das hätte man alles besser organisieren sollen.

Immerhin, ein kleines Stück schwankten sie voran. Jetzt konnten sie tatsächlich eine Sperre aus Stacheldraht sehen und an jeder Straßenseite Reihen deutscher Soldaten und ukrainischer Polizei. Wie auf allen Bahnhöfen waren der Lärm und das Durcheinander gewaltig; denn außer Reisenden gab es hier noch zahlreiche Menschen – Russen und Ukrainer –, die gekommen waren, um von Verwandten, Freunden und Nachbarn Abschied zu nehmen und beim Gepäck und auch den Invaliden zu helfen. Einige von ihnen versuchten, sich mit Gewalt durch die Menge zurückzudrängen, andere schoben ebenso entschlossen nach vorn, um ihre Lieben sicher im Zug zu wissen. Sogar Ehemänner und -frauen waren da, die einander Lebewohl sagten: kein Wunder, daß es eine Ewigkeit dauerte, ein paar Meter voranzukommen.

Kolja tat einen tiefen Seufzer vor Erschöpfung, und seine Mutter zauste ihm tröstend das Haar. Lange würde sie das nicht mehr tun können, denn er war schon fast so groß wie sie und schoß immer noch wie ein Farnkraut weiter in die Höhe. Die Tochter des Cellisten, Sonja, gab nun von vorn eine Nachricht nach hinten weiter, ein Zug sei gerade abgefahren, ganz voll, und ein weiterer würde gleich von einem Nebengleis herkommen. Im Zug, hieß es, wären die Menschen Schulter an Schulter in die Gänge gepfercht. Für die würde es eine höchst ungemütliche Reise werden.

Sie sahen sich gezwungen, gegen die Friedhofsmauer zurückzudrängen, um eine Droschke passieren zu lassen. Wild schwang der Kutscher seine Peitsche, um eine Durchfahrt freizumachen. Nachdem er seine Fracht an der Bahnhofssperre abgeladen hatte, beeilte er sich, weitere Fahrgäste aufzulesen. Durch die einen Moment lang geöffnete Lücke konnten sie sehen, wie das ganze Gepäck zur Linken auf einen Haufen gelegt wurde. Es sah so aus, als hätte Sonja recht: ihr Gepäck sollte separat, in einem anderen Zug, verschickt und dann, wenn sie ihr Ziel erreicht hatten, gleichmäßig aufgeteilt werden. Aber hätte man sie nicht Namensschilder anbringen lassen? Lisa betraf dieses Problem nicht mehr, aber ringsumher wurden viele von Panik ergriffen und improvisierten nun Etiketts aus Bindfadenstückchen und Papierfetzen, die sie von ihren Paketen abrissen.

Es war zu spät, denn plötzlich brandete die Welle der Menschen vorwärts. Der Mann, der die schwierige Aufgabe hatte, das Gepäck schnell und wirksam aufzustapeln, war ein hochgewachsener, gutaussehender Kosak, mit einem langen, schwarzen Schnurrbart. Es war schwer, seine blitzenden Blicke und seine Ausstrahlung von Autorität nicht zu bewundern; und gleichermaßen schwer, nun nicht wenigstens ein Fünkchen Mitleid für die Soldaten und Polizisten zu empfinden, die die fluchende, mürrische Menge zu kontrollieren hatten. Endlich waren Lisa und ihr Sohn durch die Sperre. Der erwartete Zug war nirgends zu sehen: dieselben Massen warteten, nur an einer etwas anderen Stelle, aber nichtsdestoweniger hatte man den Eindruck, sie wüßten, daß sie nun dem Ziel ein Stück näher waren. Wie in alten Tagen, das Warten in einer Kinoschlange, bis man schließlich von der Straße ins dichtgedrängte Foyer kam. Wie um den Vergleich zu bekräftigen, wurde den Menschen ihre »warme Kleidung« abgenommen. Ein Soldat kam und streifte Lisa höflich den Mantel von der Schulter und nahm auch den Mantel mit, den Kolja überm Arm trug.

Das hatte seit den Tagen, da Lisa zu Galavorstellungen im Theater eingetroffen war, keiner mehr für sie getan.

Ihr schauderte; ganz und gar nicht, weil sie fror. Auch ohne ihren Mantel hatte sie noch das Gefühl, zu ersticken. Doch das gelegentliche Geräusch von Maschinengewehrfeuer in der Nähe war seltsam. Es mußte nichts Besonderes bedeuten, gleichwohl war dieses Geräusch beunruhigend, und ringsum war eine Unterströmung von Panik, die sich darin zeigte, daß man sich plötzlich auf ganz triviale Dinge konzentrierte. Sonja zum Beispiel erneuerte ihr Lippen-Rouge. Es konnte doch nicht sein, daß Menschen erschossen wurden – allenfalls Leute, die versucht hatten, sich dem Deportationsbefehl zu entziehen und die man aufgespürt hatte. Kinder heulten, was eine Erleichterung war, denn es war ein menschlicher, verständlicher Ton. Es war allerdings ein klarer Tag, an dem Geräusche von Schießübungen der Deutschen, oder sogar von den vordersten Schützengräben, herübergeweht werden konnten. Lisa schlang ihren Arm um Kolja und fragte, ob er etwas trinken wolle. Er sah blaß und unwohl aus. Er nickte.

Sie packte ihr Bündel aus und gab ihm eine Tasse und die Flasche Wasser. Mit Sonja tauschte sie ein paar Zwiebeln und

Kartoffeln gegen ein Stück von ihrem schimmeligen Brot und zwei kleine Stückchen Käse ein. Auch andere saßen auf ihren Bündeln und aßen. Irgendwie hatte sich die Szene geteilt: auf der einen Seite höchste Angst, sogar Panik – auf der anderen das Verhalten von Picknickgästen auf einer Landpartie. Ein Flugzeug kreiste niedrig über ihren Köpfen; das Maschinengewehrfeuer war nach wie vor in Abständen zu hören, doch entweder hörten die Menschen es nicht oder drängten es, während sie ihr Essen verzehrten, aus ihrem Bewußtsein.

Die Soldaten trieben von Zeit zu Zeit immer wieder ein paar Menschen durch. Sie zählten eine Gruppe ab, schickten sie los, warteten, schickten die nächste Gruppe los. Als Lisa versuchte, ein Stückchen Käse zu schlucken, aber merkte, daß sie es nicht die Kehle hinunterbrachte, nahm sie gefühlsmäßig hin, was sie, seit sie die Barriere passiert hatten, wußte – daß sie erschossen würden. Sie sprang auf, wie eine junge Frau von zwanzig, riß auch Kolja mit hoch und lief mit ihm zur Sperre zurück. Nach wie vor mühten sich viele verzweifelt, hinauszukommen, während die Masse der Menschen immer noch hereindrängte. Sie zerrte ihren Sohn an der Hand hinter sich her und kämpfte sich bis zu der Stelle durch, wo der riesige Kosak seine Befehle gab. »Entschuldigen Sie, aber ich bin nicht jüdisch«, sagte sie keuchend.

Er wollte ihren Ausweis sehen. Sie fingerte in ihrer Handtasche herum und zog dank Gottes Gnade ein veraltetes Ausweispapier hervor, das man ihr bei der Ankunft in Rußland ausgestellt hatte und das angab, ihr Name sei Erdman und ihre Nationalität Ukrainisch. Er sagte, sie könne gehen. »Was ist mit dem da?« fragte er und zeigte auf den Jungen.

»Er ist mein Sohn. Auch Ukrainer!«

Aber er bestand darauf, seine Papiere zu sehen, und als sie vorgab, sie seien verloren, riß er ihre Tasche an sich und fand eine Rationierungskarte. »Berenstein!« rief er. »Judenjunge! Los, zurück!« Er stieß Kolja weg, der in dem aufgeregten

Gedränge sofort verschwand. Lisa versuchte, sich an dem Kosak vorbeizuschieben, aber der versperrte ihr mit seinem Arm den Weg. »Sie sind keine Jüdin, Sie dürfen da nicht durch, meine alte Dame«, sagte er. »Ich *muß* aber!« sagte sie mit würgender Stimme. »Bitte!« Der Kosak schüttelte den Kopf. »Nur für Juden.«

»Ich *bin* Jüdin!« schrie sie in verzweifeltem Bemühen, an seinem Arm vorbeizukommen. »Ich *bins*! Mein Vater war Jude. Bitte glauben Sie mir doch!« Er lächelte grimmig, ihr weiterhin den Weg versperrend.

»Mayim rabbim lo yukhelo lekhabbot et-ha-ahavah u-neharot lo yishtefuha!« kreischte sie. Der Kosak zuckte verächtlich mit der Schulter, ließ den Arm sinken und ließ sie mit einem Nicken des Kopfes durch. Sie erspähte Koljas bleiches Gesicht und raufte sich zu ihm durch. Er stürzte in ihre Arme. »Was war los, Mama?« sagte er.

»Weiß nicht, Liebling.« Sie stand da und wiegte ihn in ihren Armen. Ein hühnenhafter Soldat ging auf ein Mädchen zu, das neben ihnen stand, und sagte »Komm, schlaf mit mir, und ich laß dich raus.« Das Gesicht des Mädchens änderte nicht seinen erstarrten Ausdruck, und nach einem Moment stapfte der Soldat weiter. Lisa rannte ihm nach und zerrte ihn am Ärmel. Er drehte sich um. »Ich mach's. Nur lassen Sie mich und meinen Sohn raus.« Ausdruckslos blickte er auf die verrückte Alte hinab, und drehte sich wieder weg.

Plötzlich befanden sie sich in einer Gruppe, die aufgefordert wurde, eine Schlange zu bilden. Kolja fragte, ob sie jetzt zum Zug gingen, und sie riß sich zusammen und sagte, ja, wahrscheinlich; sie würde auf alle Fälle direkt hinter ihm sein und er bräuchte keine Angst zu haben. Ihre Gruppe setzte sich in Marsch. Keiner sagte mehr ein Wort. Eine Zeitlang marschierten sie zwischen Reihen deutscher Mannschaften schweigend dahin. Vorn waren weitere Soldaten mit Hunden an der Leine zu sehen.

Nun waren sie in dem langen, engen Korridor, der von zwei Reihen Soldaten mit Hunden gebildet wurde. Die

Soldaten hatten sich die Ärmel aufgekrempelt, und jeder von ihnen schwang einen Gummiknüppel oder einen großen Stock. Schläge hagelten nieder, von beiden Seiten, auf Köpfe, Rücken, Schultern. Blut floß ihr in den Mund, aber sie spürte kaum einen der Schläge, denn sie versuchte, so gut sie konnte Koljas Kopf abzuschirmen. Sie fühlte die rasenden Schläge, die auf ihn niedergingen – einschließlich des Knackens eines Knüppels auf seinen Rippen – aber fast gar nicht alle die Schläge, die ihren eigenen Leib trafen. Sein Schrei war nur eine Strähne in einem allgemeinen Strang von Schreien, durchzogen von dem lustvollen Brüllen der Soldaten und dem Gebell der Hunde, aber es war der einzige, der herausstach, sogar noch über ihren eigenen. Er strauchelte; sie packte seine Arme und bewahrte ihn davor, zu fallen. Sie trampelten geradewegs über gestürzte Leiber hinweg, auf die die Hunde gehetzt worden waren. »Schnell, schnell!« lachten die Soldaten.

Sie torkelten ins Freie, auf eine von Truppen abgesperrte Fläche, ein grasbewachsenes, von Kleidungsstücken übersätes Geviert. Die ukrainische Polizei griff sich einzelne Menschen, schlug auf sie ein und rief: »Ausziehen! Los! Ein bißchen dalli!« Kolja krümmte sich vor Schmerz und schluchzte, aber sie fingerte schon an seinem Hemdkragen. »Schnell, mein Lieber! Tu, was sie sagen.« Denn sie sah, daß jeder, der zögerte, getreten oder mit einem Schlagring oder Knüppel geschlagen wurde. Sie zog ihr Kleid und ihren Schlüpfer aus, entledigte sich dann ihrer Schuhe und Strümpfe, und half zwischendurch ihrem Sohn, da seine Hände so zitterten, daß er mit den Hemdknöpfen und Schnürsenkeln nicht zurechtkam. Ein Polizist fing an, mit seinem Knüppel auf sie einzuschlagen, auf Rücken und Schultern, aber in ihrer Panik konnte sie ihr Korsett nicht schnell genug aufhaken, und der Polizist, dessen Wut über die begriffsstutzige Alte mit ihrem Hängebusen mehr und mehr wuchs, riß ihr das Korsett vom Leib.

Nun, da sie ausgezogen waren, gab es einen kurzen

Moment des Friedens. Eine Gruppe nackter Menschen wurde weggetrieben, irgendwohin. Lisa suchte in den abgelegten Kleidungsstücken nach ihrer Handtasche; sie zog ein Taschentuch aus ihr hervor und wischte sacht etwas Blut und Tränen von Koljas Gesicht.

Sie sah in der Tasche ihren Ausweis und kam zu einem schnellen Entschluß. Zwischen den weißen Schemen betäubter, geistesverwirrter Leute erblickte sie einen deutschen Offizier, der aussah, als hätte er etwas zu sagen. Entschlossen ging sie auf ihn zu, reckte ihm das Ausweispapier vor die Augen und sagte auf Deutsch, sie und ihr Sohn seien aus Versehen hier. Sie hätten jemanden verabschieden wollen und seien dabei von der Menge eingeschlossen worden. »Hier!« sagte sie. »Ich bin eine ukrainische Frau, mit einem deutschen Mann verheiratet.« Der Offizier murmelte stirnrunzelnd, solche Fehlgriffe seien schon zu oft vorgekommen. »Ziehen Sie sich an, gehen Sie und setzen sie sich auf den kleinen Hügel da.« Er zeigte dorthin, wo bereits eine Handvoll Menschen hockte. Sie rannte zurück und sagte Kolja, er solle sich rasch anziehen und mit ihr kommen.

Jeder auf dem Erdhaufen schwieg, verrückt vor Angst. Lisa merkte, daß sie ihre Augen von der Szene, die sich vor ihnen abspielte, nicht abwenden konnte. Eine Gruppe Menschen nach der anderen kam taumelnd aus dem engen Gang hervor, schreiend, blutend, jeder von ihnen wurde von einem Polizisten ergriffen, aufs neue geschlagen und seiner Kleider beraubt. Ein ums andere Mal wiederholte sich diese Szene. Manche lachten hysterisch. Manche wurden binnen weniger Minuten alt. Als die Gabe oder der Fluch des Zweiten Gesichts Lisa so elend im Stich gelassen hatte, und ihr bei Nacht und Nebel der Mann weggenommen worden war, war ihr Haar über Nacht grau geworden – es stimmte, das alte Sprichwort. Nun aber sah sie es vor ihren Augen geschehen. In der übernächsten Gruppe, nach ihrer, sah sie Sonja; und das Rabenschwarz ihres Haars wandelte sich zu Grau in der kurzen Zeit, in der sie ausgezogen und weggebracht wurde, um erschossen zu werden. Lisa sah es immer und immer wieder.

Das Gewehrfeuer war hinter einem hohen Wall aus Sandstein zu hören. Die Menschen mußten sich in kleinen Reihen aufstellen, dann wurden sie durch den Spalt geführt, den man eilig in den Sandsteinwall geschlagen hatte. Der Wall verbarg ihren Augen alles, aber die Leute wußten natürlich, wo sie waren. Das rechte Ufer des Dnepr ist von tiefen Schluchten zerfurcht, und diese besondere Schlucht war riesig, majestätisch, tief und breit wie eine Gebirgsklamm. Stand man auf der einen Seite und rief etwas, war man auf der anderen kaum zu hören. Die Flanken waren steil, stellenweise sogar überhängend; in der Tiefe rann ein Flüßchen klaren Wassers. Ringsumher lagen Friedhöfe, Wälder und Schrebergärten. Bei den Ortsansässigen hieß die Schlucht Babij Jar. Kolja und seine Freunde hatten oft in ihr gespielt.

Das hatte sie vor Augen, während die Männer und Frauen durch den Spalt geführt wurden, alle ohne Ausnahme mit über den Genitalien gefalteten Händen. Auch die meisten Kinder taten das. Einige Männer und Jungen wanden sich vor Qual von den Schlägen, die sie dorthin bekommen hatten, aber es war vor allem eine instinktive Scham, ähnlich der Koljas, als er nicht gewollt hatte, daß sie ihn unbekleidet sähe. Auch er hatte beim Ausziehen die Hände dahin gelegt, teils der Schmerzen wegen, aber auch aus natürlicher Schamhaftigkeit. Es war die Haltung, in der Jesus begraben worden war. Die Frauen versuchten, auch ihre Brüste mit den Armen zu bedecken. Es war schrecklich und seltsam, sie um ihre Scham besorgt zu sehen, während sie fortgebracht wurden, um erschossen zu werden.

Kolja hielt die Hände weiterhin zwischen den Schenkeln gefaltet. Er saß vornübergebeugt und konnte nicht aufhören zu zittern. Er konnte nicht aufhören, obwohl sie ihn umarmte und ihn wärmte und versuchte, tröstende Worte zu flüstern. Aber er sagte nichts. Der Schock hatte ihm die Sprache verschlagen.

Sie wußte, daß sie selbst nicht völlig zusammenbrechen durfte, selbst als Ljuba Schtschadenko aus dem Korridor hinaustaumelte mit Nadja, ihrer Jüngsten, an der Hand. Der Mund der Dreijährigen stand in einem lautlosen Schrei weit offen. Ljubas Gesicht war blutüberströmt, ebenso die Gesichter Olgas und Pavels, die hinter ihr hervorstürzten. Von der alten Frau Schtschadenko war nichts zu sehen. Für einen Augenblick, gerade als sie sich das Kleid über den Kopf gestreift hatte, schien Ljuba ihrer Freundin auf dem Hügel anklagend geradewegs ins Gesicht zu sehen. Aber sie konnte in diesem Moment nichts gesehen haben. Als sie sich ausgezogen hatte, begann sie nervös an den Knöpfen von Nadjas Kittel zu hantieren, aber zu langsam. Ein Polizist packte in seiner Wut das Kind, schleifte es wie einen Sack Kartoffeln zu dem Sandsteinwall und schleuderte es hinüber.

»Ave Maria Gnadenreiche...« »Ora pro nobis...« Lisa murmelte die Gebete aus ihrer Kinderzeit, und Tränen stürzten ihr zwischen den Augenlidern hervor.

Niemand hätte sich diese Szene ausmalen können, weil sie wirklich geschah. In dem Lärm der Schreie, des Gebrülls und des Hämmerns der Maschinengewehre hörte Lisa nichts. Wie in einem Stummfilm, in dem weiße Cumuluswolken über den blauen Himmel trieben. Sie begann sogar zu glauben, daß hinter dem Sandwall gar nichts Schreckliches geschah. Denn schlimmer als dies hier, oder ebenso schlimm, konnte doch gar nichts sein. Sie wußte nicht, wo die Leute hingebracht wurden, aber getötet wurden sie doch wohl nicht. Zu Kolja sagte sie etwa »Man will uns nur einen Schrecken einjagen. Du wirst sehen, wir kommen nach Hause und dann werden Pavel und die andern gesund und munter wieder da sein.« Es war ihr schon immer schwer gefallen, auch nur eine Küchenschabe zu töten; es gab doch schlechterdings keinen Grund, all diese Leute zu töten. Die Deutschen ließen die Leute sich in einer Reihe aufstellen, feuerten an der Wand der Schlucht über ihre Köpfe hinweg, lachten über diesen Jux und sagten ihnen, sie sollten neue

Sachen anziehen, und sich schleunigst in den Zug setzen. Es wäre der helle Wahnsinn, aber nicht so wahnsinnig wie das andere. Sie glaubte sogar immer noch halb daran, als sie einen ukrainischen Offizier sagen hörte: »Erst erschießen wir die Juden und dann lassen wir dich raus.«

Diese Worte wurden zu einer jungen Frau gesprochen, die sie in früheren Tagen beiläufig gekannt hatte: Dina Pronicheva, eine Schauspielerin am Marionettentheater von Kiew. Lisa erkannte sie wieder, als sie aus dem Korridor hervortaumelte. Zwei alte Leute, vielleicht Dinas Eltern, winkten ihr aus einer anderen Gruppe zu, wahrscheinlich um ihr zu sagen, sie solle versuchen, wegzulaufen. Statt ihre Kleider abzulegen, marschierte Dina auf den ukrainischen Offizier zu, der vor dem Erdhaufen stand, und Lisa hörte ihre Forderung, herausgelassen zu werden. Sie zeigte ihm den Inhalt ihrer Tasche. Sie sah bestimmt nicht jüdisch aus – sogar noch weniger als Lisa mit ihrer ziemlich langen Nase. Dinas Nachname war russisch und sie sprach Ukrainisch. Der Kommandeur war überzeugt und sagte, man würde sie später freilassen. Nun saß Dina etwas weiter weg unten am Hügel. Wie die meisten dort hielt sie den Kopf in den Armen vergraben – vor Schock, Pein und womöglich auch aus Furcht, jemand könne sie erkennen und rufen: »Sie ist eine dreckige Jüdin!«, in der Hoffnung, die eigene Haut zu retten.

Lisa fiel ein Gebet ein, das ihr Kindermädchen ihr zum Schutz gegen Alpträume beigebracht hatte. »Du, der Du der Heiland bist...« Es gibt Dinge, die sich der Vorstellung so weit entziehen, daß es möglich sein müßte, aus ihnen zu erwachen. Doch wenn ihr auch das Gebet ein wenig half – der Nachtmahr schwand nicht. Die Welt war eine Welt kleiner Kinder, die man über einen Wall schleuderte wie man Getreidesäcke in einen Waggon wirft; eine Welt weichen, weißen Fleisches, das gedroschen wurde, wie Bäuerinnen Wäsche trocken walken; eine Welt des polierten schwarzen Stiefels, an den die schwarze Peitsche des gelangweilten

Offiziers klopfte, der vor dem kleinen Hügel stand. »Du, der Du der Heiland bist...«

Sie fühlte sich unfähig, Kolja zu helfen. Es blieb einem nichts anderes übrig, als selbstsüchtig zu beten, daß alle anderen gnädig und schnell getötet würden, und die auf dem Erdhaufen heim dürften. Sie betete dieses eigennützige Gebet ohne Unterlaß. Aber nicht ein einzigesmal bedauerte sie, daß sie Ljubas Angebot nicht angenommen hatte und zurückgeblieben war. Jetzt wußte sie, warum sie niemals hatte Kinder haben dürfen. Und schon der Gedanke, daß Kolja, ihr Sohn, hier unter Fremden sein mußte, vielleicht in dieser Gruppe von Kindern aus dem Waisenhaus, war hundertmal schlimmer als das Grauen des Todes.

Sie sank in eine Trance, in der alles, was sich vor ihr abspielte, langsam und lautlos vor sich ging. Vielleicht war sie buchstäblich taub geworden. Es war stiller als die stillste Nacht. Und die Wolken zogen mit derselben schrecklichen, eisigen, unmenschlichen Schwerfälligkeit über den Himmel. Auch die Farben veränderten sich. Die Szene färbte sich violett. Sie folgte mit den Augen den Haufenwolken, die sich am Horizont ballten; sah, wie sie sich in drei Gruppen teilten und, ständig Umriß und Farbe wechselnd, ihre Bahn über den Himmel zogen. Die Wolken nahmen nichts wahr von dem, was geschah. Die dachten, es sei ein gewöhnlicher Tag. Die hätten Augen gemacht. Die winzige Spinne, die den Grashalm emporkletterte, dachte, es sei ein einfacher, normaler Grashalm auf dem Felde.

Der Nachmittag, der kein vorstellbarer Zeitabschnitt mehr war, zog sich hin, und es begann zu dunkeln.

Plötzlich fuhr ein offener Wagen vor und darin saß ein hochgewachsener, gutgebauter, fesch ausstaffierter Offizier mit einer Reitpeitsche in der Hand. Ihm zur Seite war ein russischer Häftling.

»Was sind das für welche?« fragte der Offizier den Polizisten mit Hilfe des Dolmetschers und zeigte auf den kleinen Hügel, wo jetzt etwa fünfzig Menschen saßen.

»Es sind Leute von uns, Ukrainer. Sie sind hergekommen, um andere zu verabschieden. Sie sollen rausgelassen werden.«

Lisa hörte den Offizier brüllen: »Alle erschießen, auf der Stelle! Wenn auch nur einer von ihnen hier rauskommt und anfängt, in der Stadt was zu erzählen, wird morgen kein einziger Jude aufkreuzen.«

Sie tastete nach Koljas Hand, ergriff und drückte sie fest, während der Dolmetscher den Befehl des Offiziers übersetzte, Wort für Wort. Der Junge begann nach Luft zu ringen, und seine Hand zitterte heftig, aber sie verstärkte ihren Griff. Sie flüsterte: »Gott wird für uns sorgen, Liebling – du wirst schon sehen.« Ein plötzlicher unangenehm scharfer Geruch sagte ihr, daß er die Kontrolle über seine Blase verloren hatte. Sie umarmte ihn fest und küßte ihn, nun rollten ihr die Tränen, die sie die meiste Zeit des Tages zurückgehalten hatte, die Wangen herab. Er hatte die ganze Zeit, die sie nun schon auf dem Erdhaufen saßen, weder geweint noch ein Wort gesagt.

»Also los! Gehen wir! Erhebt euch!« rief der Polizist. Die Leute erhoben sich, als wären sie trunken. Sie waren ruhig und gefaßt, als hätte man ihnen gesagt, sie sollten zum Mittagessen kommen. Vielleicht weil es schon spät war, machten die Deutschen keine Anstalten, diese Gruppe zu entkleiden, sondern führten sie in ihren Kleidern durch den Spalt.

Lisa und Kolja waren unter den letzten. Sie passierten die Öffnung und kamen in einen Sandsteinbruch mit überhängenden Flanken. Es war bereits halb dunkel, und sie konnte den Sandsteinbruch nicht genau wahrnehmen. Einer nach dem anderen wurden sie nach links getrieben, entlang einem sehr schmalen Vorsprung.

Zu ihrer Linken war die Flanke des Sandsteinbruchs, zur Rechten fiel das Gelände steil ab; offensichtlich war der Vorsprung speziell zum Zweck der Exekution ausgehauen worden, und er war so schmal, daß sie sich, als sie ihn entlanggingen, instinktiv gegen den Sandsteinwall lehnten, um nicht hinunterzufallen. Koljas Knie wollten nachgeben und er wäre gestürzt, hätte ihn nicht der Griff seiner Mutter am Arm festgehalten.

Man befahl ihnen, stehenzubleiben und sich mit dem Gesicht zur Schlucht zu drehen. Lisa schaute in die Tiefe und ihr schwindelte, so hoch oben schien sie. Unter ihr war ein Meer blutüberströmter Leiber. Auf der anderen Seite des Sandsteinbruchs konnte sie gerade noch die Maschinengewehre und ein paar Soldaten erkennen. Die deutschen Soldaten hatten ein großes Feuer entfacht, und es sah aus, als machten sie Kaffee darauf.

Sie drückte Koljas Hand und sagte, er solle die Augen schließen. Er würde keinerlei Schmerz spüren und wenn sie im Himmel wären, wäre sie immer noch bei ihm. Sie sah, wie sich seine Augen schlossen. Sie dachte daran, ihm zu sagen, sein Vati und seine richtige Mama seien bereits dort und erwarteten ihn, hielt das aber dann nicht für das Richtige. Ein Deutscher trank seinen Kaffee zu Ende und schlenderte an ein Maschinengewehr. Sie begann das Gebet des Herrn zu flüstern, und hörte, wie auch die leise Stimme ihres Sohnes neben ihr es aufsagte. Sie sah weniger als daß sie es fühlte, wie die Leiber von dem Vorsprung fielen und die Welle der Geschosse näher kam. Unmittelbar bevor sie sie erreichte, zog sie Kolja an der Hand, schrie »Spring!« und sprang mit ihm in die Tiefe.

Es kam ihr vor, als fiele sie eine Ewigkeit – es war wahrscheinlich ein sehr tiefer Fall. Als sie am Boden aufschlug, verlor sie das Bewußtsein. Sie war daheim, bei Nacht, lag auf der rechten Seite, halb im Traum, und die Küchenschaben raschelten an der Wand und unterm Bett. Das Geraschel der Küchenschaben füllte ihren Kopf ganz aus. Dann begann sie zu begreifen, daß das Geräusch aus der Masse der Menschen kam, die sich leicht bewegten, da sie sich senkten und zusammengedrückt wurden von den Bewegungen derjenigen, die noch am Leben waren.

Sie war in ein Bad von Blut gefallen. Sie lag auf ihrer rechten Seite, und unter ihr lag ihr rechter Arm, in einem unnatürlichen Winkel. Es tat nicht weh. Sie konnte sich weder bewegen noch drehen, weil irgend etwas, vermutlich ein anderer Körper (vielleicht Kolja), ihre rechte Hand eingeklemmt hielt. Sie fühlte nirgendwo Schmerzen. Von jenem Rascheln abgesehen, stiegen noch weitere seltsame Laute aus der Tiefe empor, ein gedämpfter Chor aus Stöhnen, Würgen und Wimmern. Sie versuchte, ihren Sohn beim Namen zu rufen, aber es wollte keine Stimme kommen.

Nach Einbruch der Dunkelheit würde sie Kolja finden und sie würden aus der Schlucht hinaufkriechen, sich in die Wälder stehlen und auf die Flucht machen.

Einige Soldaten traten an den Vorsprung hinaus und schossen die Lichtkegel ihrer Taschenlampe auf die Körper hinunter, und feuerten aus ihren Revolvern Kugeln in jeden, der aussah, als sei er noch am Leben. Doch irgend jemand unweit von Lisa stöhnte immer noch so laut wie zuvor.

Dann hörte sie Leute – tatsächlich über die Leiber weg – näherstapfen. Es waren Deutsche, die heruntergestiegen waren und sich über die Toten beugten, ihnen Sachen abnahmen und ab und zu auf die feuerten, die noch ein Lebenszeichen von sich gaben.

Ein SS-Mann beugte sich über eine alte Frau, die auf der Seite lag, da er ein Aufblitzen von irgend etwas Glänzendem wahrgenommen hatte. Seine Hand strich über ihre Brust, als er nach dem Kruzifix langte, um es loszuzerren, doch da mußte er noch einen Funken Leben gespürt haben. Er ließ das Kruzifix los und stand auf. Er schwang sein Bein zurück und trat mit seinem Stiefel krachend in ihre linke Brust. Unter der Wucht des Trittes änderte sie ihre Lage, gab aber keinen Laut von sich. Noch nicht zufrieden, hob er seinen Stiefel aufs neue und ließ ihn in ihren Unterleib krachen. Wieder war das saubere Bersten des Knochens der einzige Laut. Endlich zufrieden, riß er mit einem Ruck das Kruzifix los. Quer über die Leiber stapfend ging er davon.

Die Frau, deren Schreie sich keinen Weg durch ihre Kehle hatten bahnen können, schrie unausgesetzt; und die Schreie wandelten sich in Stöhnen, und immer noch hörte sie niemand. In der Stille der Schlucht rief von oben eine Stimme: »Demidenko! Komm, fang an zu schaufeln!«

Es gab ein Klappern von Spaten und dann ein schweres und dumpfes Aufschlagen, als Erde und Sand auf den Körpern landeten; das kam näher und näher auf die alte Frau zu, die immer noch lebte. Erde begann auf sie zu fallen. Lebendig begraben zu werden war das Unerträglichste. Mit schrecklicher und machtvoller Stimme schrie sie: »Ich bin lebendig. Bitte erschießt mich doch!« Es kam nur als ein ersticktes Wispern heraus, doch Demidenko hörte es. Er kratzte ihr etwas Erde aus dem Gesicht. »Hey, Semaschko!« rief er. »Die hier ist noch am Leben!« Semashko, der sich für einen Mann seiner Fülle recht behende bewegte, kam herüber. Er sah nieder und erkannte die alte Frau, die versucht hatte, sich durch Bestechung ihren Weg in die Freiheit zu erkaufen. »Dann fick sie doch!« kicherte er. Demidenko griente, und machte sich daran, seinen Gürtel aufzuschnallen. Semaschko legte sein Gewehr ab und riß die alte Frau mit einem Ruck in eine flachere Lage. Ihr Kopf pendelte nach links und blickte direkt in die offenen Augen eines Jungen. Dann riß ihr Demidenko die Beine auseinander.

Nach einer Weile verhöhnte ihn Semaschko, und Demidenko knurrte, es sei zu kalt, und die Alte sei zu häßlich. Er brachte seinen Anzug in Ordnung und nahm sein Gewehr. Mit Hilfe Semashkos fand er die Öffnung, und sie hatten ihren Spaß, als er das Bajonett vorsichtig, beinah delikat, einführte. Die alte Frau gab keinen Laut von sich, sie konnten jedoch sehen, daß sie noch atmete. Immer noch ganz sacht, ahmte Demidenko die Stöße beim Verkehr nach; Semaschko ließ ein wieherndes Gelächter los, das von den Wänden der Schlucht widerhallte, da der Körper der Frau sich zurückzog und entspannte, sich zurückzog und entspannte. Doch nach diesen Spasmen war kein Zeichen einer Reaktion mehr, und es sah so aus, als hätte sie aufgehört zu atmen. Semaschko grollte, sie verschwendeten nur ihre Zeit. Demidenko drehte die Schneide um ihre Achse und stieß sie tief hinein.

In der Nacht kamen die Leiber zur Ruhe. Eine Hand rückte ein kleines Stück zur Seite, wodurch sich der Kopf eines anderen ein wenig verschob. Gesichtszüge veränderten sich kaum wahrnehmbar. »Das Zittern der schlafenden Nacht« nannte es Puschkin; nur dachte er dabei an ein Haus, das zur Ruhe kam.

Des Menschen Seele ist ein fernes Land, unnahbar und auch nicht erforschbar. Die meisten Toten waren arm und unwissend gewesen. Doch jeder einzelne von ihnen hatte Träume geträumt, Gesichte gesehen und erstaunliche Erfahrungen gehabt, sogar die kleinen Kinder in den Armen (vielleicht gerade die kleinen Kinder in den Armen). Auch wenn die meisten von ihnen nie woanders als im Elendsviertel des Podol gelebt hatten, waren ihr Leben und ihre Geschichte doch ebenso reich und komplex wie die von Lisa Erdman-Berenstein. Hätte ein Sigmund Freud von den Tagen Adams an zugehört und sich Notizen gemacht, er hätte bis heute noch nicht einmal eine einzige Gruppe erkundet, nicht einmal eine einzige Person.

Und das war erst der erste Tag.

Eine Frau klomm nach Einbruch der Dunkelheit tatsächlich die Wand der Schlucht hinauf. Es war Dina Pronitscheva. Und als sie sich an einen Busch klammerte, um sich hinaufzuziehen, sah sie sich tatsächlich Auge in Auge mit einem Knaben in Hose und Unterhemd, der sich ebenfalls Schritt für Schritt seinen Weg nach oben gesucht hatte. Er erschreckte Dina mit seinem geflüsterten »Erschrecken Sie nicht, meine Dame! Auch ich lebe noch.«

Lisa hatte diese Worte einst geträumt, als sie mit Tante Magda die Thermalquellen von Bad Gastein besuchte. Aber so überraschend ist das nicht, hatte sie doch hellseherische

Gaben, und ein Teil von ihr lebte natürlich in diesen Überlebenden weiter: in Dina, und dem kleinen Jungen, der am ganzen Leib zitterte. Motja war sein Name.

Motja wurde von den Deutschen erschossen, als er der Dame eine Warnung zurief, die er jetzt als seine Mutter ansah und liebte, weil sie freundlich zu ihm war. Dina überlebte und wurde die einzige Zeugin, die einzige Quelle für das, was Lisa sah und fühlte. Doch es hatte sich dreißigtausendmal ereignet; immer auf dieselbe Weise und immer anders. Auch können die Lebenden nie für die Toten reden.

Aus den Dreißigtausend wurde eine Viertelmillion. Eine Viertelmillion weißer Hotels in Babij Jar. (In jedem von ihnen hatte es einen Rechtsanwalt Vogel, eine Madame Cottin, einen Priester, eine Prostituierte, ein Paar in den Flitterwochen, einen dichtenden Soldaten, einen Bäcker, einen Küchenchef, eine Zigeunerkapelle gegeben.) Die Grundschichten wurden zu einer festen Masse komprimiert. Als die Deutschen ihre Massaker begraben wollten, war es für die Bulldozer nicht einfach, die Leichen auseinander zu bekommen, welche mittlerweile eine graublaue Farbe angenommen hatten. Die Grundschichten mußten mit Dynamit gesprengt werden, und dann und wann brauchte man Äxte. Diese tieferen Sedimente waren mit wenigen Ausnahmen nackt; weiter oben aber waren sie in Unterwäsche und noch höher ganz angezogen: wie die verschiedenen Formationen in einem Felsen. Zu unterst waren die Juden, dann kamen Ukrainer, Zigeuner, Russen etc....

Eine große Baustelle mit vielfältigen Aufgaben wurde errichtet. Bagger gruben den Boden auf; Kräne angelten die Leichen an Haken heraus; Prospektoren (Goldsucher) suchten nach Wertsachen. Es war merkwürdig und bewegend, daß es fast allen Opfern, einschließlich der nackten, gelungen war, noch irgend etwas von persönlichem Wert mit in die Schlucht zu nehmen. Sogar Handwerkszeug war dabei. Viele Wertsachen konnten den Leichen nur mit Gewalt genommen werden. Die Zahnfüllungen, die Lisa kurz nach ihrer Rückkehr aus Mailand eingesetzt bekam, wurden mit Füllungen von anderswoher – einschließlich denen aus den Mündern von Freuds vier betagten Schwestern – eingeschmolzen und in ein Kontingent Goldbarren verwandelt.

Die Kalfaktoren in den Wäschekammern zogen jedes Kleidungsstück von einiger Qualität heraus; die Bauarbeiter errichteten gigantische Scheiterhaufen; die Heizer machten Feuer, indem sie das Haar der Menschen zum Anzünden verwendeten; die Mahler siebten die Asche nach dem Gold durch, das den Goldsuchern entgangen war; und die Gärtner nahmen die Asche in Schubkarren mit, um sie über die Schrebergärten in der Nähe der Schlucht zu verteilen.

Es war eine schreckliche Arbeit. Die Wärter konnten den Gestank nur aushalten, wenn sie den ganzen Tag Wodka tranken. Die russischen Häftlinge bekamen nichts zu essen (doch wehe ihnen, wenn ihre Kräfte versagten); und immer wieder wurde einer von ihnen, vom delikaten Aroma gerösteten Fleisches um den Verstand gebracht, dabei erwischt, wie er, um ein Stück Fleisch herauszuziehen, seine Hand in die Flammen stieß; er trug durch so eine Barbarei selbst zu dem verlockenden Aroma bei: bei lebendigem Leibe gesotten wie ein Hummer. Am Ende, das wußten die Häftlinge, würden auch sie, sobald die letzten Leichen verbrannt waren, die Flammen nähren; die, die dann noch lebten. Die Wärter wußten, daß sie es wußten: das war ein Anlaß zu Foppereien zwischen den beiden Gruppen. Eines Tages kam ein Exterminierungswagen voll Frauen an. Als das Gas aufgedreht wurde, begann das übliche Hämmern und Schreien; aber es dauerte nicht lang, bis es still wurde und die Türen geöffnet werden konnten. Mehr als hundert nackte Mädchen wurden herausgeschleift. Die betrunkenen Wärter pfiffen und lachten. »Los! Auf sie drauf! Eine Christentaufe ihren Votzen!« Sie erstickten fast an ihren Wodkaflaschen: der Witz war, daß die Mädchen Kellnerinnen aus Kiews Nachtklubs waren, also wohl keine vestalischen Jungfrauen mehr. Sogar ein oder zwei von den Häftlingen hatten ein Grinsen auf ihren knochigen Gesichtern, als sie die Mädchen – die toten wie die noch lebenden – auf den Scheiterhaufen luden.

Als der Krieg vorbei war, ging das Bemühen, die Toten zu annullieren, in andere Hände über. Nach einer Weile gab Dina Pronitscheva nicht mehr zu, daß sie aus Babij Jar entkommen war. Ingenieure konstruierten einen Damm quer über die Mündung der Schlucht, pumpten Wasser und Schlamm aus benachbarten Zuflüssen hinein und schufen so einen grünen, stagnierenden und übelriechenden See. Der Damm brach; ein riesiger Teil Kiews wurde unter Schlamm begraben. Jahre später noch wurden in ihren letzten Bewegungen erstarrte Menschen ausgegraben, wie in Pompeji.

Niemand kam jedoch auf den Gedanken, die Schlucht durch ein Denkmal zu versöhnen. Sie wurde mit Beton ausgefüllt, und darüber wurde eine Hauptstraße gebaut, eine Fernsehstation und ein Hochhaus mit Wohnungen. Die Leichen waren begraben, verbrannt, ertränkt und noch einmal unter Beton und Stahl begraben worden.

Doch dies alles hatte nichts zu tun mit dem Gast, der Seele, der liebeskranken Braut, der Tochter Zion.

VI Das Lager

Nach dem Chaos und dem Gedränge der alptraumhaften Fahrt stürzten sie auf den kleinen, staubigen Bahnsteig, mitten im Nirgendwo. Sie mühten sich über eine kleine Brücke; dann tat es gut, die süße Luft zu atmen und ohne Schikanen oder Formalitäten weitergeleitet zu werden. Draußen wartete schon eine Reihe Omnibusse.

Der junge Leutnant, der für Lisas Bus verantwortlich war, hatte ein schüchternes Stottern, das die Atmosphäre entkrampfte, als er die Namensliste verlas. Er lächelte scheu, als ihm das Kichern der Fahrgäste verriet, daß er einen der komplizierten Namen falsch ausgesprochen hatte. Mit Lisas Namen hatte er besondere Probleme. Unter einer Schweißschicht – der Tag war sehr heiß – zog sich eine weiße Narbe über seine Wange und quer über die Stirn, und ein Ärmel hing nutzlos in seiner Uniformtasche.

Als sich der Bus in einer Staubwolke in Bewegung setzte, schwang er sich auf den freien Sitz vor Lisa. »Ich bitte um Entschuldigung!« Er lächelte. »Schon gut.« Sie lächelte zurück. »Ist polnisch, nehme ich an?« fragte er; sie bestätigte es. Tatsächlich war ihr sein Fehler peinlich. Da sie beschlossen hatte, weder ihren jüdischen Namen Berenstein, noch ihren deutschen, Erdman, zu verwenden – wegen der ganzen Quälereien, die sie durchgemacht hatte, als man sie bat, ihre Papiere zu zeigen –, hätte sie lieber ihren Mädchennamen Morozova angegeben. Doch aus irgendeinem seltsamen Grund hatte sie statt dessen den Namen ihrer Mutter angegeben: Konopnicka. Nun war es zu spät, daran noch etwas zu ändern. Der junge Leutnant fragte sie, wie die Zugfahrt gewesen sei. »Schrecklich! Schrecklich!« sagte Lisa.

Er nickte mitfühlend und fügte hinzu, daß sie sich wenigstens im Lager würden ausruhen können. Ein Palast sei es nicht, aber recht komfortabel. Später würde man sie dann weiterschicken. Lisa sagte, er könne gar nicht wissen, was es bedeute, eine freundliche Stimme zu hören. Sie sah hinaus auf die eintönige Ebene unter dem brennenden Himmel und überhörte seine nächste Frage, was sie in ihrem früheren Leben gemacht habe. Er mußte sie wiederholen. Er freute sich zu hören, sie sei Sängerin. Auch wenn er von Musik nicht viel verstehe, habe er doch seine Freude daran, und es zähle zu seinen Aufgaben, im Lager Konzerte zu arrangieren. Ob sie Lust hätte, mitzumachen? Lisa sagte, das würde sie gern tun, falls man ihre Stimme für gut genug hielte.

»Richard Lyons heiß ich«, sagte er, und bot ihr über die Lehne des Sitzes seine linke Hand. Linkisch schüttelte sie sie mit ihrer eigenen falschen Hand. Der Name rührte eine Erinnerung auf; und überraschenderweise stellte sich heraus, daß sie seinen Onkel gekannt hatte. Sie war ihm in den Ferien in den Österreichischen Alpen begegnet. »Er dachte, Sie wären tot«, sagte sie; und Leutnant Lyons sagte mit einem schiefen Grinsen »Nicht ganz!« und klopfte sich auf den leeren Ärmel. Na freilich kannte er das Hotel, in dem sie gewohnt hatte, er war doch oft dort Ski gelaufen.

»Es ist ein wunderschöner Ort«, sagte er.

»Ja, aber hier ist es auch schön«, gab sie zur Antwort, und blickte wieder auf die Sanddünen hinaus. »Es ist eine wundervolle Welt.«

Sie ergriff die Gelegenheit, ihn zu fragen, wie man es am besten anstelle, Verwandte ausfindig zu machen. Er zog aus seiner Brusttasche ein Notizbuch und einen Füllfederhalter und notierte sich – indem er seine linke Hand gewandt dazu gebrauchte, zugleich zu schreiben und das Notizbuch zu halten – den Namen Berenstein. Er versprach sich zu erkundigen. »Sie können sicher sein, daß auch Ihre Verwandten die neuen Listen durchsehen werden«, sagte er. Sie dankte ihm für seine Freundlichkeit, und er sagte, es sei nicht der Rede wert, er sei glücklich, wenn er helfen könne.

Er entschuldigte sich, er müsse sich durch den Bus nach hinten begeben und mit einigen anderen Fahrgästen freundliche Worte wechseln. Kolja schlief, völlig erschöpft; sein Kopf rollte auf ihrer Schulter hin und her. Sie änderte ihre Haltung, um es ihm bequemer zu machen. Ihre Brust war sehr empfindlich. Bald mußte sie ihn ohnehin wecken, da der Bus zum Stehen kam. Trotz ihrer Übermüdung brachen die Fahrgäste in Entzückungsrufe aus, da sie eine Oase sahen – grünes Gras, Palmen, plätscherndes Wasser. Und das Gebäude selbst sah eher wie ein Hotel als wie ein Durchgangslager aus. Lisa und ihr Sohn hatten ein Zimmer ganz für sich. Es duftete süß nach Holz. Die Dielen waren aus Zeder und die Deckenbalken aus Kiefer.

Kolja war bald draußen und streunte mit Pavel Schtschadenko herum, Lisa aber war so müde, daß sie sich ohne weitere Umstände ins Bett plumpsen ließ. Ein schüchternes Klopfen an der Tür, im Zwielicht der Dämmerung, weckte sie. Sie dachte, es sei Kolja, der sich nicht sicher sei, ob das ihr Zimmer wäre. Nackt wie sie war – sie hatte noch nicht ausgepackt – ging sie zur Tür, um zu öffnen. Es war der Leutnant. Er errötete, als er sie nackt sah, und bat um Verzeihung, ihre Ruhe gestört zu haben; er hätte sich denken können, daß sie früh zu Bett gegangen sei. Sein Stottern war peinlich. Er wollte ihr lediglich sagen, daß er einen Victor Berenstein in den Listen nicht habe finden können; doch es gäbe eine Vera Berenstein. Ob ihr das weiterhülfe? Wunderbar, sagte sie: »Vielen Dank.« Er errötete aufs neue und sagte, er wolle weiterhin versuchen, den Namen ihres Gatten ausfindig zu machen. Und vielleicht würde es sie interessieren, daß es noch jemanden mit ihrem ungewöhnlichen Nachnamen gäbe – eine Frau namens Marja Konopnicka. »Aber das ist ja meine Mutter!« rief sie vor Entzücken aus. Er freute sich und versprach, weitere Erkundigungen einzuholen.

Die Tage schossen vorbei. Bei den Mahlzeiten blickte sie immer wieder von Tisch zu Tisch und sah ein Gesicht, das ihr so vorkam, als erkenne sie es wieder. Einmal glaubte sie sogar, für einen Moment Sigmund Freud zu sehen: einen alten Mann mit schwer bandagiertem Kiefer beim Essen oder beim Versuch zu essen, allein. Sie hatte zu viel Respekt vor ihm, um hinzugehen und ihn anzusprechen. Davon abgesehen – vielleicht war er es gar nicht, denn es hieß, der alte Mann sei aus England gekommen. Doch konnte sie sich in diesen noblen Gesichtszügen täuschen? Als sie sah, wie er unter Schmerzen ein paar Züge aus einer Zigarre nahm, durch einen Mund, der kaum mehr als ein winziges Loch war, war sie sich beinahe sicher. Ein koboldhafter Drang befiel sie, ihm eine Postkarte zu schreiben (mit einer Abbildung des Durchgangslagers, der einzigen, die erhältlich war), des Inhalts: »Frau Anna G. übermittelt ergebenste Grüße, und würden Sie ihr die Ehre erweisen, ein Glas Milch mit ihr zu trinken?« Vielleicht brächte ihn die Erinnerung an den Küchenchef des weißen Hotels zum Lächeln. Während sie noch mit der Postkarte spielte, unschlüssig, ob sie sie kaufen sollte, wurde ihr plötzlich klar, daß der alte verschrumpelnde freundliche Priester in ihrem Journal Freud gewesen war; und sie wunderte sich, wie ihr das damals hatte entgehen können. Es lag doch auf der Hand. Dann wurde ihr heiß und kalt, denn er selber, der so abgründig kluge Mann, mußte sich dessen bewußt gewesen sein und hatte wahrscheinlich gedacht, sie mache sich über ihn lustig. Es wäre wohl kaum taktvoll, ihm eine Ansichtskarte zu senden, die ihn daran erinnerte.

Eines Tages kam sie an ihm vorbei, als er in einem Rollstuhl in die Sanitätsabteilung gefahren wurde. Sein Kopf hing schlaff herunter und er nahm sie nicht wahr. Er sah furchtbar krank und unglücklich aus. Gäbe sie sich ihm zu erkennen, müßte sie noch ernstlichere Zweifel an seiner Diagnose äußern, und das könnte seinen Trübsinn nur noch verstärken. Das beste war, sich herauszuhalten und nur zu beten, daß die Ärzte ihm würden helfen können. Sie wußten sicher, was sie taten. Der junge, überarbeitete Doktor, der sie untersucht hatte, war tüchtig, aber behutsam gewesen. Dennoch hatte sie sich vor seiner Untersuchung der schmerzenden Stellen gedrückt. »Was ist nach Ihrer Meinung nicht in Ordnung?« fragte er, als sie sich seiner Berührung entzog. »Die Anagnorisis«, seufzte sie. Die Medikamente, die er verschrieben hatte, hatten die Schmerzen gelindert.

Sie fühlte sich gut genug, um mit dem Besuch von Sprachkursen zu beginnen – in dem Klassenraum gleich neben dem Koljas! Sie wollte anständig Hebräisch lernen. Alles was sie kannte, war ein Zitat, das ihr Madame Kedrova beigebracht hatte, die hebräischen Worte für: »Viele Wasser können Liebe nicht löschen, noch können Fluten sie ertränken.« Sie hatte Sprachen immer leicht gefunden, und ihre Lehrer waren von ihren Fortschritten sehr angetan.

Doch anscheinend mußte man nicht jüdisch sein, um hier zu sein; denn in den Listen stand ihre Mutter.

Am zweiten Abend – sie glaubte, es sei der zweite – kam der junge Leutnant an ihren Tisch und bat sie scheu um einen Tanz. Da es unter den Einwanderern eine Menge Musiker gab, einschließlich einiger Mitglieder des Kiewer Orchesters, hatten sie schnell eine Tanzkapelle gebildet. Bei den Mahlzeiten herrschte ein glücklicher, gemeinschaftlicher Geist; verheiratete Paare klebten nicht selbstsüchtig aneinander, sondern sorgten dafür, daß die vielen Witwen und Witwer in das Vergnügen miteinbezogen wurden. Lisa glaubte nicht, daß sie mit ihrer schmerzenden Hüfte noch tanzen könnte; aber sie wollte den scheuen jungen Offizier, der so freundlich gewesen war, nicht brüskieren. Irgendwie brachten sie den Walzer über die Runden: er mit nur einem Arm und sie mit mehr oder weniger nur einem Bein! Sie lachten darüber. Sie schlenderte mit ihm zu einem Spaziergang hinaus in den kühlen Abend. Bei der Oase zeigte er ihr ein wunderschönes Bett aus Maiglöckchen. Es störte ihn nicht, daß sie blutete.

Was wirklich zum Erstaunen war – was nach allgemeiner Übereinstimmung ein Wunder war –, das war die ›illegale Immigrantin‹, die ein paar Wochen nach dem ersten Zug aus Kiew aufkreuzte. Sie humpelte durch den Weinberg, und die Traubenpflücker hielten mit ihrer Arbeit inne und starrten sie verwundert an. Ljuba Schtschadenko war an diesem Morgen zusammen mit den Kindern und der Schwiegermutter in ihrem Zimmer und hörte einen kratzenden Laut an der Tür. Sie öffnete sie und sah zu ihren Füßen eine kleine schwarze Katze, die mitleiderregend zu ihr aufmaunzte. Es war ihre Katze Vaska – zum Skelett abgemagert, und ihre Tatzen waren nur ein roter Brei; aber es war unverkennbar Vaska. Bald lag sie eingerollt schnurrend in Nadjas Armen und schlappte Milch aus einer Untertasse. Irgendwie war sie mit dem erstaunlichen Instinkt, den Katzen besitzen, durch Straßen, Wüsten und über Berge geschlichen, um sie wiederzufinden. Bald hatte sie wieder Fleisch auf den Knochen, stromerte im Lager herum und wurde jedermanns Liebling und Maskottchen.

In der tosenden Feier der Weinernte nahm die schwarze Katze ihren besonderen Platz ein. Es war eine reichliche Ernte, und die Trauben waren zart. Zum erstenmal probierte Lisa ihre Stimme aus: nur leise, im Chor eines Trinklieds. Ihre Stimme war rauh und unsicher, aber sie war nicht unzufrieden; und ein paar Leute wandten sogar die Köpfe, als ob sie sich fragten, wer denn da die angenehme Oberstimme sang.

Wohin auch immer man ging – war Vaska! Eines Abends unterbrach sie sogar die Filmvorführung im Lager. Lisa pflegte zu diesen Vorführungen zu gehen, weil die Filme, obwohl sie meist uninteressant waren – schlecht gemachte Dokumentarstreifen –, ihr beim Erlernen der Sprache halfen. An dem Abend, da Vaska erschienen war, betrachteten Ljuba und sie gerade einen Dokumentarfilm über die Siedlung in Emmaus. Man sah das Gefängnishospital, das sich großer Erfolge bei der Heilung hartgesottener Häftlinge rühmte.

Unter den Patienten, die zu sehen und interviewt worden waren, befand sich ein Mann, von dem Lisa glaubte, sie erkenne ihn wieder, ein gutaussehender Mann mit Brille. Bewaffnete Wärter eskortierten ihn, als er zwischen den Gebäuden herbeigeführt wurde. Man sah ihn in der Sporthalle mit Kindern spielen, aber selbst dort beobachteten ihn die bewaffneten Wärter scharf. Der Kommentator sprach seinen Namen, Kürten, so aus, als kenne ihn das Publikum gut; und Lisa glaubte wirklich, sie hätte den Namen und möglicherweise sein Photo in der Zeitung gesehen, aber sie konnte ihn nicht einordnen. Sie war gerade im Begriff, Ljuba etwas zuzuflüstern, als plötzlich die Leinwand voller Vaska war... Vaska als Silhouette! Das Publikum wachte auf und brüllte vor Lachen. Irgendwie war die Katze in den Projektionsraum geraten; und jetzt putzte sie sich auf der Bildwand friedlich das Gesicht! Die Zuschauer klatschten nach einer Zugabe – das war doch viel unterhaltsamer als der Film.

Und eines Morgens waren vier Schwarzweiß-Kätzchen da, feucht und miauend zerrten sie an Vaskas Zitzen. Ljuba sagte, das sei ein Wunder, denn sie habe sie sterilisieren lassen... Doch die Kätzchen waren unverkennbar real, und Vaska war natürlich mehr denn je eine Heldin. Alle Kinder im Lager liefen zusammen, machten viel Aufhebens um die jüngsten Einwanderer und versuchten, Nadja zu überreden, daß sie eins von ihnen hergebe, das sie dann behalten dürften.

Doch das größte Wunder von allen war – wie Ljuba lachend sagte –: wo war der Vater?

Stehe auf, meine Freundin, meine Schöne, und komm her! Denn siehe, der Winter ist vergangen, der Regen ist weg und dahin; die Blumen sind hervorgekommen im Lande, der Lenz ist herbeigekommen, und die Turteltaube läßt sich hören in unserm Lande. O meine Taube in den Felsklüften, in den Steinritzen, zeige mir deine Gestalt, laß mich hören deine Stimme; denn deine Stimme ist süß und deine Gestalt ist lieblich.

Das Zitat kam in einem Brief aus völlig unerwarteter Quelle. Sie war auf den Feldern, als ein Mann mit Post vorbeikam, und als sie die vertraute, vergessene Handschrift sah, mußte sie die lange Reihe der Ährenleser verlassen und an den einzigen verschwiegenen Ort laufen, der ihr zugänglich war: die Latrinen. So viele Gefühle aus der toten Vergangenheit fielen über sie her, daß sie weggehen *mußte*. Während ihrer Jahre in Kiew hatte sie Alexejs Namen oft in den Zeitungen gelesen, und sein Bild gesehen, wie er in Habacht-Stellung in Reihen uniformierter Männer stand. Dann hatte sie von seiner Festnahme und seinen sensationellen Geständnissen gelesen. Es erfüllte ihr Herz mit Freude, daß man ihn nicht erschossen, sondern ihm erlaubt hatte, an der Diaspora teilzuhaben.

Er schrieb, er sei eine kurze Weile in Emmaus inhaftiert gewesen, und sei nun ein anderer. Jetzt sei er in einer Siedlung in den Bergen von Bether. Die Bedingungen seien hart, aber sie arbeiteten, um ein besseres Leben zu schaffen. Als er in den Listen Lisas Namen gesehen habe, habe er sofort gewußt, daß er sie noch liebe, und er wünschte, sie käme und nähme mit ihm an seinem Leben teil.

Ljuba, die ihre Freundin nicht verlieren wollte, wies sie eindringlich darauf hin, welche Vorteile es hätte, wenn sie zu Alexej ginge. Von Heirat hatte er natürlich nichts gesagt, aber die Gesetze des neuen Landes stünden formellen Bindungen entgegen.

Es sei zu spät, schrieb Lisa zurück, doch auch, daß sie ihn noch liebe. Aber wenn sie käme, um mit ihm zu leben, würden sie immer vom Bild eines Kindes verfolgt werden. Sie hätten beide zuviel auf dem Gewissen.

Eines Tages durchfuhr sie ein Schauer, als sie Vera Berensteins Silberstimme im Radio hörte. Vera sang, was ungewöhnlich für sie war, ein religiöses Lied, eine Vertonung des dreiundzwanzigsten Psalms. Ihre Stimme dünkte ihr lieblicher denn je zuvor. Dann konnte Lisa, dank ihrer Freundschaft mit Richard Lyons, die silbrige Stimme über ein knacksendes Telephon hören. Vera bestätigte, daß ihr Mann nicht hier drüben sei – *noch* nicht. Sie war aufgedreht, voller Fragen über ihren Sohn. Und nun bereitete Lisa ihn darauf vor, seiner richtigen Mutter zu begegnen: indem sie öfter wie zufällig ihren Namen erwähnte; sich in Erinnerungen über sie erging.

Das war hart für sie; viel härter als die sanfte Arbeit, die sie jetzt auf den Feldern verrichtete. Im stillen vergoß sie Tränen darüber. Es war hart, weil sie sich als Koljas Mutter fühlte, und *er* fühlte, sie sei seine Mutter; und doch hatte sie ihm den Weg zu ebnen für die Rückkehr zu der Frau, die ihn geboren hatte. Es wäre viel weniger hart, Victor ziehen zu lassen, falls und wann immer er käme. Insgeheim war sie froh, daß er noch nicht hier war; und empfand deswegen Reue. Wenn sie ihn auch sehr liebte, so sah sie ihn in ihrer Seele doch nicht als ihren wahren und ewigen Gemahl an. Wie zur Buße für ihre Schuld versuchte sie, den Menschen so viel wie möglich zu helfen.

Sie versuchte, dem alten Mann zu helfen, von dem sie glaubte, er sei Freud. Richard ließ sie die Akten der Leute durchschmökern, die in die Siedlungen gezogen waren. Das Problem war, daß sie sich nicht an den Ehenamen von Freuds Tochter erinnern konnte. Aber als sie den Namen Sophie Halberstadt fand, mit einem kleinen Sohn namens Heinz, dachte sie, dies müßten die richtigen Personen sein, und sie schrieb einen kurzen Brief an Frau Halberstadt. Wie zur Belohnung für ihre gute Tat, stolperte sie über die Karteikarte ihrer alten Petersburger Freundin Ludmila Kedrova. Und als sie in ihr Zimmer zurückkehrte, fand sie dank einer jener sonderbaren Koinzidenzen einen Brief, der auf dem Bett ihrer harrte. Er war von Ludmila und sagte, sie hätte Lisas Namen in den Listen gelesen und wäre überglücklich, daß sie in Sicherheit sei. Sie, Ludmila, sei noch nicht gut genug auf den Beinen, um weite Reisen machen zu können, hoffe aber, sie bald zu sehen. Man behandele ihre Brust mit Radium; was schmerzvoll sei und ihr Übelkeit verursache. Das war seltsam, denn Lisa glaubte sich zu erinnern, daß ihre Brust im Bemühen, ihr das Leben zu retten, entfernt worden wäre. Sie machte sich darüber Sorgen, und hoffte, daß das nicht bedeute, ihre andere Brust sei betroffen.

An einem sengendheißen, windstillen Tag fuhr Richard Lyons sie in einem Armee-Jeep ein Stück das Seeufer hinunter. Ihre Mutter wollte sie irgendwo, wo es ruhig war, treffen. Er ließ den Jeep im Schatten einiger Feigenbäume halten und sagte, sie solle über die Düne gehen. Auf dem Kamm der Düne wandte sie den Blick hinunter zum See, an dessen jenseitigem Ufer die Hügel von Judäa aufstiegen, und sah dort eine Frau stehen. Das Gesicht der Frau war abgewandt, als wäre es ganz in Anspruch genommen von der Wolke roten Staubs am Horizont über ihrer Schulter. Nicht einmal der Saum ihres Kleides rührte sich. Als sie Lisa ihr Gesicht zuwandte, sah Lisa, daß die ganze linke Seite aus toter Haut bestand.

Sie wanderten gemeinsam am Ufer entlang. Sie wußten nicht, was sie sagen sollten. Schließlich unterbrach Lisa das Schweigen mit den Worten, die Verbrennungen in ihrem Gesicht täten ihr leid.

»Ja, aber ich verdiene sie; und wunderbare Heilung geht hier vor.« Ihre Tochter erkannte diese Stimme aus dem Abstand eines halben Jahrhunderts wieder, und ihre Brust war in Aufruhr.

Die Frau sah Lisa aufmerksam ins Gesicht und erkannte allmählich die Züge ihres Kindes wieder. Sie bemerkte das Kreuz und sagte: »Das ist meins, nicht wahr? Ich freue mich, daß du es behalten hast.«

Noch war Peinlichkeit und Befangenheit zwischen ihnen.

Lisa fragte sie, um das qualvolle Schweigen zu brechen, wie die Verhältnisse in ihrer Siedlung aussähen, die diejenige zu Kanaan war.

Ihre Mutter lächelte bekümmert. »Nun, es ist jedenfalls nicht der tiefste Kreis.«

Lisa lächelte auch, aus Höflichkeit, war aber irritiert; sie erinnerte sich der verwirrenden Angewohnheit ihrer Mutter, auf eine Frage niemals direkt zu antworten.

»Deine Tante kommt herüber«, sagte ihre Mutter.

»Oh! Wann denn?«

»Bald.«

Ein Rabe flog über das Wasser, eine Brotkrume im Schnabel.

»Yury auch, sehr bald.« Die sehnsüchtigen, wundervoll braunen Augen ihrer Mutter warfen einen kurzen Seitenblick auf Lisa. »Du solltest deinen Bruder allmählich kennen. Natürlich war er eifersüchtig, als du kamst, da bin ich sicher. Ihr zwei seid sehr verschieden; er schlägt nach dem Vater, soviel ist klar.«

Lisa nahm ihre Mutter bei der Hand. Unbeholfen tasteten ihre Hände aneinander. »Dein Vater ist hier, wußtest du das?« fragte ihre Mutter. »Er ist in der Isolierstation.«

»Das war er immer!« sagte Lisa; die Stichelei brachte sie beide zum Kichern und brach schließlich das Eis.

Lisa sagte: »Hast du Kontakt mit ihm?«

»O ja.«

»Wirst du ihm meine Grüße ausrichten?«

»Ja, natürlich. Oh, und seine Verwandtschaft – und meine – lassen grüßen, sie würden dich sehr gern einmal sehen.«

Die junge Frau nickte erfreut. Sie waren in einen Gleichschritt verfallen und wandelten nun schweigend über den Sand. Lisa öffnete den Mund, um etwas zu fragen; besann sich aber eines bessern. Es war viel zu früh. Außerdem war es in Wahrheit nur Neugier; es war nicht wichtig, das zu wissen. Das einzig Wichtige, Schreckliche war der *Tod* gewesen; und nun wußte sie, daß das nicht zutraf, denn ihre Mutter war nicht gestorben, sie war ausgewandert.

Doch wie durch Intuition seufzte ihre Mutter und sagte »Ich nehme an, du weißt, was geschehen ist?«

»Ich kenne nur die nackten Fakten. Nicht die Umstände. Aber du mußt darüber nicht reden, wenn du nicht willst. Es kommt wirklich nicht darauf an. Hättest du eine Nonnenkonferenz besucht, wäre ich genauso schockiert gewesen.«

Ihre Mutter lachte. »Nicht sehr wahrscheinlich! Nein, es macht mir nichts aus, darüber zu sprechen. Dein Onkel ist ein netter Mann. Er hatte es nicht leicht mit Magda. Er war gesund und normal, aber ihre Wünsche gingen in eine ganz andere Richtung. Sie konnte ihm sehr wenig geben. Man kann ihr das nicht übelnehmen; sie merkte es erst, als es schon zu spät war. Wir waren beide schrecklich unschuldig, als wir heirateten. Und jung. So unwissend wie Eintagsfliegen. Verstehst du das?«

»Ja«, sagte Lisa. »Ja, langsam setzt sich das Bild zusammen.«

»Sie wußte, was zwischen uns los war – zumindest anfangs – und ich hatte das Gefühl, sie war sogar ziemlich erleichtert.« Sie blickte ihre Tochter eindringlich an.

»In Wahrheit also«, sagte Lisa, da sich der Schleier zu heben begann, »als ihr alle drei... wollte sie wirklich –?« Sie schaute ihre Mutter an, errötete, und wandte die Augen wieder ab.

»Ja, wahrscheinlich. Es war ihr Vorschlag. Franz und ich fanden es recht peinlich. Später wollte sie, daß mit *allem* Schluß sei – ich vermute, weil sie einsam und eifersüchtig war – so mußten dein Onkel und ich uns heimlich treffen. Das war die unverzeihliche Sünde.«

»Wußte Vater davon?«

»Er wußte, aber zur Sprache gebracht wurde die Sache nie. Wir hatten nicht mehr zusammen geschlafen seit – praktisch seit Jurij zur Welt gekommen war. Nun, das ist nicht ganz wahr – natürlich! Alle Jubeljahre einmal. Er hatte immer viel zu tun. Hatte seine Arbeit, seine Spionage, seine Geliebte. Solange der Schein gewahrt blieb, war ihm egal, was ich tat.«

Die Sonne stand nun in höchster Glut, und Lisa fing an, sich unwohl zu fühlen. Es war eine belastende Erfahrung, das Geständnis ihrer Mutter zu hören. Sie fragte, ob sie sich nicht hinsetzen könnten; da war ein Fels, der ein wenig Schatten bot. Sie setzten sich und lehnten sich mit dem Rücken an den glühenden Felsen. Ihre Mutter fragte besorgt, ob ihr nun besser sei, und Lisa sagte, sie fühle sich nur vom Gehen in der heißen Sonne ein bißchen schwindlig. Ihre Mutter fragte, ob sie etwas zu trinken haben wollte, und als Lisa ja sagte, knöpfte sie sich das Kleid auf, und schlang den Arm um ihre Tochter, um sie an ihre Brust zu ziehen. Die ersten erquikkenden Tropfen kühlten Lisa das Blut, und das Kreisen in ihrem Kopf ließ nach. Sie setzte die Lippen ab und legte die Hand ehrfürchtig auf ihrer Mutter volle, weiße Brust mit der Spitze des orangenen Nippels. »Es fällt mir wieder ein!« sagte sie und lächelte dazu. Ihre Mutter erwiderte das Lächeln und sagte »Trink, soviel du magst. Ich bin immer schon mit reichlich Milch gesegnet gewesen.«

»Aber wie –?« sagte Lisa; und ihre Mutter sagte mit einem Seufzer: »Es werden so viele Waisenkinder hier herübergeschickt. Nie sind genug Ammen da. So kann ich mich nützlich machen.«

Lisa nuckelte zufrieden, erst an dem einen Nippel und dann an dem anderen. Ihre Hand, die ihre Mutter unter ihrem Kleid umfing, spürte die steifen Knochen, und sie lächelte im stillen bei dem Gedanken, daß ihre Mutter immer noch das altmodische Fischbein-Mieder trug. Als sie genügend getrunken und ihre Mutter sich das Kleid wieder zugeknöpft hatte, öffnete sie ihre Bluse und ließ ihre Mutter saugen. Sie fühlte sich sehr glücklich, als die Lippen an ihrem Nippel lutschten, und bemerkte, wobei sie ihrer Mutter über das immer noch dichte, blonde Haar strich, daß sie ihr die Erfahrung, Säuglinge an der Brust gehabt zu haben, neidete. Sie schloß ihre Bluse und errötete über die Frage ihrer Mutter, und erklärte ihr, sie habe des jungen englischen Leutnants wegen Milch. Sie erzählte, wie sehr sie ihn möge, daß er offenbar gefüttert und getröstet werden müsse und ihre mütterlichen Gefühle erwecke.

Sie erhoben sich mit dem Gefühl, wieder frisch und kräftig

zu sein, und nahmen ihren Weg am Seeufer entlang wieder auf. Marja Konopnicka sagte: »Ich hatte das Gefühl, mich deinem Onkel gegenüber genauso zu verhalten. Ohne dabei – so glaubte ich – jemandem ungebührlich weh zu tun. Ihn tröstend. Freilich betrügen wir uns zum Teil selbst.«

»Ja, ich *sah*, wie du ihn tröstetest!« sagte die junge Frau mit einem mutwilligen abgewandten Grinsen.

»Ich weiß! O war das schrecklich! Wir hätten fast einen Herzschlag bekommen! Wir konnten nur beten, du wärst noch zu jung, um zu begreifen, aber offenbar warst du's nicht. Tut mir leid, Lisa, Liebling. Schau, wir hatten keine Ahnung, daß du noch auf der Jacht warst. Sonja hatte strikte Anweisungen –«

»Ich meinte nicht die Jacht, ich meinte das Sommerhaus!« Sie lächelte schelmisch, ihre Mutter aber war ernst, verwirrt. »Wir haben *niemals* etwas im Sommerhaus getan, oder irgendwo anders, wo man uns hätte sehen können. Es war fast immer auf der Jacht; wenn dein Vater bei der Arbeit und deine Tante lieber im Hause war. Wir waren immer ganz vorsichtig.«

Sie verfärbte sich, wie die Morgenröte. »Warte! O ja, nun erinnere ich mich! Ja, einmal nur! Ach war das dumm von uns! Hast *du* uns gesehen? Ich hatte damals nicht einmal damit gerechnet, daß du schon laufen konntest! Ja, freilich erinnere ich mich! Ich war beim Malen, stimmt's, am Strand? Meine Gedanken trieben damals ziellos dahin... Es muß ein furchtbares Bild gewesen sein! Es war ein sehr warmer Tag, nicht wahr? Fast so wie heute. Dann kamen Onkel und Tante heruntergeschlendert, und Magda wollte sich in die Sonne legen, also gingen Franz und ich im Garten spazieren. O ja, du meine Güte!« Sie lächelte, und die Röte auf der unverbrannten Hälfte ihres Gesichtes vertiefte sich. »Wir küßten uns doch nur, oder?«

Lisa schüttelte kräftig und übermütig den Kopf. »Du warst nur halb *nackt*!«

»Wirklich? O mein Gott! Stimmt! Ich erinnere mich! Wir

müssen verrückt gewesen sein!« Sie brach in ein unvermutetes heiteres Lachen aus, und Lisa sah die regelmäßigen Perlenzähne, die sie so gut kannte. »Da war eine sehr starke sexuelle Anziehung, das muß ich zugeben. Natürlich versuchte ich mir einzureden, ich sei verliebt. Und, weißt du, ich zitierte mir Puschkin: ›Wenn wir uns wiedersehen / Im Schatten der Olivenbäume / Unter des Himmels ewiger Bläue, / Liebster, wird uns der Liebe Kuß vereinen...‹ – so auf die Art, seitenweise! Es ist für uns Frauen immer hart, zuzugeben, daß es hauptsächlich ein sexuelles Bedürfnis ist. Wahrscheinlich fändest du's verzeihlicher, wenn es eine unsterbliche Liebe gewesen *wäre*; aber das kann ich ehrlichen Herzens nicht behaupten.«

»Nein, du hast mich falsch verstanden«, sagte Lisa. »Ich habe nichts zu vergeben. Ich finde es einfach nur *interessant.*« Sie nahm ihre Mutter wieder bei der Hand. »Wirklich, ich kann's verstehen. Die Erregung der Fahrt mit dem Zug zu einem Treffen mit deinem Geliebten, und zu wissen, daß er gerade jetzt ebenso erregt *dir* entgegenfuhr. Ich habe darüber früher viel nachgedacht.«

»Ja!« räumte ihre Mutter ein, wobei sie traurig lächelte.

»Einander zustrebende Linien laufen über die Landkarte! Krank vor Verlangen – kaum fähig, zu warten! Und die Lust, daß es *verboten* ist.«

Ihre Mutter senkte den Kopf. »Ja, auch das! Es war eine schwere Sünde.«

»Na, auch wenn's eine war, es ist die Zukunft, die zählt, nicht die Vergangenheit. Ich weiß, das klingt trivial, aber es stimmt.«

Ihre Mutter hielt inne, senkte den Kopf in die Hände und blieb schaudernd stehen. »Das Feuer! Das war entsetzlich, entsetzlich!« Noch lange zitterte sie krampfhaft. Dann ließ sie die Hände sinken und sagte mit bebender Stimme: »Ich glaube, es war in der zweiten Nacht. Wir hatten uns drei Monate lang nicht gesehen, und wir waren ganz ineinander vertieft. Weißt du, wie das ist, wenn du mit jemandem im

Bett liegst? Deine Wahrnehmung ist weniger scharf, alles, was außerhalb deiner selbst ist, ist ausgeschaltet. Wir hörten oder rochen nichts. Dann, als wir fertig waren, rochen wir Rauch und begannen zu husten. Draußen vor unserer Tür hörten wir einen brüllenden Laut. Franz ging die Tür zu öffnen, und draußen war schlicht ein Inferno.« Sie krümmte sich, als wäre sie erneut von einer Flamme ergriffen; selber einer Flamme gleich.

»Schon gut, es ist ja vorbei«, sagte Lisa und nahm ihre Mutter bei der Hand. Nach und nach kam die Frau zur Ruhe.

»Jedenfalls«, fuhr Lisa fort, »ich glaube, wo immer es *irgendeine* Liebe gibt, ist Hoffnung auf Erlösung.« Sie hatte die Vision eines über gespreizten Schenkeln aufblitzenden Bajonetts, und korrigierte sich hastig: »Wo immer Liebe im Herzen ist.«

»Zärtlichkeit.«

»Ja, genau.«

Sie schlenderten weiter das Ufer entlang. Die Sonne stand tiefer am Himmel und der Tag wurde kühler. Der Rabe kam zurückgeflogen, und Lisa lief ein Schauer über den Rücken. Sie blieb stehen. »Ist das das Tote Meer?« fragte sie.

»O nein!« sagte ihre Mutter mit silbrigem Lachen; und erklärte, daß es vom Jordan gespeist werde, und der Strom hinwiederum werde vom Bache Cherith gespeist. »Das Wasser ist also immer rein und frisch.« Ihre Tochter nickte, sehr erleichtert, und die beiden Frauen gingen weiter.

Weiß war der Wind, der von den Hügeln herabwehte. Über der Wüste ging die Sonne unter, und ihr Licht strähnte sich durch einen entfernten Sandsturm hindurch zu Kreisen und formte das Bild einer Rose.

Ihr Weg entlang des Sees führte sie in ein kleines Dorf, und sie gingen in ein Gasthaus, um etwas zu essen. Die beiden Frauen fühlten sich fehl am Platz, da es in der Taverne nur Männer gab: Fischer bei einem Glas Wein im Gespräch über den Fang des Tages. Die Männer ignorierten höflich die fremden Frauen. Der Wirt, der sie artig willkommen hieß, war sehr alt, zittrig, und langsam in seinen Reaktionen. Als er herübergeschlurft kam, um ihre Gläser neu zu füllen, hielt er inne, als Lisas Glas zu zwei Dritteln voll war und sie ihre Hand darüberlegte, zum Zeichen, daß sie nichts mehr wollte. Aber der Wirt nahm seine gastfreundliche Handlung wieder auf, und der Wein floß der Frau über die Hand und strömte von dort aus gleichmäßig auf den Tisch. Sie zog ihre Hand nicht weg, und der Wirt fuhr fort, auszugießen. Lisa dankte ihm mit ernster Miene, doch als er mit der leeren Flasche davonschlurfte, schüttelten sich die beiden Frauen innerlich vor Lachen. Lisas Mutter konnte kaum mehr an sich halten, sie schlug die Arme über dem Bauch zusammen, wand sich in ihrem Stuhl, stützte den Kopf in die Hand, um die Tränen zu verbergen, die ihr aus den Augen sprangen, biß sich auf die Lippe, zeigte auf Lisas nasse Hand und schüttelte sich vor neuen Krämpfen.

Es gab in dem Gasthaus eine Telephonkabine. Lisa war, als sie hineinging und den Hörer abnahm, immer noch halb erstickt vor Fröhlichkeit. Sie bat um die Nummer, die ihre Mutter ihr gegeben hatte. Als ihr Vater sich meldete, gab es kaum einen Unterschied zu den alten Tagen:

»Wie geht's dir, Vater?«

»Ganz gut. Und dir?«

»Och, mir geht's prima.«

»Brauchst du Geld?«

»Nein, ich komm schon klar.«

»Schön. Sag Bescheid, wenn du irgendwas brauchst. Gib auf dich acht.«

»Ja. Du auch.«

Sie hatte über die schlechte Leitung wenigstens mit ihm gesprochen, und eines Tages würden sie sich vielleicht sogar unterhalten.

Als Lisa ins Lager zurückgekehrt war, schien ein Vollmond an einem Himmel aus unbewegten Sternen. Aber hier unten war alles in Bewegung. Auf dem Gelände des Lagers bis weit hinaus in die Wüste waren Zelte, einige standen schon, andere wurden gerade errichtet. Auf beiden Seiten reichten sie bis an den Horizont. Junge Offiziere dirigierten die gewaltige Operation. Lisa konnte Richard Lyons erkennen, sein schmales Gesicht, das vor Schweiß im Mondschein glänzte, seine fahle Narbe. Er schnellte hin und her, hierhin, dorthin, und sein einer, heiler Arm wies den zupackenden Helfern ihre Aufgaben an, während sein Offiziersstab wie der Stecken eines Schamanen flackerte. Er erblickte Lisa, befahl seinem Sergeanten »Weitermachen!« und kam zu ihr herüber. »Nanu, die R-rose von Sharon!« sagte er lächelnd. Das war der neckende, liebevolle Spitzname, den er ihr gegeben hatte. Er erklärte, daß heute mehr als ein Dutzend Zugladungen eingetroffen seien. Es wurden jeden Tag mehr. Je schneller zusätzliche Hütten errichtet wurden, desto eher waren sie voll und desto eher wurden weitere benötigt. Niemand jedoch konnte oder würde abgewiesen werden; denn sie hatten sonst nichts, wohin sie gehen konnten. Er steckte sich sein Stöckchen in den Gürtel, angelte eine Schachtel Zigaretten aus der Tasche, öffnete sie, entnahm ihr eine Zigarette, steckte sie in den Mund, fischte eine Schachtel Streichhölzer heraus, öffnete sie, entzündete das Streichholz, steckte seine Zigarette an, schob Zigarettenschachtel und Streichholzschachtel in seine Tasche zurück – alles mit der einen gewandten, linken Hand. Er paffte die Zigarette und betrachtete mit Lisa die stumme, verrückte, mondhelle Szene.

»Wo Israels Zelte leuchten bei Nacht!« zitierte er.

Viele Tausende Immigranten warteten noch, standen neben ihren rührenden Holzkoffern und hielten ihre mit Bindfaden verschnürten Lumpenbündel fest. Sie sahen nicht traurig aus – teilnahmslos; nicht dünn – skelettiert; nicht zornig – geduldig. Lisa seufzte. »Warum ist das so, Richard?

Wir wurden doch geschaffen, glücklich zu sein und uns des Lebens zu freuen. Was ist da geschehen?« Er schüttelte skeptisch den Kopf und atmete Rauch aus. »Wurden wir wirklich geschaffen, um glücklich zu sein? Du bist ein unheilbarer Optimist, altes Mädchen!« Er trat die Zigarette aus und zog den Stab aus seinem Gürtel. »Wir sind verzweifelt knapp mit Krankenschwestern«, sagte er. »Kannst du helfen?« Er zeigte mit dem Stöckchen auf die Sanitätseinheit. Feldbetten hatten sich über das Gelände ergossen. Weiße Gestalten rannten hastig zwischen ihnen herum. »Ja, natürlich!« sagte sie. Sie eilte zum Krankenrevier, verfiel in Laufen; und da erst merkte sie, daß ihr Becken schon den ganzen Tag nicht geschmerzt hatte, auch ihre Brust nicht.

Sie roch den Duft einer Kiefer. Sie konnte ihn nicht einordnen... Er beunruhigte sie auf eine geheimnisvolle Weise, machte sie aber auch glücklich.

Inhalt